HILFE FÜR ZITA

DIE RESCUE ANGELS
BUCH 3

SUSAN STOKER

EBENFALLS VON SUSAN STOKER

Schutz für Maggie
Schutz für Addison
Schutz für Kelli
Schutz für Bree (6 Jan)

Die Zuflucht in den Bergen
Zuflucht für Alaska
Zuflucht für Henley
Zuflucht für Reese
Zuflucht für Cora
Zuflucht für Lara
Zuflucht für Maisy
Zuflucht für Ryleigh

Ein Spiel des Glücks
Ein Beschützer für Carlise
Ein Prinz für June
Ein Held für Marlowe
Ein Holzfäller für April

Badge of Honor: Die Texas Heroes
Gerechtigkeit für Mackenzie (1 Dez)
Gerechtigkeit für Mickie (1 Dez)
Gerechtigkeit für Corrie (1 Mar)
Gerechtigkeit für Laine (1 Mar)
Sicherheit für Elizabeth (1 Apr)
Gerechtigkeit für Boone (1 Apr)
Sicherheit für Adeline (1 Jun)
Sicherheit für Sophie (1 Jun)
Gerechtigkeit für Erin (1 Aug)
Gerechtigkeit für Milena (1 Aug)
Sicherheit für Blythe (1 Oct)
Gerechtigkeit für Hope (1 Oct)

Sicherheit für Quinn
Sicherheit für Koren
Sicherheit für Penelope

<u>Die Männer von Silverstone</u>
Vertrauen in Skylar
Vertrauen in Taylor
Vertrauen in Molly
Vertrauen in Cassidy

<u>Die Zuflucht in den Bergen</u>
Zuflucht für Alaska
Zuflucht für Henley
Zuflucht für Reese
Zuflucht für Cora
Zuflucht für Lara
Zuflucht für Maisy
Zuflucht für Ryleigh

<u>Das Bergungsteam vom Eagle Point</u>
Ein Retter für Lilly
Ein Retter für Elsie
Ein Retter für Bristol
Ein Retter für Caryn
Ein Retter für Finley
Ein Retter für Heather
Ein Retter für Khloe

<u>SEALs of Protection: Legacy</u>
Ein Beschützer für Caite
Ein Beschützer für Brenae
Ein Beschützer für Sidney
Ein Beschützer für Piper

Ein Beschützer für Zoey
Ein Beschützer für Avery
Ein Beschützer für Kalee
Ein Beschützer für Jane

Die SEALs von Hawaii:
Die Suche nach Elodie
Die Suche nach Lexie
Die Suche nach Kenna
Die Suche nach Monica
Die Suche nach Carly
Die Suche nach Ashlyn
Die Suche nach Jodelle

Delta Team Zwei
Ein Held für Gillian
Ein Held für Kinley
Ein Held für Aspen
Ein Held für Jayme
Ein Held für Riley
Ein Held für Devyn
Ein Held für Ember
Ein Held für Sierra

Mountain Mercenaries:
Die Befreiung von Allye
Die Befreiung von Chloe
Die Befreiung von Morgan
Die Befreiung von Harlow
Die Befreiung von Everly
Die Befreiung von Zara
Die Befreiung von Raven

Ace Security Reihe:

Anspruch auf Grace
Anspruch auf Alexis
Anspruch auf Bailey
Anspruch auf Felicity
Anspruch auf Sarah

<u>Die Delta Force Heroes:</u>
Die Rettung von Rayne
Die Rettung von Emily
Die Rettung von Harley
Die Hochzeit von Emily
Die Rettung von Kassie
Die Rettung von Bryn
Die Rettung von Casey
Die Rettung von Wendy
Die Rettung von Sadie
Die Rettung von Mary
Die Rettung von Macie
Die Rettung von Annie

<u>SEALs of Protection:</u>
Schutz für Caroline
Schutz für Alabama
Schutz für Fiona
Die Hochzeit von Caroline
Schutz für Summer
Schutz für Cheyenne
Schutz für Jessyka
Schutz für Julie
Schutz für Melody
Schutz für die Zukunft
Schutz für Kiera
Schutz für Alabamas Kinder
Schutz für Dakota

Schutz für Tex

<u>Eine Sammlung von Kurzgeschichten</u>
Ein langer kurzer Augenblick

KAPITEL EINS

Obadiah Engle, den fast jeder nur Obi-Wan nannte, schüttelte verwundert den Kopf, als er durch die Sicherheitskontrolle am Eingang zum Filmset außerhalb von Norfolk fuhr. Er kam zu seinem ersten Arbeitstag als Militärberater. Es schien ihm ein wenig unwirklich, dass jemand wie er – ein ganz normaler Junge aus der unteren Mittelschicht in North Carolina, der seit seiner Kindheit Hubschrauber liebte – nun in dieser Position war.

Er war für den neuen Film des preisgekrönten Hollywood-Regisseurs Henry Grubbner engagiert worden, in dem es um einen Hubschrauberpiloten ging, der in Nordkorea abge-schossen wurde. Obi-Wan würde nicht behaupten, dass dies ein Traumjob war, da er diesen bereits als Night-Stalker-Pilot für die US-Armee ausübte. Aber es war sicherlich ein Höhe-punkt in seinem Leben. Es war aufregend und eine Abwechs-lung von seiner üblichen Routine.

Mit dreiunddreißig war Obi-Wan nicht gerade alt, aber er hatte das Gefühl, in einer Art Trott zu stecken. Tag für Tag das Gleiche zu tun. An Besprechungen auf dem Marinestützpunkt teilzunehmen und an verschiedene Orte auf der ganzen Welt entsandt zu werden, um Spezialeinheiten zu ihren streng geheimen, hochgefährlichen Missionen zu fliegen.

Er liebte das Fliegen. Seit seiner Kindheit war er von Flugzeugen und Hubschraubern fasziniert. Seine Eltern hatten ihn in dieser Leidenschaft bestärkt. Er stand seinen Eltern nicht besonders nahe, aber er verdankte ihnen, was er heute war.

Obi-Wan spürte Schmetterlinge im Bauch, als er seinen Jeep Wrangler parkte und zu dem großen Hangar ging, der für den Film gebaut worden war. Laut dem Zeitplan, den er erhalten hatte, stand am ersten Tag hauptsächlich das Kennenlernen der Leute auf dem Programm, mit denen er zusammenarbeiten würde. Er war gespannt, wie der Rest des Vormittags verlaufen würde und einen Eindruck davon zu bekommen, wie alles funktionierte.

Sein Night-Stalker-Team hatte ihn dafür aufgezogen, dass er ihnen nicht erzählt hatte, was er in letzter Zeit gemacht hatte, wenn er nicht gerade hinter dem Steuer seines Hubschraubers saß und zwischen zwei Missionen war. Aber sie waren auch neugierig. Er hatte eine Vertraulichkeitsvereinbarung unterzeichnet, weshalb er nicht viel über den Film selbst sagen konnte, aber er freute sich darauf, seinen besten Freunden so viel wie möglich über diese neue Erfahrung zu erzählen.

Allerdings wusste Obi-Wan auch, dass er in den nächsten Monaten sehr beschäftigt sein würde. Es gäbe nicht viel Freizeit. Zwischen seiner Arbeit für die Armee und diesem Job würde er wahrscheinlich nur wenig Schlaf bekommen, da er regelmäßig zwischen dem Marinestützpunkt und dem Filmset hin- und herpendeln musste.

Er vergewisserte sich, dass sein Ausweis gut sichtbar war, ging zurück zum Sicherheitskontrollpunkt, nickte den dort arbeitenden Männern und Frauen respektvoll zu und öffnete die Tür zum Hangar.

Zu seiner Überraschung wirkte und klang es hier genauso

wie in dem Hangar auf dem Marinestützpunkt, mit vielen Menschen, die herumwuselten. Aber anders als auf dem Stützpunkt waren hier überall Kameras auf etwas montiert, das wie Bahngleise aussah. Männer und Frauen mit Headsets huschten herum, als hätten sie sich mit Koffein und Aufputschmitteln vollgepumpt – was wahrscheinlich auch der Fall war.

Obi-Wan hatte keine Ahnung, wohin er gehen sollte oder was von ihm erwartet wurde. Er fühlte sich fehl am Platz, was er normalerweise nicht empfand, wenn er in einem Hangar stand.

Gerade als er eine der vorbeieilenden Personen anhalten wollte, bemerkte Obi-Wan eine Frau, die auf ihn zukam.

Als sie näher kam, verschwand alles andere um ihn herum.

Er hatte sie noch nie in einem der Zoom-Meetings gesehen, die er mit verschiedenen Produzenten und Assistenten gehabt hatte. Daran hätte er sich erinnert. Sie war kleiner als er mit seinen eins fünfundsiebzig – er schätzte, dass sie etwa eins fünfundsechzig sein musste. Ihr kastanienbraunes Haar war zu einem Dutt im Nacken zusammengebunden und sie trug eine marineblaue Cargohose mit mehreren Taschen an den Seiten der Oberschenkel. Ihr blaues Polohemd hatte eine Art Logo auf der linken Brust. Er konnte die Farbe ihrer Augen noch nicht erkennen, aber aufgrund ihrer Haarfarbe vermutete er, dass sie wahrscheinlich grün waren.

Sie war schlank und offensichtlich fit, ihr Blick war intensiv – und sie war ganz auf ihn konzentriert, was Obi-Wan dazu veranlasste, sich aufrechter hinzustellen.

Er hatte keine Ahnung, wer sie war, aber er konnte seine Erleichterung nicht leugnen. Es sah so aus, als müsste er doch nicht wie ein Idiot herumirren und versuchen herauszufinden, wo er sein sollte.

Als sie näher kam, sah Obi-Wan, dass seine Vermutung richtig war. Ihre Augen hatten eine tiefgrüne Farbe. Wie das Wasser, das er mal im Urlaub in Maine gesehen hatte. Grün mit braunen Sprenkeln. Ihre Lippen waren voll und glänzend, als hätte sie gerade Lipgloss oder Pflegestift aufgetragen. Ansonsten trug sie nur sehr wenig Make-up – was sie aber auch nicht nötig hatte, denn ihre Haut war makellos. Sie war genau so wunderschön.

Sein Herz schlug schneller als normal, und Obi-Wan hatte nur den Bruchteil einer Sekunde Zeit, sich Sorgen darüber zu machen, welche Wirkung diese Fremde auf ihn hatte, bevor sie sprach.

»Hallo! Sie müssen Obadiah Engle sein, oder?«

»Obi-Wan«, korrigierte er sie sofort.

»Wie bitte?«, fragte sie mit einem entzückenden Stirnrunzeln.

»Niemand nennt mich Obadiah. Einfach Obi-Wan.«

»Oh ... das ist Ihr Rufzeichen, oder?«, fragte sie.

»Rufzeichen, Spitzname, TAC-Name, wie auch immer Sie es nennen wollen.«

Zu seiner Überraschung grinste die Frau. Es war ein verschmitztes Lächeln, bei dem Obi-Wan sich fragte, was sie wohl dachte.

Sie ließ ihn nicht lange rätseln.

»Ich kann es mir genau vorstellen. Eine Frau in ekstatischer Begeisterung, die schreit: ›Mehr, Obi-Wan! Genau da, Obi-Wan! Härter, Obi-Wan!‹«

Er war so verblüfft, dass ihm für einen Moment die Worte fehlten. Ihr Witz war genau das, was seine Teamkameraden gesagt hätten. Doch bevor er antworten konnte, wurde die Frau knallrot und verzog das Gesicht.

»Oh mein Gott! Es tut mir leid. Das war so unhöflich und völlig unangebracht. Normalerweise bin ich nicht so derb. Es ist nur ... es war ein hektischer Morgen. Die ersten Tage bei einem Dreh sind meistens so. Können wir noch einmal von vorn anfangen? Ich bin Zita. Zita Darlington. Wir können gern Du sagen. Ich habe keinen Spitznamen, außer man zählt ›Hey du‹ oder ›Doc‹ dazu. Ich bin aber keine Ärztin, sondern die Sanitäterin am Set. Ich bin dafür verantwortlich, dass alles sicher ist, und wenn sich jemand verletzt, kümmere ich mich darum. Ich bin so gut wie unsichtbar, bis sich jemand die Hand bricht oder Nasenbluten bekommt. Nicht dass so etwas oft vorkommt, denn Henry achtet sehr auf Sicherheit am Set. Aber da wir noch nicht drehen und ich etwas Zeit habe, wurde ich gebeten, dich heute Morgen zu begrüßen und dir alles zu zeigen. Es freut mich sehr, dich kennenzulernen, Obi-Wan. Willkommen am Set von *Gebrochene Flügel*.«

Sie plapperte jetzt, und aus irgendeinem Grund fand Obi-Wan das nicht so nervig, wie es bei anderen vielleicht der Fall gewesen wäre. Er war ein Mann, der gern auf den Punkt kam und Small Talk hasste. Er zog es vor, wenn andere sagten, was sie zu sagen hatten, und dann weitermachten. Zum Teil lag es daran, dass er beim Fliegen schnell Informationen brauchte. Aber andererseits auch daran, dass seine Mutter jedem die Ohren vollquatschen konnte. Der Kassiererin im Supermarkt, den Eltern seiner Freunde, seinen Lehrern beim Elternabend.

Seine Mutter war freundlich, aber es nervte Obi-Wan immer, wenn sie das Bedürfnis verspürte, jedem, den sie traf, ihre – und seine – Lebensgeschichte zu erzählen.

Aber Zita zuzuhören – er liebte ihren interessanten und ungewöhnlichen Namen –, wie sie plapperte und versuchte, ihre unpassende Bemerkung über seinen Spitznamen zu überspielen, war urkomisch.

»Als Kind nannten mich einige Leute Sage«, erzählte er ihr. »Das ist mein zweiter Vorname, und in der vierten Klasse hatte ich es satt, wegen meines Namens gehänselt zu werden, also beschloss ich, stattdessen Sage zu verwenden. Es dauerte eine Weile, bis sich das durchsetzte, aber nachdem ich ein paar Kinder geschubst hatte, als sie mich Obadiah nannten, beschlossen sie zu ihrem eigenen Wohl, mich Sage zu nennen. Normalerweise billige ich Gewalt nicht, aber die

Änderung meines Namens hat mir das Aufwachsen sehr erleichtert.«

»Okay. Sage. Das ist cool. Super. Ähm ... hör mal, es tut mir leid, dass ich mich eben so unangebracht verhalten habe. Ich bin es gewohnt, mit anderen Sanitätern und Rettungsassistenten zusammen zu sein. Wir haben einen etwas verdrehten Sinn für Humor. Ich glaube, wir benutzen ihn als Abwehrmechanismus. Wenn es auf einer Mission intensiv oder schlimm wird, neigen wir dazu, Witze zu machen, anstatt zusammenzubrechen.«

»Du hast schon einiges gesehen.«

»Ja. Als Rettungssanitäter kann man nicht zu Notrufen fahren, *ohne* einige ziemlich schreckliche Dinge zu sehen. Aber zum Glück sind die meisten unserer Einsätze Routine. Hilfestellungen beim Aufstehen, kranke Menschen, Stürze, solche Dinge. Ich bin sicher, du hast auch schon einiges gesehen.«

Obi-Wan nickte und sagte nur: »Ja.«

»Jetzt, da ich mich total blamiert habe und bei der ersten Gelegenheit ins Fettnäpfchen getreten bin, wie wäre es mit der Führung, die ich dir geben sollte?« Sie schaute auf die Uhr an ihrem Handgelenk. »Du sollst um sechs Uhr Carmen und Logan treffen, die Hauptdarsteller des Films, was du natürlich weißt. Das ist in etwa dreißig Minuten. Allerdings haben wir wahrscheinlich mehr Zeit, da Carmen selten pünktlich ist. Und das ist kein Klatsch, das weiß jeder. Wann immer sie an etwas beteiligt ist, wird ihr ein Starttermin genannt, der eine halbe Stunde vor der eigentlichen Uhrzeit liegt, damit sie pünktlich sein kann. Komm, ich zeige dir, wo alles ist.«

Obi-Wan musste grinsen. Er nickte und schloss sich der dynamischen Frau an, die ihm in der ungewohnten Umgebung sofort ein Gefühl der Geborgenheit vermittelte.

Während sie durch den Hangar gingen und die unmittelbare Umgebung besichtigten und sie ihm verschiedene Dinge zeigte, darunter den Pausenraum voller Snacks, den Raucherbereich – für ihn unnötig – und die Wohnwagen, in denen die Stars und der Regisseur zwischen den Dreharbeiten verweilten, fiel ihm auf, wie viele Menschen Zita begrüßten. Sie war freundlich und aufgeschlossen, und alle, an denen sie vorbeikamen oder denen sie ihn vorstellte, schienen sich aufrichtig zu freuen, sie zu sehen.

Sie gehörte zu den seltenen Menschen, die von allen gemocht wurden. Obi-Wan nahm an, dies lag zum Teil daran, dass sie nicht dort war, um anderen zu sagen, wie sie ihre Arbeit zu machen hatten, oder sie zu kritisieren. Sie war da, um zu helfen, wenn jemand verletzt oder krank wurde.

Als die Tour vorbei war, war Obi-Wan erneut voller Ehrfurcht, überhaupt dort zu sein. Und überwältigt von der Verantwortung, die auf seinen Schultern lastete. Er wollte dafür sorgen, dass dieser Film so genau wie möglich war. Falls er etwas vermasselte, könnte das ein schlechtes Licht auf die Armee, die Night Stalkers und möglicherweise sogar auf sein eigenes Team werfen. Das war inakzeptabel.

»Bist du bereit, Carmen und Logan zu treffen?«, fragte Zita.

»Klar. Gibt es etwas, das ich wissen sollte, bevor ich sie treffe?«

Obi-Wan merkte, dass Zita etwas sagen wollte, aber sie zuckte nur mit den Schultern.

Er respektierte, dass sie keine Gerüchte verbreiten oder etwas Unpassendes sagen wollte. Was amüsant war, da ihre ersten Worte genau das gewesen waren. Aber Obi-Wan war kein Mann, der leicht beleidigt war. Er war eher amüsiert als beleidigt von ihrer Beobachtung, dass Frauen seinen Spitznamen im Bett benutzten. Und ehrlich gesagt hatte sie nicht unrecht. Er war nicht leichtfertig, aber die wenigen Male, bei denen jemand tatsächlich seinen Spitznamen mitten beim Liebesspiel genannt hatte, war das definitiv seltsam gewesen. Und das wollte schon etwas heißen, da er sich vor Jahren daran gewöhnt hatte, dass alle seinen Rufnamen anstelle seines Vornamens benutzten.

»Im Ernst. Ich möchte mit keinem von beiden auf dem falschen Fuß anfangen. Wenn es ein Thema gibt, das ich vermeiden sollte, sag es mir bitte«, bat er.

»Okay. Vergleiche Logan *nicht* mit Hugh Jackman. Er hasst den Mann. Ich habe keine Ahnung warum. Und mach auch keine Bemerkungen über seinen Namen. Logan Striker ist total kitschig und natürlich erfunden, aber er liebt ihn. Also, was auch immer du tust, halte dich von diesen beiden Themen fern.«

»Verstanden. Nicht den ›Deadpool & Wolverine‹-Film erwähnen und nicht über Spitznamen sprechen. Das ist einfach genug. Was ist mit Carmen?«

Hätte er Zita nicht so genau beobachtet, hätte er das leichte Zusammenzucken nicht bemerkt, bevor sie ihren Gesichtsausdruck glättete.

»Ich glaube, um sie musst du dir keine Sorgen machen. Sie wird dich einmal ansehen und sich dann verbiegen, um einen guten Eindruck zu machen.«

»Ich? Ich bin ein Niemand. Sie ist Carmen St. James. Alle ihre Filme waren Riesenerfolge.«

»Du bist ein Mann. Ein heißer Night-Stalker-Pilot. Umwerfend. Und am Ende der Dreharbeiten wird sie nach Hollywood zurückkehren und du bleibst hier. Du bist perfekt für sie.«

Obi-Wan konnte sich einer gewissen Genugtuung nicht erwehren, dass Zita ihn attraktiv fand. Aber er verdrängte den Gedanken. Er war nicht hier, um mit irgendjemandem ins Bett zu springen. Er war nicht auf der Suche nach einer Affäre. Egal wie reich und berühmt eine Frau war ... oder wie faszinierend und süß.

»Ich bin nicht hier, um eine Beziehung anzufangen«, sagte er entschieden.

»Das spielt keine Rolle. Carmen bekommt, was Carmen will. Und sie wird dich auf jeden Fall wollen.«

Den letzten Teil sagte sie leise.

Obi-Wan blieb stehen, woraufhin Zita sich umdrehte und ihn fragend ansah.

»Sage?«

Er konnte nicht leugnen, dass er sich ... besonders fühlte, den Namen zu hören, den er während seiner Kindheit benutzt hatte, den aber heutzutage kaum noch jemand sagte. Er verstand dieses Gefühl nicht. Aber jetzt war weder der richtige Zeitpunkt noch der richtige Ort, um herauszufinden, warum diese direkte Frau, die sagte, was sie dachte, ihn so faszinierte.

»Lass mich nicht mit ihr allein«, platzte es aus ihm heraus, wobei er leicht verzweifelt klang.

Obi-Wan hatte kürzlich eine unangenehme Erfahrung mit einer *anderen* Frau gemacht, die beschlossen hatte, dass er ihr nächster Fick sein würde. Sie hatte ihn mit seinen Freunden im *Anchor Point* gesehen ... und ihn daraufhin wochenlang ununterbrochen belästigt. Das war unglaublich nervig und hätte ihm fast den Spaß an der Lieblingskneipe seines Teams verdorben. Sie schien davon besessen zu sein, einen Night Stalker abzuschleppen, und nur der Umzug ihrer Familie ans andere Ende des Landes hatte ihm endlich Ruhe beschert.

Nicht dass er geglaubt hätte, eine weltberühmte Schauspielerin würde einen Blick auf ihn werfen und beschließen, dass sie ihn unbedingt haben musste. Tatsächlich würden die meisten Leute ihn für eingebildet halten, wenn sie davon ausgingen, dass so etwas zweimal passieren könnte ... aber Obi-Wan wollte kein Risiko eingehen. Ihm war schon oft genug gesagt worden, dass er gut aussah, und das und sein Job als Elite-Hubschrauberpilot reichten offenbar aus, um manche Frauen jeglichen Verstand verlieren zu lassen.

Er war ein Mann, der gern die Initiative ergriff. Er bevorzugte die traditionelle Rolle in einer Beziehung. Er genoss es, sich zu verabreden, Händchen zu halten und eine Frau kennenzulernen. Nicht dass er es nicht mochte, wenn eine Frau Interesse an ihm zeigte ... aber es gab eine klare Grenze zwischen Interesse und Besessenheit.

Zu seiner Erleichterung lachte Zita nicht. Sie verdrehte auch nicht die Augen.

Sie sagte nur: »Das werde ich nicht.«

Obi-Wan nickte. Er war froh über Zitas Warnung. Es bestand immer die Möglichkeit, dass sie eifersüchtig war, dass sie Carmen nicht mochte, weil sie schön genug war, um jeden Mann zu bekommen, den sie wollte. Aber das glaubte er nicht. Zita war selbst wunderschön und schien bodenständig zu sein. Mit beiden Beinen fest im Leben zu stehen.

Außerdem hatte sie ihre Gedanken nicht teilen wollen.

All das ließ ihn glauben, dass es sich lohnte, ihre Worte ernst zu nehmen. Und dass er mit seinen Worten und Handlungen bei Carmen St. James sehr vorsichtig sein musste.

Zita schaute auf ihr Handy, nachdem es gepiept hatte, und erklärte: »Sie warten auf uns. Wir müssen los. Wir wollen auf keinen Fall den Drehplan für den ersten Tag durcheinanderbringen.«

»Geh vor«, sagte Obi-Wan.

Zita sah ihn einen langen Moment an, nickte dann und wandte sich ab, um zum Wohnwagen des Regisseurs zu gehen.

KAPITEL ZWEI

Zita hätte sich ohrfeigen können. Warum war sie nur so eine Idiotin? Immer wenn sie neue Leute kennenlernte, trat sie ins Fettnäpfchen. Vor allem wenn sie ihr Unbehagen bereiteten. Und Obadiah Engle gehörte definitiv zu dieser Kategorie. Sie hatte alles über ihn gelesen, was sie finden konnte – was wahrscheinlich fast nichts war.

Er war ein echter Held. Die Missionen, die er geflogen war, waren voller Gefahren gewesen, und seine Fähigkeiten als Pilot waren unübertroffen. Nicht nur das, der Mann war auch noch umwerfend *attraktiv*. Und das wollte etwas heißen, wenn man bedachte, dass sie ihr Leben mit Männern und Frauen verbrachte, die zumindest einen Teil ihres Lebensunterhalts mit ihrem Aussehen verdienten.

Aber Sage strahlte etwas völlig anderes aus als die Schauspieler und Schauspielerinnen, die sie kannte. Selbst die Stuntmänner und Stuntfrauen hatten etwas an sich, das ... überlegen wirkte? Sie war sich nicht sicher, ob dies das richtige Wort war. Aber sie alle wussten, wie gut sie aussahen. Wie sehr sie am Set verehrt wurden. Wie besonders sie waren.

Doch Sage? Sein staunender Blick, während er alles am Set

sah, war erfrischend. Es spielte keine Rolle, dass er ein *echter* Held war. Er brachte sie zum Lächeln damit, wie aufgeregt er war, dort zu sein und sein Wissen zu teilen.

Und seine Aussage, er sei ein Niemand? Was für ein Witz. Carmen würde sich auf ihn stürzen, das wusste Zita ohne Zweifel. Sie würde sehen, wie sehr er sich von allen anderen Männern am Set unterschied, und ihn sofort ins Visier nehmen.

Tatsächlich tat Sage ihr ein wenig leid wegen dem, was ihm bevorstand.

Es war überraschend, dass er nicht begeistert von der Vorstellung war, dass die berühmte Schauspielerin vielleicht eine Affäre wollte, sondern fast *panisch* wirkte.

Er hatte sie gebeten, ihn nicht mit Carmen allein zu lassen, und Zita hatte kein Problem damit. Sie musste ihn danach ohnehin zum Regieassistenten begleiten, der mit ihm die letzte Szene besprechen wollte, die an diesem Morgen gedreht werden sollte.

Das Besondere an Filmen war, dass sie nie in chronologischer Reihenfolge gedreht wurden. Heute begannen Carmen und Logan tatsächlich mit der rührenden Wiedersehensszene, die am Ende des Films stattfand. Logan hatte während der letzten drei Monate dreizehn Kilo abgenommen, um so auszusehen wie seine Figur nach einer Zeit in der Wildnis ohne viel Nahrung und nach täglichen kilometerlangen Wanderungen. Nach den Waldszenen würde er einen Monat Pause haben, um wieder zuzunehmen, bevor er zurückkam, um die ersten Szenen des Films zu drehen, in denen er muskulös und gesund war und mit seiner Familie zusammenlebte.

Die Hubschrauber, die für den Film verwendetet wurden, waren eine Leihgabe der US-Armee. Aus Sicherheitsgründen handelte es sich nicht um die tatsächlichen Hubschrauber der Night Stalkers, und Sage würde zu gegebener Zeit auch seine Meinung dazu äußern. Vorerst hatte er einen ziemlich arbeitsreichen Vormittag vor sich, und Zita wollte auf keinen Fall, dass sein Tag am Set aufgrund von Verzögerungen einen schlechten Start hatte.

Sie kamen am Wohnwagen an und Zita klopfte an die Tür. Sie hörte jemanden »Herein!« rufen und sah zu Sage.

»Bereit?«, fragte sie.

»Bereit«, bestätigte er.

Sie öffnete die Tür, und er hielt sie offen, während sie die zwei Stufen hinauf in den kleinen Raum stieg.

Henry Grubbner saß auf einem weichen Sofa mit einem großen Stapel Papier auf dem Schoß, und Carmen saß neben ihm. Sie trug ein hellgelbes Kleid mit großen weißen Blumen. Logan stand etwas abseits an eine kleine Theke gelehnt und hatte offensichtlich bereits die Garderobe und Maske durchlaufen, denn er sah furchtbar aus. Seine Arme und sein Gesicht waren mit etwas besprüht, das wie Schmutz aussah, und er trug einen zerrissenen und fleckigen Overall sowie abgetragene Stiefel. Er hatte einen struppigen Bart, sein Haar war lang, fettig *und* staubig und hing ihm in die Stirn.

Logan machte den ersten Schritt. Er lächelte und streckte Sage die Hand entgegen, wobei er dröhnte: »Willkommen am Set!«

Sein Tonfall stand in krassem Gegensatz zu seinem Aussehen, und obwohl Zita solche Dinge früher erschreckt hatten, brachte sie nach all der Zeit, die sie in diesem Geschäft gearbeitet und Schauspieler und Schauspielerinnen dabei beobachtet hatte, wie sie in ihre Rollen schlüpften und wieder aus ihnen herauskamen, nichts mehr aus der Fassung. Ganz zu schweigen von den Science-Fiction-Filmen, an denen sie gearbeitet hatte, in denen die Schauspieler und Statisten alle als verschiedene Arten von Außerirdischen verkleidet waren.

Sage streckte Logan seine Hand entgegen. »Es ist schön, hier zu sein.«

»Hallo. Ich bin Carmen«, schnurrte die Schauspielerin.

Sie war aufgestanden und lächelte Sage kokett an, während sie sich an ihn heranschlich und ihm die Hand reichte.

Es sprach für Sage, dass er nicht mehr oder weniger freundlich klang, als er ihr die Hand schüttelte und Hallo sagte. Er ließ den Blick nicht zu ihrer Brust wandern, und obwohl es offensichtlich war, dass Carmen im Schauspielerinnenmodus war und ihre besten ... *Vorzüge* zur Schau stellte, reagierte Sage nicht so, wie sie es gewohnt war, wenn Männer sie zum ersten Mal trafen.

»Ihre Vorschläge zum Drehbuch waren goldrichtig«, sagte Henry, als auch er aufstand.

»Danke, Sir.«

»Ich bin kein Sir«, erwiderte er sofort. »Ich bin einfach Henry.«

»Und ich bin Obi-Wan. Wir können auch gern Du sagen«, sagte Sage zu der Gruppe.

»Lass mich raten ... *Star-Wars*-Fan?«, fragte Logan.

Sage lächelte und nickte.

»Cool. Hey, Henry hat mir erzählt, dass du diesen Ausweichkurs besucht hast, stimmt's?«

»Überlebens-, Ausweich-, Widerstands- und Fluchttraining, ja.«

»Cool! Ich hätte da ein paar Fragen dazu, wenn du irgendwann mal Zeit hast.«

»Ich habe wahrscheinlich mehr Zeit als du«, sagte er mit einem höflichen Grinsen.

Zita war erleichtert, dass die beiden Männer sich gut verstanden. Sie hatte an einem von Logans Filmen mitgearbeitet, bei dem er und sein Co-Star *nicht* miteinander auskamen. Die angespannte Stimmung am Set war für alle sehr unangenehm gewesen. Sage gehörte zwar nicht zu den Stars, würde aber während der Dreharbeiten viel Zeit am Set verbringen, und es hätte sehr unangenehm werden können, wenn Logan

Sages Vorschläge für unnötig oder nicht hilfreich gehalten hätte.

»Ich habe auch ein paar Fragen«, sagte Carmen, beugte sich vor und legte eine Hand auf Sages Arm.

»Klar«, sagte Sage diplomatisch, wandte sich gleichzeitig Henry zu und schüttelte dabei sanft ihre Hand ab. »Ich habe ein paar Vorschläge für diese Szene, insbesondere für den Dialog, in dem der Held sich wenige Meter von den Bösewichten entfernt versteckt. Die nordkoreanischen Soldaten würden nicht die Ausdrücke verwenden, die derzeit im Drehbuch stehen. Ich habe ein paar Ideen, wie man das authentischer gestalten könnte. Militärischer.«

»In Ordnung. Wende dich an meinen Script Supervisor, sie wird die Änderungen vornehmen, mich über die Aktualisierungen informieren, und dann werden die Schauspieler, die in der Szene mitspielen, sie erhalten.«

»Klingt gut.«

»Gut. Schön, dich kennengelernt zu haben. Jetzt müssen wir alle ans Set und loslegen«, verkündete Henry in einem sachlichen Tonfall.

Logan schüttelte Sage noch einmal die Hand und folgte Henry aus dem Wohnwagen.

Zita war nicht überrascht, dass Carmen zurückblieb. Sie starrte Zita an, als würde sie darauf warten, dass auch sie ging, aber Zita hatte Sage versprochen, ihn nicht mit der Frau allein zu lassen, und sie brach niemals ein Versprechen, wenn sie es vermeiden konnte.

Sie lehnte sich gegen die Theke und starrte die Schauspielerin mit mehr Mut an, als sie sich selbst zugetraut hätte. Mit fünfunddreißig war Zita kein alter Hase in der Filmindustrie, aber sie hatte genügend Erfahrung, um zu wissen, dass die Schauspieler und Schauspielerinnen, selbst wenn sie sich über sie ärgerten, nicht viel gegen ihre Anwesenheit am Set unternehmen konnten. Sie hatte einen wasserdichten Vertrag mit ihrer Gewerkschaft, und solange sie nicht grob gegen die Vorschriften verstieß, konnte sie nicht einfach gefeuert werden.

Carmen kniff die Augen zusammen, während sie Zita anstarrte, aber als klar wurde, dass diese nicht die Absicht hatte zu gehen, stieß die Schauspielerin genervt die Luft aus, wischte sich alle Verärgerung aus dem Gesicht und sah Sage an. Mit eins achtundsiebzig war Carmen sogar größer als er, durch ihre Absätze noch mehr, sodass sie, als sie sich neben den Mann schob, während des Sprechens auf ihn herabblickte.

»Du bist zum ersten Mal an einem Filmset, oder?«, fragte sie.

»Ja.«

»Wenn du möchtest, kann ich dir nach meinen Szenen heute Morgen alles zeigen. Ich gebe dir eine Führung und zeige dir Dinge, zu denen die meisten Leute keinen Zugang haben.«

Zita hätte am liebsten mit den Augen gerollt. Als Set-Sanitäterin gab es nicht viele Orte, die für sie tabu waren. Aber es war offensichtlich, dass Carmen versuchte, den Mann zu beeindrucken. Wahrscheinlich hatte diese Taktik für sie bisher funktioniert ... und sie nahm an, dass Carmen andeutete, dass sie ihm ihren persönlichen Wohnwagen zeigen würde. Dieser Ort war für alle außer einer Handvoll Leute am Set tabu.

»Ich weiß das Angebot zu schätzen, aber Zita hat mir alles gezeigt, was ich sehen muss. Außerdem bin ich schon weg, wenn du mit der Arbeit fertig bist. Ich muss zurück zum Marinestützpunkt.«

»Oh«, sagte Carmen mit einem hübschen Schmollmund. Sie fuhr mit einem Finger über das Abzeichen auf seiner linken Schulter. »Ich würde gern mal einen echten Marinestützpunkt besichtigen. Das ist bestimmt faszinierend.«

Meine Güte. Die Frau gab sich nicht einmal die Mühe, subtil zu sein.

»Leider gibt es keine öffentlichen Führungen. Du kannst jedoch das meiste davon von der *Victory Rover* aus sehen, einer kommentierten Bootsfahrt, bei der du viele Marineschiffe aus nächster Nähe betrachten kannst.«

Zita wollte lachen. Sage war entweder unglaublich begriffsstutzig oder schaffte es meisterhaft, ernst zu bleiben, indem er vorgab, nicht zu verstehen, worauf Carmen hinauswollte ... nämlich eine persönliche Einladung, mit ihm den Stützpunkt zu besichtigen.

»Ich dachte, du könntest mir vielleicht persönlich deine Hubschrauber zeigen«, sagte Carmen mit einem koketten Lächeln, jegliche Zurückhaltung vergessen.

»Tut mir leid, aber das geht nicht. Der Hangar ist für Zivilisten gesperrt«, entgegnete Sage knapp.

»Schade. Na ja, vielleicht fällt uns ja noch etwas anderes ein.«

»Du bist offensichtlich eine schöne und erfolgreiche Frau, aber ich bin momentan nicht auf der Suche nach einer Beziehung. Es tut mir leid.«

Wieder einmal war Zita beeindruckt von Sages sachlichem Tonfall – und davon, dass er Carmens Avancen so unglaublich direkt, aber dennoch höflich zurückwies.

»Das ist schade. Aber ich habe festgestellt, dass Männer ihre Meinung ständig ändern. Bist du schon mal mit einer berühmten Schauspielerin ausgegangen?«

»Nein.«

»Es ist eine Erfahrung. Eine gute. Wir sehen uns, Obi-Wan«, sagte Carmen.

Es war nicht Zitas Einbildung, dass die Frau sich etwas näher an Sage lehnte – *schnupperte* sie tatsächlich an ihm? –, bevor sie ihm ein sexy Lächeln schenkte und sich zur Tür des Wohnwagens umdrehte. Sie schwang ihre Hüften etwas mehr als sonst und zeigte ihren perfekten Po und ihre Wadenmuskeln, die sich aufgrund der hohen Absätze, die sie trug, anspannten.

Dann waren nur noch sie und Sage im Wohnwagen.

Zita war sich nicht sicher, was sie nach Carmens peinlichem, aber nicht überraschendem Flirtversuch sagen sollte. Was sie nicht erwartet hatte? Dass Sage die Schultern hängen ließ, ein paar Schritte zurücktrat und sich schwer gegen den Tresen sinken ließ, an den sie sich gerade auch lehnte.

»Heilige Scheiße. Die ist ja ein richtiger Hai.«

Es dauerte einen Moment, bis seine Worte bei ihr ankamen, aber als sie es taten, konnte Zita nur erleichtert kichern, dass Sage klug genug war, nicht auf Carmens süße Worte hereinzufallen. Dies war erst der zweite Film, an dem Zita mit Carmen arbeitete, aber sie und die Schauspielerin hatten sich beim ersten Mal nicht besonders gut verstanden, und es sah so aus, als würde es bei diesem Film nicht anders werden. Nicht nach dem Blick zu urteilen, den die Frau ihr zugeworfen hatte, als sie sich geweigert hatte zu gehen.

Nicht dass es Zita interessiert hätte. Sie hatte es aufgegeben, anderen Menschen gefallen zu wollen. Sie war eine verdammt gute Rettungssanitäterin und nicht hier, um Freunde zu finden.

»Alles in Ordnung?«, fragte sie Sage, der etwas blass aussah.

»Danke, dass du mich nicht mit ihr allein gelassen hast«, antwortete er.

»Ich habe dir doch gesagt, dass ich das nicht tun würde.«

»Trotzdem, ich weiß das zu schätzen.« Er schauderte.

Zita konnte sich nicht zurückhalten. Sie kicherte leise. »Ich habe dir doch gesagt, dass sie dich nur einmal ansehen und dann als ihre nächste Eroberung wählen würde.«

»War das meine Einbildung oder hat sie tatsächlich an mir *geschnuppert*?«

Zita kicherte erneut. »Ich habe es gesehen. Ich glaube nicht, dass das deine Einbildung war.«

»Nächstes Mal komme ich definitiv nach dem Training zum Set. Casper, unser Teamleiter, liebt es, uns nach dem kilometerlangen Laufen im Sand wälzen zu lassen. Das erinnert mich daran, wie ich einmal bei der Inspektion etwas an meiner

Uniform vermasselt habe und dann in die Brandung laufen, mich im Sand wälzen und den ganzen Tag so herumlaufen musste. Der Effekt ist als ›Zuckerplätzchen‹ bekannt. Glaub mir, das ist echt ätzend. Ich komme auf jeden Fall mit Sand und Schweiß bedeckt zum Set. Das wird sie abschrecken.«

Zita schüttelte den Kopf. »Verlass dich nicht drauf. Das wird sie wahrscheinlich noch mehr anmachen. Du weißt schon … der große, böse Hubschrauberpilot, der nach dem Training so männlich aussieht.«

Sage schnaubte. »Es ist verdammt unangenehm. Und glaub mir, der Schweißgeruch nach dem Training mit meinem Team ist überhaupt nicht sexy.«

»Oh, das glaube ich dir. Aber Carmen und ihresgleichen sind eine andere Spezies. Ich fürchte, du hast dir jetzt eine Herausforderung geschaffen. Sie wird nicht einfach so aufgeben.«

»Verdammt noch mal«, murmelte Sage.

Zita wollte wieder lachen, aber ehrlich gesagt war es nicht wirklich lustig. Carmen konnte charmant und zuckersüß sein, aber sie konnte auch rachsüchtig und ein totales Miststück sein. Zum Glück konzentrierte sich der Großteil des Films auf Logans Figur, und sie blieb im Hintergrund als Ehefrau, die auf Nachrichten von ihrem vermissten Ehemann wartete. Trotzdem war sie am Set, vor allem hier am Anfang, während ihre letzten Szenen gedreht wurden. Sobald Logan das Gewicht zugenommen hatte, das er für die Authentizität verloren hatte, drehte sie ihre Szenen vom Beginn des Films, bevor ihr »Ehemann« zu seiner Mission aufbrach, wo Logan in Kalifornien war.

Zita erinnerte sich daran, dass Henry wollte, dass er mit dem Script Supervisor sprach, und sagte: »Nachdem du mit dem Regieassistenten geredet hast, kann ich dich zu der Person bringen, mit der du die Drehbuchprobleme besprechen kannst, von denen du Henry erzählt hast. Wenn das in Ordnung ist.«

»Das wäre toll, danke.«

»In Ordnung. Wenn du mit dem Regieassistenten fertig bist, komm einfach zu mir an den Drehort, den ich dir vorhin gezeigt habe, wo heute Vormittag gefilmt wird. Und wenn du nach der Besprechung des Drehbuchs noch Zeit hast, kannst du dir vielleicht einige der heutigen Szenen ansehen.«

»Wirst du das auch machen?«

Aus irgendeinem Grund schlug Zitas Herz bei seiner Frage schneller. Ein angenehmes Kribbeln durchströmte sie, als er sie dabei ansah. Als würde ihre Antwort darüber entscheiden, ob er bliebe oder nicht.

»Ja. Ich bin immer am Set, wenn gedreht wird. Nur für den Fall.«

»Dann habe ich wahrscheinlich etwas Zeit, um mich umzuschauen und zu sehen, wie so ein Film gedreht wird. Ich komme zu dir, wenn ich mit dem Script Supervisor fertig bin.«

In diesem Moment gab es einen Funken zwischen ihnen, und Zita war sich nicht ganz sicher, was es war. Nur, dass es sich gut anfühlte, endlich einmal wahrgenommen zu werden. Auf den Sets, auf denen sie arbeitete, war sie immer eine Art Geist, zumindest bis jemand verletzt wurde und medizinische Hilfe brauchte. Sie hielt sich im Hintergrund auf und beobachtete, was vor sich ging. Aber dieser Mann ... er schaute sie an, als würde er sie wirklich sehen. Er interessierte sich für das, was sie sagte und was sie vorhatte.

Es war ein berauschendes Gefühl.

Aber es wäre nicht klug, sich in ihn zu verlieben. Sie war eine Nomadin. Ihr Leben war dort, wo ihr Job sie hinführte. Und er war Soldat. Er ging auf Missionen, deren Ziel niemand kannte, und tat gefährliche Dinge, die ihn leicht das Leben kosten konnten.

Nein, sie hatte kein Interesse daran, sich mit jemandem zu verabreden, der einen so gefährlichen Beruf ausübte.

Aber eine kleine Stimme tief in ihrem Inneren schrie, dass

sie eine Lügnerin war. Dass sie zustimmen würde, wenn Obadiah Sage Engle sie um eine Verabredung bitten würde, bevor er den Satz überhaupt zu Ende gesprochen hätte.

Aber er würde sie nicht um eine Verabredung bitten. Sie hatte gehört, wie er Carmen mitteilte, dass er keine Beziehung wolle. Also war sie albern. Übertrieben. Sie träumte.

Er stieg vor ihr aus dem Wohnwagen und reichte ihr die Hand, um ihr die Treppe hinunterzuhelfen. Als ihre Finger sich berührten, hätte Zita schwören können, dass sie einen elektrischen Schlag verspürte. Er zeigte keine Anzeichen dafür, dass er dasselbe empfand, aber seine Finger umklammerten ihre für den Bruchteil einer Sekunde, bevor er seine Hand sinken ließ, als sie die letzte Stufe erreicht hatte und mit beiden Füßen auf dem Boden stand.

Zita konnte nicht anders, als zu Sage aufzublicken, als sie zum Wohnwagen des Regieassistenten gingen. Er hatte ein markantes Profil und ließ seinen Blick ständig umherwandern, als würde er jeden Winkel nach Gefahren absuchen. Seine Schultern waren nach hinten gezogen und sein Kopf war hocherhoben. Er strahlte Selbstbewusstsein aus und war viel männlicher als alle Männer, mit denen sie bisher zu tun gehabt hatte.

Und Zita hatte sich noch nie so sehr zu einem Mann hingezogen gefühlt wie zu dem an ihrer Seite.

Scheiße.

KAPITEL DREI

»Wie war es heute Morgen am Set?«, fragte Casper, als Obi-Wan kurz nach elf in den Konferenzraum kam.

»Gut.«

»Hast du Carmen St. James getroffen?«, fragte Edge mit einem breiten Grinsen im Gesicht.

»Ja, ist sie in echt genauso schön wie im Film? Oder ist das alles nur Make-up und Schnitt, was sie so umwerfend macht?«, mischte Chaos sich ein.

»Sie ist hübsch«, antwortete Obi-Wan seinen Freunden so diplomatisch wie möglich.

»Was hast du gemacht? Hast du Logan Striker getroffen? Hast du etwas von den Dreharbeiten gesehen?«, fragte Pyro.

Obi-Wan grinste. Die Begeisterung seiner Freunde über seine Arbeit an dem Film war eine große Erleichterung für ihn. Sie hätten ihm die Zeit, die er sich von seiner Arbeit freinahm, übel nehmen können. Sie hätten ihm das Leben *viel* schwerer machen können, als sie es taten, weil er mit Prominenten verkehrte. Aber abgesehen von ein paar Scherzen waren sie ziemlich unterstützend und freuten sich offensichtlich darauf, von seinen Erfahrungen bei dem Projekt zu hören.

Er war auch erleichtert, dass sein Chef, Oberst Burgess, ihm morgens freigab, um zum Set zu fahren. Ja, der Mann hatte ihn ursprünglich für den Job als Militärberater empfohlen, aber er war trotzdem dankbar, dass er so viel Zeit außerhalb des Stützpunktes verbringen durfte. Natürlich musste er sich melden, wenn eine dringende Mission anstand, aber Henry Grubbner wusste, dass sein Job als Night-Stalker-Pilot Vorrang hatte.

Die nächsten zehn Minuten verbrachte er damit, die Fragen aller zu beantworten und ihnen zu erzählen, wie die Dreharbeiten an diesem Morgen verlaufen waren und wie er Logan dabei zugesehen hatte, wie er im Innenstudio immer wieder durch das Unterholz gekrochen war. Sein Zusammenzucken über die provisorischen Geräusche, die in der Nachbearbeitung nachgemacht werden sollten. Es war tatsächlich etwas ... mühsamer, als er erwartet hatte. Henry war ein anspruchsvoller Regisseur und wollte, dass alles so perfekt wie möglich war, was oft bedeutete, dass dieselben Takes mehrmals wiederholt werden mussten, bis sie ihm gefielen.

Schließlich lenkte Casper das Gespräch auf die Arbeit, und die Männer begannen, die Gegend ihrer nächsten Mission zu recherchieren. Manchmal erhielten sie keine Vorankündigung, wohin sie fliegen würden, aber oft hatten sie ein paar Wochen Zeit, um so viel wie möglich über das Gelände zu erfahren, über das sie fliegen würden.

Nach einer kurzen Mittagspause wurden die Besprechungen noch einige Stunden fortgesetzt, bevor alle zum Hangar gingen, um Flugstunden zu absolvieren. Obwohl sie die bestausgebildeten Piloten des Landes waren, mussten sie ihre Fähigkeiten auf dem neuesten Stand halten, indem sie auch außerhalb ihrer Einsätze die erforderlichen Flugstunden absolvierten.

Obi-Wans Co-Pilot war Buck. Ihre letzte Mission hatten sie in Südamerika absolviert, wo Buck Mandy kennengelernt hatte. Mitten in einer Rettungsaktion im Dschungel hatte Buck den Hubschrauber verlassen, um sie zu verfolgen, und Rebellen in der Gegend hatten Obi-Wan gezwungen, ohne seinen Freund und Teamkameraden abzuheben.

Die folgenden zwei Wochen waren extrem stressig gewesen. An jedem Tag, an dem Buck vermisst wurde, zweifelte Obi-Wan an seiner Entscheidung, ihn zurückgelassen zu haben. Er war fest davon überzeugt, dass sein Teamkamerad sich im Regenwald zurechtfinden und mit Mandy nach Guyana zurückkehren würde, aber es war dennoch eine sehr schwierige Zeit gewesen.

Glücklicherweise waren die beiden den Rebellen entkommen und tauchten wieder auf der anderen Seite der Grenze auf ... mit einem vierbeinigen Begleiter, den sie unterwegs aufgenommen hatten.

Dann waren *alle* im Team entsetzt, als Mandy nur wenige Wochen später aufgrund ihrer Verbindung zu dem Waisenhaus und der Schule in Guyana, wo sie sich ehrenamtlich engagiert hatte, schwer verletzt worden war.

Aber jetzt ging es ihr wieder gut, und Buck wurde wieder der Alte.

Obi-Wan freute sich für seinen Co-Piloten. Buck hatte eine Frau wie Mandy an seiner Seite verdient. Jemanden, der loyal, stark und unabhängig war. Jemanden, der damit umgehen konnte, dass ihr Mann tagelang oder wochenlang auf streng geheimen Missionen unterwegs war.

Dass sie und Laryn, die Chefmechanikerin des Teams, sich so gut verstanden, war ein zusätzlicher Bonus. Und es war schön zu sehen, dass Laryn sich einer anderen Frau öffnete, da sie die meiste Zeit mit Männern verbrachte.

Apropos Laryn ... Als sie den Hangar betraten, war die Mechanikerin ausnahmsweise einmal nicht sofort auf ihren Freund Casper fixiert. Stattdessen konnte Obi-Wan ihren Blick auf *sich* spüren, als sie zu den drei Hubschraubern gingen, die auf sie warteten.

»Und?«, fragte sie mit hochgezogenen Augenbrauen. »Wie war's? Hast du dafür gesorgt, dass diese Hollywood-Idioten mit den Hubschraubern alles richtig machen?«

Obi-Wan grinste. »Heute war kein Drehtag mit den Vögeln. Das kommt später.«

Laryn schnaubte. »Na, dann pass auf, dass sie keine AH-64 Apaches verwenden.«

»Natürlich. Das habe ich schon klargestellt.«

»Gut. Und ... hast du irgendwelche Mädchen am Set getroffen?«

Obi-Wan blinzelte überrascht. Das war die letzte Frage, die er von Laryn erwartet hatte.

Sie gab ihm keine Gelegenheit zu antworten, bevor sie rief: »Du wirst rot! Also *hast* du! Wer ist sie? War es Carmen? Sie wirkt in den Interviews, die ich mit ihr im Fernsehen gesehen habe, wie eine Zicke. Bitte sag mir nicht, dass du in sie verknallt bist.«

Obi-Wan stellte es sofort klar. »Nein. Ich habe sie allerdings getroffen. Und auch einige andere Frauen. Warum, brauchst du noch eine Freundin?« Er verließ sich auf die gutmütigen Sticheleien, die er von seinen Teamkameraden gewohnt war, um vom Thema abzulenken.

»Ich habe alle Freunde, die ich brauche, genau hier«, erwiderte Laryn, ohne zu zögern. Sie schüttelte einen gefährlich aussehenden Schraubenschlüssel, mit dem man jemanden durch einen Schlag auf den Kopf leicht außer Gefecht setzen konnte, zusammen mit einem riesigen Schraubendreher.

Buck lachte neben ihm. »Ich würde mich sicher nicht mit ihr anlegen.«

»Ganz ruhig, Rambo«, scherzte Obi-Wan, hob die Hände und trat einen Schritt zurück.

Laryn grinste und steckte ihre Arbeitsgeräte zurück in den Werkzeuggürtel, den sie oft um die Hüfte trug. »Du und die anderen kommt einfach zu wenig raus. Ihr fahrt von hier zum

Anchor Point und wieder nach Hause. Es ist unwahrscheinlich, dass ihr in einer Kneipe jemanden findet, mit dem ihr den Rest eures Lebens verbringen wollt.«

»Wer sagt, dass wir mehr als eine zwanglose Verabredung wollen?«, fragte Obi-Wan.

»Nun, niemand. Aber ich möchte, dass ihr alle so glücklich seid wie Tate und ich.«

»Ihr seid eine statistische Anomalie«, sagte er. »Perfekt füreinander.«

»Mandy und ich haben es geschafft, uns sogar unter ungewöhnlichen Umständen zu verlieben«, warf Buck ein.

Obi-Wan verdrehte die Augen. »Nicht jeder ist wie ihr. Wir können nicht alle unter extremem Stress die Liebe unseres Lebens finden.«

»Stimmt, deshalb frage ich dich nach Frauen am Set. Da müssen doch jede Menge sein. Maskenbildnerinnen, Kamerafrauen, Produktionsleute, Statistinnen, Designerinnen. Du solltest alles tun, um einige von ihnen kennenzulernen. Sprich sie an. Man weiß nie, was passieren könnte.«

Obi-Wan musste sofort an Zita denken. Er fühlte sich zweifellos zu ihr hingezogen, aber ihr Leben war so anders als seines. Sie gehörte zur Hollywood-Szene. Sie kannte alle Schauspieler und Schauspielerinnen, sogar den Regisseur und seine Assistenten. Ihr Leben spielte sich in Kalifornien ab, wenn sie nicht gerade unterwegs war, um an einem Filmset zu arbeiten. Verdammt, sie reiste wahrscheinlich mehr als er. Eine Beziehung zwischen einem Soldaten und einer Filmset-Sanitäterin konnte unmöglich funktionieren.

Er zuckte mit den Schultern und sagte, nur um Laryn zu beruhigen: »Ich werde sehen, was ich tun kann.«

Die Mechanikerin kniff die Augen zusammen. »Ich hasse es, wenn Leute mich von oben herab behandeln. Sag mir nicht, was ich deiner Meinung nach hören will.«

Obi-Wan seufzte innerlich. Es war schon so lange her, dass er mit einer Frau zusammen gewesen war, dass sein Schwanz vergessen hatte, wie es sich anfühlte, in etwas anderem als seiner Faust zu sein.

Buck klopfte ihm auf den Rücken und sagte: »Komm schon, wir müssen noch die Flugkontrollen machen. Und ich muss zu meiner Frau nach Hause.«

Jetzt grinste Laryn.

Obi-Wan verdrehte die Augen. »Wie auch immer.«

In Wahrheit war er neidisch auf Casper und Buck. Er war ohne Geschwister aufgewachsen und daher an ein sehr ruhiges Zuhause gewöhnt. Aber in letzter Zeit schien seine Wohnung noch leerer als sonst. Es fiel ihm auch immer schwerer, mit seinem Leben zufrieden zu sein. Er eilte von einer Mission zur nächsten, ohne etwas, das ihn wirklich beschäftigte, und niemand, der zu Hause auf ihn wartete.

Das war einer der Gründe, warum er den Job als Militärberater für den Film angenommen hatte. Er langweilte sich. Und obwohl er niemals eine Frau nur aus Langeweile mit in sein Bett nehmen würde, musste er zugeben, dass jemand in seinem Leben sicherlich Abwechslung in seinen monotonen Alltag bringen würde.

Aber ... war das fair gegenüber jemandem, der sein Interesse weckte? Dass *Langeweile* der Auslöser für eine Entscheidung war, sich zu verabreden? Er glaubte nicht.

Ganz zu schweigen davon, dass er sich schrecklich fühlte, weil er sich überhaupt langweilte. Er hatte einen Job, der einen Adrenalinkick gab. Einen Job, für den viele Menschen alles gegeben hätten. Er durfte fast jeden Tag das tun, was er am meisten liebte: fliegen. Nicht nur das, er durfte seinem Land auf eine Weise dienen, die ihn stolz machte.

Es fühlte sich beschissen an, auch nur im Geringsten unzufrieden mit all dem zu sein, was er hatte.

Glücklicherweise lenkten ihn die Flugkontrollen von seinen düsteren Gedanken ab. Er war ein Profi und würde sich niemals ohne volle Konzentration an die Steuerknüppel eines millionenschweren Hubschraubers setzen.

Sobald er und Buck in der Luft waren, verschwanden alle seine Sorgen. Er genoss das Gefühl des Fliegens. Das Gefühl, neben einem seiner besten Freunde zu sitzen und das zu tun, was sie am besten konnten. Als sie landeten, war seine gute Laune zurückgekehrt und seine düsteren Gedanken von zuvor waren in den Hintergrund gedrängt worden.

Als er an diesem Abend in seiner Wohnung ankam und seine E-Mails überprüfte, hatte er eine Nachricht vom Script Supervisor, die ihn um seine Zustimmung zu den Änderungen bat, die er am Morgen vorgeschlagen hatte. Jetzt las es sich viel besser, glaubwürdiger. Obi-Wan war zufrieden. Es war faszinierend, einen Einblick zu bekommen und zu sehen, wie Filme gemacht wurden. Es war viel mehr Arbeit als erwartet, und es waren viel mehr Leute daran beteiligt, als er sich jemals hätte vorstellen können.

Zu seiner Überraschung hatte er auch eine E-Mail von Carmen St. James.

Obi-Wan zögerte, sie zu öffnen, da ein unangenehmes Gefühl in ihm aufstieg. Die meisten Menschen würden sich über eine E-Mail von einer berühmten Schauspielerin freuen ... aber er war nicht wie die meisten Menschen.

Widerwillig klickte er auf die Nachricht ... und zuckte zusammen, als er sie las. Sie begann höflich und unauffällig, aber sie kam schnell zu dem, was sie *wirklich* wollte – ihn.

Hi Obi-Wan. Lol! Dein Name ist süß. Es war sehr schön, dich heute zu treffen. Ich würde dich in den nächsten Wochen gern besser kennenlernen. Ich bin nur für meine Dreharbeiten in der Stadt und fliege dann zurück nach Kalifornien. Ich muss mich auf einen neuen

Film vorbereiten, in dem ich im Gegensatz zu diesem hier in jeder Szene zu sehen bin. Mir wurde gesagt, dass er gute Chancen auf eine Oscar-Nominierung hat.

Es sieht so aus, als hätte ich etwas Freizeit, während ich in Virginia bin, und ich würde gern einige Sehenswürdigkeiten hier in der Gegend besuchen. Aber ich brauche einen Führer. Jemanden, der mich beschützt, wenn ich erkannt werde, und meine Fans davon abhält, mir zu nahe zu kommen. Mit deiner Ausbildung kannst du das sicher leicht schaffen. Ich denke, wir beide könnten eine ungezwungene, für beide Seiten vorteilhafte und unverbindliche Freundschaft aufbauen, während ich hier bin. Ich hinterlasse meine nicht eingetragene Telefonnummer am Ende dieser Nachricht, damit du mich kontaktieren kannst. Was zwischen uns passiert, bleibt unter uns.

Deine Carmen

Obi-Wan presste verärgert die Lippen aufeinander. Er hatte der Frau gesagt, dass er kein Interesse an einer Beziehung hatte. Und doch hörte sie nicht auf ihn. Das ärgerte Obi-Wan nur noch mehr. Sie machte auch keinen Hehl aus ihren Absichten.

Früher wäre Obi-Wan vielleicht auf ihr Angebot eingegangen. Er hätte gern ein paar Wochen zwanglosen Sex mit einer wunderschönen Frau gehabt. Aber das reizte ihn nicht mehr.

Und einfach so kehrten seine Gedanken zurück zu Zita. Der Sanitäterin.

Aus irgendeinem Grund faszinierte *sie* ihn mehr, als er selbst verstehen konnte. Er hatte die Wertschätzung in ihren Augen erkannt, als sie ihn ansah, aber sie hatte ganz sicher nicht nach ihren Gefühlen gehandelt. Sie war professionell, und er schätzte die Warnung, die sie ihm bezüglich Carmen gegeben hatte, bevor sie sich mit der Schauspielerin getroffen hatten.

Kurz gesagt, wenn er daran interessiert war, mit jemandem auszugehen, dann mit ihr.

Außerdem wollte Obi-Wan der Verfolger sein. Nicht der Verfolgte. Das war altmodisch, besonders in der heutigen Zeit, aber er mochte die Herausforderung. Er mochte auch die Vorfreude auf eine langsame Annäherung. Den Tanz der Anziehung. Das Flirten. Jemanden kennenzulernen, bevor man mit ihm ins Bett ging.

Vielleicht lag es daran, dass seine erste ernsthafte Freundin, die er in seiner Jugend hatte, ihn *hart* um ihre Aufmerksamkeit kämpfen ließ. Er hatte ihr Briefe geschrieben, Blumen geschenkt, sie zum Mittagessen, Spazierengehen und zum Abendessen eingeladen. Verdammt, er hatte zwei Monate gebraucht, bis sie sich zu einer Verabredung bereit erklärte.

Aber die Befriedigung, die er empfunden hatte, als sie endlich Ja gesagt hatte, war emotional so überwältigend gewesen. Und den Rest ihrer Beziehung hatte er alles getan, um jeden gemeinsamen Moment auf irgendeine Weise bedeutungsvoll zu machen.

Natürlich war er jetzt älter und weiser und wusste, dass Beziehungen längst nicht so einfach waren wie damals, als er noch ein Teenager war. Das Erwachsenenleben stand den großen Gesten oft im Weg. Und obwohl er die großen Gesten immer noch genoss, hatten auch die kleinen etwas für sich.

Er sah, wie Laryn lächelte, als sie eines Tages in ihre Tasche gegriffen und einen Zettel von Casper gefunden hatte. Oder wie glücklich Buck war, wenn er morgens aufwachte und eine Kanne Kaffee vorfand, die Amanda am Abend zuvor vorbereitet und die Maschine so programmiert hatte, dass sie fertig war, wenn er zum Training aufstand.

Obi-Wan wollte eine selbstbewusste Frau – aber keine aufdringliche. Eine sinnliche Partnerin, keine leichtfertige. Eine unabhängige Gefährtin, die lieber zu Hause in Jogginghose saß oder sich mit Freunden in einer Kneipe traf, als sich für schicke gesellschaftliche Anlässe herauszuputzen.

Und er hatte das Gefühl, dass Zita all das war, während Carmen all das andere war. Das war nicht ganz fair, da er keine der beiden Frauen wirklich kannte. Aber Obi-Wan hatte eine ziemlich gute Intuition, und die E-Mail vor ihm bestätigte das, was er nach nur einem Treffen bereits von Carmen St. James gedacht hatte.

Er löschte die E-Mail, ohne zu zögern, und löschte anschließend auch die anderen siebenundvierzig Spam- und Betrugs-E-Mails, die er im Laufe des Tages erhalten hatte.

Morgen würde ein weiterer langer Tag werden. Verdammt, der nächste Monat würde größtenteils lang werden. Morgens Training mit dem Team, dann nach Hause zum Duschen und anschließend zum Filmset. Danach würde er direkt zum Stützpunkt fahren, um an Besprechungen teilzunehmen und zu fliegen, und dann zurück in seine Wohnung, um alles wieder von vorn zu beginnen. Es war ein anstrengender Zeitplan, aber nichts, was er nicht gewohnt war, besonders während einer Mission. Zumindest konnte er jede Nacht in seiner eigenen Wohnung schlafen.

Als er sich bettfertig machte, konnte Obi-Wan nicht umhin, sich ein wenig auf die kommenden Wochen zu freuen. Trotz der Monotonie, immer wieder dieselben Szenen zu sehen, hatte er heute viel Spaß am Set von *Gebrochene Flügel* gehabt und konnte es kaum erwarten, den Rest des Films zu sehen. Besonders freute er sich auf die Reise nach West-Virginia und in die Berge, wo die Szenen mit den Hubschraubern gedreht wurden. Die spannendsten Teile des Films waren die Absturzszene und die Rettung der Hauptfigur. Hier würde sein Fachwissen am meisten gefragt sein, und er war gespannt darauf, alles mitzuerleben.

Für diesen Zeitraum nahm er sich eine Woche frei, und so sehr er seinen Job und seine Teamkameraden auch mochte, freute er sich doch auf eine kleine Auszeit von seinem Alltag auf dem Stützpunkt.

Und falls ein kleiner Teil seines Gehirns ihm sagte, dass er sich auch darauf freute, Zita ein wenig besser kennenzulernen – denn sie würde aufgrund ihres Jobs sicherlich auch zum zweiten Drehort reisen –, war Obi-Wan noch nicht bereit, sich das einzugestehen.

KAPITEL VIER

Zita war heute Morgen aufgeregter als sonst, am Set zu sein. Es war der fünfte Tag, und sie hatte jeden Morgen einen Teil der Zeit mit Sage verbracht. Es war albern, aber sie fühlte sich besonders, weil sie die Einzige war, die ihn bei seinem zweiten Vornamen nannte. Es wäre ihr komisch vorgekommen, ihn Obi-Wan zu nennen. Für sie passte der Name einfach nicht zu dem Mann, den sie gerade kennenlernte. Sie verstand, dass es ein Spitzname war und dass die meisten Piloten eine Art Rufzeichen hatten, aber es kam ihr seltsam vor, ihn so anzusprechen.

Sage war auch ein ungewöhnlicher Name. Aber sein Vorname, Obadiah, war *noch* ungewöhnlicher. Der Mann war in fast jeder Hinsicht interessant. Klug, witzig und sehr aufmerksam.

Außerdem tat er alles in seiner Macht Stehende, um Carmen St. James aus dem Weg zu gehen. Er hatte Zita gestern gestanden, dass sie ihm eine sehr anzügliche E-Mail geschickt hatte, aber sonst nichts dazu gesagt, nur dass er hier sei, um seine Arbeit zu machen, und sonst nichts.

Sie bewunderte ihn dafür. Denn nach Zitas Erfahrung

hätten die meisten Männer bei einer sicheren Sache wie Carmen sofort zugeschlagen. Nicht nur, weil sie schön war, sondern auch, weil sie berühmt war. Zita hatte nie verstanden, warum man mit jemandem nur wegen seines Berufs schlafen wollte, aber das war eben ihre Meinung.

Dennoch verspürte sie einen Stich von … etwas – Reue? –, als sie Sages entschiedene Haltung zur Professionalität hörte. Dass er keine Beziehung wollte. Zita hatte noch nie das Bedürfnis verspürt, mit jemandem von ihrer Arbeit auszugehen … bis jetzt. Aber andererseits waren sie und Sage nicht wirklich Kollegen. Er war ein freier Mitarbeiter und nur einen Teil des Tages am Set. Aber irgendetwas an ihm zog Zita an.

Heute Morgen war er mit zwei Bechern Kaffee zum Mitnehmen aufgetaucht. Sie war überrascht gewesen, als er ihr einen davon reichte und sagte: »Ich habe gestern gehört, wie du dich über den Kaffee im Pausenraum beschwert hast, und dachte, der hier würde dir gefallen.«

Und das tat er. Sie liebte einen ausgefallenen, zuckrigen, karamelligen Kaffee genauso wie jede andere Frau auch. Und dass er ihr einen mitgebracht hatte, war … nett. Und sehr süß. Er war sofort wieder verschwunden, bevor sie sich richtig bedanken konnte.

Zita nahm einen weiteren Schluck Kaffee und lächelte. Er war perfekt. Genau so, wie sie ihn mochte. Das war beeindruckend, wenn man bedachte, wie wählerisch sie in Bezug auf dieses Getränk war.

Während der letzten Stunde hatte er sich erst mit dem Script Supervisor und dann mit Logan getroffen, und nun schlenderte er zurück zu ihr, bereit, sich die Szenen anzusehen, die an diesem Morgen gedreht wurden. Zum Glück stand Carmen nicht auf dem Plan, sodass sie beide eine Pause von ihrem nicht gerade subtilen Flirt und ihren fast verzweifelten Versuchen, Sages Aufmerksamkeit zu erregen, hatten.

»Danke für den Kaffee«, sagte sie, sobald er sich neben sie gesetzt hatte.

»Gern geschehen.«

»Woher wusstest du, dass ich Karamell mag?«, fragte Zita.

Sage zuckte mit den Schultern. »Reiner Zufall. Die Frau meines Teamkameraden liebt das, also habe ich einfach mal darauf getippt, dass du es vielleicht auch magst.«

»Sie hat einen guten Geschmack.«

»Allerdings.«

»Kannst du mir etwas über deine Teamkameraden erzählen? Ich weiß, dass du nichts über eure Missionen sagen darfst, aber ich würde gern mehr über sie erfahren.«

Sage verbrachte die nächsten zwanzig Minuten damit, ihr alles über die Männer zu erzählen, mit denen er zusammenarbeitete. Sie hatten alle interessante Rufzeichen, aber Zita war nicht wirklich überrascht. Casper, Buck, Pyro, Chaos, Edge ... Sie war neugierig auf die Bedeutung ihrer Namen, unterbrach Sage aber nicht, um danach zu fragen. Es klang, als stünden die Männer einander so nahe wie Brüder, und sie nahm an, dass dies auch der Fall war. Wenn man seine Karriere damit verbrachte, sich auf sie zu verlassen, um am Leben zu bleiben, musste sich eine besondere Bindung entwickeln.

»Was ist mit dir? Arbeitest du regelmäßig mit jemandem zusammen?«, fragte Sage.

Zita zuckte mit den Schultern. »Wenn ich nicht am Set bin, arbeite ich Teilzeit bei einem Rettungsdienst, und ich schätze, ich bin mit einigen meiner Kollegen einigermaßen befreundet.«

»Ich nehme an, in deinem Beruf gibt es Leute, die besser mit Stress umgehen können als andere.«

»Sicher. Und mit manchen Menschen versteht man sich gut, während andere eher lästig sind. Einige Sanitäter und Rettungsassistenten sind faul. Sie fahren lieber den Krankenwagen, halten sich im Hintergrund und überlassen anderen die

Entscheidungen, anstatt einzuspringen und sich die Hände schmutzig zu machen. Das ist ärgerlich, aber Teil des Jobs.«

Sage schüttelte den Kopf. »Das kann ich mir nur schwer vorstellen. Ich meine, Piloten und Co-Piloten haben jeweils ihre spezifischen Aufgaben. Aber wir können alle so ziemlich alles, wenn wir hinter dem Steuer sitzen. Wir wissen einfach, wer was zu tun hat, damit wir uns nicht gegenseitig auf die Füße treten, wenn es brenzlig wird. Was war dein denkwürdigster Einsatz ... wenn du darüber sprechen kannst, ohne gegen Datenschutzbestimmungen zu verstoßen?«

»Wir wurden zu einem Wohnhaus gerufen, weil ein Mann ›blutete‹. Das war alles, was der Disponent uns sagen konnte. Als wir dort ankamen, war er im Badezimmer und es war buchstäblich *überall* Blut. An den Wänden, auf dem Boden, es tropfte ihm die Beine hinunter. Anscheinend hatte er am Tag zuvor eine Darmspiegelung gehabt und war mitten in der Nacht aufgestanden, um auf die Toilette zu gehen, und dabei war etwas in ihm gerissen. Er blutete buchstäblich aus seinem Anus ... ich will nicht vulgär sein oder so. Als Rettungssanitäter kann man in so einem Fall nicht viel tun, außer den Patienten so schnell wie möglich ins Krankenhaus zu bringen. Aber es ist verdammt beängstigend, in einen Raum zu kommen und so viel Blut zu sehen.«

»Das kann ich mir vorstellen.«

»Und bei dir? Ich meine, wenn du davon erzählen kannst.«

Sage starrte vor sich hin und dachte offensichtlich über die Frage nach. Zita schätzte das an ihm. Dass er sich Zeit nahm, um wirklich darüber nachzudenken, wie er antworten sollte. »Wir wurden gerufen, um drei Spezialeinheiten aus einer Gefahrenzone zu befreien. Das heißt, die Bösewichte waren überall und setzten ihre gesamte Feuerkraft ein, um uns fernzuhalten. Casper und Pyro gingen vor und versuchten mit ihrer Munition, uns eine Lücke zu verschaffen, damit wir landen und die Teams einladen konnten.

Alles verlief nach Plan ... nun ja, so gut es in einer derart unvorhersehbaren Situation eben möglich war. Gerade als wir abhoben, wurde unser Hubschrauber von mehreren Kugeln getroffen, die das Radarsystem und das FLIR-System an der Unterseite des Hubschraubers beschädigten. Wir hatten zwölf Menschen an Bord, von denen einige schwer verletzt waren und dringend medizinische Hilfe benötigten. Und wir flogen praktisch blind. Überall waren Rauch und Staub, und der Wind versuchte mit aller Kraft, uns gegen den nächsten Berg zu treiben.

Ich funkte Chaos und Edge an und sagte ihnen, dass sie uns führen müssten. Wir flogen direkt hinter ihnen her ... an ihrem Hintern ... und wichen allen Geschossen aus, die vom Boden auf uns abgefeuert wurden, während wir durch das schwierige Gelände navigierten.

Es waren die schrecklichsten zwanzig Minuten meines Lebens. Für Buck auch. Irgendwie schafften wir es zurück zum Schiff ... und nachdem wir gelandet waren, übergab ich mich. Buck ging es auch nicht besonders gut. Wir wussten beide, dass wir dem Tod von der Schippe gesprungen waren. Wir entkommen dem Tod oft, wenn wir auf Mission sind, aber das war etwas ganz anderes. Ich glaube ehrlich, die Tatsache, dass so viele Männer in unserem Hubschrauber saßen, hat uns motiviert, ruhig zu bleiben und alles zu tun, um dort wegzukommen.«

Zita hing an Sages Lippen. Sie konnte fast den Rauch riechen und die Raketen durch die Luft pfeifen hören. Als er fertig war, hatte sie Gänsehaut an den Armen. »Sag mir, dass ihr beide – alle – für diese Mission eine Auszeichnung bekommen habt.«

Sage grinste und schüttelte den Kopf. »Das gehört zum Job.«

»Das ist doch Quatsch.«

Er lachte leise. Das Geräusch war tief und rau, und der Klang ließ Funken über ihren Rücken laufen.

Er zuckte mit den Schultern. »Die Nachbesprechung war, gelinde gesagt, interessant. Laryn war sauer, dass wir sozusagen unsere Augen verloren hatten, und sie nahm es auf sich zu recherchieren, wie man die Abdeckung unserer Navigationssysteme sicherer machen kann.«

»Laryn?«

»Sie ist die Chefmechanikerin, die an unseren Hubschraubern arbeitet. Sie ist ein Genie bei allem, was mit Mechanik zu tun hat. Außerdem ist sie mit Casper zusammen. Obwohl ›zusammen‹ ein ziemlich harmloses Wort ist. Sie werden irgendwann heiraten, aber keiner von beiden hat es eilig, den Bund der Ehe zu schließen.«

Zita gefiel das. Sie erfuhr etwas über sein Privatleben. »Ist es verpönt, wenn zwei Menschen, die zusammenarbeiten, miteinander ausgehen?«

»Nein. Laryn ist eine freie Militärdienstleisterin. Sie arbeitet nicht für die Armee.«

»Oh, cool. Sind noch andere deiner Freunde in einer Beziehung?« Sie wusste nicht, warum sie das fragte, sie war einfach neugierig.

»Ja, einer. Buck hat Mandy kürzlich bei einer Mission in Südamerika kennengelernt. Sie haben zwei Wochen im Dschungel verbracht, wo sie vor Rebellen geflohen sind, die eine Schule voller Waisenkinder entführt hatten, und jetzt sind sie unzertrennlich.«

Zita hatte so viele Fragen, sagte aber nur: »Das ist schön.«

»Das ist es.«

Es war also nicht so, dass er und seine Freunde sich nicht verabreden konnten oder wollten. Entweder hatte Sage noch niemanden gefunden, mit dem er eine langfristige Beziehung eingehen wollte ...

Oder, wie er Carmen gesagt hatte, er hatte kein wirkliches Interesse daran.

»Und sie kriegen es hin?«, platzte sie heraus.

»Hinkriegen?«, fragte Sage und sah ihr in die Augen.

Zita wünschte, sie könnte die Frage zurücknehmen. Da sie das nicht konnte, redete sie weiter. »Ja. Ich kann mir vorstellen, dass euer Zeitplan ziemlich unvorhersehbar ist. Mit Missionen und so.«

»Oh. Nun, das stimmt auf jeden Fall. Aber ich denke, wenn man jemanden liebt und respektiert, findet man einen Weg, damit es funktioniert, unabhängig davon, was bei der Arbeit oder in der Familie oder sonst wo gerade los ist.«

Er hatte recht.

»Stimmt.«

»Als Filmset-Sanitäterin hast du sicher auch keinen einfachen Arbeitsplan«, sagte er nachdenklich.

»Den habe ich tatsächlich nicht«, stimmte sie schulterzuckend zu. »Die meisten Männer sind einfach nicht bereit, damit klarzukommen, dass ich so viel weg bin.«

»Hmpf.«

Es war weniger ein Wort als ein leises Geräusch, das ihm über die Lippen kam.

Zita war gerade damit beschäftigt, sich zu fragen, was das bedeutete, als ein Schrei vom anderen Ende des Sets zu hören war. Instinktiv drehte sie den Kopf, um zu sehen, woher er kam und was los war.

Eine Sekunde später schrie jemand mit panischer Stimme: »Sanitäter!«

Zita war bereits in Bewegung, bevor ihr Gehirn aufgeholt hatte. Sie schnappte sich ihren Notfallkoffer, der immer neben ihr stand, und lief hinter den Kameraleuten entlang – sie hatte aus eigener Erfahrung gelernt, niemals, *niemals* vor den Kameras zu laufen, falls noch eine Szene gedreht wurde – zu einer Frau, die auf dem Boden lag und von zwei Männern umringt war.

Sie kannte den Namen der Frau nicht, wusste aber, dass sie eine der Tonassistentinnen war, die dafür zuständig waren, bei Bedarf die Galgenmikrofone zu halten. Als Zita sich neben sie kniete, sah sie, dass sie verschwitzt und klamm war und ihren linken Arm hielt.

Sofort machte sie sich an die Arbeit, fragte die Frau, was passiert war, wo sie Schmerzen hatte, und erfuhr ihre Krankengeschichte. Sie nahm niemanden um sich herum wahr, ihre ganze Aufmerksamkeit galt der Frau. Vage hörte sie Sirenen in der Ferne, ließ sich davon aber nicht ablenken.

Bald darauf kamen zwei Sanitäter des örtlichen Rettungsdienstes hinzu. Sie hatte bereits eine Infusion gelegt und die Elektroden an der Brust der Frau angebracht, um ihren Herzrhythmus zu überwachen.

Sie trat zurück, als die Rettungssanitäter die Versorgung übernahmen. Sie stimmten ihrer ersten Einschätzung zu, dass die Frau eine Art Herzinfarkt hatte. Sie legten sie auf eine Trage, entfernten Zitas Herzüberwachungsgeräte und schlossen ihre eigenen an. Dann dankten sie ihr für ihr schnelles Handeln und dafür, dass sie die Infusion gelegt hatte, und gingen über das Set zum Ausgang.

Zufrieden, dass die Frau nun auf dem Weg ins Krankenhaus war und eine gute Versorgung erhalten würde, begann Zita, die Unordnung aufzuräumen, die sie und die Rettungssanitäter hinterlassen hatten.

Zu ihrer Überraschung kniete sich jemand neben sie und begann, ihr zu helfen. Als Zita hinübersah, erkannte sie Sage.

»Ich schaffe das«, sagte sie leise.

»Ich weiß«, erwiderte er nur, aber er hörte nicht auf, die Verpackungen von der sterilisierten Ausrüstung aufzuheben, die sie benutzt hatte.

Es dauerte nicht lange, den Bereich aufzuräumen. Dann stand Zita auf, ebenso wie Sage.

Ohne ein Wort kehrten sie zu den Plätzen zurück, auf denen sie vor dem Notfall gesessen hatten.

Zita setzte sich wieder hin und vergewisserte sich, dass ihr Koffer wieder zu ihren Füßen stand und jederzeit griffbereit war. Sie musste einige der Dinge, die sie für die Frau benutzt hatte, wieder auffüllen, aber sie hatte immer genügend Nadeln, Mull und alles andere, was sie am Set brauchen könnte, sodass das warten konnte.

Nach einem Moment sagte Sage leise: »Das hast du toll gemacht.«

Zita wurde von Stolz erfüllt. Es war nicht so, als hätte sie solche Worte zum ersten Mal gehört. Zita war nicht eingebildet, aber sie wusste, dass sie eine verdammt gute Sanitäterin war. Sie hatte mehr als genügend Zeit an vorderster Front verbracht und konnte alles behandeln, angefangen bei Krampfanfällen bei Kindern bis hin zu Schusswunden im Bauchraum. Bei den Dreharbeiten zu den Filmen, an denen sie bisher mitgewirkt hatte, war ihr noch nichts untergekommen, was sie nicht bewältigen konnte.

»Danke«, sagte sie etwas verspätet.

»Ruhe zu bewahren ist eines der wichtigsten Dinge, die man in einer Notsituation tun kann.«

Zita nickte. Sie konnte sich gut vorstellen, dass dieser Mann nicht im Geringsten aus der Fassung geriet, wenn die Hölle losbrach, während er hinter dem Steuerknüppel seines Hubschraubers saß. »Ja.«

»Aber es geht um mehr als nur ruhig zu bleiben«, fuhr Sage fort und drehte sich noch einmal zu ihr um. Diesmal war da etwas ... *mehr* in seinem Blick. Sie konnte nicht genau sagen, was es war, aber sein Blick verursachte ein Kribbeln an Stellen, an denen sie schon lange kein Kribbeln mehr gespürt hatte. »Es geht darum, dass sich die Person, die du behandelst, bis in die

Seele hinein sicher fühlt, dass sie in guten Händen ist. Dass sie nicht sterben wird. Dass du ihr helfen wirst. Dass du den Schmerz wegmachst. Dass du sie am Leben hältst.«

Zita wollte einwenden, dass die Frau nicht im Sterben lag. Dass sie, selbst wenn sie einen Herzinfarkt hatte, nicht defibrilliert werden musste oder so. Aber er hatte recht, und sie nahm an, dass er genügend Erfahrung hatte, da er Militärsanitäter oder Spezialeinheiten bei der Versorgung schwer verwundeter Kameraden beobachtet hatte.

Sie hätte ihn gern über die Dinge ausgefragt, die er gesehen hatte. Zita dachte, dass sie wahrscheinlich viel lernen könnte, wenn sie hörte, was andere in ihrem Beruf in Notfallsituationen gesagt und getan hatten. Aber es war unwahrscheinlich, dass sie jemals die Gelegenheit dazu bekommen würde, da sie keine Top-Secret-Freigabe hatte.

»Du bist angenehme Gesellschaft, Zita.«

Sie war buchstäblich sprachlos.

Das hatte noch nie jemand zuvor zu ihr gesagt.

Sie war Typ A. Sie saß nicht gern still. Sie musste etwas tun. Freie Tage waren für sie schon immer schwierig gewesen, weil sie nicht einfach auf der Couch liegen und fernsehen oder ein Buch lesen konnte. Sie neigte dazu, zu viel zu reden. Unangemessene Fragen zu stellen. Zappelig zu sein. Ein Freund hatte ihr sogar einmal gesagt, dass sie ihn erschöpfe und er damit nicht umgehen könne.

Sages Aussage, dass sie angenehme Gesellschaft sei, war also etwas Neues für sie. Und es bedeutete ihr sehr viel. Sie war sich nicht sicher, ob sie ihm ganz glaubte – schließlich kannte er sie erst seit etwa einer Woche –, aber trotzdem. Das Kompliment gab ihr ein warmes, wohliges Gefühl.

»Danke«, flüsterte sie.

Die Szene, die durch das kleine Drama unterbrochen worden war, wurde fortgesetzt, und Zita wandte die Aufmerksamkeit wieder dorthin, ohne wirklich etwas zu sehen, weil sie

Sages Worte in ihrem Kopf wiederholte. Sie musste einen Bericht über das gerade Geschehene schreiben – sie musste alles dokumentieren, was sie am Set tat, teils um die Kosten für ihre Anwesenheit zu rechtfertigen, teils aus Versicherungsgründen –, aber sie wollte Sage noch nicht verlassen.

Aus irgendeinem Grund beruhigte es sie, neben ihm zu sitzen, und stillte ihr ständiges Bedürfnis, sich zu bewegen. Wahrscheinlich hielt er sie deshalb für angenehme Gesellschaft. Aber eigentlich lag es nur an ihm.

Die nächsten zehn Minuten filmte Logan die Szene, in der er von seinen Teamkameraden wieder willkommen geheißen wurde, und als Zita zufällig zu Sage hinüberblickte, sah sie, dass seine ganze Aufmerksamkeit darauf gerichtet war. Er beugte sich vor, sein Blick war auf die Schauspieler gerichtet, seine Hände waren geballt und seine Ellbogen ruhten auf seinen Oberschenkeln. Sogar sein Kiefer war angespannt, und Zita konnte sehen, wie ein Muskel dort zuckte.

Sie konnte nicht deuten, was er dachte oder fühlte.

War er verärgert? Genervt, dass die Szene nicht authentisch war? Dachte er an seine *eigenen* Freunde und an eine Zeit, in der er etwas Ähnliches erlebt hatte wie das, was sich gerade vor ihnen abspielte? Sie war sich nicht sicher. Aber sie konnte nicht einfach dasitzen und so tun, als würde er keine großen Emotionen empfinden, ohne etwas zu *tun*.

Zita wagte es und legte eine Hand auf seinen Unterarm.

Sie spürte, wie er unter ihrer Berührung zusammenzuckte. Er warf einen Blick auf ihre Hand, sah sie an und wandte dann die Aufmerksamkeit wieder der Szene zu, die gerade gedreht wurde.

Zita fühlte sich unbehaglich, als hätte sie etwas Falsches getan, und beschloss, ihn mit seinen Gedanken allein zu lassen und sich etwas anderes zu suchen ... vielleicht sollte sie doch ihren Bericht schreiben.

Doch als sie ihre Hand zurückziehen wollte, bewegte Sage

sich. Er legte seine rechte Hand auf ihre, die auf seinem Arm lag.

Mit einem tiefen Atemzug erstarrte Zita. Seine Handfläche war warm, und als er ihre Hand leicht drückte, schloss sie zufrieden die Augen.

Einen Moment später hob er seine Hand, und sie ließ seinen Arm los und legte ihre Hand wieder in ihren Schoß. Aber als sie ihn jetzt ansah, wirkte er ... weniger angespannt. Es fühlte sich gut an, dass sie ihm ein wenig hatte helfen können.

Ein paar Minuten später war die Szene fertig und Henry schien zufrieden zu sein, dass er die gewünschten Aufnahmen im Kasten hatte. Der Produktionsdesigner kam zu Sage und fragte ihn, ob er sich die Bilder der Hubschrauber ansehen wolle, die sie in der Rettungsszene verwenden würden, die in ein paar Wochen gedreht werden sollte.

Sage nickte und stand auf. Zita tat es ihm gleich – sie konnte das Schreiben des Berichts nicht länger aufschieben. Sie wusste nie, wann der nächste Notfall eintreten würde, wann ihre Fähigkeiten gebraucht würden, und sie wollte auf keinen Fall, dass die Berichte sich stapelten. Das war eine gute Methode, um etwas zu vergessen und Details aus einem Einsatz mit denen aus einem anderen zu verwechseln.

Sage folgte dem Produktionsdesigner ein paar Schritte, bevor er sich abrupt zu Zita umdrehte, die noch immer neben ihrem Stuhl stand. Als er sie erreichte, sagte er mit leiser Stimme: »Meine Freunde und ich treffen uns manchmal in einer Kneipe/Restaurant namens *Anchor Point*. Wir haben vor, in ein paar Tagen dort zusammenzukommen. Es ist nichts Besonderes, wirklich nur eine kleine Kneipe, aber ... wenn du nichts vorhast, würde ich dich gern allen vorstellen. Einfach mal außerhalb des Sets etwas mit dir unternehmen.«

Zitas Herz schlug wie wild. Lud er sie zu einer Verabredung ein?

Nein. Nicht wirklich. Vor allem weil er extra betont hatte,

dass alle seine Freunde dabei sein würden. Und er hatte bereits klargemacht, dass er momentan kein Interesse an einer Beziehung hatte. Aber ... es war nicht so, als hätte sie etwas vor. Sobald sie das Set verließ, kehrte sie nur in ihr billiges Motel zurück und versuchte, sich nicht zu Tode zu langweilen. Außerdem würde sie gern seine Teamkameraden bei den Night Stalkers kennenlernen.

Sie bemühte sich, ihre Stimme ruhig und gleichmäßig klingen zu lassen. »Das würde mir gefallen.«

»Super.« Er holte sein Handy heraus. »Wenn du mir deine Nummer gibst, schicke ich dir die Details per SMS. Adresse, Uhrzeit und so.«

Zita fühlte sich, als sei sie wieder in der Highschool und der Junge, in den sie verliebt war, hätte nach ihrer Nummer gefragt. Sie gab Sage ihre Nummer und spürte, wie ihr Handy vibrierte, kurz bevor er seines wieder in die Tasche steckte.

»Jetzt hast du meine Nummer, falls etwas dazwischenkommt. Bis dann.«

»Bis dann«, wiederholte sie.

Er wollte wieder in die Richtung gehen, die der Produktionsdesigner einschlug, drehte sich aber noch einmal um und sprach mit leiser Stimme: »Danke.« Er deutete mit dem Kopf in Richtung Set.

Als er dieses Mal losging, drehte er sich nicht um und blieb auch nicht stehen.

Zitas Herz schlug immer noch zu schnell in ihrer Brust. Er hätte ihr nicht für ihre Unterstützung danken müssen, als er beim Anschauen einer Szene etwas Intensives erlebt hatte, aber er hatte es getan.

Scheiße. Das war nicht gut.

Zita mochte Obadiah Engle *viel* mehr, als sie sollte. Als gesund war. Wenn sie klug war, würde sie die Einladung ablehnen, mehr Zeit mit ihm zu verbringen. Sich eine Ausrede ausdenken, warum sie nicht ins *Anchor Point* kommen konnte.

Sie redete sich ein, dass sie nur mit ihm befreundet sein konnte, dass sie bald wieder weg sein würde, dass zwischen ihnen niemals etwas passieren würde, weil ihre Leben zu unterschiedlich waren und er keine Beziehung wollte, weder eine lockere noch eine andere, aber das half nicht gegen das Kribbeln in ihrem Bauch.

Die Wahrheit war, dass Sage sie tiefer berührte als jeder andere Mann seit langer Zeit. Sie würde wahrscheinlich verletzt werden, wenn sie das zuließ ... was auch immer *das* zwischen ihnen war.

Aber sie würde nicht Nein sagen. Sie würde nicht zurückweichen. Ausnahmsweise würde sie leben. Ungeachtet der Konsequenzen, sie würde nichts bereuen. Zum ersten Mal seit einer gefühlten Ewigkeit würde Zita ihren Instinkten folgen.

Und die schrien ihr zu, dass Sage ein Mann war, der es wert war, ihn näher kennenzulernen.

KAPITEL FÜNF

Drei Tage später fragte Obi-Wan sich immer noch, was über ihn gekommen war. Warum er Zita gebeten hatte, ins *Anchor Point* zu kommen. Er war nicht auf der Suche nach einer Beziehung, aber diese Frau hatte etwas an sich, das sein Herz höherschlagen ließ und ihn tief im Inneren berührte wie noch niemand zuvor.

Es war auch nicht nur eine Sache an ihr. Es war alles, was er beobachtet und gelernt hatte. Die Art, wie sie im Angesicht der Angst und Hysterie anderer Menschen ruhig blieb, wenn es am Set zu einem Notfall kam. Er hatte bereits gesehen, wie sie mit kleinen und großen Problemen umging. Angefangen bei der Frau mit dem Herzinfarkt vor ein paar Tagen über einen komplizierten Handgelenksbruch bis hin zu einer leichten Gehirnerschütterung und einer Lebensmittelvergiftung. Sie war unerschütterlich. Und das gefiel ihm – sehr sogar. Denn genau so musste er hinter den Steuerknüppeln seines Hubschraubers sein. Egal was schiefging, er und seine Kameraden mussten damit fertigwerden, wenn sie leben wollten. Wenn sie wollten, dass alle an Bord ihrer Hubschrauber überlebten.

Er war ein Problemlöser, und es gefiel ihm sehr, dass Zita offenbar auch einer war.

Aber es war auch ihre scharfe Beobachtungsgabe. Er hatte gar nicht bemerkt, wie aufgebracht er war, als er vor ein paar Tagen die Szene gesehen hatte, in der Logan seine Teamkameraden begrüßte. Erst als sie ihm tröstend die Hand auf den Arm legte, wurde ihm das bewusst.

Die Tatsache, dass sie erkannt hatte, dass er mit intensiven Emotionen zu kämpfen hatte, die durch diese Szene ausgelöst worden waren – insbesondere das Wiedersehen mit Buck, nachdem er zwei lange Wochen in den Dschungeln Südamerikas vermisst worden war –, und dass sie alles getan hatte, um ihn zu unterstützen, ohne eine große Sache daraus zu machen, beruhigte ihn auf eine Weise, von der er nicht einmal gewusst hatte, dass er sie brauchte, bis sie es getan hatte.

Er hatte gesagt, sie sei angenehme Gesellschaft, und das stimmte. Aber er hatte sie auch beobachtet ... und sie war auch unruhig. Ein bisschen wie er. Sie saß nicht gern still. Sie lief ständig am Set herum, unterhielt sich mit den Leuten, fragte, wie es ihnen ging, beobachtete, was vor sich ging, und bot ihre Hilfe an.

Man konnte mit Fug und Recht sagen, dass Zita Darlington ihn faszinierte. Und es war schon ewig her, dass Obi-Wan von irgendeiner Frau fasziniert gewesen war. Also hatte er sie spontan eingeladen, mit ihm ins *Anchor Point* zu kommen.

In Wirklichkeit wollte er sie in seine Wohnung einladen. Ihr etwas kochen. Sie besser kennenlernen, ohne dass jemand anderes dabei war. Aber er war ein Feigling, also dachte er, dass die Barriere seiner Teamkameraden – und Laryn und Mandy – sicherer sei. Vielleicht würde er entdecken, dass sie eine supernervige Eigenschaft hatte, die er noch nicht kannte. Vielleicht war sie eine heimliche Säuferin, eine Alkoholikerin. Oder zu laut und wild, wenn sie betrunken war. Oder vielleicht schmatzte sie beim Essen. Oder kaute zu laut.

Obi-Wan verdrehte innerlich die Augen. Er benahm sich lächerlich. Und jetzt konnte er seine Einladung sowieso nicht mehr zurückziehen. Sie hatte bereits zugesagt und ihm per SMS geschrieben, dass sie sich darauf freute, ihn und seine Freunde heute Abend kennenzulernen.

Das Training an diesem Morgen war brutal gewesen. Casper hatte sie härter als sonst rangenommen und behauptet, sie seien durch all die Besprechungen, bei denen sie in letzter Zeit nur herumgesessen hatten, weich geworden. Obi-Wan war sich nicht sicher, ob das der wahre Grund war. Casper und Laryn wirkten in den letzten Tagen irgendwie ... gestresst. Keiner von beiden sprach mit jemandem darüber, was sie möglicherweise beschäftigte, aber Obi-Wan hoffte inständig, dass sie nicht kurz vor der Trennung standen.

Das wäre schrecklich. Er liebte Laryn wie eine Schwester und fand, dass sie und Casper gut zusammenpassten. Sie ergänzten sich auf eine Weise, die er selten gesehen hatte. Wenn diese beiden keine Beziehung hinbekamen, hatte *er* gar keine Chance.

Nach zu wenig Schlaf und einem anstrengenden Training war Obi-Wan müde, etwas mürrisch und genervt von einigen Änderungen am Drehbuch, die die Hauptfigur wie einen Idioten klingen ließen. Er war verwirrt über seine Gefühle für Zita, obwohl er definitiv keine Beziehung wollte, und hatte sich vorgenommen, ihr heute Morgen aus dem Weg zu gehen ... aber das hielt ihn nicht davon ab, ihr auf dem Weg zum Set ihren üblichen Kaffee zu kaufen.

Sobald er eintraf, sah er sich als Erstes um, ob sie schon da war.

Anstatt Zita zu finden, entdeckte er jedoch Carmen.

Scheiße.

In dem Moment, in dem sie seinen Blick bemerkte, wandte sie sich abrupt von dem Kameramann ab, mit dem sie flirtete, und kam auf ihn zu.

Obi-Wan fühlte sich, als befände er sich im Fadenkreuz einer besonders gefährlichen Macht, und konnte nichts anderes tun, als einfach nur dazustehen. Für jemanden, der normalerweise sehr gut darin war, schnelle Entscheidungen zu treffen, fiel es ihm jetzt äußerst schwer herauszufinden, wohin er gehen und mit wem er reden sollte, um das bevorstehende Gespräch mit Carmen zu vermeiden.

Sie hatte während der letzten Tage mehrmals versucht, ihn allein zu erwischen, aber glücklicherweise war er immer beschäftigt gewesen oder musste mit jemand anderem reden. Da er gerade erst eingetroffen war, hatte er im Moment keine solche Ausrede.

Obi-Wan fand sich mit dem unvermeidlichen Gespräch ab und wappnete sich. Er hatte ein schlechtes Gewissen, eine solche Abneigung für jemanden zu empfinden, den er kaum kannte und mit dem er nur ein paarmal gesprochen hatte. Aber jedes dieser Treffen war ... anstrengend gewesen. Die Frau akzeptierte kein Nein als Antwort und schien ehrlich zu glauben, dass niemand ihre sexuellen Avancen ablehnen würde.

»Hi!«, sagte Carmen fröhlich, als sie vor ihm stehen blieb. Weit in seinem persönlichen Raum.

Obi-Wan machte einen deutlichen Schritt zurück und nickte ihr zu.

»Heute ist ein schöner Tag, nicht wahr?«

Er brummte. Seine schmerzenden Muskeln widersprachen ihr. Der Sand, von dem er hätte schwören können, dass er ihn selbst nach dem Duschen noch in seiner Unterwäsche spürte, widersprach ihr. Und die Tatsache, dass er Zita noch nicht gefunden hatte und sich mit zwei Bechern Kaffee in der Hand wie ein Idiot fühlte, war auch keine Bestätigung.

»Ist das ein zusätzlicher Becher Kaffee? Ich würde für etwas Anständiges töten, das anders ist als das, was am Set serviert wird.«

Sie griff nach dem Becher, den er in der linken Hand hielt,

aber Obi-Wan zog ihn weg, damit sie ihn ihm nicht wegnehmen konnte. »Nein.«

Er war unhöflich, aber er war wirklich nicht in der Stimmung für sie. Verdammt, er sollte sich wahrscheinlich umdrehen und gehen. So wie er sich fühlte, wäre er heute niemandem eine Hilfe. Er war nicht er selbst. Gereizt. Besorgt um Casper und Laryn.

Carmen sah überrascht aus, fasste sich aber schnell wieder und lächelte. »Wir hatten noch keine Gelegenheit, uns in Ruhe zu unterhalten. Uns kennenzulernen«, sagte sie schmollend. »Ich drehe heute Vormittag ein paar Szenen, aber vielleicht kannst du heute Abend in mein Hotel kommen. Ich wohne in dem historischen *Cavalier Hotel*, in der Nähe des Strandes. Wir könnten etwas trinken gehen. Ein bisschen abhängen.«

Obi-Wan musste sich sehr zusammenreißen, damit seine Gedanken sich nicht in seinem Gesichtsausdruck widerspiegelten. »Tut mir leid, ich kann nicht.« Er ging nicht näher darauf ein.

Carmen schmollte noch mehr. »Ich habe das Gefühl, dass du mich aus irgendeinem Grund nicht magst. Habe ich dich irgendwie beleidigt?«

Obi-Wan fühlte sich unwohl. Er war nicht gut in solchen Dingen. Er wollte Carmen wirklich nicht verletzen, er wollte nur, dass sie sich zurückzog. Dass sie nicht so aggressiv jemanden verfolgte, der eindeutig kein Interesse hatte. »Nein. Ich bin nur wegen der Arbeit hier, das ist alles.«

Sie starrte ihn einen langen Moment an. Lange genug, dass Obi-Wan langsam genervt war. Aber auch diesmal zeigte er nichts davon. Er war zu gut ausgebildet, um jemandem seine wahren Gefühle zu zeigen.

»Wir können doch Freunde sein, oder?«

»Klar«, antwortete er zögerlich.

»Toll. Und Freunde hängen miteinander ab«, sagte sie mit einem zufriedenen Grinsen.

Verdammt. Diese Frau. Sie war unerbittlich.

»Carmen!«, rief einer der Produzenten vom anderen Ende des Sets. »Zehn Minuten, dann bist du dran!«

»Ich muss mich beeilen. Ich muss noch einmal zur Maske, um sicherzugehen, dass alles sitzt. Ich werde nicht aufgeben, Obi-Wan. Wenn ich etwas will, bekomme ich es auch. Ich habe es nicht bis nach Hollywood geschafft, indem ich vor irgendetwas zurückgewichen bin. Und ich möchte, dass wir Freunde sind. *Sehr gute* Freunde.«

Dann beugte sie sich zu ihm, fasste ihn am Nacken und küsste ihn auf die Wange, ganz nahe an seinen Lippen.

Obi-Wan fühlte sich gefangen. Der feste Griff um seinen Hals hinderte ihn daran zurückzutreten, es sei denn, er wollte, dass Carmen gegen ihn stolperte. Und seine Hände waren voll mit heißem Kaffee. Nicht dass er sie weggestoßen hätte, selbst wenn das nicht der Fall gewesen wäre – so ein Mann war er einfach nicht.

Der unerwünschte Kuss verursachte ihm Übelkeit. Und ihre langen Fingernägel gruben sich in seine Haut, sodass er erschauderte – aber nicht auf angenehme Weise.

Die Befriedigung in ihrem Blick, als sie sich zurückzog und lächelte, verhieß nichts Gutes für Obi-Wan. Als sie davonging und dabei suggestiv mit dem Hintern wackelte, schwor er sich, alles in seiner Macht Stehende zu tun, um nie wieder mit ihr allein zu sein. Er war sich nicht sicher, ob ihre Worte eine Drohung waren oder einfach nur die einer verwöhnten Schauspielerin, die es gewohnt war, ihren Willen zu bekommen.

Instinktiv ließ er den Blick durch den Raum schweifen. Er war es gewohnt, seine Umgebung zu beobachten. Das hatte ihm bei seiner Arbeit schon mehr als einmal das Leben gerettet. Im Moment war er nicht auf einer Mission. Er befand sich nicht in einer feindseligen Situation. Aber Gewohnheiten waren Gewohnheiten, und diese konnte er nicht ablegen.

Anstatt jemanden zu entdecken, der ihn mit bösen

Absichten anstarrte, traf Obi-Wan den Blick der einzigen Person, die er *definitiv* nicht als Zeugin von Carmens kleinem Spiel haben wollte.

Zita.

Er konnte ihren Gesichtsausdruck nicht deuten – das war eine weitere Gemeinsamkeit zwischen ihnen. Aber für den Bruchteil einer Sekunde hätte er schwören können, Enttäuschung in ihrem Blick zu sehen. Und das brachte ihn um. Er wollte nicht, dass sie dachte, er hätte Carmen in irgendeiner Weise ermutigt. Dass er ihren Kuss wollte.

Er machte ein paar Schritte auf sie zu, aber jemand rief ihren Namen, und sie drehte sich abrupt um und ging in die entgegengesetzte Richtung.

Obi-Wan stand mit zwei Bechern Kaffee in der Hand da, während die Leute um ihn herumwuselten. Er hatte das Gefühl, Zita irgendwie im Stich gelassen zu haben, obwohl er nichts absichtlich getan hatte.

Verdammt noch mal. Der Tag, der schon so schlecht begonnen hatte, wurde nicht besser.

Die nächsten zwei Stunden sah er sich die aktuellen Dreharbeiten an, genehmigte die Militäruniform, die Logan später in verschiedenen Szenen tragen würde, ging den Zeitplan für die Dreharbeiten in den Bergen in ein paar Wochen durch und bekam sogar einen kleinen Einblick in einige der Aufnahmen, die an seinem ersten Tag am Set entstanden waren.

Eigentlich hätte er sich immer mehr auf die Reise in den Westen des Bundesstaates freuen müssen. Stattdessen konnte er nur daran denken, was Zita wohl von ihm dachte, nachdem sie heute Morgen Zeugin dieser Szene geworden war. Wie sie wahrscheinlich dachte, dass alles, was er ihr über seine Abneigung gegen eine Beziehung erzählt hatte, nur gelogen war. Vielleicht dachte sie sogar, er hätte sie ausgenutzt, um Carmen eifersüchtig zu machen oder so.

Es war nicht Obi-Wans Art, sich von seinen Gefühlen überwältigen zu lassen. Aber als er endlich seine Verpflichtungen am Set erfüllt hatte, versuchte er fast verzweifelt, Zita zu finden und ihr zu erklären, was sie an diesem Morgen gesehen hatte. Er musste ihr unbedingt sagen, dass er auf keinen Fall mit Carmen zusammen sein wollte.

Dass er *Zita* besser kennenlernen wollte.

Wenn auch nichts anderes, dann hatte dieser Morgen ihm die Augen geöffnet. Sie hatte ihn am Set komplett gemieden, und das seltsame Gefühl, dass er Zita verlieren könnte, bevor sie überhaupt eine richtige Beziehung hatten, war wie ein Schlag in die Magengrube.

Als er vor einer Woche diesen Job angefangen hatte, wollte er vielleicht mit niemandem ausgehen, aber jetzt war Obi-Wan bereit, sich auf diese Idee einzulassen. Aber nur mit Zita.

Es war immer noch sehr wahrscheinlich, dass sie sich besser kennenlernen und feststellen würden, dass sie so gut zusammenpassten wie ein Vogel und ein Fisch ... aber er wollte es herausfinden.

Allerdings war es offensichtlich, dass sie ihn immer noch mied, denn sie verschwand durch eine Seitentür, sobald er auf sie zuging. Aber Obi-Wan war entschlossen, noch vor Feierabend mit ihr zu sprechen. Er wollte keine Missverständnisse zwischen ihnen. Er wollte ihr erklären, was sie an diesem Morgen zwischen ihm und Carmen wirklich gesehen hatte.

Obi-Wan drehte sich um und joggte zur nächsten Tür. Er stieß sie auf und lief um das Gebäude herum zu der Stelle, an der Zita hinausgegangen war. Wie er gehofft hatte, war sie nicht weit gekommen. Wahrscheinlich war sie nur gegangen, in der Hoffnung, dass er, wenn sie zurückkam, wie üblich schon verschwunden wäre.

Zum Glück war sie auch allein. Sie saß in dem Bereich, in dem die Raucher sich aufhielten, wenn sie nach draußen gingen, und starrte vor sich hin.

»Hey«, sagte Obi-Wan leise, als er näher kam.

Er hatte sie nicht erschrecken wollen, aber sie zuckte trotzdem zusammen und drehte den Kopf zu ihm herum, um ihn anzustarren.

Er hob die Hände. »Tut mir leid. Ich dachte, du hättest mich kommen hören.«

Sie zuckte mit den Schultern. »Das habe ich nicht. Aber es ist schon gut. Solltest du nicht zurück zum Stützpunkt?«

Obi-Wan zuckte zusammen, da ihm nicht gefiel, dass sie ihn offensichtlich abweisen wollte. Er setzte sich neben sie und ließ viel Platz zwischen ihnen auf der Bank. Er wollte sie auf keinen Fall bedrängen, aber sie musste ihn anhören.

Er beschloss, nicht um den heißen Brei herumzureden.

»Was du heute Morgen gesehen hast, war nicht das, was du denkst.«

»Ich weiß nicht, wovon du sprichst«, sagte sie etwas zu gelassen.

»Ich habe dich gesucht, um dir deinen Kaffee zu bringen, und sie hat die Gelegenheit genutzt, um mich aufzuhalten. *Sie* hat *mich* geküsst. Nicht umgekehrt.«

»Okay.«

Obi-Wan musterte sie. Sie wich seinem Blick aus.

»Zita. Sieh mich an. Bitte.«

Es dauerte einen Moment, aber schließlich hob sie ihr Kinn und sah ihm direkt in die Augen. Er konnte die Wut in ihrem Blick erkennen. Aber auch … Trauer? Sie brachte ihn um, und er musste das wieder in Ordnung bringen.

»Meine Hände waren voll. Ich konnte sie nicht wegstoßen, ohne eine Szene zu machen. Und ich weiß es besser, als sie zu demütigen. Sie könnte mein Leben und das aller Menschen in ihrer Umgebung völlig ruinieren. Sie hat mich geküsst. Ich wollte das nicht und habe sie nicht dazu aufgefordert.«

»Sie will dich«, sagte Zita unverblümt.

»Ja. Aber sie wird mich nicht bekommen«, erwiderte Obi-

Wan entschlossen. »Es gibt nur eine Frau an diesem Set, die ich kennenlernen möchte. Und das ist nicht Carmen St. James.«

Es dauerte nur den Bruchteil einer Sekunde, bis seine Worte bei ihr ankamen, und Obi-Wan sah genau, wann das geschah. Ungläubigkeit verdrängte alle anderen Gefühle in ihren Augen.

Er fuhr fort: »Du bist diejenige, die ich ins *Anchor Point* eingeladen habe. Nicht sie. Ich bringe dir jeden Morgen Kaffee. Nicht ihr. Du bist diejenige, nach der ich suche, wenn ich am Set ankomme. *Nicht sie.* Bitte glaub mir, wenn ich dir sage, dass das, was du gesehen hast, Carmen war, die ihr Bestes gegeben hat, um einen sehr widerwilligen Partner zu verführen.«

»Sie ist berühmt. Und reich.«

»Ja.«

»Ich nicht.«

»Ich auch nicht. Ist das ein Problem?«

»Nein.«

»Es tut mir leid, dass ich dir heute Morgen keinen Kaffee gebracht habe. Ich mache es morgen wieder gut«, versprach er.

Zita zuckte mit den Schultern. »Ich bin dir aus dem Weg gegangen.«

»Ich weiß.«

Sie seufzte. »Ich glaube, ich muss mich bei dir entschuldigen. Ich habe das Schlimmste von dir gedacht, ohne dir eine Chance zu geben, dich zu verteidigen. Aber du musst verstehen ... Ich habe gesehen, wie ein Mann nach dem anderen sich in sie verliebt hat, obwohl sie behauptet haben, sie nicht zu wollen.«

»Ich verstehe das. Aber wenn ich etwas sage, dann meine ich es auch. Nun, außer ...« Seine Stimme brach ab, und Obi-Wan konnte nicht glauben, dass er das zugeben würde. Aber er brauchte das Vertrauen dieser Frau. Sie musste ihm glauben, wenn er in Zukunft etwas Wichtiges sagte.

»Außer was?«, fragte sie und neigte den Kopf.

»Ich habe es zu dem Zeitpunkt so gemeint, aber ich nehme es zurück. Ich habe gesagt, ich hätte kein Interesse an einer Beziehung.«

»Du bist also doch an einer Beziehung interessiert?«

»Ja. Aber nur mit dir.«

Ihre Augen weiteten sich. »Ist das nicht ein bisschen … voreilig? Anmaßend? Was, wenn *ich* keine Beziehung will?«

Obi-Wan hielt ihren Blick fest. »Wahrscheinlich ist es ein bisschen von beidem. Und glaub mir, es ist für mich genauso schockierend wie offenbar gerade für dich. Ich habe diesen Job nicht angenommen, um mich mit jemandem am Set einzulassen oder mit jemandem auszugehen, den ich dort kennenlerne. Aber hier sind wir nun.«

»Du sagst also, du willst mich abschleppen? Das scheint mir wieder eine einseitige Entscheidung zu sein.«

Obi-Wan schloss für einen Moment die Augen und fuhr sich mit der Hand über den Kopf. Er vermasselte das gerade gewaltig. »Scheiße«, murmelte er. »Ich hätte heute Morgen im Bett bleiben sollen.«

»Schlechter Tag?«, fragte Zita.

»Du hast ja keine Ahnung. Hör mal, ich will nur sagen, dass ich meine Aussage, dass ich mit niemandem ausgehen will, zurücknehmen möchte. Aber der einzige Mensch, den ich auch nur im Entferntesten näher kennenlernen möchte, bist *du*. Ich sage nicht, dass wir uns Hals über Kopf verlieben, durchbrennen und vierzehn Kinder bekommen werden. Aber ich bin offen für diese Möglichkeit. Ich möchte nicht, dass du denkst, ich würde mich extra bemühen, dich ins *Anchor Point* einzuladen und dir meine Freunde vorzustellen, ohne unsere Freundschaft vertiefen zu wollen. So ein Mann bin ich nicht. Ich versuche nur, offen und ehrlich zu sein.«

Zum ersten Mal entspannten Zitas Schultern sich ein wenig und ihr Gesichtsausdruck wurde weicher. »Es tut mir leid. Ich bin schrecklich. Ich … es ist nur … ich wurde mehr als einmal enttäuscht und bin etwas zurückhaltend, wenn es darum geht, Leute am Set kennenzulernen.«

»Ich verstehe das. Ich maße mir nicht an zu wissen, wie du dich fühlst, aber es klingt sehr nach dem, was mein Team und ich erleben, wenn wir bei einer Mission auf einem Marineschiff sind. Wir treffen viele Menschen, darunter sehr nette Männer und Frauen, aber wir achten immer sehr darauf, klare Grenzen zu ziehen, weil wir wissen, dass wir nicht lange dort bleiben werden. Und es ist extrem schwierig, irgendwelche Freundschaften aufrechtzuerhalten, wenn wir die Schiffe verlassen. Nicht unmöglich, aber sicherlich nicht einfach.«

Zita nickte. Dann fragte sie: »Hattest du keinen guten Tag?«

»Nein. Das Training war brutal, zwischen meinem Teamleiter und seiner Freundin stimmt etwas nicht, und das macht mir Sorgen. Ich glaube, ich habe immer noch Sand von heute Morgen in meiner Unterwäsche, dann war da noch Carmen, der Kaffee, den ich dir geholt habe, war umsonst, es ist ekelhaft hier draußen, auch wenn es jetzt viel besser ist als bei meiner Ankunft am Set, und ich habe noch einen Nachmittag voller Besprechungen vor mir.«

»Das tut mir leid.«

Obi-Wan zuckte mit den Schultern. »Kommst du heute Abend trotzdem ins *Anchor Point*? Kein Druck. Nur ein Abend weg von der Arbeit, dem Set, und du kannst mal aus deinem Motel raus.«

»Was, findest du das *Ocean Side Inn* nicht aufregend?«

»Das *Ocean Side Inn*? Carmen hat gesagt, sie wohnt im *Cavalier*.«

»Das tut sie auch. Logan und der Regisseur ebenfalls. Der Rest von uns einfachen Mitarbeitern ist in einem Billig-Motel untergebracht.«

Das leuchtete Obi-Wan ein, aber es irritierte ihn dennoch. Er ließ es jedoch dabei bewenden, da er ohnehin nichts daran ändern konnte. »Kommst du mit?«, fragte er eindringlich, weil er wirklich, wirklich, *wirklich* wollte, dass sie Ja sagte. »Ich kann dich abholen, wenn du möchtest. Ich nehme an, du hast hier keinen Wagen.«

»Ich habe keinen. Brauche ich auch nicht. Das Set ist nicht weit weg, und es ist schön, morgens und nachmittags frische Luft zu schnappen und sich zu bewegen, wenn ich zum Motel gehe.«

Ihre ausweichenden Antworten machten ihn fertig. Obi-Wan drängte nicht weiter. Eigentlich wollte er sie anflehen, aber das war nicht seine Art. Wenn sie heute Abend nicht in die Kneipe kommen wollte, dann wollte sie eben nicht in die Kneipe kommen.

»Um wie viel Uhr?«, fragte sie.

Er war überglücklich. »Um sieben? Wir bleiben normalerweise nicht lange. Vielleicht bis zehn oder so, wenn wir nicht zu müde sind. Aber ich schätze, heute Abend wird es wohl früh werden.«

»Okay.«

»Okay?«

Sie lächelte und nickte. »Ja. Ich werde an der Haupttür im Eingangsbereich des *Ocean Side Inn* auf dich warten. Um sieben. Komm nicht zu spät.«

»Ich komme nie zu spät«, versicherte Obi-Wan ihr. »Und danke. Mein Tag sieht schon viel besser aus.«

Sie verdrehte die Augen. »Und, Sage, du musst mir nicht jeden Morgen Kaffee mitbringen.«

»Magst du ihn nicht?«

»Natürlich. Was gibt es daran nicht zu mögen?«

»Ich werde morgen einen extragroßen Becher mitbringen, um mich dafür zu entschuldigen, dass ich dir heute keinen gebracht habe.«

»Es war meine Schuld, dass du mich nicht finden konntest, um ihn mir zu geben.«

Obi-Wan zuckte nur mit den Schultern.

»Du bist anders als alle Männer, die ich bisher kennengelernt habe.«

»Gut.« Er fragte nicht, inwiefern. Er hoffte, dass sie es als
Kompliment gemeint hatte, aber er wollte sein Glück nicht
überstrapazieren.

Die Tür hinter ihnen öffnete sich und zwei Männer und
eine Frau kamen heraus. Er und Zita standen auf und über-
ließen den Tisch den Rauchern. Sie gingen ein paar Schritte
weg, bevor Obi-Wan sagte: »Das ist wohl mein Stichwort, um zu
gehen. Wir sehen uns heute Abend. Punkt sieben.«

»Warte, ich weiß, du hast gesagt, das *Anchor Point* ist eine
Kneipe, aber nur um sicherzugehen ... Ich bin doch nicht
unangemessen gekleidet in meiner Cargohose, meinem T-Shirt
und meinen Turnschuhen, oder? Ich muss doch keine Cowboy-
stiefel und Hotpants anziehen, oder?« Sie grinste, als sie das
sagte.

Obi-Wan konnte den Blick nicht von ihr abwenden. Er
bewunderte erneut ihre Figur. Sie war an den richtigen Stellen
kurvig und im Vergleich zu ihm zierlich, was er sehr mochte.
»Was du gerade trägst, ist perfekt ... aber vielleicht solltest du
dein Haar offen tragen.«

Er wagte es, die Hand auszustrecken und ihre in seine zu
nehmen, um sie kurz zu drücken, dann ließ er los und wandte
sich seinem Jeep auf dem Parkplatz zu.

Er blickte einmal zurück und sah Zita dort stehen, wo er sie
zurückgelassen hatte. Sie starrte ihm mit undurchdringlicher
Miene nach. Die Raucher, die am Tisch saßen, starrten ihn
ebenfalls an. Er nickte ihnen allen zu und wandte sich dann
mit einem kleinen Lächeln im Gesicht wieder dem Parkplatz
zu.

Für einen Tag, der so beschissen begonnen hatte, hatte er
sich in den letzten zwanzig Minuten definitiv gebessert.

KAPITEL SECHS

»Mein Haar offen tragen ... was auch immer«, murmelte Zita vor sich hin, während sie in den Spiegel des kleinen Badezimmers im Motel starrte.

Sie hatte die letzten zwanzig Minuten damit verbracht zu überlegen, was sie mit ihrem Haar machen sollte, nachdem sie geduscht und es geföhnt hatte. Eigentlich mochte sie ihr Haar ... mochte die kastanienbraune Farbe ... aber egal, wie sehr sie sich auch bemühte, es verlor immer jegliche Locken, bevor sie aus dem Haus ging. Es war glatt wie ein Brett. Jeder wollte immer das Haar haben, das er nicht hatte, und sie war keine Ausnahme. Zita hätte alles für natürliche Locken gegeben.

Normalerweise trug sie ihr Haar in einem Pferdeschwanz, einem Dutt oder einem dicken Zopf, damit es ihr bei der Arbeit nicht ins Gesicht fiel.

Aber Sages Worte gingen ihr nicht aus dem Kopf. Er wollte ihr offenes Haar sehen, und Zita konnte nicht leugnen, dass sie heute Abend für ihn gut aussehen wollte. Sie wollte einen guten Eindruck bei seinen Freunden machen. Es war offensichtlich, dass sie ihm viel bedeuteten. Dass er sie respektierte.

Also kämmte sie ihr kastanienbraunes Haar, bis es glänzte, und ließ es offen. So wie er es gewünscht hatte.

Zita versuchte, sich einzureden, dass dies keine Verabredung war. Sie traf sich lediglich mit jemandem, den sie bei der Arbeit kennengelernt hatte und mit dem sie befreundet sein wollte. Sie tat etwas, um etwas Abwechslung in ihr Leben zu bringen. Jeden Abend allein in ihrem Zimmer zu sitzen war nicht gerade das Aufregendste auf der Welt, und sie freute sich darauf, endlich einmal auszugehen. Zeit mit Menschen zu verbringen, die nichts mit der Filmindustrie zu tun hatten. Es war ein hartes Geschäft, und obwohl sie mit ihrem Job als Sanitäterin nur am Rande damit zu tun hatte, spürte sie dennoch den Stress, der mit der Arbeit am Set einherging, wo man ständig mit anderen um Jobs und die Aufmerksamkeit derer konkurrierte, die einem bei der Karriere weiterhelfen konnten.

Aber sie belog sich selbst, und das wusste sie. Sage faszinierte sie. Er schien sein Leben im Griff zu haben. Er war ein erfolgreicher Night Stalker. Er hatte einen guten Job. Freunde. Er sah extrem gut aus und war topfit. Und doch hatte ihr der heutige Tag die Augen geöffnet, dass er immer noch ein ganz normaler Mensch war.

Er hatte ihr genug aus seinem Leben und von seinen Erfahrungen erzählt, dass sie bereits wusste, dass er nicht wie viele der Schauspieler und Schauspielerinnen war, die in den Serien und Filmen mitspielten, an denen sie arbeitete. Die gaben vor, keine Ängste und immer alles im Griff zu haben. So war Sage nicht. Ganz und gar nicht.

Aber zu sehen, wie Carmen ihn küsste? Zu denken, dass er das zugelassen hatte? Das war ein Schlag gewesen.

Sie hatte ihre gemeinsamen Morgen genossen, und die Anziehungskraft, die sie seit dem ersten Tag empfunden hatte, war nur noch stärker geworden. Deshalb hatte dieser Kuss sie so erschüttert. Sie hatte sogar gedacht, er würde mit ihr spielen, ihr sein Desinteresse vortäuschen und nur auf den richtigen Moment warten, um sich Carmen nähern zu können.

Zita hatte ein schlechtes Gewissen, an ihm gezweifelt zu haben ... und sie kam sich dumm vor. Sie konnte sehen, dass er aufrichtig war, als er ihr erklärte, dass die Schauspielerin ihn in die Enge getrieben hatte. Und wenn sie darüber nachdachte, umwarb Carmen ihn schon seit dem ersten Tag äußerst heftig. Wenn Sage sie gewollt hätte, hätte er sie inzwischen schon zehnmal haben können.

Bei näherer Betrachtung wurde ihr klar, dass er heute Morgen sogar einen Schritt zurückgewichen war, ohne Erfolg. Und seine Hände waren tatsächlich voll gewesen, weil er ihre Kaffees festhielt ... den Kaffee, den er ihr tagelang jeden Morgen treu gebracht hatte. Es war eine süße Geste, und obwohl sie ihm gesagt hatte, dass er das nicht tun müsse, tat er es trotzdem.

Ihre Anziehungskraft zu Sage hatte nicht nachgelassen. Nicht im Geringsten. Wenn überhaupt, war sie nach dem heutigen Tag und seiner Erklärung über die Begegnung mit Carmen noch gewachsen. Und zu wissen, dass er gelegentlich genauso mürrisch wurde wie alle anderen, ließ ihn bodenständiger erscheinen. Zugänglicher.

Allerdings hatte Zita das Gefühl, dass Sage, ähnlich wie eine bestimmte Schauspielerin, daran gewöhnt war zu bekommen, was er wollte, dass er nicht oft Nein zu hören bekam ... was sich daran zeigte, dass sie sich bereit machte, mit ihm in die Kneipe zu gehen, in der er mit seinen Pilotenfreunden verkehrte. Aber sie glaubte nicht, dass er der Typ Mann war, der jemanden ausnutzen oder weiter bedrängen würde, wenn jemand wirklich keine Zeit mit ihm verbringen wollte.

Kurz gesagt, Obadiah Engle war wahrscheinlich der interessanteste Mann, den Zita je getroffen hatte. Er hatte mehr zu bieten, als man auf den ersten Blick vermuten würde. Er hatte viele Facetten, und jede, die Zita entdeckte, faszinierte sie mehr als die vorige. Sie konnte es kaum erwarten, ihn mit seinen Freunden zu erleben. War er ein Scherzkeks? Ein Rowdy? War er nach ein oder zwei Bierchen ein Frauenheld? Würde er Billard oder Dart spielen wollen und dabei extrem ehrgeizig sein? War er respektvoll gegenüber den Männern und Frauen, die in der Kneipe arbeiteten?

Es gab so viele Dinge, die sie heute Abend über ihn herausfinden konnte, und sie freute sich darauf mehr, als sie zugeben wollte.

Um Viertel vor sieben war sie fertig. Es war noch zu früh, um in den Eingangsbereich zu gehen und zu warten, also schritt sie in ihrem kleinen Zimmer auf und ab, um ihre Nervosität loszuwerden. Sie war sich immer noch nicht sicher, ob dies eine Verabredung war. Sage hatte seine kategorische Aussage, dass er kein Interesse an einer Beziehung habe, zurückgenommen, aber das bedeutete nicht unbedingt, dass dies eine Verabredung war. Wahrscheinlich tat er nur das Gleiche wie sie – er wollte herausfinden, ob die verrückten Gefühle, die sie jedes Mal hatte, wenn sie zusammen waren, zu etwas führen könnten. Schließlich führte er sie in eine Kneipe, in der er mit seinen Kumpeln abhing. Ganz zu schweigen davon, dass all diese Freunde auch dort sein würden.

Lud ein Mann eine Frau auf einen Drink ein und bat dann seine besten Freunde dazu?

Sie bezweifelte es. Und dieser Gedanke nahm ihr etwas von dem Druck für diesen Abend, was eine Erleichterung war.

Zita sah an sich hinunter und zuckte zusammen, als ihr klar wurde, dass ihre Kleiderwahl ihre Gedanken verraten könnte. Sie hatte sich eindeutig Mühe gegeben, Sage zu beeindrucken, obwohl sie sich einzureden versuchte, dass es nur um eine Freundschaft ging. Ihre Jeans war eng – und schmeichelte ihren Kurven, wenn sie das selbst sagen durfte. Sie hatte ein grünes Hemd gewählt, für das sie immer Komplimente bekam. Es war ärmellos und hochgeschlossen, und es war absolut kein

Dekolleté zu sehen, aber es lenkte dennoch die Aufmerksamkeit auf ihre Brüste, die derzeit in einem BH eingebettet waren, der sie nach oben und zusammen drückte. Die Farbe passte auch fantastisch zu ihrem Haar und ihrem Teint.

An den Füßen trug sie ihr Lieblingspaar wassermelonenfarbene, leichte Stoffschuhe mit cremefarbenen Polka-Punkten. Sie passten nicht ganz zu dem Hemd, aber das war ihr egal. Wenn sie sie an ihren Füßen sah, musste sie immer lächeln.

Mit einem tiefen Atemzug entschied Zita, dass es zu spät war, sich umzuziehen. Sie griff nach ihrer Handtasche. Sie hatte dafür gesorgt, dass ihr Handy für die Nacht aufgeladen war, sie hatte zusätzliches Bargeld dabei sowie die üblichen Dinge, die sie immer bei sich trug ... eine Rettungsschere, Handschuhe, medizinisches Klebeband, ein kleines Erste-Hilfe-Set, ihre Taschenlampe, Glukosetabletten und ein Taschenmesser.

Frühere Freunde hatten sich darüber lustig gemacht, dass sie solche Dinge überall mit sich herumtrug, aber Zita war schon oft in Situationen geraten, in denen sie etwas davon gebraucht hatte. Sie konnte ihr medizinisches Wissen nicht einfach abschalten und würde niemals tatenlos zusehen, wie jemandem etwas passierte, wenn sie helfen konnte.

Sie legte sich den Riemen der Umhängetasche über die Schulter, verließ ihr Zimmer im Erdgeschoss und ging den Weg entlang in Richtung der Motelrezeption.

Sie hätte wahrscheinlich nicht überrascht sein dürfen, dass Sage bereits dort geparkt hatte, auf der Beifahrerseite seines Jeep Wrangler stand und auf sie wartete ... und doch war sie es. Als sie auf ihr Handy schaute, stellte sie fest, dass er fast zehn Minuten zu früh war.

Erleichtert, dass sie nicht im Eingangsbereich auf und ab gehen und ihre Nervosität wegen des bevorstehenden Abends steigen lassen musste, lächelte sie, als sie auf ihn zuging.

»Hallo«, sagte sie, als sie näher kam.

Er ließ den Blick von ihrem Kopf bis zu ihren Schuhen und dann wieder zurück wandern. Die Wertschätzung und Freude in seinen Augen erwärmten sie von innen heraus.

»Hey«, erwiderte er. »Du hast dein Haar offen.«

Ein wenig verunsichert strich Zita mit einer Hand durch die seidig weichen Strähnen. »Ja.«

»Es ist wunderschön. Ich wusste, dass es das sein würde. Und länger, als ich erwartet hatte.«

Ihr Haar war tatsächlich lang. Es reichte ihr bis zur Mitte des Rückens und auf die Brust, weshalb sie es bei der Arbeit zusammengebunden trug. Sie konnte es nicht gebrauchen, dass ihr Haar ihr bei der Reanimation oder beim Verbinden einer blutigen Wunde im Weg war.

»Die Schuhe gefallen mir auch sehr gut.«

Zita lächelte. Hatte ihr jemals ein Mann ein Kompliment für ihren ausgefallenen Geschmack in Sachen Schuhe gemacht? Nein. Normalerweise verdrehten die Männer die Augen oder fragten sie, ob sie ihre Kindheit wiederaufleben lassen wolle. Denn Zita hatte eine ganze Sammlung von bunten Stoffschuhen. Alle von verschiedenen Marken. Je bunter, desto besser. Sie brachten sie zum Lächeln. Und sie brauchte so viele Dinge wie möglich in ihrem Leben, die sie glücklich machten, da ihr Job manchmal verdammt hart war.

»Danke. Das ist eines meiner Lieblingspaare«, sagte Zita und streckte ihren Fuß hervor, damit er ihn besser sehen und sie den Schuh selbst bewundern konnte.

»Bist du bereit?«

»Ja.«

Sage öffnete die Tür und hielt sie ihr auf, während sie in den Jeep stieg. Er zog den Sicherheitsgurt herunter und reichte ihn ihr, was eine äußerst höfliche und fürsorgliche Geste war. Nicht dass Zita jemals ohne Sicherheitsgurt Auto gefahren wäre, aber es war nett von ihm, ihr dabei zu helfen.

Er ging um den Jeep herum, setzte sich hinter das Steuer,

legte seinen eigenen Sicherheitsgurt an, startete den Motor und fuhr vom Parkplatz.

Es war ein schöner Abend, und die Fenster waren leicht heruntergelassen, sodass die frische Abendluft hereinströmen konnte, ohne dass man sich gegen den Wind laut unterhalten musste.

»Wie war der Rest deines Tages?«, fragte Zita. »Ich hoffe, er ist besser geworden.«

Sage zuckte zusammen. »Nun, wenn du es besser findest, den ganzen Tag in Besprechungen zu sitzen, und dass Edge seinen Kaffee auf mir verschüttet hat, *besser* nennst, dann ja.«

Zita musste kichern. Es war irgendwie unhöflich, über sein Unglück zu lachen, aber sie konnte sich nicht zurückhalten.

Er drehte sich zu ihr um und lächelte, um ihr zu zeigen, dass er ihr das Kichern nicht übel nahm.

»Er hat das doch nicht mit Absicht gemacht, oder? Edge?«

»Nein, natürlich nicht. Er wollte eine Karte vom Tisch nehmen und hat die Tasse umgestoßen. Zum Glück war sie nicht voll, aber wir haben alle schnell versucht, die Karten aus dem Weg zu nehmen, damit sie nicht ruiniert werden. Anscheinend ist der Tisch nicht so eben, wie wir dachten, denn der Kaffee – Gott sei Dank war er kalt – ist direkt auf meinen Platz gelaufen und landete in meinem Schoß.«

Zita konnte sich die Szene vorstellen und lächelte breit. »Sag mir wenigstens, dass du den Sand aus deiner Unterwäsche rausbekommen hast.«

»Endlich, ja. Ich habe heute Abend nach meiner Rückkehr lange geduscht und bin mir ziemlich sicher, dass ich alles herausbekommen habe ... bis morgen früh, wenn Casper beschließt, uns wieder alle in Zuckerplätzchen zu verwandeln, nur um uns zu ärgern.«

Das brachte Zita zum Lachen.

»Er ist aus irgendeinem Grund gestresst, und keiner von uns weiß warum. Und wir haben bemerkt, dass Laryn, seine

Freundin, auch schlecht gelaunt ist. Es muss sich etwas ändern, denn obwohl wir Casper respektieren und bewundern, mögen wir es nicht, behandelt zu werden, als seien wir wieder Rekruten in der Grundausbildung. Er muss lockerer werden, um seinetwillen *und* um unseretwillen.«

»Wird er heute Abend da sein?«, fragte Zita.

»Er sollte kommen. Als ich alle vor dem Verlassen des Stützpunktes an den heutigen Abend erinnert habe, sagte er, dass er und Laryn sich bemühen würden, dort zu sein.«

Zita hoffte, dass die Spannung zwischen dem Teamleiter und dem Rest seiner Freunde nicht zu unangenehm werden würde. Wenn sie Streit mit ihm hatten, wollte sie auf keinen Fall dazwischenstehen.

»Buck und Mandy werden auch da sein. Und der Rest der Jungs.«

»Kannst du mir noch mal ihre Namen sagen?«

»Klar. Pyro, Chaos und Edge. Casper und Pyro fliegen normalerweise zusammen, genauso wie Buck und ich und Chaos und Edge.«

»Fliegst du immer mit demselben Partner? Bist du ihm zugewiesen?«

»Nicht immer. Wir können mit jedem fliegen. Und wir können auch die Rollen von Pilot und Co-Pilot tauschen. Wir alle kennen die Aufgaben und Pflichten beider Positionen. Aber wir fühlen uns in der aktuellen Konstellation wohl, warum sollten wir also etwas ändern? Wir sind nicht fest zugewiesen, aber wenn wir wählen müssten, würden wir wahrscheinlich dieselben Partner wählen. Weil es einfach funktioniert. Und wir sind alle verdammt gut zusammen.«

Es gab so vieles über Hubschrauber, von dem Zita keine Ahnung hatte. Und die Night Stalkers waren noch mysteriöser. Sie wusste nur, dass sie die Besten der Besten waren und zu gefährlichen Missionen rund um die Welt geschickt wurden. Das war zwar nicht gerade beruhigend, aber es machte sie stolz auf den Mann, der neben ihr saß. Es fiel ihr schwer, sich vorzustellen, wie er in voller Montur Kugeln und Panzerfäusten auswich, während er in und um bergiges Gelände flog und Teams von Soldaten der Spezialeinheiten absetzte oder abholte. Diese Situation schien kilometerweit entfernt von der gemütlichen und intimen Atmosphäre seines Wagens.

»Wolltest du schon immer ein Night Stalker werden?«

»Auf keinen Fall. Ich bin zwar schon immer gern geflogen, doch ich wollte eigentlich Verkehrspilot werden.« Er grinste. »Aber das College hat mich gelangweilt. Einer meiner Freunde ist zur Armee gegangen und hat mich irgendwie überredet mitzumachen. Das war extrem unüberlegt, aber es hat mein Leben zum Besseren verändert. Ich hätte mich zu Tode gelangweilt, wenn ich mit Flugzeugen von einem Flughafen zum anderen geflogen wäre. Es gibt nichts Aufregenderes, als hinter den Steuerknüppeln meines Hubschraubers zu sitzen, Raketen und Berggipfeln auszuweichen und gleichzeitig unsere tapferen Männer und Frauen am Boden erfolgreich aufzunehmen. Du hältst das wahrscheinlich für verrückt.«

Zita zuckte mit den Schultern. »Ich meine, es ist natürlich nicht ganz dasselbe, aber es klingt sehr nach dem Gefühl, das ich habe, wenn ich an einen schlimmen Unfallort komme, wo Menschen um Hilfe schreien und ich die Lage einschätzen und entscheiden muss, wer am dringendsten Hilfe braucht. Das Adrenalin, das durch meine Adern schießt, wenn ich jemanden nach einem Herzstillstand wieder zum Atmen bringe. Wenn ich den Blutverlust aus einer durchtrennten Arterie stoppen kann.

Manchmal, wenn ich einen Patienten ins Krankenhaus gebracht habe und zurück zu meinem Krankenwagen komme und alles voller Blut, Erbrochenem und anderen Körperflüssigkeiten ist, frage ich mich, warum ein vernünftiger Mensch so etwas tun würde. Aber dann erinnere ich mich an die Leben, die ich gerettet habe, an die Mütter, die ihre Kinder wiedersehen werden, und an die Ehemänner und Ehefrauen, die mehr Zeit mit ihren Lieben verbringen können. Das macht all das Ekelhafte ein bisschen erträglicher.«

Als sie fertig gesprochen hatte, kam sie sich ein wenig albern vor, weil sie ihren Job mit dem von Sage verglichen hatte. Aber zu ihrer Erleichterung nickte er nur zustimmend.

»Adrenalin ist schon seltsam. Was wir beide tun, ist ein bisschen verrückt, oder?«

Sie schnaubte. »Nur ein bisschen.«

»Arbeitest du gern im Krankenwagen, wenn du nicht am Set bist?«

Zita nickte. »Ja. Auch wenn ich die meiste Zeit am Set verbringe und dort den Großteil meines Geldes verdiene, finde ich die Schichtarbeit im Krankenwagen eine gute Abwechslung zu den vielen Reisen, die mein Job in der Filmindustrie mit sich bringt – ganz zu schweigen von einigen Egos. Umgekehrt zwingen Filmsets mich dazu, mich zu zügeln. Ich kenne viel zu viele Rettungssanitäter und Notärzte, die durch die tägliche Arbeit im Krankenwagen ausgebrannt sind, weil sie extreme Höhen und Tiefen erleben.«

»Wo ist deine Heimatbasis?«

»Im Moment in Hollywood. Aber ich denke darüber nach wegzuziehen.«

»Ach ja?«

»Ja. Schon seit einer Weile. Ich weiß nicht, ob du schon mal in Hollywood warst, aber es ist … anders.«

»Ich war noch nie dort. Inwiefern anders?«

»Das Drogenproblem ist außer Kontrolle. Und davon sind nicht nur Obdachlose betroffen. Ja, wir werden oft zu Menschen gerufen, die neben ihren Zelten oder Einkaufswagen auf der Straße liegen. Aber es sind auch reiche Leute. Die Leute spritzen sich überall Drogen. Es ist wild. Wir verbrauchen mehr Naloxon, als du dir wahrscheinlich vorstellen kannst. Und doch sehen wir am nächsten Tag, in der nächsten Woche oder wann auch immer dieselben Menschen und müssen sie wiederbeleben. Ich verstehe, dass Sucht eine Krankheit und extrem schwer zu überwinden ist, aber als Rettungssanitäter ist das anstrengend und entmutigend.«

»Ich kann mir das nicht vorstellen. Wo würdest du gern hinziehen?«

»Ich habe keine Ahnung. Das ist auch der Hauptgrund, warum ich noch nicht weggegangen bin. Und bevor du es sagst, ich weiß, dass es überall Drogen gibt, aber ich würde gern einen Ort finden, an dem ich meine Fähigkeiten für mehr als nur die Verabreichung von Naloxon einsetzen kann. Vielleicht irgendwo, wo es etwas weniger bevölkert ist. Ich möchte nicht aufs Land, weil mir dort wahrscheinlich langweilig wäre, also würde ich gern irgendwo in einer Stadt leben. Nur nicht wie in L. A.«

»Würde das deine Chancen auf Jobs am Set beeinträchtigen?«

»Ich glaube nicht. Ich kann ja immer dorthin fliegen, wo ich gebraucht werde, wo eine Serie oder ein Film gedreht wird. Ich würde vielleicht nicht mehr so *viele* Aufträge bekommen. Zum Beispiel würde ich wahrscheinlich keine Jobs mehr in Kalifornien bekommen. Und wenn ich nicht in L. A. bin, wo die Gewerkschaftsvertreter und Agenten sind, würde ich irgendwann komplett in Vergessenheit geraten. Aber das würde mir nicht so viel ausmachen.«

»Hast du Familie?«

Zita gefiel das. Es gefiel ihr, wie interessiert Sage an ihrem Leben zu sein schien. Bei zu vielen Verabredungen war sie diejenige gewesen, die alle Fragen gestellt und den ganzen Abend einem Mann zugehört hatte, der nur über sich selbst sprach.

»Nein. Ich bin aus einer Kapsel auf einer fremden Welt geschlüpft und hier auf der Erde ausgesetzt worden.«

Sages lautes Lachen veranlasste Zita zu einem breiten Grinsen.

»Ich wusste schon bei unserer ersten Begegnung, dass du etwas Besonderes bist«, sagte Sage, ohne eine Sekunde zu zögern.

»Natürlich habe ich eine Familie. Ich meine, es ist nicht selbstverständlich, dass jeder eine hat. Meine Eltern leben in West Lafayette, Indiana. Sie sind beide Professoren an der Purdue Universität. Ich habe einen jüngeren Bruder, Chris. Er ist verheiratet und lebt in Monticello, etwas nördlich von Lafayette. Er arbeitet in einer Autofabrik. Er hat noch keine Kinder, aber laut Chris versuchen er und seine Frau aktiv, das zu ändern. Das ist viel zu viel Information. Der Gedanke, dass mein trotteliger kleiner Bruder Sex hat, reicht aus, um mich zum Kotzen zu bringen. Aber ich weiß, dass meine Eltern voller Vorfreude auf den Tag warten, an dem sie Großeltern werden. Ich glaube, sie haben mich diesbezüglich abgeschrieben, also ist mein Bruder ihre letzte Hoffnung. Was ist mit dir?«

»Ich habe keine Geschwister. Meine Eltern leben in Colorado Springs. Mein Vater ist Ingenieur und meine Mutter hat eigentlich nie gearbeitet. Sie hat mich großgezogen und engagiert sich für alle möglichen ehrenamtlichen und karitativen Projekte. Ich glaube nicht, dass sie sich besonders nahestehen, aber ihre Beziehung scheint zu funktionieren.«

»Colorado Springs ... ist dort nicht die Air Force Academy? Hast du dort deine Liebe zum Fliegen entdeckt?«

»Ja, aber nicht wirklich. Als ich klein war, haben wir einen Ausflug nach Disneyland gemacht, und ich durfte ins Cockpit und mich auf den Pilotensitz setzen. Ich habe mich mit dem Piloten fotografieren lassen, und er hat mir die Anstecknadel mit den Flügeln angeheftet, die sie den Kindern geben, und das war's. All diese Knöpfe und Hebel zu sehen und zu begreifen, dass die Leute, die dort oben saßen und das Flugzeug flogen, wussten, wie man sie alle bedient, hat mich fasziniert.«

»Und jetzt bist du hier«, sagte Zita mit einem kleinen Lächeln. »Du fliegst Hubschrauber.«

»Ja.«

»Ich habe noch eine Frage.«

»Schieß los.«

»Hast du noch die Anstecknadel, die du damals bekommen hast?«

»Natürlich«, sagte Sage und sah sie mit einem breiten Grinsen an. »Sie ist in einer Schachtel unter meinem Bett, zusammen mit allen Medaillen, die mir im Laufe meiner Karriere verliehen wurden.«

Zita hatte keine Ahnung, ob er scherzte oder nicht, aber sie nahm an, dass er es wohl nicht tat. »Cool.«

»Ja. Wir sind fast da.«

Als Zita durch die Windschutzscheibe schaute, sah sie vor sich rechts ein Gebäude mit extrem hellen Lichtern, die den gesamten Parkplatz beleuchteten.

»Wow, da könntest du deinen Hubschrauber direkt auf dem Parkplatz landen«, scherzte sie.

Aber Sage lächelte nicht einmal. »Mandy wurde vor einigen Monaten nachts auf dem Parkplatz überfallen, und da es kaum Beleuchtung gab, hat Buck nichts gesehen. Nach einer großzügigen Spende eines ehemaligen SEALs, den wir kennen, hat der Besitzer die starken Scheinwerfer installieren lassen, damit niemand mehr auf seinem Grundstück überfallen wird.«

Zita fühlte sich schrecklich, dass ihr Witz offenbar so geschmacklos war. »Es tut mir so leid. Das wusste ich nicht.«

»Schon gut. Und ja, die Beleuchtung ist ein bisschen übertrieben, aber niemand beschwert sich. Nicht einmal die Leute, die in den Häusern in der Nähe wohnen. Ich glaube, sie sind wahrscheinlich erleichtert, denn diese Gegend war früher nicht gerade die beste. Aber es wird langsam besser.«

»Ist sie okay? Mandy?« Sage hatte schon ein paarmal von der anderen Frau gesprochen, und Zita fühlte sich immer noch schrecklich, dass sie eine so beleidigende Bemerkung über jemanden gemacht hatte, der ihm wichtig war.

»Es geht ihr gut. Sie hat eine Weile gebraucht, um sich zu erholen, aber sie ist unglaublich widerstandsfähig. Derzeit ist sie als Langzeitvertretung an einer Schule auf dem Marinestützpunkt tätig, aber Buck hat uns neulich erzählt, dass nächstes Jahr an derselben Schule eine Vollzeitstelle als Lehrerin für die erste Klasse frei wird, die sie mit ziemlicher Sicherheit bekommen wird.«

»Das ist toll.«

»Ja, das ist es. Sie ist genau die Art von Lehrerin, die ich mir für meine Kinder wünschen würde. Fürsorglich, mitfühlend und entschlossen, ihnen eine gute Schulzeit zu ermöglichen.«

Sage parkte seinen Jeep hinten auf dem Parkplatz unter einer der hellen Lampen. Bevor er die Tür öffnete, drehte er sich zu ihr um. »Bist du bereit?«

»Bereit«, sagte Zita. Und das war sie auch. Je mehr sie über seine Freunde – und über ihn – erfuhr, desto mehr wollte sie wissen.

Sage nickte und griff nach seiner Tür. Zita tat es ihm gleich, und sie trafen sich an der Vorderseite des Jeeps. Als die Tür aufging und wieder geschlossen wurde, hörte sie Musik aus der Kneipe, und Leute gingen hinein und hinaus. Es schien ein beliebter Ort zu sein, was ein gutes Zeichen war. Ihrer Erfahrung nach waren das Essen und die Atmosphäre umso besser, je heruntergekommener ein Ort von außen aussah. Und die Tatsache, dass so viel los war, sagte auch viel darüber aus ... nur Gutes.

Trotz ihrer Nervosität war Zita froh, dass sie Sage begleitet hatte. Nicht nur, weil sie ihn besser kennenlernen konnte, sondern auch, weil sie es liebte, die Seele einer Stadt kennenzulernen.

Je mehr sie von Norfolk sah, desto besser gefiel es ihr. Es gab eine interessante Mischung aus Militärangehörigen,

Minderheiten und Menschen unterschiedlicher Einkommens-klassen. Dank ihres Berufs hatte Zita schon viele Städte besucht, hatte das Gute, das Schlechte und das Hässliche gesehen und glaubte, den Charakter eines Ortes gut einschätzen zu können. Und diese Stadt an der Küste Virginias vermittelte ihr nur positive Eindrücke.

Sie nahm ihre Handtasche vor sich und lächelte Sage an, der ihr die Tür aufhielt. Mit einem tiefen Atemzug trat sie ein, gespannt auf den bevorstehenden Abend und darauf, Sages Freunde kennenzulernen.

KAPITEL SIEBEN

Obi-Wan war zufrieden mit dem bisherigen Verlauf des Abends. Er und Zita hatten auf dem Weg zum *Anchor Point* ununterbrochen geredet, was ein gutes Zeichen war. Er hatte schon einige Verabredungen gehabt, bei denen er die ganze Zeit reden musste oder bei denen die Frau, mit der er zusammen war, nicht den Mund halten konnte, ununterbrochen plapperte und sich zu sehr bemühte, einen guten Eindruck zu hinterlassen.

Zita war bodenständig und entspannt. Sie war interessant und witzig und hatte offensichtlich einen klaren Kopf. Er wusste bereits, dass sie hart arbeitete, was er schätzte und bewunderte. Und er konnte nicht leugnen, dass er sich körperlich zu dieser Frau hingezogen fühlte.

Er hatte gewusst, dass ihr Haar wunderschön sein musste, sollte sie es jemals aus ihrem strengen Dutt lösen – und das war es auch. Das grüne Hemd, das sie trug, passte perfekt zu ihrem rotbraunen Haar, und er wollte nichts lieber, als seine Hand in ihr Haar zu versenken, um zu fühlen, ob es so weich war, wie es aussah.

Zum Glück konnte er sich zurückhalten, denn das wäre

seltsam gewesen und hätte sie wahrscheinlich in die andere Richtung davonlaufen lassen.

Sie verstanden sich auf einer Ebene, die er bei Beziehungen nicht oft erlebt hatte. Als sie seine Aussage über den Adrenalinkick, den er beim Fliegen in Extremsituationen verspürte, mit ihren eigenen Erfahrungen verglich, wuchs sein Respekt für sie. Nein, die beiden Situationen waren nicht *wirklich* vergleichbar, aber genauso wie sie sich wahrscheinlich nicht vorstellen konnte, was er bei *seiner* Arbeit erlebte, konnte er sich nicht vorstellen, was sie regelmäßig mit ansehen musste.

Er hoffte, dass sie sich mit seinen Freunden verstehen würde. Es wäre extrem schwierig, mit jemandem zusammen zu sein, der nicht zu den Menschen passte, mit denen er die meiste Zeit verbrachte, sowohl bei der Arbeit als auch in seiner Freizeit. Er konnte sich allerdings nicht vorstellen, warum sie nicht mit ihnen klarkommen sollte. Alles, was er über sie wusste, sagte ihm, dass dieser Abend gut verlaufen würde. Das hoffte er zumindest.

Für diese frühe Abendstunde war es im *Anchor Point* ziemlich voll, aber als Obi-Wan sich umsah, entdeckte er seine Teamkameraden, die eine Ecke der Kneipe in Beschlag genommen hatten. Sie hatten zwei Tische zusammengeschoben, damit sie alle Platz hatten, was vor dem Beitritt von Laryn und Mandy zu ihrer Gruppe kein Problem gewesen war.

»Hey!«

»Schön, dass ihr gekommen seid.«

»Hi, Zita! Cooler Name.«

Die Begrüßungen folgten schnell aufeinander, und Obi-Wan stellte alle kurz vor. Da er Zita bereits von seinen Freunden erzählt hatte, schien sie weder verwirrt noch überfordert zu sein, was ihn erleichterte.

»Hallo!«, sagte sie mit einem offenen, freundlichen Lächeln. »Schön, euch alle kennenzulernen.«

Neben Casper und Laryn waren zwei Plätze frei, und Obi-

Wan sah sofort, dass das, was ihren Teamleiter und seine Freundin beschäftigte, offenbar noch nicht geklärt war. Sie sahen beide gestresst aus, obwohl sie Händchen hielten, und er hoffte, das bedeutete, dass es sich nicht um eine bevorstehende Trennung handelte. Er wollte sich gar nicht vorstellen, dass sie nicht mehr zusammen waren ... vor allem nachdem Casper Jahre gebraucht hatte, um in die Gänge zu kommen und zu erkennen, was direkt vor ihm lag.

Auf dem Tisch standen zwei Krüge Bier, und die beiden Frauen hatten Gläser mit etwas vor sich, das wie Eistee aussah.

»Bier?«, fragte Chaos ihn und Zita mit hochgezogenen Augenbrauen.

»Auf jeden Fall«, antwortete Obi-Wan. Es war noch früh, also wusste er, dass er ein Glas trinken konnte und trotzdem noch in der Lage sein würde, Zita in ein paar Stunden nach Hause zu fahren.

»Zita?«

»Ähm ... ich trinke nicht so gern Bier. Ich kann an die Bar gehen und etwas bestellen«, sagte sie, wobei sie zum ersten Mal klang, als sie ihr unbehaglich zumute.

»Sag mir einfach, was du möchtest, und ich hole es dir.«

»Oh, ich kann das machen.«

»Natürlich kannst du das«, entgegnete er mit einem kleinen Lächeln, »aber ich würde es gern für dich tun. Es sei denn, du bist noch nicht bereit, mit diesen seltsamen Typen allein zu sein.« Obi-Wan lächelte, um ihr zu zeigen, dass er scherzte.

»Oh nein, das ist es nicht. Ich sitze gern hier und lasse mich von dir bedienen. Ich möchte nur nicht eine *dieser* Frauen sein. Du weißt schon, die davon ausgehen, dass der Mann alles tun muss, während sie auf ihrem edlen Thron sitzen und ihn herumkommandieren.«

Alle am Tisch lachten.

»Es tut ihm gut, wenn er herumkommandiert wird«, sagte Buck.

»Bitte, bleib sitzen«, fügte Casper hinzu. »Der Junge ist weich geworden, weil er jeden Morgen an diesem schicken Filmset rumhängt.«

Obi-Wan verdrehte die Augen. »Wie auch immer.« Dann sah er wieder zu Zita. »Was kann ich dir bringen?«

»Ist das *Tee*-Tee oder Tee mit Alkohol?«, fragte sie Laryn und Mandy.

»Nur normaler Tee«, antwortete Laryn.

Zita runzelte kurz die Stirn, bevor sie ihren Gesichtsausdruck glättete. »Tee ist auch für mich in Ordnung«, sagte sie zu Obi-Wan.

Er beugte sich zu ihr hinüber, hielt ihren Blick fest und sagte: »Wenn du etwas mit Alkohol möchtest, dann nur zu. Nur weil die anderen nichts trinken, musst du dich nicht zurückhalten.«

»Ja, ich habe fest vor, mir als Nächstes einen Lemon Drop zu bestellen, aber die Kinder in der Schule waren heute besonders lebhaft, und ich habe nicht annähernd so viel Wasser getrunken wie sonst, deshalb dachte ich, es sei besser, vor dem Alkohol erst einmal einen Tee zu trinken, damit ich nicht dehydriere.«

»Oh, das ist klug. Zu viele Menschen unterschätzen, wie sehr Wassermangel dem Körper schaden kann«, erklärte Zita mit einem Nicken.

»Es ist immer gut, einen Sanitäter in der Nähe zu haben«, sagte Edge mit einem Grinsen.

»Ist es für *dich* okay, wenn ich etwas trinke?«, fragte Zita Laryn. »Ich weiß, dass man sich manchmal unwohl fühlt, wenn man nichts trinkt und andere schon.«

Sie sah überrascht aus. »Es geht mich nichts an, ob du trinkst«, entgegnete Laryn.

»Warum trinkst *du* nichts?«, fragte Pyro ihre Mechanikerin. »Du trinkst doch sonst immer ein oder zwei Bier mit uns.«

Zu Obi-Wans Überraschung erröteten Laryns Wangen. Sie

biss sich auf die Unterlippe und wagte es nicht, den anderen am Tisch in die Augen zu sehen.

»Laryn? Ist alles in Ordnung?«, fragte Buck und beugte sich mit besorgter Miene vor.

»Ihr geht es gut«, antwortete Casper für sie. »Wir wollten nichts sagen, aber ... ihr seid unsere Familie. Wir haben es diese Woche erfahren – Laryn ist schwanger.«

Für einen kurzen Moment herrschte Stille, dann redeten alle durcheinander.

»Heilige Scheiße, *schwanger*?«

»Herzlichen Glückwunsch!«

»Das ist toll ... oder?«

»Wow! Ich nehme an, das ist eine Überraschung?«

Als alle wieder ruhig waren, sagte Laryn: »Wir wollten damit noch warten. Wir wollten erst einmal etwas Zeit haben, um die Neuigkeit zu verdauen, nur wir beide.«

»Deshalb warst du so gestresst«, sagte Mandy leise. »Das hast du mir gegenüber neulich am Telefon zugegeben, aber du hast nicht gesagt warum.«

»Ja.«

»Wir sind glücklich. Überglücklich. Es ist nur alles ein bisschen überwältigend. Die Änderung unserer Pläne und so«, erklärte Casper.

»Das kann ich mir vorstellen«, sagte Mandy. Sie streckte ihre Hand über den kleinen Tisch und nahm Laryns in ihre. »Aber es geht dir gut? Du bist gesund?«

Laryn lächelte sie an. »Ja. Mir geht es gut. Danke. Und nur damit das klar ist: Auch wenn es nicht geplant war, könnten wir nicht glücklicher sein.«

»Sah nicht danach aus«, murmelte Edge leise.

»Glücklich, aber gestresst wegen allem, was das bedeuten wird«, stellte Casper klar.

»Ich will nicht, dass ich *nicht* mit euch auf Mission gehe«, erklärte Laryn. »Wenn der Oberst erfährt, dass ich schwanger bin, wird er mich wahrscheinlich aus dem Einsatzplan nehmen, und ich kann den Gedanken nicht ertragen, dass Tate oder einer von euch irgendwo hingeht, ohne dass ich da bin, um eventuelle Probleme zu lösen. Das klingt verdammt arrogant, aber ich kenne eure Hubschrauber wie meine Westentasche, und niemand arbeitet härter als ich, um sicherzustellen, dass sie einsatzbereit sind.

Und dann ist da noch die Frage, was nach der Geburt des Babys passieren wird. Darf ich dann überhaupt noch mit euch auf Mission gehen? *Wollen* wir überhaupt, dass wir beide gleichzeitig auf Mission sind? Wenn ja, was machen wir dann mit dem Baby? Wir können es ja nicht wie einen Hund in eine Hundepension stecken. Ich *liebe* meinen Job und möchte nicht aufhören müssen.«

»Ich sage ihr immer wieder, dass wir eine Lösung finden werden«, sagte Casper und streichelte Laryn liebevoll den Rücken. »Wir haben noch etwas Zeit, um Pläne zu schmieden, bevor das Baby kommt.«

»Ich helfe gern«, sagte Mandy. »Tante Mandy wird euer Kind verwöhnen, während ihr weg seid, und wenn ihr dann euren kleinen Wildfang zurückbekommt, werdet ihr euch fragen, wo das ruhige, vernünftige Kind geblieben ist, das ihr zurückgelassen habt.«

Alle lachten.

»Danke, Mandy. Ich habe ihr gesagt, dass mein Vater sich riesig freuen würde, während unserer Abwesenheit herzukommen und auf das Kind aufzupassen. Er wird sein erstes Enkelkind verwöhnen. Und wenn Nate nichts zu tun hat, wird er auch gern helfen.«

»Dein Bruder ist bei den SEALs«, sagte Laryn genervt. »Er hat einen genauso hektischen Zeitplan wie du. Er kann nicht einfach alles stehen und liegen lassen, um zu babysitten.«

Es klang, als hätten sie diese Unterhaltung schon einmal geführt. Zumindest wusste Obi-Wan jetzt, warum sie beide in letzter Zeit so gestresst waren. Ein Kind zu bekommen war eine große Sache. Es würde eine drastische Veränderung ihrer Routine bedeuten. Und Laryn hatte recht, ihre Jobs würden eine Herausforderung darstellen, wenn es um die Kinderbetreuung ging.

»Ich kenne vielleicht jemanden, der helfen könnte«, platzte Zita heraus.

Alle Augen richteten sich auf sie.

»Ich meine, ich weiß, wir sind uns gerade erst begegnet, aber an den Sets, an denen ich arbeite, gibt es immer Schauspieler und Schauspielerinnen, die Kinder haben. Und ja, sie haben zwar den Luxus, sie manchmal mit zum Set zu bringen und mit ihnen zu reisen, aber sie können nicht den ganzen Tag bei ihnen sein. Ich habe Frauen kennengelernt, die professionelle Babysitterinnen für Babys und Kinder am Set sind. Ich habe mich ein wenig mit ihnen unterhalten, und oft wohnen sie in Hotels in der Nähe der Eltern, damit sie immer verfügbar sind.«

»Wir könnten uns kein Vollzeit-Kindermädchen leisten«, sagte Laryn.

»Das ist nicht so teuer, wie man meint, da Unterkunft und Verpflegung Teil des Gehalts sind. Ich weiß, dass es seltsam sein kann, jemanden mit seinem Kind allein zu Hause zu lassen, aber wenn man die Person gut kennt und ihr vertraut, könnte das eine Lösung sein. Stellt es euch wie eine Art *Miete-eine-Oma* oder so vor.«

Alle lachten.

»Das könnte funktionieren. Und ich könnte jeden Tag vorbeikommen, um nach dem Rechten zu sehen«, fügte Mandy hinzu. »Vielleicht könnte ich die Nachtschicht übernehmen oder so.«

»Das kann ich dir nicht zumuten«, sagte Laryn mit Tränen in den Augen.

»Ach, schon gut. Jede Zeit, die ich mit deinem Baby verbringen kann, ist ein Segen, und *ich* wäre die Glückliche.«

»Ich möchte nur nicht meinen Job aufgeben. Ich möchte ein Baby, aber ich liebe meine Arbeit«, sagte Laryn unter Tränen.

»Ich glaube, alle Frauen haben dieselben Gefühle wie du«, sagte Chaos sanft. »An diesem Tisch sitzen genügend kluge Leute, da finden wir bestimmt eine Lösung, bevor das zum Problem wird.«

»Du hast recht. Ich bin nur ... gestresst. Die Hormone, weißt du«, sagte Laryn.

Casper legte einen Arm um Laryn und zog sie an sich. Sie legte ihren Kopf auf seine Schulter und seufzte.

»Und bevor einer von euch Arschlöchern fragt: Ja, wir heiraten. Das war schon immer unser Plan, aber das Baby hat das Ganze etwas beschleunigt. Es stehen viele Arzttermine an, um sicherzugehen, dass Laryn und das Baby gesund sind, und ich möchte, dass sie alle Vorteile der Krankenversicherung hat, die ihr die Ehe mit mir bietet.«

»Hat sie die nicht schon durch ihren Job?«, fragte Obi-Wan. Er wollte nicht gemein sein, er fragte wirklich aus Neugier.

»Das habe ich Tate auch gesagt«, sagte Laryn und setzte sich auf.

»Du willst also nicht heiraten?«, fragte Chaos verwirrt.

»Natürlich will ich heiraten. Ich liebe ihn. Aber ich will nicht heiraten *müssen*.«

»Es klingt nicht so, als müsstest du heiraten«, warf Pyro ein. »Du hast eine Krankenversicherung, ihr lebt zusammen, was bringt dir ein Stück Papier noch?«

»Halt doch die Klappe«, beschwerte Casper sich.

Laryn kicherte, und das Geräusch war eine willkommene Abwechslung in der angespannten Stimmung, die zwischen den Freunden geherrscht hatte.

»Ich sage ihr immer wieder, dass sich an unseren Plänen

nichts ändert, dass sie nur etwas vorverlegt werden. Sie ist die Liebe meines Lebens, und wenn mir etwas zustößt, möchte ich, dass sie und unser Baby alle Vorteile erhalten, die eine Ehe mit sich bringt. Ihr wisst genauso gut wie ich, dass Ehepartner in der Armee mehr Rechte haben als Nicht-Ehepartner.«

Damit hatte er recht. Wenn sie nicht verheiratet waren und Casper während einer Mission etwas zustoßen würde, wäre es möglich, dass niemand zu Laryn nach Hause kommen würde, um ihr Bescheid zu geben. Unwahrscheinlich, aber möglich.

»Und ich werde sie offiziell fragen. Es wird superromantisch werden. Und sie wird sich für den Rest ihres Lebens an den Antrag erinnern und unseren Kindern und Enkeln erzählen, wie ihr Vater und ihr Opa sich so viel Mühe gegeben haben, um die wichtigste Frage ihres Lebens unvergesslich zu machen.«

»Du hast also schon alles geplant?«, fragte Pyro mit einem Grinsen. »Können wir helfen?«

»Nein und nein«, knurrte Casper.

Obi-Wan lachte leise.

»Bring mich nicht in Verlegenheit«, sagte Laryn mit finsterer Miene zu Casper.

»Das würde mir im Traum nicht einfallen.«

»Und frag auch nicht, wenn wir im Bett sind. Denn *davon* erzähle ich unseren Kindern und Enkeln bestimmt nichts.«

Erneut ertönte Gelächter an den Tischen.

»Bitte sag mir, dass Casper jetzt, da das große Geheimnis gelüftet ist, weniger ein Arsch und das Training nicht mehr ganz so schrecklich sein wird«, murmelte Buck.

»Verlass dich nicht darauf«, informierte Casper ihn.

Alle stöhnten.

Obi-Wan beugte sich erneut zu Zita hinüber. Er befürchtete, dass all dieses Drama sie davon abhalten würde, mit seinen Freunden Zeit zu verbringen. Ihre Idee mit einem Kindermädchen, das bei ihnen wohnte, war gut, aber wenn es *sein* Kind wäre, wäre er sich nicht sicher, ob er jemandem, den er eingestellt hatte, sein Baby anvertrauen würde. Er würde sich die ganze Zeit seiner Abwesenheit Sorgen machen.

»Willst du immer noch etwas trinken?«

Sie drehte sich mit einem verlegenen Lächeln zu ihm um. »Ich wollte doch keinen ganzen Aufstand machen«, sagte sie. »Ich wollte nur wissen, ob es für Laryn in Ordnung ist, wenn ich etwas trinke.«

Obi-Wan lächelte sie an. Sie war bezaubernd. Und er fand es toll, wie rücksichtsvoll sie war. »Ich denke, man kann mit Sicherheit sagen, dass es ihr nichts ausmacht, wenn du trinkst, was immer du willst. Also, was kann ich dir bringen?«

»Eine Cola light mit Rum bitte.«

»Kommt sofort.« Er konnte dem Drang nicht widerstehen, sich näher zu ihr zu beugen, bis seine Lippen fast ihr Ohr berührten, und zu sagen: »Danke, dass du so cool bist. Ich schwöre, normalerweise ist es nicht so ... angespannt zwischen uns.«

Die Hand, die sie auf sein Knie legte, fühlte sich an, als würde sie seine Jeans verbrennen. »Ist schon gut, Sage, ehrlich. Wenn die Sanitäter und ich während der Arbeit zusammenkommen, wärst du wahrscheinlich schockiert, wie offen wir reden. Es geht nur um medizinische Verfahren und Körperflüssigkeiten und so.«

Obi-Wan zog sich mit einem leisen Lachen zurück. »Mich schockiert nicht viel. Ich bin gleich zurück.«

Dann stand er auf und fragte, ob jemand etwas von der Bar wolle. Als alle verneinten, ging er durch den überfüllten Raum, um Zita einen Drink zu holen.

Als er mit der Cola light, dem Rum und einem Lemon Drop für Mandy zurückkehrte, hatte sich das Gespräch bereits auf banalere Themen verlagert. Zita erzählte von dem Film und ihrer Arbeit am Set. Alle lachten über die Geschichte, dass sie einer Komparsin Zofran geben musste, damit diese sich nicht mehr vor Nervosität übergab, nachdem sie in der Nähe von Logan Striker gestanden hatte.

»Danke«, sagte Zita mit einem kleinen Lächeln, als Obi-Wan ihr das Getränk vor die Nase stellte.

»Du hättest mir keinen Lemon Drop bringen müssen, aber ich weiß es zu schätzen«, sagte Mandy zu ihm.

Obi-Wan nickte ihr zu und lehnte sich in seinem Stuhl zurück, einen Arm auf Zitas Rückenlehne gelegt, während er einen Schluck von dem Bier trank, das Pyro ihm eingeschenkt hatte.

»Also, sag die Wahrheit. Fandest du es komisch, als Obi-Wan dir gesagt hat, dass wir heute Abend alle hier sein würden?«, fragte Edge.

»Warum sollte sie das komisch finden?«, fragte Buck.

»Im Ernst?«, fragte Edge mit ungläubigem Gesichtsausdruck.

»Ja.«

»Vielleicht weil es nicht normal ist, mit all deinen Kumpeln auf eine Verabredung zu gehen?«, sagte Edge.

Buck runzelte die Stirn.

Und Mandy kicherte.

Er sah seine Freundin an und schien völlig verwirrt zu sein. »Ich verstehe den Witz nicht.«

»Alter, du hast genau das Gleiche gemacht«, informierte Chaos ihn. »Du hast Mandy bei eurer ersten Verabredung mit ins *Anchor Point* genommen – und wir waren alle dabei.«

Buck sah von Mandy zu Chaos, zu Zita und dann wieder zu Mandy.

»Ist schon okay«, sagte Mandy mitleidig. »Ich wollte alle deine Freunde kennenlernen, von denen du im Dschungel erzählt hast.«

»Ich ... Es ist ... Ich wollte nur die wichtigsten Menschen in meinem Leben mit dir teilen«, sagte Buck, der verzweifelt aussah. »Ich hätte dich in ein schickes Restaurant oder so etwas mitnehmen sollen. Vielleicht zum Bowling.« Mandy und Laryn kicherten darüber. »Egal was, solange wir nur zu zweit gewesen wären.«

Aber Mandy schüttelte den Kopf. »Nein, Nash. Ich habe mich gefreut, alle kennenzulernen. Ich hätte nichts anderes machen wollen.«

Obi-Wan warf Zita einen Blick zu. Hatte er es auch vermasselt? Er war aus der Übung, Frauen zu umwerben, und offenbar hatte er es von Anfang an verbockt.

»Nicht«, sagte sie, als hätte sie seine Gedanken gelesen. »Heute Abend ist perfekt.«

»Aber ...«

»Wenn du mich in ein schickes Restaurant zum Essen eingeladen hättest, hätte ich wahrscheinlich abgelehnt. Ich bin nicht der Typ für schicke Restaurants. Und ich habe mich von dir abholen lassen, klar, aber das war auch schon alles, was ich dir zugestanden habe, da du mich ausdrücklich zu einem ungezwungenen Abend mit dir und deinen Freunden eingeladen hattest. Außerdem waren wir beide nicht an einer Beziehung interessiert, weißt du noch?«

Obi-Wan war sich bewusst, dass seine Freunde diesem Gespräch aufmerksam lauschten – und dass sie ihn morgen wahrscheinlich aufziehen würden. Aber das war ihm egal.

»Das war ich nicht. Aber jetzt bin ich es«, sagte er entschlossen.

»Du bist *was*?«

»Ich bin an einer Beziehung interessiert. Mit dir.«

Er konnte Zitas Gesichtsausdruck nicht deuten, aber er sagte ihr nichts, was er ihr nicht schon heute Nachmittag in der Raucherzone am Filmset gesagt hatte. Er fuhr fort.

»Nächstes Mal mache ich es besser. Vielleicht können wir uns E-Bikes ausleihen und am Strand entlangfahren. Oder wir probieren einen dieser Escape Rooms oder Axtwerfen aus. Ich habe gehört, das Aquarium soll auch toll sein.«

»Oooh, wir sollten alle in einen Escape Room gehen! Wir würden einen Geschwindigkeitsrekord beim Lösen der Rätsel aufstellen«, prahlte Pyro.

Aber Obi-Wan hielt seinen Blick auf Zita gerichtet. Er hatte es überhaupt nicht seltsam gefunden, dass er sie gefragt hatte, ob sie mit allen anderen zum *Anchor Point* kommen wolle. Aber jetzt wurde ihm klar, dass das wahrscheinlich ein dummer Schachzug gewesen war ... denn tief in seinem Inneren hatte er schon zu dem Zeitpunkt gewusst, dass dies eine Verabredung war. Hatte er nicht gedacht, dass er lieber in seiner Wohnung für sie kochen würde, nur sie beide?

Zumindest nahm sie es gelassen. Und er glaubte ihr, als sie sagte, sie hätte ihn abgewiesen, wenn er den traditionelleren Weg gegangen wäre.

Diese ganze Beziehungssache war schwierig.

»Zita?«, flüsterte er, als sie nicht antwortete, plötzlich unsicher und aus dem Gleichgewicht gebracht.

»Ich auch«, sagte sie nach einer langen Pause.

»Du auch, was?«, fragte Chaos. »Du willst mit unserem Jungen hier ausgehen?«

Oh, verdammt noch mal, Obi-Wan hatte genug von seinen Freunden. Warum er dies für eine gute Idee gehalten hatte, war ihm ein Rätsel. Er hätte dieses Gespräch woanders führen sollen, weg von seinen Teamkameraden, aber jetzt war es zu spät. Andererseits, wenn Edge nicht darauf hingewiesen hätte, dass ein Gruppentreffen nicht die beste Idee für eine erste Verabredung war, hätte er wahrscheinlich nie darüber nachgedacht, was er getan hatte.

Er warf Chaos einen Blick zu, um ihm zu sagen, er solle sich verpissen, aber ein Tumult an der Eingangstür der Kneipe veranlasste alle dazu, sich umzudrehen, um zu sehen, was los war.

Obi-Wan konnte nicht glauben, was er sah.

Wen er sah.

Carmen St. James war gerade ins *Anchor Point* geschlendert, als sei sie die Königin von England, die ihren Untertanen einen großen Gefallen tat, indem sie die Bürger mit ihrer Anwesenheit beehrte.

Hinter ihr stand ein großer Mann, den Obi-Wan schon mehrmals am Set gesehen hatte, aber er hatte keine Ahnung, was dessen Aufgabe war.

Carmen sah sich um, bemerkte seinen Blick und steuerte schnurstracks auf ihn zu.

Obi-Wan hörte, wie Zita tief einatmete und murmelte: »Was zum Teufel macht *sie* hier?«

Aber er hatte keine Zeit, etwas zu tun oder zu sagen, bevor die schöne Schauspielerin mit einem strahlenden Lächeln neben seinem Stuhl stand.

KAPITEL ACHT

Zita konnte verdammt noch mal nicht glauben, dass Carmen hier war. Und dass sie Sage ansah, als sei er eine Art Preis am Boden einer Kindermüslipackung.

Woher zum Teufel wusste die Frau, wo er heute Abend sein würde? Wusste sie, dass Zita bei ihm sein würde? Und Carmen hatte Silas Graves, diesen gruseligen Leibwächter, mitgebracht, der ihr überallhin folgte. Sie gönnte der Schauspielerin zwar, dass sie jemanden zum Schutz hatte, aber Silas hatte immer diesen Glanz in den Augen, der Zita nervös machte. Als würde er nach einer Konfrontation suchen, um einen Grund für Gewalt zu haben.

Sie hatte gesehen, wie er eine der Kellnerinnen buchstäblich von Carmen wegstieß, weil sie ihr zu nahe gekommen war, als sie ihr sagte, wie sehr sie ihre Filme mochte. Die Frau war durch die Luft geflogen, hatte einen Tisch umgeworfen und dann das ganze Essen auf dem Boden verteilt. Silas hatte sich nicht entschuldigt. Nein, er hatte einen zufriedenen Ausdruck im Gesicht, als er Carmen von dem Chaos wegführte.

Zita ließ ihre Hand von Sages Bein gleiten und kontrollierte ihren Gesichtsausdruck, damit nichts von ihren Gedanken zu sehen war ... zumindest hoffte sie das. Sie kannte Carmen noch nicht lange, aber sie hatte schon viele Frauen wie sie kennengelernt. Verwöhnt, eingebildet und daran gewöhnt, wegen ihres Geldes und ihres Aussehens alles zu bekommen, was sie wollten. Und genau wie sie Sage gewarnt hatte, wollte Carmen *ihn*.

Zita konnte es ihr nicht einmal übel nehmen. Sage war beeindruckend. Und wie er da mit seinen ebenso beeindruckenden Freunden saß, in Zivilkleidung, entspannt und glücklich ... Ja, es war völlig klar, dass Carmen alles versuchen würde, um Sage mit in ihr Hotelzimmer zu nehmen.

Heute Abend trug sie einen kurzen, engen schwarzen Minirock, der praktisch an ihr klebte. Er betonte ihre langen, trainierten Beine und überließ nur wenig der Fantasie. Falls sie sich aus irgendeinem Grund bücken musste, würde sie sicherlich allen im Raum ihren Intimbereich zeigen. Aber andererseits war es wahrscheinlich, dass jemand anderes ihr etwas aufheben würde, sollte sie etwas fallen lassen. Und wenn sie sich bückte, dann nur zu dem ausdrücklichen Zweck, Sex zu haben.

Ihre Bluse war weiß und durchsichtig und ließ deutlich den weißen BH darunter erkennen. Sie war stark geschminkt, und die knallroten hochhackigen Schuhe an ihren Füßen ließen sie über eins achtzig groß erscheinen. Sie war eher für einen Nachtklub gekleidet als für eine einfache Kneipe wie das *Anchor Point*.

Aber es war nicht verwunderlich, dass Carmen sich kein bisschen fehl am Platz fühlte. Sie war hereingekommen, als gehörte ihr der Laden, und wahrscheinlich dachte sie das auch.

»Hallo!«, sagte sie fröhlich. »Sieht so aus, als hätten wir beide die Idee gehabt, das Nachtleben hier zu erkunden. Dieser Ort ist so ... urig. Ist noch Platz für mich am Tisch?«

Einen Moment lang rührte sich niemand. Niemand sagte ein Wort. Es war offensichtlich, dass *kein* Platz war. Die zusammengeschobenen Tische waren ohnehin nicht besonders groß, und alle saßen dicht gedrängt auf den Stühlen, die sie herangezogen hatten, damit sie sich unterhalten konnten, ohne sich anzuschreien.

»Silas? Suchst du mir einen Stuhl?«, befahl Carmen und wandte sich an den bulligen, muskulösen Mann neben ihr.

Zu Zitas Entsetzen ging er zum Tisch neben ihnen, knurrte »Weg da« und legte seine Hand auf die Rückenlehne eines Stuhls, auf dem bereits eine junge Frau saß. Sie war offensichtlich mit einer Gruppe von Freundinnen unterwegs, und sie lachten und kicherten und amüsierten sich zusammen.

Ohne darauf zu warten, dass sie seiner Aufforderung nachkam, zog Silas ihr den Stuhl unter dem Hintern weg, sodass die Frau entweder aufstehen und ihren Platz räumen oder auf den Boden fallen musste. Er ging zurück zu Carmen und stellte den Stuhl mit einem Nicken ab.

»Was zum Teufel?«, knurrte Sage und sprang auf. Die anderen Männer am Tisch taten es ihm gleich und alle sahen unglaublich wütend aus.

Sage funkelte Silas an, hob dann seinen Stuhl hoch und trug ihn zum anderen Tisch, wobei er sich bei der Frau entschuldigte, bevor er zu seinen Freunden und Zita zurückkehrte. Während er weg war, war Casper zu einem nicht weit entfernten freien Tisch gegangen, um einen Ersatzstuhl zu holen.

»Tut mir leid, dies ist eine private Party«, sagte Sage zu Carmen, ohne auch nur im Geringsten entschuldigend zu klingen. Er nickte Casper dankbar zu und setzte sich.

Carmen tat einfach so, als hätte sie ihn nicht gehört, lächelte, zog den Stuhl, den ihr Leibwächter gestohlen hatte, heran und versuchte, ihn zwischen Sage und Zita zu quetschen. Sie setzte sich elegant hin, die Knie zur Seite gedreht – was sie jedoch nicht davon abhielt, fast ihre Unterwäsche zu entblößen ... falls sie welche trug –, und warf Sage ein verführerisches Grinsen zu.

»Hallo«, wiederholte sie.

Zita war sauer. Aber sie war nicht die Art von Frau, die eine Szene machte. Allerdings hatte sie auch nicht vor, sich von ihrem Platz neben Sage wegzubewegen. Ihre Knie berührten sich fast, und Carmens Versuch, sich zwischen sie zu drängen, war bestenfalls nervig.

Schlimmstenfalls unhöflich, anmaßend und verdammt zickig.

Zu ihrer Überraschung griff Sage nach Zitas Hand, die noch vor einem Moment auf seinem Knie gelegen hatte, und legte sie zurück auf sein Bein, diesmal auf seinen Oberschenkel. Er hielt seine Hand über ihre. Sie war sich nicht sicher, ob er ihr damit nonverbal sagen wollte, dass sie ihn nicht mit Carmen allein lassen sollte, oder ob er sein Revier markierte.

Es spielte keine Rolle, Zita hatte nicht die Absicht, die Schlampe, die ihre Verabredung ruiniert hatte, gewähren zu lassen.

»Was machst du hier?«, fragte Sage mit zusammengebissenen Zähnen.

Der Rest seiner Freunde schwieg und beobachtete die Szene. Wahrscheinlich versuchten sie zu verstehen, was vor sich ging. Vermutlich waren sie auch ein wenig beeindruckt, dass Carmen St. James an ihrem Tisch saß. Sie war zum Greifen nahe. Das passierte oft bei den Schauspielern und Schauspielerinnen, mit denen Zita arbeitete. Die Leute waren meist geblendet, wenn sie ihnen so nahe kamen. Außerhalb von Hollywood hatten die Menschen nicht oft die Gelegenheit, berühmten Persönlichkeiten so nahe zu sein.

»Ich habe gehört, dass du hier sein würdest, und wollte fragen, ob du vielleicht Gesellschaft möchtest. Das hier ist irgendwie ... lahm, findest du nicht?«

»Wer hat dir gesagt, dass ich hier sein würde? Und nein, das hier ist nicht lahm. Es ist entspannt. Erholsam. Das ist es, was die meisten Menschen nach einem langen Arbeitstag brauchen.«

»Es macht mehr Spaß, sich in einem Klub zu Technomusik auszutoben, bis man so müde ist, dass man einschläft, sobald der Kopf das Kissen berührt. Aber es gibt auch andere Möglichkeiten, sich zu verausgaben, die viel befriedigender sind.« Sie zwinkerte, als sie das sagte, beugte sich vor und fuhr mit einer Hand an Sages Arm entlang.

Derselbe Arm, der in der Hand mündete, die Zitas Hand auf seinem Oberschenkel hielt.

Die Frechheit dieser Frau kannte keine Grenzen.

»Woher wusstest du, dass ich hier sein würde?«, fragte Sage erneut.

Carmen lehnte sich mit einem kleinen Lächeln in ihrem Stuhl zurück. »Oh, du weißt doch, wie es am Filmset ist ... Ach, wahrscheinlich nicht. Nichts ist privat. Jeder weiß alles. Wer mit wem schläft, wer gegen was allergisch ist. Wer auf wen steht.«

»*Wie?*«, fragte Sage mit zusammengebissenen Zähnen, sichtlich am Rande seiner Beherrschung.

»Meine Friseurin ist mit einem der Dekorateure am Set zusammen, der einen der Tonassistenten kennt, der gerade eine Raucherpause gemacht hat, als du davon gesprochen hast, heute Abend hierherzukommen.«

»Überall Ohren«, murmelte Chaos laut genug, dass alle es hören konnten.

Sage presste die Lippen zusammen. Er war nicht glücklich darüber, dass sein Gespräch mit Zita an Carmen weitergegeben worden war, das war klar.

Plötzlich stand er auf, Zitas Hand immer noch fest umklammert, und ließ ihr damit keine andere Wahl, als mit ihm aufzustehen. Er legte seinen Arm um ihre Taille und ging von Carmen weg. Er sagte kein Wort, als er sie vom Tisch wegführte ... weg von Carmen.

»Sage?«

»Gib mir eine Minute«, sagte er mit zusammengebissenen Zähnen.

Als sie sah, wie sehr er sich bemühte, die Beherrschung zu bewahren, schluckte Zita die Frage, die ihr auf der Zunge lag – nämlich, ob es ihm gut ginge; es war offensichtlich, dass es ihm nicht gut ging –, hinunter und leistete keinen Widerstand, als er sie in Richtung Flur führte, wo sich die Toiletten befanden.

Er blieb nicht stehen. Er ging einfach weiter, bis er eine Notfalltür aufstieß und sie in die dunkle Nacht traten.

Hier draußen gab es nicht so viele Lichter wie auf dem Parkplatz, aber es war auch nicht dunkel. Über den Müllcontainern leuchtete ein helles Licht, das den größten Teil des Bereichs hinter dem Gebäude erhellte.

Sage lehnte sich mit einer Schulter gegen das Gebäude und zog Zita vor sich. Er drehte sie so, dass sie mit dem Rücken an seiner Brust stand, dann legte er seine Arme um sie und hielt sie fest. Zita legte ihre Hände auf seine und lehnte sich an ihn. Sein Kinn landete auf ihrer Schulter und sie konnte spüren, wie er tief atmete.

Sie musste zugeben, dass sie es gut fand, wie er sich aus einer unangenehmen Situation zurückgezogen hatte, anstatt um sich zu schlagen. Anstatt etwas zu sagen, was er vielleicht bereuen würde. Sie hatte keine Ahnung, ob er das beim Militär gelernt hatte oder als einer der besten Piloten des Landes, aber sie war beeindruckt von seiner Selbstbeherrschung.

»Du weißt, dass ich nichts damit zu tun habe, dass sie heute Abend hier ist, oder?«, fragte er nach einer langen Pause.

»Ja.«

»Ich war vielleicht ein Idiot und habe dich zu einer Gruppenverabredung eingeladen, aber ich würde diese Frau niemals einladen, selbst wenn meine Karriere als Night Stalker davon abhinge.«

Das überraschte sie.

Zita drehte sich zu Sage um. Sie legte ihre Hände auf seine Brust und mochte es, wie seine Arme sie umschlossen, jetzt locker hinter ihrem Rücken verschränkt. Sie hätte sich jederzeit aus seiner Umarmung lösen können, aber sie war glücklich, wo sie war.

»Ich genieße unsere Gruppenverabredung«, beharrte sie. »Ich mag deine Freunde. Ihr ergänzt euch perfekt. Ich verstehe, warum ihr so gern zusammenarbeitet und warum ihr so gut in eurem Job seid. Manchmal scheint es fast, als könntet ihr die Gedanken der anderen lesen.

Und ich weiß, dass du Carmen nicht eingeladen hast. Ich meine, sie hat selbst zugegeben, dass sie wegen der Gerüchte am Set wusste, dass du hier sein würdest. Sie hat auch recht, dass es bei einem Film keine Geheimnisse gibt. Ich weiß nicht, warum alle wissen wollen, was die anderen tun, aber das war schon immer so, zumindest bei den Filmen und Serien, an denen ich gearbeitet habe.«

Er nickte, sah aber nicht weniger gestresst aus. Ein Muskel in seinem Kiefer zuckte, als er offensichtlich immer noch darum kämpfte, seine Wut über die unerwünschte Unterbrechung ihres Abends zu kontrollieren.

»Was soll ich tun? Wäre es besser, wenn ich gehe? Damit du und deine Freunde sich ohne mich um sie kümmern könnt?«

»Nein!«, sagte er sofort und zog sie fester an sich, als wollte er sie am Gehen hindern.

Zita streichelte sanft seine Brust. »Okay. Soll *ich* wieder reingehen und ihr die Meinung sagen? Dann kannst du zum Parkplatz gehen und wegfahren, ohne dich heute Abend noch einmal mit ihr auseinandersetzen zu müssen.«

»Hältst du mich für so einen Feigling?«

»Überhaupt nicht. Ich biete dir nur Optionen an. Ich könnte sie verprügeln. Nun, das würde wahrscheinlich nicht so gut für mich ausgehen, wenn Gigantor an ihrer Seite steht, aber ich denke, ich könnte ein paar Schläge landen, bevor er mich aufhält.« Sie scherzte, sie war kein gewalttätiger Mensch, aber sie würde alles sagen, um Sage zu beruhigen.

Er starrte sie einen langen Moment an, bevor er erwiderte: »Bring dich niemals für mich in Gefahr. Ich kann meine eigenen Kämpfe austragen.«

»Ich weiß, Sage. Daran habe ich nie gezweifelt. Ich finde es nur schade, dass du dich aufregst. Dass *sie* dich aufgeregt hat. Sie ist es nicht wert.«

»Sie hat mich respektlos behandelt, aber noch wichtiger ist, dass sie *dich* respektlos behandelt hat. Wenn sie das Gerücht gehört hat, dann wusste sie, dass ich mit dir ausgehen wollte. Und selbst wenn sie es nicht wusste, hätte deine Hand auf meinem Bein ihr sagen müssen, dass wir zusammen sind.«

»Ich bin mir sicher, dass es viele Männer gibt, die sich von ihren Verabredungen haben abbringen lassen, weil sie mit Carmen St. James zusammen sein wollten.«

»Ich bin nicht wie die meisten Männer. Und es ist verdammt unhöflich.«

Zita nickte und spürte ein Kribbeln in ihrem Bauch. Wann war ein Mann ihretwegen jemals so aufgebracht gewesen? Niemals. Und die Tatsache, dass er eine berühmte Schauspielerin abblitzen ließ, machte es noch bedeutungsvoller.

Sage atmete noch ein paarmal tief durch.

»Also, wie sieht der Plan aus? Was soll ich tun?«

»Du tust es schon.«

Zita kicherte. »Sage, ich mache gar nichts.«

»Doch, tust du. Du bist hier bei mir. Du gibst mir einen Moment Zeit, meine Wut zu kontrollieren. Du lässt dich von mir halten. Du flippst nicht aus, weil sie hier ist.«

Zita spürte, wie sie rot wurde. Zum Glück waren die Schatten hier draußen lang, sodass er es nicht sehen konnte. »Was glaubst du, was deine Freunde gerade tun? Oder sagen?«

Sage lachte leise, und Zita spürte es am ganzen Körper. Irgendwie war sie ihm näher gekommen, ohne es zu merken, und jetzt war sie von den Oberschenkeln bis zur Brust an seinen Körper geschmiegt.

»Sie kümmern sich darum.«

»Wie?«

»Keine Ahnung. Sie tun es einfach. Wenn wir wieder reingehen, ist die Schlampe weg.«

Jetzt wurde Zita nervös. Sie biss sich auf die Lippe. »Sie wird nicht glücklich sein. Sie will dich offensichtlich, Sage.«

»Ich bin kein Spielzeug, um das man sich streitet.«

Seine Worte erschreckten Zita. War es das, was sie tat? Was er dachte, was vor sich ging? Dass zwei Frauen um ihn kämpften? Sie versuchte, einen Schritt zurückzutreten, aber Sage schlang seine Arme enger um sie. Der Gedanke, den sie zuvor gehabt hatte, sich aus seinem Griff befreien zu können, war offensichtlich weit gefehlt. Allerdings hatte sie keine Angst vor ihm. Nicht im Geringsten.

»Ich weiß, dass du das nicht bist«, stellte sie klar, »aber ich würde es dir nicht übel nehmen, wenn du deine Meinung ändern und mit ihr ausgehen würdest.«

Sage lachte leise.

»Ich wollte nicht witzig sein.«

»Und doch warst du es. Zita, wenn das ein Wettbewerb wäre, hättest du schon längst gewonnen. Ich bin hier bei dir. Ich möchte mit dir *ausgehen*, obwohl das vor einer Woche noch das Letzte war, woran ich gedacht habe. Ich kann nicht aufhören, an dich zu denken, wenn ich das Set verlasse, und du bist der erste Mensch, nach dem ich jeden Morgen suche, wenn ich eintreffe. Ich habe noch nie einer Frau einen Kaffee gekauft, und doch tue ich es seit unserem fünften Tag am Set jeden Morgen. Du hast die wichtigsten Menschen in meinem Leben kennengelernt, und ich überlege schon, wohin ich dich bei unserer ersten richtigen Verabredung ausführen soll. Es ist mir egal, ob Carmen mich will – *ich will sie nicht*. Sie muss sich einfach an Enttäuschungen gewöhnen.«

Zita presste die Lippen zusammen. Sie wusste, dass es nicht so einfach war. Carmen St. James war wie viele der berühmten, reichen, verwöhnten Schauspielerinnen, die sie im Laufe der Jahre kennengelernt hatte. Sie alle wollten, was sie wollten, und nichts und niemand stand ihnen im Weg.

Carmen wollte Sage. Zumindest wollte sie das, was er nach außen hin verkörperte. Es interessierte sie nicht wirklich, ihn kennenzulernen oder herauszufinden, was ihm wichtig war oder welche Werte er hatte. Sie wollte nur einen gut aussehenden Mann an ihrer Seite, solange sie hier in Virginia war.

»Bist du bereit, wieder reinzugehen?«, fragte Sage.

»Bist du es?«, konterte sie.

Sage beugte sich vor, um seine Stirn an ihre zu legen. Es war eine sehr intime Position, und Zita hatte es nicht eilig, sie zu beenden.

»Danke, dass du für mich da warst, während ich mich wieder unter Kontrolle gebracht habe.«

»Ich habe nichts getan«, protestierte sie.

»Doch, das hast du. Du hast mir nicht tausend Fragen gestellt. Du hast mir hier draußen, in einer dunklen Gasse, vertraut und bist nicht ausgeflippt. Du bist nicht zickig und hysterisch geworden, als Carmen aufgetaucht ist.«

»Das wollte ich aber.«

Er zog sich zurück und lächelte. »Ich weiß. Deshalb habe ich uns da rausgebracht. Das und weil ich nicht sehen wollte, wie sie noch unhöflicher zu dir wird, als sie es ohnehin schon war. Es war wahrscheinlich keine gute Idee, dich hierher in die Dunkelheit mitzunehmen.«

»So dunkel ist es nicht.«

»Mmmhmmm.«

»Und ich habe einen Selbstverteidigungskurs gemacht.« Sie wusste nicht, warum sie mit dieser belanglosen Tatsache herausplatzte, aber da war es nun. »Außerdem bin ich mir sicher, dass *jemand* kommen würde, wenn ich schreien würde.«

Okay, das war dumm. Sie hatte keine Ahnung, ob jemand kommen würde, um nach der Quelle eines Schreis zu suchen, aber es hatte gut geklungen, bevor die Worte aus ihrem Mund kamen.

»Bei mir bist du sicher«, sagte Sage, und sein Gesichtsausdruck zeigte ihr, wie ernst er es meinte.

»Ich weiß«, flüsterte Zita zurück.

»Du gehst doch wieder mit mir aus, oder? Zu einer Verabredung, nur wir beide? Nicht mit all meinen Kumpeln?«

Sie musste nicht einmal über ihre Antwort nachdenken. »Ja.«

»Dieses Mal werden wir nicht am Set darüber reden, damit wir nicht unterbrochen werden.«

»Wahrscheinlich eine gute Idee.«

Er starrte sie eine ganze Minute lang an, bevor er die Arme sinken ließ. »Komm, lass uns herausfinden, was in unserer Abwesenheit passiert ist.«

»Glaubst du wirklich, dass sie weg ist?«

»Ja.«

»Was, wenn sie nicht weg ist?«

»Sie ist weg.«

»Das kannst du nicht wissen, Sage«, beharrte Zita.

Er lachte leise vor sich hin. »Vertrau mir, Edge war nur eine Sekunde davon entfernt, sie hinauszubegleiten. Und ich dachte, Laryn würde den schweren Schraubenschlüssel rausholen, den sie so gern in ihrer Handtasche mit sich trägt. Ganz zu schweigen davon, dass der Besitzer der Kneipe überhaupt nicht begeistert war, dass Carmens Schläger der armen Frau neben uns den Stuhl weggenommen hat. Die ganze Kneipe war vielleicht beeindruckt, als sie hereinkam, aber nach nur ein paar Minuten waren alle bereit, sie mit Gewalt hinauszuwerfen.«

»Woher weißt du das alles? Du hast Carmen einen mörderischen Blick zugeworfen, als sie mit dir gesprochen hat.«

»Weil ich aufmerksam bin. Das muss ich in meinem Beruf sein.«

»Ich muss sagen ... es überrascht mich, wie du denkst, dass alle so verärgert waren. Ich bin mir sicher, dass in Kneipen ständig Stühle geklaut werden.«

»Nicht wenn die Leute noch darauf sitzen. Und das *Anchor Point* ist etwas Besonderes. Wir sind hier nicht in Hollywood, Zita. Hier beeindruckt Status niemanden. Das ist auch der Grund, warum wir diesen Ort so mögen. Meine Freunde und ich sind uns bewusst, dass unser Ruf uns manchmal vorauseilt, aber wir sind einfache Männer und Frauen, die einen Ort suchen, an dem sie sich entspannen und einfach sie selbst sein können ... genau wie die anderen Gäste, die hierherkommen, um ein Bier und einen Burger zu genießen.«

Das gefiel Zita. Sehr sogar. Sie war viel zu sehr an L. A. gewöhnt, wo die Leute sich verbogen, um sich bei jedem anzubiedern, der auch nur im Entferntesten berühmt war, in der Hoffnung, dass es ihrer eigenen Karriere weiterhalf.

»Ich glaube, das *Anchor Point* ist mein neues Lieblingsrestaurant und meine neue Lieblingskneipe.«

Sage grinste. »Das freut mich.« Dann nahm er ihre Hand und führte sie zurück zur Tür.

»Es wäre blöd, wenn die Tür hinter uns ins Schloss gefallen wäre«, sagte Zita mit einem Lächeln.

Als Antwort darauf griff Sage nach der Klinke und zog daran.

Sie ging nicht auf.

Zita fiel vor Schreck die Kinnlade herunter. Sie hatte nur Spaß gemacht.

Dann lachte Sage und zog die Tür auf.

Zita schüttelte den Kopf darüber, wie leicht sie sich hatte reinlegen lassen, und musste lächeln. Es war erstaunlich, wie sie und Sage noch vor zehn Minuten versucht hatten, ihre

Gefühle wegen Carmens Erscheinen zu kontrollieren, und jetzt lachten sie beide.

Sage führte sie den Flur entlang, vorbei an den Toiletten und zurück in die Kneipe. Wie versprochen war weder Carmen noch ihr Leibwächter zu sehen.

Sage zog ihr den Stuhl zurück, als sie sich setzte. Dann rückte er seinen eigenen näher heran, griff nach seinem Glas und nahm einen Schluck Bier. »Was haben wir verpasst?«, fragte er, nachdem er getrunken hatte.

Mandy beugte sich mit einem Grinsen vor, schob ihr leeres Lemon-Drop-Glas beiseite und erklärte: »Es war *großartig*! Carmen stand auf, als wollte sie dir nachlaufen, aber Laryn sprang auf und packte sie am Arm, um sie daran zu hindern. Das brachte ihren mit Steroiden vollgepumpten, aufgeblasenen Leibwächter völlig aus der Fassung, und er machte einen Schritt auf *Laryn* zu. Was, wie du dir vorstellen kannst, bei Casper und allen anderen nicht gut ankam.

Casper stand auf, ebenso wie die anderen Jungs, und sie haben Mr. Muskelprotz gegen die Wand gedrückt. Dann kam der Barkeeper – du weißt ja, wie groß *er* ist. Aber er benahm sich ganz wie ein Gentleman und nahm Carmens Hand, als seien sie auf einem verdammten englischen Ball oder so.«

Zita lachte darüber.

»Während unsere Jungs alle mit dem Arschloch von Leibwächter beschäftigt waren«, fuhr Mandy fort, »hakte der Barkeeper Carmen bei sich ein und führte sie weg. Ich glaube, sie dachte, er würde sie anbaggern – aber stattdessen begleitete er sie zur Tür, öffnete sie und stieß sie quasi hinaus! Er sagte ihr, sie sei hier nicht willkommen und sie solle ihren ›schmuddeligen Hollywood-Arsch‹ wieder dorthin zurückbringen, wo er herkommt! Er sagte, die Leute hier hätten kein Interesse an ihr.

Ihr Leibwächter wäre wahrscheinlich geblieben, um sich von unseren Jungs verprügeln zu lassen, aber als er sah, wie

Carmen aus der Tür geschubst wurde, lief er ihr hinterher. Ich finde, wenn das Miststück einen Schwanz will, sollte sie sich an ihren Kumpel halten, um auf ihre Kosten zu kommen. Nicht an einen Mann, der ganz offensichtlich kein Interesse an ihr hat und sogar mit einer anderen Frau verabredet ist.«

Zita grinste. Es war deutlich zu merken, dass Mandy die Wirkung des Drinks spürte, den sie in der kurzen Zeit, in der sie und Sage draußen gewesen waren, getrunken hatte. Dann wandte sie sich an Laryn. »Alles in Ordnung?«

Die andere Frau schnaubte. »Mir geht es gut. Das Miststück hat mich nicht angefasst. Aber ich wünschte fast, sie hätte es getan, denn ich hätte ihr in den Arsch getreten. Sie mag zwar größer sein als ich, aber in diesen Stöckelschuhen und diesem engen Rock hätte ich sicher die Oberhand gehabt.«

»Du bist schwanger«, erinnerte Casper sie mit leiser, emotionaler Stimme.

»Und?«, entgegnete Laryn. »Ich bin nicht hilflos. Das war ich nie und werde ich nie sein. Ich bin auch nicht zerbrechlich. Ich zerbreche nicht, wenn mich jemand packt oder herumschubst. Ich finde es toll, wie beschützend du bist, Tate, aber ich werde nicht glücklich sein, wenn du mich während meiner gesamten Schwangerschaft behandelst, als sei ich aus Glas.«

»Ich weiß, aber ...«

Laryn streckte ihm eine Hand entgegen. »Keine Aber!«, erklärte sie.

Zita konnte sich ein leises Kichern nicht verkneifen.

»Danke, Leute«, sagte Sage zu seinen Freunden.

»Kein Grund, uns zu danken«, entgegnete Buck. »Außerdem war es der Barkeeper, der den Müll rausgebracht hat.«

»Nicht dass wir das nicht auch getan hätten, aber wir waren mehr damit beschäftigt, dafür zu sorgen, dass dieser Arsch Laryn nicht anfasst«, sagte Chaos.

»Geht es *euch* gut?«, fragte Buck Sage.

»Ja«, antwortete Sage seinem Freund.

»Wirst du hiernach Probleme am Set haben?«, fragte Edge.

Zita war sich nicht sicher, ob er sie oder Sage meinte, aber sie antwortete trotzdem. »Ich sehe sie normalerweise nicht oft. Sie ist entweder in ihrem Wohnwagen oder am Set. Solange sie nicht hinfällt, sich den Kopf anschlägt und medizinische Hilfe braucht, sollte ich Abstand halten können.«

»Gut. Was ist mit dir, Obi-Wan?«

»Ich habe keinen Grund, in ihrer Nähe zu sein. Ich spreche hauptsächlich mit Logan und den Dekorateuren, den Drehbuchautoren, dem Regisseur und den Kostümbildnern.«

»Hoffentlich ist sie zu beschämt, um ihn wieder aufzusuchen«, sagte Mandy mit einer blutrünstigen Genugtuung in der Stimme. »Ich wäre es jedenfalls.«

Zita war sich da nicht so sicher. Carmen war ein Produkt Hollywoods. Sie überschätzte ihre eigene Attraktivität drastisch. Der Gedanke, dass Sage ehrlich kein Interesse an ihr hatte, war für sie so fremd, dass sie ihn nicht begreifen konnte.

Leider würde sie wahrscheinlich alles, was heute Abend passiert war, zu einer Intrige von Zita verdrehen, um sie und Sage auseinanderzubringen. Sie hoffte, dass das nicht der Fall wäre, aber es würde sie nicht überraschen, wenn Carmen noch verzweifelter und entschlossener wäre, Sage in ihr Bett zu bekommen.

Sie versuchte, diesen Gedanken zu verdrängen – sie war nie jemand gewesen, der sich über Dinge den Kopf zerbrach, die sie nicht beeinflussen konnte – und sich zu entspannen. Es half, dass Sages Arm auf der Rückenlehne ihres Stuhls lag und sie die Wärme seines Oberschenkels spüren konnte, die auf ihr Bein überging, das seines berührte.

Sie blieben noch eine Stunde und lachten und scherzten mit seinen Freunden. Mehrere Leute schickten kostenlose Getränke an den Tisch, die Mandy und Zita schließlich größtenteils tranken, da die Männer noch fahren mussten und nicht betrunken sein wollten und Laryn schwanger war.

Als alle beschlossen, nach Hause zu fahren, war Zita etwas unsicher auf den Beinen, aber glücklicher als seit langer Zeit. Sie hatte heute Abend Spaß gehabt. Sie fand es toll, die Menschen kennenzulernen, die Sage am nächsten standen. Und Mandy und Laryn waren unterhaltsam, und sie hatte sich mit ihnen auf eine Weise verstanden, wie es ihr mit den meisten Frauen nicht gelang.

Nachdem alle aufgestanden waren, umarmte Mandy sie lange und herzlich, was sich wunderbar anfühlte. Bevor sie Sage und seine Freunde kennengelernt hatte, war es ewig her gewesen, dass Zita von einem anderen Menschen auf eine Weise berührt worden war, die nicht beiläufig oder Teil ihrer Arbeit als Sanitäterin war. Ihre Familie war sehr liebevoll, aber sie kam nicht oft genug nach Indiana, um sie zu sehen, was sie unbedingt so schnell wie möglich ändern wollte.

Als Laryn an der Reihe war, sich zu verabschieden, umarmte auch sie Zita, allerdings etwas zurückhaltender, was zu der rauen Fassade passte, die die Mechanikerin nach außen hin zeigte. Zita konnte nicht anders, als sie einen Moment länger festzuhalten, während sie ihr ins Ohr flüsterte: »Ich werde mich mal nach Kindermädchen umsehen, die mit im Haus leben, um dir zu helfen, wenn es so weit ist. Ich habe ein paar Kontakte und ich schwöre dir, ich werde eine gute für dich finden.«

Als sie sich voneinander lösten, starrte Laryn Zita einen langen Moment an, bevor sie nickte.

»Es wird schon klappen. Wie könnte es auch anders sein, wenn du so tolle Freunde hast, die alle hinter dir stehen?«

»Freunde, die alle auf dieselbe Mission gehen wie ich«, erinnerte Laryn sie.

»Nun, du hast noch Mandy und mich. Und obwohl ich keine Ahnung habe, wo ich sein werde, wenn du das Baby bekommst, oder wann du nach der Geburt zum ersten Mal auf

Mission sein wirst, werde ich von wo auch immer alles tun, um dir zu helfen.«

»Warum?«

Zita zuckte mit den Schultern. Der Alkohol, den sie getrunken hatte, schwamm in ihrem Blut und machte sie etwas sentimentaler, als sie normalerweise war, wenn sie jemanden zum ersten Mal traf. »Keine Ahnung. Ich weiß nur, dass Sage ein guter Mann ist. Ich respektiere ihn, und du bist jemand, für den er offensichtlich alles geben würde, was bedeutet, dass ihr gute Menschen seid. Deshalb möchte ich helfen.«

Laryn lächelte. »Es klingt so seltsam, Sage statt Obi-Wan zu hören.«

Zita grinste zurück. »Für mich ist es seltsam, Obi-Wan zu hören. Ich habe die Filme noch nicht einmal gesehen.«

»*Was?* Machst du Witze?«, fragte Sage hinter ihr.

Zita drehte sich um und lächelte ihn an. »Nein.«

»Planänderung. Jetzt steht ein *Star-Wars*-Filmmarathon auf dem Programm. Wir bestellen etwas zu essen.«

Zita kicherte.

Laryn verdrehte die Augen. »Nicht jeder ist so ein *Star-Wars*-Freak wie du, Obi-Wan.«

»Vielleicht gefällt es ihr ja, das weiß man erst, wenn man es gesehen hat«, war seine Antwort.

»Komm schon. Wir können nicht die ganze Nacht hier stehen und quatschen, ich bin müde«, sagte Casper und legte seinen Arm um Laryns Taille.

»Heißt das, das Training wird morgen früh nicht so beschissen wie in letzter Zeit?«, fragte Pyro.

Casper grinste. »Ich glaube, diese Frage habe ich bereits beantwortet.«

»Scheiße.«

»Verdammt.«

»Du musstest einfach den Mund aufmachen, oder, Pyro?«

Zita kicherte über das Murren der Männer. Sie gingen alle

zur Tür, aber im letzten Moment ließ Zita Sages Hand los und eilte zur Bar, um dem Barkeeper dafür zu danken, dass er ihr geholfen hatte, Carmen und ihren Kumpel loszuwerden.

Er lächelte und zwinkerte ihr zu. »Gern geschehen. Ich hoffe, wir sehen uns bald wieder.«

»Ich glaube, das werden wir«, sagte Zita etwas schüchtern, während sie über ihre Schulter zu Sage blickte. Er wartete an der Tür und gab ihr einen Moment Zeit, um mit dem Mann hinter der Bar zu sprechen. Sie ging wieder auf ihn zu und winkte den Mädchen am Tisch neben ihrem früheren Platz zu, die ihr mit betrunkenen Stimmen zum Abschied zuriefen.

Zita sah den Barkeeper besorgt an, weil sie sich um die Frauen sorgte. Er verstand ihren Blick richtig, denn er sagte: »Keine Sorge. Die kommen etwa alle zwei Wochen hierher, und ihre Ehemänner fungieren abwechselnd als Fahrer. Sie schicken einem von ihnen eine SMS, wenn sie gehen wollen. Es ist alles gut.«

Zita nickte, beruhigt, dass die Frauen in guten Händen waren. Sie ging zurück zu Sage. Seine Freunde hatten die Kneipe inzwischen verlassen, und er nahm sofort wieder ihre Hand in seine. Es fühlte sich gut an. Richtig. Als hielten sie sich schon seit Monaten an den Händen und nicht erst heute Abend zum ersten Mal.

Sie traten hinaus in die kühle Nachtluft, und Zita sah, dass Edge und Chaos noch auf dem Parkplatz waren. Sie standen bei ihren Fahrzeugen und unterhielten sich.

»Sie sind noch nicht weg?«, fragte Zita Sage.

»Nach dem, was mit Mandy passiert ist, werden wir alle auf keinen Fall jemanden allein auf dem Parkplatz lassen. Nur für den Fall.«

Zita war erneut traurig über den Überfall auf Mandy, aber sie fand es toll, dass die Männer ihre Gewohnheiten geändert hatten, um aufeinander aufzupassen. Das bewies einmal mehr, was für gute Männer sie waren.

Nachdem Sage Zita auf dem Beifahrersitz seines Jeeps untergebracht hatte, nickte er seinen Freunden zu, die es erwiderten, bevor er sich hinter das Steuer setzte. Als sie die Straße entlang zu ihrem Motel fuhren, lehnte Zita sich gegen die Kopfstütze und drehte sich zu Sage um.

»Alles in Ordnung?«, fragte er, da er ihren Blick auf sich spürte.

»Bestens. Und du?«

»Perfekt.«

»Ich hoffe, morgen am Set läuft alles gut. Und danach«, sinnierte sie.

»Das wird es. Ich stehe nicht auf Drama. Carmen hat heute Abend ganz sicher mitbekommen, dass sie bei mir an der falschen Adresse ist. Es wird alles gut.«

Wieder war Zita sich da nicht so sicher, aber sie hielt den Mund, um die gute Stimmung nicht zu trüben. Viel zu schnell bog Sage auf den Parkplatz ihres Motels ein, und sie teilte ihm mit, in welchem Zimmer sie wohnte, anstatt vor dem Eingangsbereich auszusteigen.

Sie vertraute ihm. Manche würden denken, dass sie einen Fehler machte, aber sie hatte aus erster Hand erfahren, wie vertrauenswürdig Sage war. Wenn sie ihm nicht vertrauen konnte, würde sie Nonne werden, in die Schweizer Berge ziehen und ein Leben als Einsiedlerin führen.

»Was bringt dich so zum Lächeln?«, fragte Sage, als er vor ihrem Zimmer parkte und sie sich abschnallte.

»Nichts«, sagte Zita, unsicher, wie sie erklären sollte, wie lustig sie den Gedanken fand, Nonne zu werden und eine Ordenstracht zu tragen.

»Ich hatte einen schönen Abend. Danke, dass du bei der Gruppensache so mitgemacht hast.«

»Es war toll. Sie haben mir die Nervosität genommen. Ich habe jetzt das Selbstvertrauen, aus meiner Routine auszubrechen. Danke.«

Sie starrte ihn an, als er sich zu ihr beugte. *Hatte* er sich zu ihr gebeugt? Bildete sie sich das nur ein? Nein, er war definitiv näher gekommen.

Mutig und begeistert, dass er sie küssen wollte, lehnte Zita sich zu ihm hin.

Er hob eine Hand und berührte fast ehrfürchtig ihre Wange, bevor seine Lippen ihre bedeckten.

Es war ein süßer Kuss ... zunächst. Aber viel zu schnell verwandelte er sich in etwas mehr.

Sie öffneten den Mund und verschlangen einander. Als würden sie sich schon seit Jahren kennen und dies wäre ihr erstes Wiedersehen nach langer Trennung.

Zita konnte nicht genug bekommen. Er schmeckte leicht nach Bier und ganz nach Mann. Er roch fantastisch, wahrscheinlich nach der Seife, die er benutzt hatte, bevor er sie heute Abend abgeholt hatte. Seine Bartstoppeln streiften ihre Wangen und gaben ihren ohnehin schon überreizten Sinnen etwas Neues, worauf sie sich konzentrieren konnten.

Er zog sich zurück, lange bevor Zita bereit war, aber seine Hand blieb in ihrem Haar vergraben. Sie hatte nicht einmal bemerkt, dass er ihre losen Strähnen während des Kusses in seiner Faust am Hinterkopf zusammengefasst hatte.

»Ich liebe dein Haar«, murmelte er leise, lockerte langsam seine Faust und ließ die seidigen Strähnen aus seinen Fingern gleiten.

»Es ist zu glatt«, beschwerte sie sich.

»Überhaupt nicht«, widersprach Sage. Er starrte sie einen langen Moment an und leckte sich dann die Lippen.

Diese Geste weckte in ihr das Verlangen, ihn erneut zu küssen, also tat sie es. Der nächste Kuss war weder so lang noch so leidenschaftlich, dafür aber nicht weniger intim.

Aufgeregte Schmetterlinge flatterten in Zitas Bauch. So hatte sie sich seit Jahren nicht mehr gefühlt. Wahrscheinlich seit sie in ihrem letzten Schuljahr nach dem Abschlussball mit ihrer Verabredung an einem wohlbekannten Ort im Wagen geknutscht hatte.

»Es ist spät«, sagte Sage, nachdem sie sich zurückgezogen hatte, um Luft zu holen.

»Ja.«

»Willst du immer noch mit mir ausgehen?«

»Ja.« Er hatte sie eigentlich schon gefragt, aber es gefiel ihr, dass er sich vergewissern wollte, dass sie beide auf derselben Wellenlänge waren.

»*Star-Wars*-Filmmarathon bei mir? Wenn jemand Unerwünschtes auftaucht, machen wir einfach nicht auf.«

»Klingt perfekt.« Und das tat es auch.

»Ich würde ja anbieten, für dich zu kochen, aber ich bin eine Niete in der Küche. Also bestellen wir uns etwas. Ich habe eine ganze Schublade voller Speisekarten, aus denen wir auswählen können.«

»Okay.«

»Und wenn du die Filme hasst, können wir etwas anderes anschauen.«

»Ich werde sie nicht hassen.«

»Wir schaffen sie nicht alle an einem Abend.« Er klang nervös, was irgendwie süß war.

»Okay.«

»Okay.«

»Wir sehen uns morgen früh am Set.«

»Das werden wir. Ich bringe dir wie immer deinen Kaffee mit. Ich finde dich schon.«

Zita lächelte ihn an. Meine Güte, war er ein guter Mann.

Sie hasste es, als seine Hand aus ihrem Haar glitt, als sie sich wieder auf ihren Sitz zurücklehnte. Dann griff sie nach der Tür. Sie fühlte sich, als würde sie schweben, als sie zu ihrem Zimmer ging. Nachdem sie aufgeschlossen hatte, blickte sie zurück zum Wagen. Sage war noch nicht losgefahren, sondern überzeugte sich davon, dass sie sicher hineinging.

Sie winkte ihm kurz zu, dann zwang sie sich, die Tür zu schließen und zu verriegeln, anstatt zum Jeep zurückzugehen und ihn in ihr Zimmer einzuladen. Dafür war es noch zu früh, und sie genoss es, ihn nach und nach kennenzulernen.

Aber es bestand kein Zweifel, dass zwischen den beiden eine explosive Chemie herrschte. Sie konnte nicht in die Zukunft sehen, aber sie hoffte, dass er nichts tun oder sagen würde, was beweisen würde, dass alles, was er ihr bisher gezeigt hatte, nur eine Farce war. Dass er nicht so aufrichtig war, wie er schien.

Lächelnd ließ Zita ihre Handtasche auf den Boden fallen und ging ins Badezimmer. Es war spät, viel später als sie normalerweise ins Bett ging, und der Morgen würde sehr früh kommen. Sie musste etwas schlafen, aber selbst nachdem sie sich umgezogen, die Zähne geputzt und sich ins Bett gelegt hatte, spielten sich die Ereignisse des Abends in ihrem Kopf immer wieder ab.

Sie konnte nur hoffen, dass Carmen für den Rest des Drehs nicht zickig sein würde. Das würde die Situation extrem unangenehm machen, aber Zita würde sich nicht für etwas entschuldigen, das Carmen sich selbst zuzuschreiben hatte.

Es dauerte nicht mehr lange, bis Zita schließlich einschlief, während ihr die Erinnerung an Sages Lippen auf ihren durch den Kopf ging.

KAPITEL NEUN

Das Miststück wollte nicht lockerlassen.

Obi-Wan seufzte. Er hatte gehofft, Carmen hätte den Wink verstanden, dass er kein Interesse an ihr hatte.

Und doch hatte sie ihn am Morgen nach dem Vorfall im *Anchor Point* am Set begrüßt, als sei sie nicht aus der Kneipe geworfen worden, nachdem er ihre Avancen zurückgewiesen hatte. Verdammt, er hatte ihr gesagt, dass ihr Treffen privat sei, und sie hatte ihn völlig ignoriert.

Nicht nur das, sie schien entschlossener denn je, ihn »zu gewinnen«. Was ein Witz war, denn er war kein verdammter Preis in einem dieser Greifautomaten. Sie konnte nicht entscheiden, dass er ihr nächster Fick sein würde, und erwarten, dass er wie durch Zauberei in ihrem Bett auftauchte.

Das Filmset, das für Obi-Wan zuvor eine aufregende Abwechslung gewesen war, wurde schnell zu etwas, vor dem es ihm graute. Und das war echt ätzend.

Natürlich war es schön, Zita zu sehen. Und ehrlich gesagt machte ihm seine Arbeit immer noch Spaß. Er konnte sein Fachwissen einsetzen, um die Militärkleidung und die Fachsprache zu optimieren und auf Dinge hinzuweisen, die in Bezug auf die Hubschrauber einfach offensichtlich falsch waren. Obi-Wan war beeindruckt, dass Grubbner seine Anmerkungen tatsächlich ernst nahm. Es war schön zu sehen, dass der Mann wirklich daran interessiert war, alles authentisch zu gestalten.

Die Situation mit Carmen war der Grund, warum er sich auf die nächste Phase des Films freute. In einer Woche würde der gesamte Betrieb in den Westen des Bundesstaates umziehen, um den Großteil der Szenen mit Logan Striker zu drehen. Der Umzug allein würde eine ganze Woche dauern. Die gesamte Produktion musste an den neuen Drehort verlegt werden, und die Mitarbeiter und die Crew mussten alles für die Dreharbeiten vorbereiten. Obi-Wan war begeistert, denn Carmen würde die Produktion nicht begleiten. Ihre Szenen in Virginia waren fast alle im Kasten, sodass sie nach Hollywood zurückkehren würde.

Doch angesichts des bevorstehenden Drehortwechsels schien Carmen ihre Bemühungen, ihn ins Bett zu bekommen, noch zu verstärken. Wo auch immer Obi-Wan hinging, war auch sie. Sie schlich sich an ihn heran, berührte ihn, streichelte ihn, als sei er ein Hund, den sie sich gefügig machen konnte.

Er hatte es satt, subtil zu versuchen, ihr zu zeigen, dass er nichts mit ihr zu tun haben wollte. In den letzten Tagen hatte er der Schauspielerin mehr als einmal gesagt, dass er kein Interesse habe und sie bitte ihre Hände bei sich behalten solle. Er hatte sogar ausdrücklich betont, dass er sich nicht zu ihr hingezogen fühle. Alles ohne Erfolg.

Zu allem Überfluss hielt Zita auch noch Abstand zu den beiden. Sie behauptete, es sei, um den Frieden am Set zu wahren. Um keine Wellen zu schlagen. Und das irritierte Obi-Wan am meisten, denn er wollte nur mit ihr reden, in ihrer Nähe sein, sie besser kennenlernen.

Seit ihrem Abend im *Anchor Point* waren fünf Tage vergangen, und Obi-Wan hatte noch nicht lange genug mit ihr sprechen können, um die *Star-Wars*-Verabredung zu planen, über die sie gesprochen hatten. Es ging nicht um die Filme, obwohl sie großartig waren, sondern um sein Verlangen, mehr Zeit allein mit der Frau zu verbringen, die ihm nicht aus dem Kopf ging.

Sie hatten die Telefonnummern des anderen und schrieben sich jeden Abend eine SMS, aber diese Unterhaltungen waren kurz und unpersönlich, und er hatte noch keinen geeigneten Zeitpunkt gefunden, um anzusprechen, wann sie sich wieder treffen könnten. Für einen Mann, der es vorzog, der Verfolger zu sein, machte er einen miserablen Job. Er musste in die Gänge kommen und sich um das kümmern, was er wollte – Zita.

Als er heute Morgen am Set angekommen war, hatte Carmen ihn sofort wieder überfallen. Als hätte sie auf ihn gewartet – was wahrscheinlich auch der Fall war. Wie immer hatte er einen zweiten Becher Kaffee für Zita und war fest entschlossen, ihn ihr zu bringen, solange er noch heiß war. Diese Woche war es morgens mehrfach vorgekommen, dass einer der beiden beschäftigt gewesen war, und sobald sie endlich eine Sekunde Zeit zum Reden hatten, war ihr Kaffee lauwarm oder sogar kalt.

Wie üblich lungerte Carmens Leibwächter nicht allzu weit von ihr entfernt herum, als sie mit einem strahlenden Lächeln auf ihn zuging. Sie trug dasselbe Kleid, das sie in den meisten ihrer letzten Szenen getragen hatte, ein schlichtes marineblaues Baumwollkleid, das bis zu den Knien reichte und über das sie sich, wie er mehr als einmal gehört hatte, beschwert hatte. Sie fand es hässlich, langweilig und zu einengend. Obi-Wan fand es hingegen elegant und genau so, wie die Frau eines Piloten aussehen sollte – respektabel.

»Guten Morgen«, schnurrte sie, als sie näher kam.

»Carmen«, sagte Obi-Wan mit einem Nicken, wobei er sich nur mit Mühe zurückhielt. Jetzt, da das Geheimnis von Casper und Laryn gelüftet war, war der Stress, den Casper empfunden hatte, zwar geringer, aber das Training war nicht einfacher geworden. An diesem Morgen waren sie einen Halbmarathon gelaufen, wobei die letzte Hälfte im Sand stattfand, was extrem anstrengend war. Laufen im Sand gehörte zu den Dingen, die Obi-Wan am wenigsten mochte. Es war zwar ein großartiges Training, aber das bedeutete nicht, dass er es mochte.

Außerdem war er zu spät ans Set gekommen, weil er unterwegs einen Unfall gesehen und als verantwortungsbewusster Bürger angehalten hatte, um bei der Polizei eine Aussage zu machen.

»Rate mal, was heute für ein Tag ist!«, sagte sie fröhlich.

Obi-Wan nahm einen Schluck von seinem Kaffee und antwortete nicht, in der Hoffnung, sie würde endlich sagen, was sie wollte, damit er weitergehen konnte.

»Es ist mein letzter Drehtag! Und gegen fünfzehn Uhr gibt es eine Party für mich. Ich weiß, dass du normalerweise gegen Mittag gehst, aber ich dachte, du könntest heute eine Ausnahme machen und bleiben, um mit mir zu feiern.«

»Geht nicht, tut mir leid«, sagte Obi-Wan. »Ich muss arbeiten.«

Carmen schmollte. »Aber ich hatte gehofft, wir könnten danach noch etwas unternehmen.«

Das war's. Obi-Wan hatte genug. »Wann habe ich *jemals* den Eindruck vermittelt, dass ich an dir interessiert bin, Carmen? Ich habe dir sogar genau das Gegenteil gesagt – und das mehrmals. Du bist schön, erfolgreich und offensichtlich sehr beliebt. Aber ich habe dir von Anfang an gesagt, dass ich kein Interesse an einer Beziehung habe«, sagte Obi-Wan unverblümt.

Ihre Augen wurden schmal. »Du schienst aber sehr daran interessiert zu sein, mit dieser seltsamen Sanitäterin auszugehen, als ich euch in dieser Hinterwäldler-Kneipe habe schmusen sehen.«

Obi-Wan blinzelte überrascht. Nicht wegen dem, was sie gesagt hatte, denn sie hatte nicht unrecht. Er war sehr daran interessiert, mit Zita zu ... schmusen. Sondern mehr wegen der absoluten Wut in ihrem Tonfall.

Sie war Schauspielerin, konnte Tränen auf Knopfdruck produzieren. Zum ersten Mal wurde Obi-Wan klar, was für eine gute Schauspielerin sie *wirklich* war. Sie hatte ihre Wut, Eifersucht und Verärgerung über seine Aufmerksamkeit für Zita extrem gut versteckt. Er hatte sie für eine dumme Gans gehalten, die nicht mitbekam, dass sie bei ihm überhaupt keine Chance hatte.

»Ich kann nicht glauben, dass du *das* anstelle *von dem hier* gewählt hast.« Sie deutete auf ihren Körper, bog ihren Rücken, um ihre Brüste zu betonen, und streckte die Hüfte zu einer Seite heraus.

Obi-Wan hätte so viel sagen wollen, aber er entschied, dass Schweigen hier das Beste war, und zuckte nur mit den Schultern. Das schien sie noch mehr zu verärgern.

»Du wirst es bereuen, dass du Nein zu mir gesagt hast. Du hast keine Ahnung, wie viel Einfluss ich habe. Wie viele Menschen sich verbiegen würden, um zu tun, was ich will.«

Obi-Wan richtete sich auf. »Drohst du mir?«, fragte er ungläubig.

»Nein. Natürlich nicht.« Ihre Stimme hatte sich verändert. Der bittere Ton war verschwunden. Jetzt klang sie übertrieben süß. Als sei sie wieder nichts weiter als die dumme Schauspielerin, die sie vorgab zu sein. »Ich sage nur, dass du etwas verpasst. Ich hätte dir die Welt geben können, Obi-Wan.«

»Ich will nicht die Welt. Nur meine kleine Ecke davon. Und ich bin vollkommen glücklich mit meinem Leben, so wie es jetzt ist – ohne *dich*, vielen Dank.«

Ihre Augen verengten sich erneut, aber dann verlor ihr

Gesicht jede Regung. Es war eigentlich ziemlich beeindruckend, wie sie all ihre Gefühle unter Verschluss halten und ihrer Umgebung nichts als Gelassenheit entgegenbringen konnte.

Aber Obi-Wan hatte die Nebelwand durchschaut, hinter der sie sich versteckte. Sie hatte ihre Schutzmechanismen fallen lassen. Tief im Inneren war diese Frau vergiftet. Verwöhnt und daran gewöhnt, ihren Willen zu bekommen. Vor der Besetzung und der Crew würde sie vielleicht keinen Wutanfall bekommen ... aber sie hatte etwas vor. Obi-Wan hatte keinen Zweifel daran. Und obwohl sie behauptete, ihn nicht zu bedrohen, hatte er genügend Erfahrung, um zu wissen, dass Worte, die jemand in einem emotionalen Ausnahmezustand aussprach, meist viel Wahrheit enthielten.

Er spürte eine Bewegung hinter sich und blickte über seine Schulter, wo Silas stand. Carmens Leibwächter hatte wahrscheinlich das gesamte Gespräch mitgehört. Die Frage war, was er nun tun würde. Es war offensichtlich, dass der Mann von seiner Klientin hingerissen war.

Glücklicherweise tat er nichts weiter, als Carmen zu folgen, als diese sich wütend umdrehte und davonstürmte.

Die Luft um ihn herum schien buchstäblich leichter zu werden, sobald die Frau seinen persönlichen Raum verlassen hatte. Obi-Wan atmete tief durch und beobachtete, wie Carmen sich dem Regisseur näherte, nachdem er »Cut« gerufen hatte.

Zu seiner Belustigung schaute Grubbner sie nicht einmal an, sondern winkte sie einfach weg.

Zwei Ablehnungen innerhalb weniger Minuten schürten wahrscheinlich die Wut der Schauspielerin, aber Obi-Wan blieb nicht stehen, um zu sehen, was sie als Nächstes tun würde. Er hatte genug von ihr. Mehr als genug. Nach dem heutigen Tag würde es am Set viel entspannter zugehen. Er würde nicht mehr auf der Hut sein und nicht mehr versuchen müssen, Carmen aus dem Weg zu gehen.

Es dauerte nicht lange, bis er Zita fand. Sie saß in dem provisorischen Pausenraum, der vom Catering eingerichtet worden war, um allen am Set den ganzen Tag über leichte Snacks anzubieten. Obi-Wan war an seinem ersten Tag beeindruckt gewesen, dass es nicht nur große Tische mit einer Fülle von haltbaren Snacks gab – sowohl gesunden als auch weniger gesunden –, sondern auch mehrere kleine runde Tische mit Stühlen. Es sah ein bisschen wie ein Café aus, nur ohne Kaffeespezialitäten und Kellner.

»Guten Morgen«, sagte er und ging zu dem kleinen Tisch, an dem Zita saß. Er stellte den Kaffee, den er für sie geholt hatte, neben den Laptop, den sie benutzte, und setzte sich ihr gegenüber.

»Koffein«, stöhnte sie fast, was Obi-Wans Schwanz in seiner Hose zucken ließ. Er konnte sich vorstellen, wie sie unter ganz anderen Umständen genauso vor Vergnügen stöhnen würde. Er war froh, dass er saß und sein Fluganzug im Schritt etwas mehr Platz bot.

Sofort griff sie nach dem Becher, nahm einen Schluck, schloss die Augen und stöhnte tatsächlich, als der zuckrige Kaffee ihre Geschmacksknospen traf.

Obi-Wan konnte den Blick nicht von ihr abwenden. Er konnte nicht aufhören, sich vorzustellen, wie die Frau mit ihrem Haar auf seinem Kissen ausgebreitet dalag, während er sie von seiner Position zwischen ihren Beinen aus beobachtete.

Ihre grünen Augen öffneten sich und ihr Blick traf seinen. »Hallo.«

»Hallo«, wiederholte Obi-Wan.

Sie starrten einander an. Es fühlte sich an, als seien sie in diesem Moment die einzigen Menschen auf der Welt. Funken sprühten zwischen ihnen, eine intensive Verbindung, die sich so richtig anfühlte.

Ihre Wangen erröteten und sie sah auf den Bildschirm vor sich.

»Was machst du?«, fragte Obi-Wan und nahm einen weiteren Schluck von seinem Kaffee, nur um sich davon abzuhalten, neben sie zu rutschen und ihren Kaffee direkt von ihren Lippen zu kosten. Unweigerlich musste er an ihren Kuss in seinem Jeep denken. Er hatte ihn so aus der Bahn geworfen, dass er nicht mehr wusste, wo ihm der Kopf stand. So sehr, dass er einen Schritt zurückgetreten war, unsicher, was zum Teufel er da eigentlich tat. Aber nachdem er mehrere Tage lang nicht mit ihr hatte reden können, wie er es wollte, wie an dem Abend, als er sie zum *Anchor Point* mitgenommen hatte, war er über seine Zurückhaltung hinweg.

Zu seiner Überraschung vermied Zita nun jeden Blickkontakt mit ihm. Sie starrte wie gebannt auf den Bildschirm vor sich, als würde er die Antwort auf die Frage nach dem Weltfrieden oder etwas Ähnliches enthalten.

»Zita?«

Sie seufzte. »Interpretiere nichts hinein, okay?«

»Ooooh-kay«, sagte er gedehnt, nun wirklich interessiert.

»Ich habe mir offene Stellen für Rettungssanitäter in der Gegend angesehen. Das mache ich überall, wo ich arbeite«, fügte sie schnell hinzu, »nur um zu sehen, was es so gibt. Was andere Bundesstaaten zahlen, solche Dinge.«

Anstatt in Panik zu geraten, weil sie vielleicht einen Job finden könnte, den sie in dieser Gegend haben wollte, erfüllte ihn der Gedanke mit einem warmen Gefühl.

Verdammt, die Dinge entwickelten sich viel zu schnell, und er hatte noch nicht einmal richtig begonnen, sie zu umwerben. Das war entweder ein wirklich schlechtes Zeichen ... oder ein gutes. Zu diesem Zeitpunkt konnte er sich noch nicht entscheiden.

Aber vielleicht war er zu voreilig. Er konnte nicht leugnen, dass es eine gute Möglichkeit war, sich die Konkurrenz anzusehen und zu erfahren, was andere Unternehmen boten, um eine Gehaltserhöhung oder bessere Sozialleistungen von ihrem derzeitigen Arbeitgeber zu bekommen.

»Das ist klug«, sagte er. »Hast du etwas Interessantes gefunden?«

Sie sah zu ihm auf. »Du bist nicht sauer? Du denkst nicht, ich bin eine Psychopathin, die dich stalken wird oder so?«

Obi-Wan schnaubte. »Ich hatte gerade ein äußerst beschissenes Gespräch mit der einzigen Frau hier, die ich auch nur im Entferntesten als Stalkerin bezeichnen würde. Wenn überhaupt, würde ich mir wünschen, dass du ein bisschen *mehr* Interesse an meinen lahmen Annäherungsversuchen zeigst.«

Sie grinste. »Annäherungsversuche? Hast du welche gemacht?«

Als Antwort nickte Obi-Wan auf den Kaffee neben ihr. Dann sagte er: »Und ich glaube, mich an einen Kuss zu erinnern, der mich aus den Socken gehauen hat und an den ich ständig denken muss.«

»Du auch?«

Bei diesen einfachen Worten fühlte Obi-Wan sich drei Meter groß. »Ja.«

»Nun, ähm ... nicht wirklich. Ich meine, ich habe noch nichts besonders Interessantes gefunden, aber ich hatte gerade erst angefangen, bevor du dich hingesetzt hast.«

»Hast du mal darüber nachgedacht, für die Regierung zu arbeiten? Ich weiß, dass einige Rettungssanitäter als freie Dienstleister auf dem Stützpunkt arbeiten. Armee und Marine.« Er wollte gar nicht erst die Möglichkeit erwähnen, für private Sicherheitsfirmen zu arbeiten, die vom Militär beauftragt wurden, medizinische Unterstützung für deren Personal in Hochrisikogebieten, oft im Ausland, zu leisten. Er konnte den Gedanken nicht ertragen, dass diese Frau an einigen der schrecklichen Orte sein könnte, an denen er und sein Team bei Missionen gewesen waren.

»Wirklich?«

»Wirklich«, bestätigte er.

»Das könnte mich interessieren. Ehrlich gesagt hat mir die Arbeit als Set-Sanitäterin früher Spaß gemacht und war aufregend, aber mit zunehmendem Alter ist das nicht mehr so sehr der Fall.«

Obi-Wan konnte das verstehen. Gerade als er den Mund öffnen wollte, um Zita zu fragen, ob sie sich vor ihrer Abreise in den Westen des Bundesstaates zu einem Filmmarathon treffen wollten, betrat die einzige Frau, die er nicht wiedersehen wollte, den Pausenraum. Carmen. Und natürlich folgte Silas ihr wie ein Schatten.

Ausnahmsweise steuerte sie jedoch nicht direkt auf ihn zu. Sie tat sogar so, als hätte sie ihn überhaupt nicht gesehen, lächelte alle anderen strahlend an und sagte: »Guten Morgen«, als sei sie mit allen Requisiteuren, Beleuchtern und Statisten, die dort herumstanden, beste Freunde.

»Was ist mit ihr los?«, fragte Zita. »Ich habe sie noch nie im Pausenraum gesehen.«

Obi-Wan seufzte. »Sie ist sauer auf mich. Wahrscheinlich will sie mir zeigen, was ich verpasse, weil ich ihr großzügiges Angebot abgelehnt habe, nach ihrer Abschiedsparty heute Nachmittag mit ihr zu schlafen.«

»Meine Güte«, sagte Zita mit einem Augenrollen. »Es ist keine Abschiedsparty. Ich meine, es ist nichts Besonderes geplant. Nur das übliche Essen, das nachmittags geliefert wird. Sie hat wahrscheinlich einen Kuchen bestellt, um sich wichtiger zu machen.«

Obi-Wan lachte leise. »Du glaubst, *sie* hat ihn bestellt? Ich glaube, sie hat ihren Handlanger damit beauftragt.«

»Stimmt. Ich kann mir nicht vorstellen, dass sie sich dazu herablässt, irgendwo etwas zu bestellen.«

»Was ist das eigentlich mit ihrem Leibwächter? Ich habe noch nie einen bei Logan gesehen«, fragte Obi-Wan.

Zita klappte ihren Laptop zu, beugte sich vor, stützte die Ellbogen auf den Tisch und schenkte ihm ihre ungeteilte Aufmerksamkeit. »Er hat einen, aber es ist sein eigener Mann aus Kalifornien. Ein Profi, der sich im Hintergrund zu halten weiß. Er zieht keine Aufmerksamkeit auf sich wie Silas, der das Rampenlicht offenbar genauso liebt wie Carmen. Und ich glaube, Silas' Dienste wurden von einer lokalen Firma bereitgestellt. So läuft das oft, es sei denn, die Prominenten wollen ihre eigenen Leute mitbringen. Das ist manchmal bei sehr berühmten Schauspielern und Schauspielerinnen der Fall. Doch Carmen ist zwar sehr beliebt, aber nicht ganz auf dem gleichen Niveau wie einige der Leute, mit denen Henry schon gearbeitet hat.«

»Interessant.«

»Und ich glaube, er schläft auch mit ihr«, sagte Zita, bevor sie einen Schluck Kaffee trank.

»Im Ernst?«

»Ja, die Gerüchte am Set sind wirklich unglaublich. Ich habe zwei Tonassistenten belauscht, die darüber gesprochen haben, wie Silas einem Kameramann davon erzählt hat.«

»Warum zum Teufel sollte sie mit *mir* schlafen wollen? Wenn sie doch schon etwas von Hulk abbekommt?«, fragte Obi-Wan.

Zita kicherte. »Weil du viel besser aussiehst als er. Und du bist kein Arbeiter wie er. Ich meine, ein Night Stalker oder ein Leibwächter? Da gibt es keine Konkurrenz. Obwohl, jetzt, da ich darüber nachdenke ... das klingt irgendwie wie eine Romanze aus einem Liebesroman. Sie hat wahrscheinlich Fantasien, dass ihr beide um sie kämpft. Oder vielleicht sogar einen Dreier habt.«

Obi-Wan rümpfte angewidert die Nase. »Nur damit das klar ist: Ich bin ein Mann, der nur eine Frau will. Ich teile nicht.«

»Gut zu wissen«, sagte Zita mit einem vagen Grinsen.

Das Geräusch eines Stuhls, der auf den Boden fiel, erregte

die Aufmerksamkeit der beiden, und als Obi-Wan sich umdrehte, sah er eine Frau neben einem Tisch stehen, die ihre Hände um ihren Hals gelegt hatte – ein eindeutiges nonverbales Signal dafür, dass sie keine Luft bekam.

Bevor er oder Zita reagieren konnte, war Carmen hinter der Frau und packte sie am Brustkorb. Sie begann, an ihrer Brust zu zerren, und schrie sie an, sie solle »es ausspucken«.

»Verdammt noch mal«, fluchte Zita und lief schnell zu Carmen und der erstickenden Frau. Sie waren von Menschen umringt, die alle ungläubig auf das Geschehen starrten, was Obi-Wan als ganz normal empfand. Er hatte das bei seinen Missionen schon oft erlebt. Wenn die Kacke am Dampfen war, erstarrten viele Menschen, anstatt sich aus der Gefahrenzone zu entfernen. Oder sie wollten sehen, was um sie herum alles zerstört wurde.

Zita packte Carmen am Arm und riss sie von der Frau weg. Carmen verlor den Halt und stolperte, bevor sie zu Boden fiel. Zita verschwendete keine Zeit, um zu sehen, ob sie in Ordnung war, sondern legte ihre Arme um die würgende Frau, platzierte ihre Hände in der richtigen Position, knapp über dem Bauchnabel und unter dem Brustkorb – statt über dem Brustbein – und zog das Zwerchfell der Frau nach innen und oben.

Sie war so darauf konzentriert, das zu entfernen, was in der Kehle der Frau steckte, dass sie das kleine Drama hinter sich nicht bemerkte.

Silas half Carmen vom Boden auf – dann ging er mit blutrünstigem Blick auf Zita zu.

Obi-Wan erreichte ihn, bevor er sie anrühren konnte.

»Hau ab«, knurrte er mit tiefer, bedrohlicher Stimme.

»Sie hat *Carmen* angefasst. Sie hat sie zu Boden geworfen.«

»Weil sie das Heimlich-Manöver falsch angewendet hat«, erklärte Obi-Wan. »Das konnte jeder sehen. Sie hat der Frau nur wehgetan und Zeit verschwendet. Das hier ist Zitas

Aufgabe. Sie ist verdammt noch mal *Rettungssanitäterin*, vergiss das nicht!«

Silas kniff die Augen zusammen. Jetzt machte er einen aggressiven Schritt auf Obi-Wan zu.

Bevor er etwas tun konnte, hustete die erstickende Frau.

Obi-Wan sah gerade noch rechtzeitig, wie ein Stück Essen aus ihrem Mund flog und mit einem feuchten Plopp auf den Boden fiel. Zita hielt sofort inne, legte einen Arm um die Frau und stützte sie, während diese weiter hustete.

Nach ein paar Sekunden färbten sich die Wangen der Frau rosa und die bläuliche Färbung um ihre Lippen verschwand.

»Oh mein Gott«, sagte die Frau hustend. »Danke! Vielen Dank!«

»Nicht sprechen. Atmen Sie einfach. Es ist alles in Ordnung.«

Die Frau nickte, und wie auf Knopfdruck löste sich die Menschenmenge um sie herum auf. Sie sagten der Frau, dass sie froh seien, dass es ihr gut gehe, kommentierten, wie schnell alles gegangen sei, und dankten Zita, dass sie da gewesen war und gewusst hatte, was zu tun war.

»Das ist doch ein Scherz, oder?«, fragte Carmen. Sie hatte die Hände in die Hüften gestemmt und funkelte alle an. »Ich habe als Erste reagiert, während ihr anderen nur wie Idioten herumgestanden habt! Ich habe alles richtig gemacht, bis Dr. Doody hier beschlossen hat, dass sie die ganze Aufmerksamkeit haben will.«

»Ich hatte keine Zeit, dir zu erklären, dass deine Hände falsch positioniert waren«, sagte Zita ruhig. »Du hättest niemals das, woran sie zu ersticken drohte, herausbekommen, indem du auf ihr Brustbein gedrückt hast. Das ist für die Herz-Lungen-Wiederbelebung, nicht für Ersticken.«

»Du lügst! Ich weiß, was ich getan habe! Ich habe einen Erste-Hilfe-Kurs gemacht. Ich habe alles richtig gemacht, bis du mich angegriffen hast, um mir die Aufgabe wegzunehmen.«

Obi-Wan konnte nicht glauben, was er da hörte. Carmen war sauer, dass sie nicht die Anerkennung für die Rettung der Frau bekam? Was für eine Zicke.

Als Antwort schüttelte Zita verzweifelt den Kopf und ging zurück zu dem Tisch, an dem sie gesessen hatte.

»Ich bin noch nicht fertig mit dir!«, fauchte Carmen.

Zita ignorierte sie weiterhin.

Silas machte einen Schritt auf sie zu, und Obi-Wan stellte sich wieder zwischen sie. »Denk nicht einmal daran.«

Der Blick, den der große Mann ihm zuwarf, war voller Drohung und Hass. Was ziemlich interessant war, wenn man bedachte, dass sie während der ganzen Zeit, in der sie zusammen am Set waren, kaum mehr als ein paar Worte miteinander gewechselt hatten. Aber andererseits, wenn der Mann mit Carmen schlief – und ihr gegenüber besitzergreifend und beschützend war –, war es kein Wunder, dass er jedes Wort glaubte, das aus ihrem Mund kam. Nämlich, dass sie um die Anerkennung betrogen worden war, die ihr für die Rettung eines Menschenlebens zustand.

Obi-Wan sah hinüber und war erleichtert, dass Zita sich aus dem Bereich entfernte. Es dauerte eine Weile, weil so viele Leute sie anhielten, um ihr zu danken und ihr zu sagen, wie beeindruckt sie von ihrer Tat waren.

Obi-Wan eilte ihr hinterher und sah sich über die Schulter um, um sicherzugehen, dass Silas und Carmen nicht kamen. Das taten sie nicht. Silas hatte seinen Arm um Carmens Schultern gelegt, aber sie lehnte sich nicht an ihn. Sie funkelte Zita an, als hoffte sie, dass Dolche aus ihren Augen schießen und sie auf der Stelle niederstrecken würden.

Der Hass in ihrem Blick machte Obi-Wan äußerst unruhig. Und er war sehr froh, dass die Frau in den nächsten Tagen nach Kalifornien zurückkehren würde.

Er eilte Zita hinterher und holte sie vor dem kleinen Pausenbereich ein. »Alles in Ordnung?«, fragte er.

Sie sah ihn an. »Ja. Warum sollte es das nicht sein?«

»Das war heftig.«

Zu Obi-Wans Überraschung lachte sie. »Sage, das ist mein Job. Der Heimlich-Griff? Das ist Rettungsdienst für Anfänger. Ich bin froh, dass der Frau nichts passiert ist und dass ich zur richtigen Zeit am richtigen Ort war, aber im Ernst, das war keine große Sache.«

Nur Zita würde behaupten, dass es keine große Sache sei, jemandem das Leben zu retten. Obwohl er vermutete, dass es für sie wahrscheinlich tatsächlich keine große Sache war. Genauso wie es für Obi-Wan meistens keine große Sache war, eine Mission zu fliegen. Er war gut in dem, was er tat, und Zita war offensichtlich genauso gut in dem, was *sie* tat. Sie zögerte nicht, das zu tun, was nötig war, um dieser Frau zu helfen.

»Carmen ist nicht glücklich«, sagte er unnötigerweise.

Zita verdrehte die Augen. »Sie ist nie glücklich. Das ist mir egal. Sie hat dieser Frau ehrlich gesagt mehr wehgetan als geholfen. Wenn sie das Heimlich-Manöver richtig angewendet hätte, hätte ich mich nicht eingemischt. Ich hätte bereitgestanden, um zu helfen, wenn nötig, aber ich hätte sie nicht weggezogen. Aber das hat sie nicht, also habe ich es getan. Dafür werde ich mich nicht entschuldigen.«

»Das solltest du auch nicht. Kommst du heute Abend zu mir für den ersten Teil unseres Filmabends?«

Es war ein unangenehmer Übergang, aber Obi-Wan war das egal. Sie könnten wieder unterbrochen werden, und der richtige Zeitpunkt, um sie um eine Verabredung zu bitten, würde vielleicht nicht wiederkommen. Er war altmodisch. Er wollte sie nicht per SMS darum bitten. Oder gar per Telefon. Er konnte ihre Mimik von Angesicht zu Angesicht lesen. Sehen, ob sie wirklich wieder mit ihm ausgehen wollte oder nicht.

Zita blieb stehen. Sie drückte ihren Laptop an ihre Brust und sah zu ihm auf. »Heute Abend?«

»Klar. Nach heute wird das Set für eine Woche geschlossen,

während sie in den Bergen alles aufbauen. Das ist die perfekte Gelegenheit für uns, uns besser kennenzulernen. Du fährst doch auch zum zweiten Drehort, oder?«

»Natürlich. Bist du sicher, dass du keine Pause brauchst?«, fragte sie und hob eine Hand, um damit auf das gesamte Set und sich selbst zu deuten.

»Doch, die brauche ich. Aber ich brauche keine Pause von dir«, entgegnete Obi-Wan schlicht.

»Oh, das ist ... das ist schön. Klar. Das würde mir gefallen.«

Die Anspannung, die Obi-Wan verspürt hatte, löste sich, nun, da sie zugestimmt hatte. »Großartig. Ich kann dich wieder in deinem Motel abholen. Wie wäre es um fünf? Ist das zu früh?«

»Nein, aber ist das für dich in Ordnung? Wie lange arbeitest du normalerweise?«

Es würde etwas knapp werden und er müsste etwas früher von der Arbeit weg, aber er hoffte, dass seine Kameraden nichts dagegen haben würden. Die letzte Mission, die sie recherchiert hatten, war gestrichen worden, und hoffentlich würde es ruhig bleiben. Sein Urlaub begann in einer Woche, und dann würde er sich ganz auf das kompliziertere Set und die Hubschrauber konzentrieren können, die für den Film eingeflogen würden. Ganz zu schweigen davon, dass Carmen und ihr Schatten nicht am Set sein würden, was für Obi-Wan eine große Erleichterung wäre. Und wahrscheinlich für alle, die an dem Projekt beteiligt waren.

Carmen war eine Diva, und obwohl sie eine sehr gute Schauspielerin war, war sie eine Nervensäge.

»Sage?«

»Entschuldige, normalerweise arbeiten wir bis fünf, aber im Moment ist nichts los, also kann ich sicher etwas früher gehen. Wir können etwas zu essen bestellen, wenn wir bei mir sind. Ist das okay?«

»Klar.«

»Und das versteht sich von selbst, aber bei mir bist du in Sicherheit, Zita. Nur weil wir zu mir gehen, erwarte ich nichts anderes als einen netten Abend, an dem ich eine Frau kennenlerne, mit der ich mich sehr gut verstehe.«

»Danke. Das beruhigt mich.«

»Natürlich.«

»Aber heißt das, dass wir jetzt Freunde sind?«

Obi-Wan runzelte die Stirn. »Ich würde es gern glauben.«

»Ich meine ... sind wir *nur* Freunde? Denn ich muss zugeben, dass mir der Kuss auch gefallen hat, aber ich würde das nicht wirklich als etwas zwischen Freunden bezeichnen. Und glaub nicht, dass ich nicht bemerkt habe, wie du mich verteidigt hast, als Gigantor mich fertigmachen wollte, weil ich es gewagt habe, seine Lieblingsklientin anzufassen. Danke dafür.«

Sie scherzte über das Geschehene, aber Obi-Wan hatte nicht bemerkt, dass sie überhaupt mitbekommen hatte, was hinter ihr vor sich ging. Er dachte, sie sei zu sehr auf die Frau konzentriert, die in ihren Armen nach Luft rang. Aber er hätte wissen müssen, dass ihr auf irgendeiner Ebene bewusst war, dass eine Gefahr drohte. Dennoch hatte sie sich nicht davon abhalten lassen, ihre Aufgabe zu erfüllen.

Sein Respekt für sie wuchs. In vielerlei Hinsicht war sie ihm und seinen Teamkameraden sehr ähnlich. Oder den Soldaten der Spezialeinheit, die sie transportierten. Selbst wenn es hart auf hart kam, erledigten sie ihre Arbeit und vertrauten darauf, dass ihre Teamkameraden ihnen den Rücken freihielten.

»Gern geschehen. Und wir sind *jetzt* Freunde. Ob ich mehr will? Ja. *Verdammt* ja. Seit wir uns kennengelernt haben, ist kein Tag vergangen, an dem ich nicht an dich gedacht habe. Und glaub mir, das ist schon sehr lange nicht mehr passiert. Aber ich will keinen One-Night-Stand.«

»Ich auch nicht. Aber ... wir leben an entgegengesetzten

Enden des Landes«, sagte Zita, wobei sie ein wenig traurig aussah.

»Ein Tag nach dem anderen, Süße. Mehr können wir nicht tun. Vorerst Essen, Filme und Gespräche. Vielleicht hier und da ein Kuss.«

»Okay. Damit kann ich leben. Um fünf.«

»Pass heute auf dich auf«, warnte Obi-Wan sie. »Carmen wurde gerade gedemütigt. Zumindest glaubt *sie* das. Sie ist nicht glücklich, und ich habe keine Ahnung, was sie jetzt tun wird.«

»Ich habe vor, ihr für den Rest des Tages aus dem Weg zu gehen, das ist sicher. Das wird nicht schwer sein, da ich ein Treffen mit dem Produzenten und dem Set-Designer wegen der Sicherheit am zweiten Set habe. Es ist wichtig, dass Logan nicht zu sehr unter Druck gesetzt wird, weder körperlich noch emotional, während er die Szenen dreht, in denen er auf der Flucht ist und sich im Wald versteckt. Schauspieler und Schauspielerinnen können manchmal zu sehr in ihre Rollen eintauchen und darunter leiden.«

Diese Frau ... sie war durch und durch gut. Und jedes Mal, wenn sie sprach, hatte Obi-Wan das Gefühl, sich noch mehr in sie zu verlieben. »Das stimmt. Vor allem wenn man bedenkt, was der Pilot, der tatsächlich abgeschossen wurde, durchgemacht hat. Okay, wenn du etwas brauchst oder unsere Pläne ändern musst, sag mir einfach Bescheid. Ich habe noch eine kurze Besprechung wegen etwas im Drehbuch, dann fahre ich zum Hangar am Flughafen, um mir die Hubschrauber anzusehen, die am nächsten Drehort eingesetzt werden.«

»Danke für den Kaffee, wie immer«, sagte Zita, wobei sie den Becher in einer salutierenden Geste hob.

»Gern geschehen. Gute Arbeit eben.«

»Danke.«

»Wir sehen uns heute Abend.«

»Soll ich etwas mitbringen?«

Sie zögerten den Abschied hinaus, aber Obi-Wan war das egal. »Nur dich selbst.«

»Okay. Dann bis fünf.«

»Fünf.«

Sie standen einen Moment lang da, und Obi-Wan wollte sich zu ihr hinunterbeugen und sie küssen, mehr als er atmen wollte. Aber sie waren nicht allein, überall um sie herum liefen Leute auf dem Set herum, und auf keinen Fall wollte er noch mehr Gerüchte verursachen oder Zita in Verlegenheit bringen.

Während sie einander ansahen, leckte sie sich die Lippen, als würde sie dasselbe denken wie er.

»Tschüss«, sagte er und machte einen Schritt zurück.

»Bis dann.«

Obi-Wan zwang sich, sich umzudrehen und wegzugehen, aber nach ein paar Schritten konnte er nicht widerstehen, sich umzusehen ... und er sah Zita genau dort stehen, wo er sie zurückgelassen hatte. Sie starrte ihn mit einer Sehnsucht in den Augen an, die seinen Entschluss, sie nicht zu küssen, schwächte. Aber er hatte nicht umsonst jahrelang Geduld trainiert.

Er würde sie heute Abend sehen. Zeit mit ihr verbringen. Sie küssen.

Das musste ihm vorerst reichen.

Dankbar, dass er Carmen St. James hoffentlich zum letzten Mal gesehen hatte und sich nicht mehr mit ihren Schikanen herumschlagen musste, fühlte Obi-Wan sich fast unbeschwert, als er zu seinem Treffen mit dem Script Supervisor ging. Noch eine Woche, dann würde er zum interessantesten Teil seiner Arbeit als Militärberater kommen.

Nicht nur das, er hätte auch eine Woche frei von Besprechungen auf dem Stützpunkt, eine Woche, die er mit Zita verbringen könnte. Sie würden zwar beide arbeiten, aber hoffentlich würden sie Zeit finden – mehr Zeit als in der Stadt –, um etwas zusammen zu unternehmen.

Und dann war da natürlich noch die Woche vor Drehbeginn, in der das Team an die Westküste des Bundesstaates reisen und die Sets vorbereiten würde. Vielleicht könnte er Zita überreden, in Norfolk zu bleiben, damit sie gemeinsam zum neuen Drehort fahren konnten. Dann hätten sie *noch mehr* Zeit, sich besser kennenzulernen.

Die Dinge sahen gut aus, und trotz Carmens Nervigkeit war Obi-Wan verdammt dankbar, dort zu sein, wo er war. Dass er Zita kennengelernt hatte.

KAPITEL ZEHN

Zita war genervt. Sie hatte sich mit einem Anruf von einem hohen Tier aus dem Studio auseinandersetzen müssen, der wissen wollte, was zum Teufel an diesem Morgen passiert war und warum sie Carmen herumgeschubst hatte. Es war klar, dass das Miststück jemanden angerufen hatte, um sich zu beschweren, in der Hoffnung, Zita feuern zu lassen. Es wäre nicht das erste Mal gewesen, dass jemand versucht hatte, ihr vorzuwerfen, sie habe sich in Bezug auf ihre medizinische Versorgung unangemessen verhalten.

Sie hatte es geschafft, den Schaden für sich selbst zu begrenzen, aber nur, weil mehrere andere Leute, die zu diesem Zeitpunkt in der Pause gewesen waren, ihre Darstellung der Ereignisse bestätigt hatten, darunter auch die Frau, die keine Luft bekommen hatte. Das warf in ihr die Frage auf, warum das Arschloch überhaupt angerufen hatte. Wenn er schon wusste, was passiert war, warum versuchte er dann, sie einzuschüchtern?

Das war nur ein weiterer Grund, warum sie es satthatte, als Set-Sanitäterin zu arbeiten. In jedem Beruf gab es Politik. Jemandes Ego. Aber wenn sie im Krankenwagen war, hatte sie nicht *annähernd* so viel Ärger wie am Set. Und ja, es bestand zwar immer noch die Möglichkeit, dass sie wegen eines Behandlungsfehlers verklagt werden könnte, aber die Wahrscheinlichkeit war deutlich geringer als bei der Arbeit mit den reichen und klagefreudigen Hollywood-Stars.

Sie hatte Sage nicht angelogen, als sie ihm sagte, dass sie sich immer nach Stellenangeboten an Drehorten umschaute. Das tat sie, aus all den Gründen, die sie ihm genannt hatte. Aber dieses Mal war es anders. Sie liebte die Gegend um Norfolk. Die Atmosphäre war so anders als an der Westküste. Die Menschen waren ziemlich freundlich ... und Sage war hier.

Was lächerlich war. Sie hatte sich geschworen, niemals eine Frau zu sein, die ihr Leben aufgab, um mit einem Mann zusammen zu sein, und nun stand sie hier und überlegte, genau das zu tun – und sie war nicht einmal mit Sage zusammen.

Aber sie konnte die Anziehungskraft, die Chemie zwischen ihnen nicht leugnen. Deshalb wollte sie Klarheit darüber, ob er nur eine Art Freundin suchte ... oder eine Freundschaft mit gewissen Vorzügen. Sie glaubte nicht, dass es das tat, aber wenn er sich zurückgezogen und entschieden hätte, dass er nur an einer Affäre interessiert war, hätte sie seine Einladung zum Film abgelehnt. Zita kannte sich gut genug, um zu wissen, dass sie sich in Sage verlieben würde, wenn sie weiterhin mit ihm und seinen Freunden zusammen war und ihn besser kennenlernte, seine Vorlieben und Abneigungen.

Und wenn er nur flachgelegt werden wollte? Das würde wehtun.

Zita konnte nicht leugnen, dass sie eine Flamme in ihrem Intimbereich gespürt hatte, die sie seit Jahren nicht mehr gefühlt hatte, als sie bemerkte, dass er ihr den Rücken freihielt, während sie sich um die erstickende Frau kümmerte. Ja, ihre Kollegen im Krankenwagen hätten das Gleiche getan, aber bei Sage fühlte es sich aus irgendeinem Grund anders an. Persönlich. *Sehr* persönlich. Deshalb war es eine Erleichterung, dass er gesagt hatte, er wolle mehr als nur einen One-Night-Stand.

Deshalb gab sie sich heute Abend besonders viel Mühe mit ihrem Aussehen. Es würde das erste Mal sein, dass sie außer in seinem Jeep auf dem Weg zum und vom *Anchor Point* allein zusammen waren. Und sie freute sich sehr darauf.

Sie hatte sich zusammenreißen müssen, um sich nicht auf die Zehenspitzen zu stellen und ihn zu küssen, als sie sich an diesem Morgen verabschiedet hatten. Und sie hätte schwören können, dass sie dasselbe Verlangen auch in seinen Augen gesehen hatte. Das war ein gutes Zeichen für eine Beziehung zwischen ihnen. Zita genoss jedoch den Nervenkitzel der Verführung. Es war schön, dass er versuchte, sie mit dem Kaffee zu beeindrucken. Dass er sich Zeit ließ, obwohl es offensichtlich war, dass sie beide mehr wollten.

Sie mochte es, umworben zu werden. Sehr sogar. Zu viele Männer wollten heutzutage ins Bett springen, um »zu sehen, ob sie zusammenpassten«, anstatt sich außerhalb des Schlafzimmers kennenzulernen, um das Gleiche herauszufinden. Zita mochte Sex genauso wie jede andere Frau auch, aber sie brauchte mehr in einer Beziehung. Sie musste mit ihrem Partner reden können. Sie musste wissen, dass sie etwas gemeinsam hatten. Und bis jetzt erfüllte Sage alle ihre Kriterien ...

Abgesehen von der kleinen Tatsache, dass sie an entgegengesetzten Enden des Landes lebten.

Sie runzelte die Stirn und verdrängte den Gedanken. Wie Sage gesagt hatte: immer einen Tag nach dem anderen. Sie hatte noch genügend Zeit, sich über das »Was wäre wenn« Gedanken zu machen, wenn die Dinge zwischen ihnen sich weiterentwickelten. Und heute Abend war der nächste Schritt, um ihre Kompatibilität zu testen. Sie freute sich sogar auf das Abendessen und den Film. Sie hatte sich noch nie für Science-Fiction interessiert, aber sie hatte das Gefühl, dass es ein ganz besonderes Erlebnis sein würde, mit Sage die *Star-Wars*-Filme anzuschauen.

Eine SMS piepste auf ihrem Handy und teilte ihr mit, dass Sage auf den Parkplatz ihres Motels fuhr. Sie schnappte sich ihre Handtasche und ging zur Tür hinaus, wo sie sah, dass er tatsächlich eingetroffen war.

Sie wartete, bis er geparkt hatte, dann überraschte er sie, indem er ausstieg und um seinen Jeep herum zur Beifahrerseite lief, wo sie bereits nach der Tür griff, die er ihr lächelnd öffnete.

Oh Gott. Dieser Mann. Er hielt ihr die Tür auf? In schmalen Jeans und einem engen schwarzen T-Shirt? Und er roch himmlisch! Er hatte offensichtlich mehr Zeit gehabt als gedacht, nachdem er die Arbeit verlassen hatte, wenn er sich umziehen und duschen konnte.

Nachdem sie sich gesetzt hatte und er wieder in den Jeep gestiegen und losgefahren war, sagte sie genau das.

»Casper und Laryn hatten heute Nachmittag einen Arzttermin, und Buck und Mandy mussten mit ihrem Hund Rain für eine Untersuchung zum Tierarzt. Also haben wir anderen beschlossen, auch blauzumachen. Ich habe ein schlechtes Gewissen, weil ich in letzter Zeit mehr weg war als zu Hause, aber das ist nun mal so in unserem Job. Wenn wir bei einer Mission sind, arbeiten wir manchmal vierundzwanzig Stunden am Stück ohne Pause. Deshalb ist unser Oberst ziemlich entspannt, was Freizeit angeht, wenn wir auf dem Stützpunkt sind.«

»Ich verstehe das. Manchmal werde ich dafür bezahlt, während meiner Schicht auf der Wache zu schlafen, und manchmal arbeite ich zwölf Stunden am Stück. Man weiß nie, wann die Kacke am Dampfen ist, also nehmen wir unsere Freizeit, wenn wir sie bekommen können.«

»Genau«, entgegnete Sage mit einem breiten Grinsen im Gesicht.

Das war eine weitere Gemeinsamkeit, die sie verband, und Zita liebte es.

In weniger als fünfzehn Minuten erreichten sie eine mittelgroße Wohnanlage. Das vierstöckige Gebäude sah gepflegt aus und der Parkplatz war gut beleuchtet. Zita fühlte sich sicher, nicht nur wegen Sage, sondern auch wegen der Lage seines Wohnhauses. Das war wahrscheinlich etwas albern, da auch in den teuersten und schicksten Gegenden schlechte Menschen leben konnten, aber irgendetwas an dieser Anlage gefiel ihr.

Als sie Sages Wohnung betrat, war Zita sich nicht sicher, was sie erwartete. Würde es eine typische Junggesellenbude sein? Würde es blitzblank sein? War Sage ein Chaot? Sie war erfreut, dass nichts davon zutraf. Es sah aus wie ihre eigene Wohnung in Kalifornien, als sie noch Zeit hatte, dort zu leben.

Überall standen Fotos – die Zita sich später ansehen wollte –, der obligatorische Großbildfernseher, ein bequem aussehender Zweisitzer, und sie war absolut begeistert von den beiden übergroßen braunen Wildledersesseln, auf deren Sitzen Decken und Kissen gestapelt waren. Vor jedem stand ein Fußhocker. Sie sahen äußerst bequem aus, und sie fand es toll, dass Sage es offenbar gern gemütlich hatte, wenn er fernsah.

Er hatte keinen Couchtisch, aber einen recht großen Tisch in der kleinen Essecke neben der Küchenzeile. Der Raum war nichts Besonderes, aber er war mit den üblichen Geräten ausgestattet, dazu gab es eine Mikrowelle, eine Kaffeemaschine und etwas, das wie eine Heißluftfritteuse aussah, auf der Arbeitsplatte. Von der Küche ging ein Flur mit vier Türen ab, und neben dem Wohnbereich befand sich ein Gäste-WC.

Für einen Single war es eine recht große Wohnung, aber sie war offensichtlich gepflegt, sauber und bewohnt, wodurch Zita sich mehr zu Hause fühlte.

»Es ist nicht viel, aber es ist mein Zuhause«, sagte Sage, nachdem er ihr Zeit gegeben hatte, sich umzusehen. »Ich würde dir gern alles zeigen, aber es ist nicht besonders aufregend. Drei Schlafzimmer, zweieinhalb Badezimmer, die üblichen Schränke und natürlich das Wohnzimmer und die Küche. Ich habe einen festen Parkplatz, was ich toll finde, und es gibt einen Vierundzwanzig-Stunden-Sicherheitsdienst.«

»Drei Schlafzimmer?«, fragte Zita. Dann bereute sie ihre Worte sofort. Warum kümmerte es sie, wie viele Schlafzimmer der Mann in seiner Wohnung hatte? Das ging sie nichts an.

»Ich wollte genügend Platz, damit sich niemand eingeengt fühlt, wenn meine Eltern zu Besuch kommen. Sie haben nicht viel Geld, deshalb würde ich mich nicht wohl dabei fühlen, wenn sie in einem Motel übernachten müssten.« Er zuckte mit den Schultern. »Sie kommen nicht oft, aber wenn sie da sind, klappt es immer gut.«

Zitas Herz machte einen kleinen Sprung in ihrer Brust. *Natürlich* war Sage so aufmerksam. Er war nicht der stereotype machohafte Militärmann, für den manche ihn halten würden.

»Was möchtest du zum Abendessen?«, fragte er, ging in die Küche und öffnete eine Schublade. Er holte einen Stapel Papiere heraus und legte sie auf die Arbeitsplatte. »Das sind alle meine Lieblingsrestaurants, bei denen ich bestelle. Such dir etwas aus.«

Zita kicherte, als sie die Anzahl der Speisekarten sah. Sie blätterte sie durch und entschied sich für ein italienisches Restaurant, das ein besonders lecker aussehendes Foto von einem Teller Spaghetti mit viel Soße und Fleischbällchen hatte. Vernünftigerweise war ihr klar, dass die Mahlzeit dem Foto vermutlich nicht gerecht werden würde, aber sie war hungrig und hatte Lust auf Kohlenhydrate.

»Gute Wahl«, sagte Sage mit einem Grinsen. »Ich bestelle immer hier. Die kennen mich schon. Und nur damit du es weißt: Die Pasta ist hausgemacht, das macht den Unterschied.«

Nachdem sie ihm gesagt hatte, was sie wollte, rief Sage im Restaurant an. Er hätte auch eine der Essensliefer-Apps nutzen können, aber anscheinend hatte das Restaurant eigene Lieferfahrer, die Sage definitiv kannten. Der Mann, mit dem er sprach, schien ihn persönlich zu kennen, denn er lachte mehrmals, während er die Bestellung aufnahm.

Nachdem er aufgelegt hatte, erklärte er: »Es dauert etwa dreißig Minuten, bis sie hier sind.«

»Klingt gut.«

»Und bevor du denkst, ich hätte übertrieben und genug für zwölf Personen bestellt, Teresa, die Besitzerin, war neugierig, warum ich heute Abend zwei Abendessen statt einem bestellt habe, und als sie hörte, dass ich eine Verabredung habe, wurde sie ganz aufgeregt und sagte mir, sie würde sich um uns kümmern. Ich bin ein bisschen besorgt, was das bedeutet, aber wahrscheinlich gibt es einfach extra Brot, Fleischbällchen und vielleicht sogar ein oder zwei Beilagen gratis dazu.«

»Oh, das ist nett«, sagte Zita, insgeheim erfreuter, als sie zugeben wollte, dass Verabredungen für Sage anscheinend nicht normal waren.

»Willst du den ersten Film starten, während wir warten? Die sind ziemlich lang. Ich dachte, wir fangen mit den Originalfilmen an, auch wenn sie chronologisch gesehen nicht die ersten sind. Die Zeitachse der Filme ist etwas verwirrend, aber meine Favoriten sind immer noch die alten Filme. Die sind nicht so voll mit CGI, und mit ihnen habe ich meine Liebe zu dieser Reihe entdeckt.«

»Was immer du vorschlägst.«

»Noch einmal, die Filme sind ziemlich lang, jeder etwa zwei Stunden, und wir werden heute Abend nicht alle schaffen, aber hoffentlich gefallen dir die, die wir sehen, so gut, dass du die anderen später weiter anschauen möchtest.«

»Das werden sie bestimmt. Ich bin leicht zu unterhalten, obwohl ich nicht viel Zeit habe, Filme zu schauen, zu lesen oder die Serien zu verfolgen, die derzeit so beliebt sind.«

»Ich auch. Ich schlafe viel zu gern.«

Zita grinste. »Du auch?«

Er erwiderte ihr fröhliches Lächeln. »Auf jeden Fall. Und zum Glück schlafe ich gut. Das heißt, ich schlafe schnell ein und schlafe fast immer durch.«

»Das ist toll. Ich bin genauso. Außer vielleicht nach besonders heftigen Einsätzen.«

Er wurde ernst. »Ja. Manchmal, wenn ich von einer Mission nach Hause komme, die schiefgelaufen ist oder bei der jemand verletzt wurde oder es fast schlimm ausgegangen wäre, geht es mir genauso.«

Zita fiel es schwer zu begreifen, wie gut sie und Sage zusammenpassten. Aber wie hieß das alte Sprichwort? Gegensätze ziehen sich an? Wenn sie sich *zu* ähnlich waren, bedeutete das, dass sie Probleme bekommen würden, wenn sie tatsächlich versuchen würden, eine ernsthafte Beziehung einzugehen?

Sie schüttelte den Gedanken ab. Dafür war es noch zu früh. Sie und Sage lernten sich heute Abend erst kennen. Sie planten nicht ihre Hochzeit und wie viele Kinder sie haben wollten.

»Such dir einen Platz, ich hole uns etwas zu trinken. Ich habe Limonade, Wasser, Kaffee und verschiedene Teesorten.«

»Oh, ich hätte gern einen Tee. Überrasche mich.«

Er nickte und drehte sich um, um einen Wasserkocher auf der Arbeitsplatte anzuschalten, der hinter der Heißluftfritteuse versteckt war.

Zita schlenderte ins Wohnzimmer und sah sich um. Sie konnte sich zwischen dem Zweisitzer und einem der übergroßen Sessel entscheiden. Beide hatten Vor- und Nachteile.

Sie entschied sich für den großen Sessel ... weil sie nur daran denken konnte, wie sie und Sage gemeinsam darin saßen.

Als er mit zwei Tassen in der Hand den Raum betrat, lächelte sie ihn an und fragte: »Passen zwei Personen in diese übergroßen Sessel?«

Er erwiderte das Grinsen und antwortete: »Ich weiß es nicht. Ich habe es noch nie ausprobiert.«

Seine Worte gaben Zita ein warmes, wohliges Gefühl. Zu wissen, dass er noch nie mit einer anderen Frau in einem seiner Sessel gekuschelt hatte, bedeutete ihr etwas. »Wollen wir es ausprobieren?«

»Aber klar«, sagte er leise. Dann reichte er ihr eine der Tassen. »Probier mal, ob es dir schmeckt. Wenn nicht, mache ich dir etwas anderes.«

Zita nahm die Tasse von ihm und atmete den Dampf ein, der aus dem Tee aufstieg. »Mmmm. Das riecht toll.«

»Vanille-Mandel. Das ist einer meiner Lieblingstees.«

Zita nahm einen Schluck und stöhnte fast. »Das ist köstlich.«

Sein Lächeln wurde breiter, und Zita spürte ein Kribbeln in ihrem Bauch. Er stellte seine Tasse auf einen kleinen Tisch neben dem Stuhl, auf dem sie saß. »Rutsch ein bisschen zur Seite. Mal sehen, ob wir beide Platz haben. Wenn es unbequem ist, können wir die Sitzordnung ändern, wenn das Essen kommt.«

Das war eine gute Idee. Im Grunde war es ein Probelauf, was Zita gefiel.

Sie rückte zur Seite, und Sage ließ sich auf das Kissen neben ihr sinken. Überraschenderweise passten sie perfekt auf den Sessel. Ihr Oberschenkel drückte gegen seinen, aber der Sessel war breit genug, dass sie beide bequem Platz hatten. Sages Körperwärme drang in ihren, und er roch wirklich gut.

Zita lehnte sich entspannt an ihn. Er legte seinen Arm um ihre Schultern, was ihre Position noch bequemer machte. Sie tranken ihren Tee und statt sofort mit dem Film anzufangen, unterhielten sie sich eine Weile über Belanglosigkeiten. Es war ... schön.

Bevor sie sichs versahen, hatten sie beide ihren Tee ausgetrunken, und Sage griff schließlich nach der Fernbedienung. »Bist du bereit?«, fragte er mit einem Grinsen.

»So bereit, wie ich nur sein kann«, antwortete sie.

Er drückte ein paar Tasten, und dann begann der erste Film.

Zita war kein großer Science-Fiction-Fan, weshalb sie sich nie die Mühe gemacht hatte, einen Film dieser Reihe anzuschauen, aber zu ihrer Überraschung fand sie sich plötzlich in die Handlung hineingezogen. Zumindest bis es an der Tür klopfte. Sage pausierte den Film, stand vom Sessel auf und ging zur Tür.

Zita kam zu ihm an den Tisch, und als er begann, die Papiertüten mit den Gerichten auszupacken, konnte sie nur bewundernd einatmen.

»Oh mein Gott, das riecht himmlisch.«

»Warte, bis du es probierst«, sagte Sage mit einem kleinen Lächeln.

Er hatte recht, das italienische Essen war mit das beste, das sie je gegessen hatte. Und die Besitzerin hatte offensichtlich eine Schwäche für Sage, denn es war so viel da, dass es schon fast lächerlich war. Sie hatte sogar Cannoli als Dessert dazugelegt.

Nachdem sie Sage geholfen hatte, die Reste einzupacken, fragte er: »Bereit für mehr *Star Wars*?«

»Auf jeden Fall.«

»Gefällt es dir?«

»Mehr als ich gedacht hätte, wenn ich ehrlich bin.«

»Gut. Willst du dich wieder neben mich setzen oder lieber auf den anderen Sessel oder die Couch?«

»Neben dich«, antwortete Zita, ohne zu zögern.

Sie setzten sich wieder auf den Sessel, und diesmal fragte Zita, ob es ihm etwas ausmachen würde, wenn sie ihre Beine über seine legte. Er willigte ein, und so kuschelte sie sich in seine Armbeuge, wobei sie sich erfüllt und warm und so geborgen wie schon lange nicht mehr fühlte.

Als der Film weiterlief, war Zita schnell wieder in die Handlung vertieft. Als Obi-Wan Kenobi auftauchte, hob sie den Kopf und drehte sich mit einem breiten Lächeln zu Sage um ... nur um festzustellen, dass er tief und fest schlief. Sein Kopf ruhte auf der Rückenlehne des Sessels und sein Mund war leicht geöffnet.

Zita kicherte leise. Sie hatte das Gefühl seines Körpers an ihrem genossen und sich gefragt, ob sie den Abend mit weiteren Küssen beenden würden, und dann war er eingeschlafen. Das war irgendwie lustig. Aber es machte ihr nichts aus. Er hatte sowohl am Set als auch in seinem regulären Job extrem hart gearbeitet.

Außerdem hatte er den Film wahrscheinlich schon Hunderte Male gesehen. Okay, vielleicht nicht ganz so oft, aber auf jeden Fall Dutzende Male. Ganz zu schweigen davon, dass der Sessel unglaublich bequem war und er eine Decke über sie beide gezogen hatte, damit sie es gemütlich und warm hatten. Sie hatten reichlich Kohlenhydrate zu sich genommen, und wenn sie nicht so sehr an der Handlung interessiert gewesen wäre, wäre sie selbst vor lauter Völlegefühl eingeschlafen.

Zita legte ihren Kopf wieder zurück und ließ ihn schlafen. Sie konnte ihn später in Bezug auf die Figur necken, nach der er benannt war, wenn der Film zu Ende war. Sie kuschelte sich noch enger an ihn und seufzte zufrieden. Ehrlich gesagt war das ihre ideale Verabredung. Natürlich nicht, dass Sage eingeschlafen war, aber das gute Essen und die Zweisamkeit mit ihm, statt wie sonst an den meisten Tagen von Menschen umgeben zu sein.

Als der Abspann begann, konnte Zita es kaum erwarten, den nächsten Film zu sehen. Sie musste wissen, wie es weiterging. Aber sie wusste nicht, wie man die komplizierte Fernbedienung auf dem kleinen Tisch neben Sage bedienen sollte, und außerdem wollte sie den Film auf keinen Fall ohne ihn sehen. Also schloss sie stattdessen die Augen. Der Abend war toll gewesen, auch wenn Sage fast den ganzen Film verschlafen hatte. Sie hätte ihn wecken sollen, aber sie wollte ihn nicht in seiner Ruhe stören.

Sie beschloss, ihn noch ein wenig schlafen zu lassen. Sie würde einfach dort sitzen und ihre Augen einen Moment ausruhen ...

Sie wusste nicht, was sie geweckt hatte. Sie wusste nur, dass der Fernseher lief und sie desorientiert war.

»Zita, bist du wach?«

»Mmmmm«, murmelte sie.

»Ich bin eingeschlafen.«

Die Erinnerungen kamen zurück. Sage. Seine Wohnung. Der Film. Sie war offensichtlich in seinen Armen eingeschlafen. »Wie spät ist es?«

»Ein Uhr.«

Zita runzelte die Stirn. »Morgens?«

Er grinste. »Ja.«

»Oh Scheiße!«, rief sie und setzte sich auf. Aber Sage ließ seinen Arm um sie liegen und hielt sie fest, sodass sie nicht sofort vom Sessel aufspringen konnte.

»Ganz ruhig. Ist schon gut. Soll ich dich jetzt zurück zum Motel bringen? Oder willst du noch weiterschlafen? Ich muss in ein paar Stunden aufstehen und zum Training fahren, aber wenn ich zurückkomme, könnten wir zusammen frühstücken gehen oder so. Du musst heute nicht zum Dreh, oder?«

Sie war noch halb im Schlaf, aber sie konnte kaum glauben, dass Sage sie einlud, in seiner Wohnung zu bleiben, während er trainierte. Für zwei Menschen, die nichts weiter geplant hatten als einen einfachen Filmabend, entwickelten sich die Dinge ziemlich schnell.

»Ich schaue vielleicht später am Set vorbei, um zu sehen, ob alles in Ordnung ist, während die anderen zusammenpacken, aber nein, ich muss nicht zur üblichen Zeit dort sein.«

»Du bleibst also hier? Du kannst hier auf dem Sessel bleiben oder im Gästezimmer schlafen.«

»Hier«, sagte sie, bevor sie gähnte.

»Soll ich aufstehen?«

»Nein.«

»Tut mir leid, dass ich den Film verpasst habe.«

»Macht nichts. Aber den nächsten will ich auch sehen.«

»Und schon ist der nächste *Star-Wars*-Fan geboren.«

»Vielleicht. Ich behalte mir mein Urteil vor.«

»Danke, dass du so cool reagierst. Ich wollte nicht einschlafen.«

»Ist schon gut. Du warst müde.«

»Ja. Ist alles bequem? Zu heiß? Zu kalt?«

»Perfekt.«

»Gut. Schließ die Augen und schlaf noch ein bisschen. Ich wecke dich wahrscheinlich, wenn ich gehen muss, aber ignorier mich einfach und schlaf weiter.«

»Okay.«

Zita hätte schwören können, dass sie Sages Lippen auf ihrer Stirn spürte, aber sie war zu müde, um die Augen zu öffnen und nachzusehen. Sie wusste nur, dass sie sich warm und geborgen fühlte. Mit Sages Duft in der Nase und einem Gefühl der Zufriedenheit in ihrer Seele schlief sie ein.

KAPITEL ELF

»Sie ist immer noch in deiner Wohnung?«, fragte Buck. »Ist das klug?«

»Zita wird nichts stehlen. Verdammt, sie hat nicht mal einen Wagen«, sagte Obi-Wan, genervt von seinem Co-Piloten.

»Nein, ich meinte, ist es klug von dir, ihr näherzukommen? Es ist offensichtlich, dass du etwas für sie empfindest, aber sie lebt in Kalifornien. Es ist schon schwer genug, eine Beziehung zu führen, wenn wir diesen Job haben, aber mit jemandem, der am anderen Ende des Landes lebt? Ich könnte mir vorstellen, dass das fast unmöglich ist.«

Sein Freund hatte recht. Eine Beziehung mit Zita war wahrscheinlich keine gute Idee, aber Obi-Wan konnte den Zug, in dem er saß, nicht mehr anhalten, selbst wenn er es gewollt hätte ... was nicht der Fall war. Er *mochte* Zita. Er bewunderte sie. Er wollte jeden Moment mit ihr verbringen, den er bekommen konnte.

Er war überrascht gewesen, als er mitten in der Nacht aus tiefem Schlaf aufgewacht war und Zita noch auf seinem Schoß lag. Noch überraschender war, wie sehr er das genossen hatte. Es fiel ihm tatsächlich schwer, sie zu verlassen, um fürs Training zum Stützpunkt zu fahren, und ihm wurde klar, wie schlimm es sein würde, wenn die Dreharbeiten beendet waren und Zita nach Kalifornien zurückkehrte.

Sie würden beide einige Entscheidungen über ihre Beziehung treffen müssen, aber vorerst wollte er ihre Gesellschaft genießen, wann und wo immer er konnte.

»Obi-Wan?«, fragte Buck und holte ihn in die Gegenwart zurück. »Was denkst du über eure Zukunft?«

»Ehrlich gesagt freue ich mich einfach auf nächste Woche, wenn wir in Fallport sind, um den Rest des Films zu drehen. Ich bin gern mit Zita zusammen. Sie ist klug und schön, und je mehr Zeit ich mit ihr verbringe, desto mehr *möchte* ich mit ihr zusammen sein. Ich habe keine Ahnung, was danach passieren wird, aber ich werde mich nicht von der interessantesten Frau, die ich je getroffen habe, zurückziehen, nur weil ich Angst habe, verletzt zu werden.«

»Wow, das ist aber erwachsen von dir«, scherzte Edge.

»Halt doch die Klappe«, knurrte Obi-Wan.

Sie liefen durch die Straßen des Stützpunktes – ausnahmsweise hatte Casper sie nicht zum Strand geschickt, wofür alle dankbar waren.

»Casper, alles okay mit dir und Laryn?«, fragte Pyro.

»Alles in Ordnung«, antwortete ihr Teamleiter. »Die Nachricht, dass sie schwanger ist, war eine Überraschung, aber jetzt, da wir etwas Zeit hatten, das zu verdauen, sind wir eher aufgeregt als gestresst.«

»Gut.«

»Das solltet ihr auch sein.«

»Hast du es Nate gesagt?«

Nate war Caspers Zwillingsbruder, der bei der Marine war. Sie standen sich so nahe, wie Brüder es nur tun konnten, und hatten diese besondere »Zwillingsverbindung«, die viele von ihnen hatten.

»Das war nicht nötig. Er wusste, dass etwas los war, und hat neulich Abend angerufen. Er wollte wissen, was los ist und wen er umbringen muss.«

Alle lachten, denn sie wussten, dass der SEAL das wahrscheinlich nur halb im Scherz gesagt hatte.

»Er hat allerdings nach etwas gefragt, woran wir noch gar nicht gedacht hatten«, fügte Casper hinzu.

»Was denn?«, fragte Pyro.

»Ob wir Zwillinge bekommen.«

Alle verstummten für einen Moment – dann brachen sie alle gleichzeitig in Gelächter aus.

»Verdammt, stimmt, Zwillinge liegen offensichtlich in der Familie.«

»Also?«

»Wenn Laryn vorher schon nervös war, ist sie jetzt wahrscheinlich noch nervöser.«

»Wir wissen es noch nicht. Es ist noch zu früh. Der Ultraschall in der zwölften Woche ist aussagekräftiger, also müssen wir abwarten«, sagte Casper, der von der Aussicht begeistert klang.

»Ich nehme an, du wärst nicht traurig, wenn es Zwillinge wären«, sagte Edge.

»Überhaupt nicht, obwohl es für Laryn natürlich mehr Stress bedeutet. Nicht nur wegen ihres Körpers und der Schwangerschaft, sondern auch wegen der Kinderbetreuung und ihrer Arbeit nach der Geburt«, erklärte Casper.

Er hatte recht. Es war schon beängstigend genug, sich Gedanken darüber zu machen, was man mit *einem* Kind während einer Mission machen sollte, aber mit zwei? Niemand wollte sich eine Zukunft ohne Laryn als Chefmechanikerin ihrer Hubschrauber vorstellen, aber Obi-Wan war sich nicht sicher, wie das Paar das schaffen sollte. Zitas Vorschlag, ein Kindermädchen einzustellen, war gut, aber war das wirklich machbar? Er wusste es nicht. Er wusste nur, dass er froh war, nicht in der Haut seines Teamleiters zu stecken. Oder in der von Laryn. Die Entscheidung, ob man einen geliebten Job aufgeben sollte oder nicht, musste schrecklich sein.

Aber wenn er und Zita eine Chance auf eine Beziehung wollten, müsste sie dann nicht eine ähnlich schwierige Entscheidung treffen? *Er* konnte nicht einfach umziehen. Nun ja ... wahrscheinlich schon. Wenn er die Armee bitten würde, ihn zu einem anderen Night-Stalker-Team zu versetzen. Zu einem, das in der Nähe des Marinestützpunktes in San Diego stationiert war. Dann wäre er näher an L. A., wo sie weiterhin Filmaufträge bekommen würde. Aber war er dazu bereit?

Er liebte seine Kameraden. Sie hatten hart dafür gekämpft, zusammen zu sein und die Sondergenehmigung für die Stationierung in Virginia zu bekommen. Würde er das für eine Frau aufgeben?

Bevor er Zita kennengelernt hatte, hätte er eindeutig Nein gesagt. Aber jetzt? Er war sich nicht sicher. Und das war ein überraschendes Zeichen dafür, dass er es mit ihr schon viel ernster meinte, als er sich eingestehen wollte.

Der Rest des Trainings verging relativ schnell, obwohl alle am Ende stöhnten. Aber das Training war ein notwendiges Übel, um ihre Körper in Topform zu halten. Sie mussten auf alles vorbereitet sein, in der Luft sowie am Boden. Die Situation konnte sich jederzeit ändern, und sie mussten für alles gewappnet sein, was auf sie zukam.

Obi-Wan musste um acht Uhr zurück auf dem Stützpunkt sein, da er nicht zum Filmset musste. Er hatte noch eine Woche Zeit, bevor es in die kleine Stadt Fallport auf der anderen Seite des Bundesstaates ging. Dort würden alle für den nächsten Teil der Dreharbeiten untergebracht sein. Jeden Tag würden sie etwa eine Stunde lang in den Wald fahren, wo die intensivsten Szenen des Films gedreht werden sollten.

Es war immer noch etwas kühl, was von dem ursprünglichen Vorfall abwich, auf dem der Film basierte. Es war mitten im Sommer gewesen, als der Luftwaffenpilot abgestürzt und gezwungen war, durch den Dschungel zu fliehen, um sich in Sicherheit zu bringen. Aber zum Glück wollte der Regisseur sich nicht mit extremen Sommerbedingungen herumschlagen und begnügte sich damit, bei kühlerem Wetter zu drehen.

Obi-Wan war voller Vorfreude, als er zu seiner Wohnung zurückfuhr. Es war ein ... schönes Gefühl zu wissen, dass jemand auf ihn wartete. Er hatte sich sehr daran gewöhnt, allein zu sein.

Obi-Wan stieg die Treppe zu seiner Wohnung im zweiten Stock hinauf und schloss die Tür auf, ohne zu wissen, was ihn erwarten würde. Würde Zita noch schlafen? Es war schließlich erst sechs Uhr. Oder war sie schon auf und hatte es sich anders überlegt, die Nacht hier zu verbringen? Würde sie fernsehen und eine Tasse Kaffee trinken? Er wusste nicht, ob sie ein Morgenmensch war, und freute sich darauf, es herauszufinden.

Oder hatte sie sich ein Taxi bestellt und war ganz und gar weg?

Das Erste, was ihm beim Eintreten auffiel, war der Duft von frisch gebrühtem Kaffee ... der ihm die Frage beantwortete, ob Zita wach und noch in seiner Wohnung war.

Er fand sie an seinem Tisch sitzend, ein offenes Buch vor sich und eine dampfende Tasse Kaffee in der Hand. Die Erleichterung, sie dort zu sehen, ließ Obi-Wan die Knie weich werden. Sie lächelte ihn ein wenig schüchtern an, als er näher kam.

»Hallo. Wie war das Training?«

Obi-Wan konnte nicht anders, als sich zu ihr zu beugen und sie sanft zu küssen. Es fühlte sich ganz natürlich an. Als hätte er es schon millionenfach getan. Zum Glück wich sie nicht zurück und starrte ihn nicht an, als hätte er zwei Köpfe. Ihr Lächeln wurde nur noch breiter ... und dann leckte sie sich die Lippen, als wollte sie seinen Kuss schmecken. Es war unglaublich erregend.

In der Hoffnung, dass die graue Jogginghose seine Erektion

verbergen würde – was er allerdings bezweifelte, da er in den sozialen Medien zahlreiche Memes und Videos gesehen hatte, in denen Frauen lobten, wie gut dieses Kleidungsstück den Penis eines Mannes betonte –, drehte er sich um und ging in die Küche zur Kaffeemaschine.

»Ich hoffe, es ist okay, dass ich Kaffee gekocht habe.«

»Natürlich ist das okay«, entgegnete Obi-Wan. »Ich freue mich sogar darüber. Und um deine Frage zu beantworten: Das Training war gut. Casper war nicht ganz so arschig wie in letzter Zeit.«

»Arschig?«, fragte Zita mit einem Kichern.

Er zuckte mit den Schultern. »Das klang höflicher, als ihn ein machtgieriges Arschloch zu nennen, das seine Sorgen und seinen Stress an uns auslässt.«

Sie kicherte, und das Geräusch ging direkt in seinen Schwanz, ohne dass er etwas tun konnte, um das verdammte Ding wieder runterzubekommen.

»Hast du alles gefunden, was du brauchst?«

»In deiner Küche? Ja. Die ist sehr gut organisiert.«

»Das auch, aber auch so generell.«

»Ja. Ich weiß es zu schätzen, dass du mir eine Zahnbürste rausgelegt hast.«

»Natürlich. Ich springe schnell unter die Dusche, dann können wir frühstücken, bevor ich dich zum Motel bringe und zurück zum Stützpunkt fahre.«

»Okay.«

Obi-Wan nahm noch einen Schluck von dem dunklen Gebräu und versuchte sein Bestes, seinen außer Kontrolle geratenen Schwanz vor Zitas Blicken zu verbergen, als er zum Flur und in sein Schlafzimmer ging.

Er duschte schnell, aber nicht so schnell wie sonst, da er sich Zeit zum Masturbieren nahm. Es fühlte sich falsch und pervers an, vor allem weil er wusste, dass das Objekt seiner Begierde im Nebenzimmer war, aber wenn er den Druck nicht loswurde, würde er Zita wahrscheinlich in Verlegenheit bringen, und das war das Letzte, was er wollte.

Als er endlich das Gefühl hatte, wieder aufrecht gehen zu können, zog Obi-Wan sich schnell an und ging zurück zu Zita, die immer noch an seinem Tisch saß.

»Was hast du gelesen?«, fragte er, als er bemerkte, dass ihr Buch nun weg war.

»Ich hoffe, das macht dir nichts aus. Ich habe mich umgesehen, als ich aufgestanden bin.«

»Natürlich nicht.«

»Es war eines über Night Stalkers.«

Er nickte. »Das von Durant und Hartov? Mit dem grünen Einband?«

»Ja. Ich bin aber nicht sehr weit gekommen. Ich wollte mehr über deinen Beruf lesen.«

Obi-Wan ging zu seinem Bücherregal, fand das Buch, das sie gelesen hatte, nahm es heraus und reichte es ihr. »Nimm es mit. Du hast diese Woche doch sicher etwas Zeit zum Lesen, oder?«

»Ja. Es macht dir nichts aus?«

»Nein.«

»Ist es akkurat?«, fragte sie mit einem Funkeln in den Augen. »Ich meine, ich möchte meine Zeit nicht verschwenden, wenn das alles nur erfunden ist, um Bücher zu verkaufen.«

»Es ist ziemlich gut.«

Sie lachte. »Ich habe keine Ahnung, was das bedeutet. Aber sag es mir nicht. Wenn ich nur die Hälfte von dem wüsste, was du tatsächlich getan hast, würde es mich wahrscheinlich erschrecken.«

Sie hatte nicht ganz unrecht. Das Buch war ziemlich genau, aber es ließ viele der erschütternden Dinge aus, die Obi-Wan und seinesgleichen regelmäßig taten. »Hast du Hunger?«

»Ich bin am Verhungern.«

»Großartig. Denn der Ort, an den ich dich heute Morgen mitnehme, ist fantastisch. Du wirst dort hinausrollen.«

Zita grinste. »Weil das etwas ist, was jedes Mädchen will.«

Obi-Wan ging zur Tür und nahm unterwegs ihre Handtasche vom Tresen. »Verdammt, das Ding ist schwer!«, sagte er überrascht. Er hielt sie ihr hin.

Sie nahm sie mit einem Grinsen entgegen. »Ein Mädchen muss seine Sachen haben.«

»Mit *Sachen* meinst du deine medizinische Ausrüstung, nur für den Fall, oder?«

»Genau.«

Die Fahrt zum Imbiss verlief reibungslos, da noch nicht viel Verkehr war, aber Obi-Wan wusste, dass das Lokal, in das er sie brachte, wie an Wochentagen morgens üblich, voll sein würde. Von außen sah es nicht besonders aus, aber das Essen war erstklassig und reichhaltig. Und bei den Einheimischen sehr beliebt.

Es dauerte nicht lange, bis sie zu einem Tisch im hinteren Teil des Restaurants geführt wurden. Obi-Wan war versucht, sich neben Zita zu setzen statt ihr gegenüber, aber er wollte sie so früh in ihrer Beziehung nicht verschrecken.

Konnte man das, was sie hatten, als Beziehung bezeichnen? Er glaubte schon, aber er hatte keine Ahnung, was die Frau ihm gegenüber dachte.

»Hast du weitergeschlafen, nachdem ich gegangen war?«, fragte er, nachdem sie Kaffee bestellt hatten. Sie war aufgewacht, als er sich am Morgen unter ihr hervorgeschlichen hatte.

»Nicht wirklich. Ich bin zwar eingenickt, aber so bequem dein Sessel auch ist, ohne dich ist er nicht so bequem.«

Und schon war sein Schwanz wieder hart, verdammt. Aber ihre Worte taten Obi-Wan gut. Sehr gut sogar. Und hoffentlich beantworteten sie auch seine Frage von vorhin, ob sie nun eine Beziehung hatten oder nicht.

»Ich bin mir auch nicht sicher, ob dieser Sessel für mich jemals wieder derselbe sein wird«, gestand er.

»Also ... was gibt es hier Gutes?«

Obi-Wan erkannte ihren Versuch, das Gespräch aufzulockern, und ging darauf ein. »Alles. Im Ernst, hier kann man nichts falsch machen. Die Waffeln, die Eier, die Omeletts, alles ist fantastisch.«

Nachdem sie bestellt hatten, lehnte Obi-Wan seine Ellbogen auf den Tisch und hielt seine Kaffeetasse in den Händen. »Also ... was kann ich von der nächsten Phase des Films erwarten? Wie ist es am Drehort?«

Zita hatte kein Problem damit, ihm alles zu erzählen, was ihn erwarten und wie die Dinge ablaufen würden. Sie würden lange Tage im Wald verbringen, der Regisseur würde verdammt schlecht gelaunt sein, die Kameraleute, die Tonabteilung, die Kostümabteilung, die Friseure und Maskenbildner, die Beleuchter und alle anderen würden ihr Bestes tun, um nicht im Weg zu stehen und dennoch sofort zur Stelle zu sein, wenn sie gebraucht würden.

Das klang nach einem chaotischen Durcheinander, genau das Richtige für Obi-Wan.

»Aber es wird auch ruhige Momente geben. Und es wird manchmal langweilig sein, denn obwohl es neben Logan noch andere Schauspieler gibt, zum Beispiel die, die die Soldaten spielen, die nach ihm suchen, drehen sich die meisten Szenen um den Star. In vielen Einstellungen wird nur er im Wald zu sehen sein.«

Obi-Wan nickte. Er verstand das. Dieser Film war insgesamt anders, da die meisten Szenen nur Logans Figur und das zeigten, was er allein in der Wildnis durchmachte. Er hatte das Drehbuch gesehen und es mit der Lupe durchforstet.

Am meisten freute er sich natürlich auf die Szenen mit den Hubschraubern.

Das Essen wurde serviert, und wie er Zita gesagt hatte, sah

alles köstlich aus. Sie hatte Erdbeerwaffeln mit Speck und einer Schüssel Obst bestellt, und er hatte sich das Omelett für Fleischliebhaber bestellt, das riesig war.

Während sie aßen, wanderten Obi-Wans Gedanken zu der Hauptdarstellerin des Films. »Carmen wird nicht da sein, oder?«, fragte er, um sich zu vergewissern.

»Nein, Gott sei Dank. Sie und Logan müssen noch ein paar Szenen drehen, aber die müssen warten, bis er nach Hause kommt und wieder an Muskelmasse zugenommen hat, denn es sind Szenen vom Anfang des Films, bevor er im Wald auf der Flucht ist.«

»Das sind gute Nachrichten.«

»Absolut«, stimmte sie zu. »Aber ich habe auch eine weniger gute Nachricht.«

Obi-Wan spannte sich an. »Was denn?«

»Ihr Leibwächter? Silas? Er übernimmt den Job von Logans Leibwächter. Der Typ, den er aus Kalifornien mitgebracht hat. Ich glaube, seine Frau hatte einen Unfall und er musste nach Hause fliegen.«

»Scheiße«, sagte Obi-Wan, und das Essen, das ihm gerade noch so gut geschmeckt hatte, blieb ihm plötzlich im Hals stecken.

»Ja. Aber vielleicht ist er ohne Carmen weniger ein Arschloch.«

Obi-Wan hob nur eine Augenbraue.

Zita seufzte. »Ich weiß. Ich habe *vielleicht* gesagt.«

Obi-Wan schwor sich, Zita noch besser im Auge zu behalten, und erwiderte: »Wir können es hoffen.«

Sie beendeten ihr Frühstück und als sie gingen, sagte Zita: »Du hattest recht, ich fühle mich, als würde ich hier hinausrollen.«

Beide lachten. Obi-Wan konnte sich nicht erinnern, in Gegenwart einer Frau jemals so viel gelacht zu haben. Zita weckte Schutzinstinkte in ihm, von denen er nicht gewusst hatte, dass er sie hatte, und gleichzeitig gab sie ihm das Gefühl, leichter zu sein. Sein ganzes Leben hatte sich bisher um seinen Job gedreht. Er musste wachsam sein gegenüber Menschen, die sich seltsam verhielten, und auf seine Teamkameraden aufpassen. Jetzt hatte er das Gefühl, einen neuen Fokus zu haben.

Zita.

Hätte er nicht gesehen, wie Casper und Buck sich in Gegenwart ihrer Freundinnen in die Männer verwandelten, die sie heute waren, hätte er sich wahrscheinlich etwas mehr Sorgen über die ungewohnten Gefühle gemacht, die er für Zita empfand. Aber da er seine Freunde bewunderte und zu ihnen aufschaute, hatte er nicht das Gefühl, weniger Mann zu sein, weil er plötzlich alles in seiner Macht Stehende tun wollte, um diese Frau glücklich zu machen. Um sie lachen zu hören.

Als er zu ihrem Motel fuhr, war er ein wenig traurig, dass ihre gemeinsame Zeit an diesem Morgen so schnell vergangen war. Er konnte es kaum erwarten, sie wiederzusehen.

»Wollen wir das heute Abend wieder machen? Die Filmsache, meine ich«, platzte es aus ihm heraus.

Sie lächelte schüchtern. »Ja.«

Obi-Wan wurde von Erleichterung erfüllt.

Er fuhr auf den Parkplatz des Motels und parkte vor ihrem Zimmer. »Ich weiß, dass du erwachsen bist und auf dich selbst aufpassen kannst, aber ich muss es trotzdem sagen. Wenn du irgendetwas brauchst, ruf mich einfach an oder schick mir eine SMS, okay?«

»Danke. Und ja, ich kann auf mich selbst aufpassen, aber es ist immer schön zu wissen, dass ich Hilfe habe, wenn ich sie brauche.«

»Die hast du auf jeden Fall.«

Sie sahen sich einen Moment lang an, dann bewegten sie sich gleichzeitig und lehnten sich erwartungsvoll zueinander.

Ihr Kuss war nicht lang und daher bei Weitem nicht so befriedigend, wie Obi-Wan es gern gehabt hätte, aber er mochte die Vorfreude, die ihre Küsse in ihm auslösten. Er wusste, dass sie auf dem Weg zu mehr Intimität waren, und er hoffte, dass ihre Küsse ein Zeichen dafür waren, dass sie das auch wollte. Aber er genoss die Reise. Die Tatsache, dass keiner von beiden einfach ins Bett springen wollte, um ein Bedürfnis zu stillen.

»Ich melde mich später am Nachmittag wegen heute Abend. Wann ich dich ungefähr abholen werde.«

»Okay.«

»Danke, dass du nicht sauer geworden bist, weil ich neben dir eingeschlafen bin. Oder besser gesagt unter dir.«

»Natürlich. Danke, dass du ein Mann bist, dem ich vertrauen kann.«

»Danke, dass du geblieben bist.«

»Danke für das italienische Essen und den Tee.«

Obi-Wan grinste. Sie benahmen sich lächerlich. Sie zögerten den unvermeidlichen Abschied hinaus.

Er streckte die Hand aus, legte sie ihr in den Nacken, zog sie zu sich heran und küsste sie erneut. Sie kam bereitwillig, und das Gefühl ihrer Hand auf seiner Schulter, ihre Fingernägel, die sich in seine Haut gruben, während sie ihn küsste, erregte ihn ungemein. Der Beweis, dass sie ihn genauso sehr wollte wie er sie.

Widerwillig löste er sich von ihr. »Hab einen schönen Tag«, sagte er leise, wobei er mit dem Daumen über ihre geschwollenen, glänzenden Lippen fuhr.

»Du auch«, erwiderte sie.

Er ließ ihre Hand los und sie griff nach der Tür des Jeeps. Er sah ihr nach, wie sie ausstieg, die Tür schloss und zu ihrem Motelzimmer ging. Er rührte sich nicht von der Stelle, bis sie die Tür aufgeschlossen hatte und sich umdrehte, um ihm zuzuwinken. Er nickte ihr zu und wünschte sich nichts sehnlicher, als zu ihr auf die andere Seite der Tür zu treten.

Obi-Wan zwang sich, nach hinten zu schauen, fuhr aus der Parklücke und machte sich auf den Weg zum Stützpunkt.

Es würde ein langer Tag werden. Eine lange Woche. Aber am Ende würde ihn Zita erwarten.

Heute Abend und nächste Woche, wenn sie fast den ganzen Tag zusammen am Set verbringen würden. Noch nie in seinem Leben hatte er sich so sehr darauf gefreut, viele Stunden im Wald zu verbringen.

KAPITEL ZWÖLF

Zita war noch nie so geil gewesen. Sie hasste dieses Wort. Es klang wie etwas, das ein Teenager in einem kitschigen Achtzigerfilm sagen würde. Aber genau das war sie. Während der letzten Woche hatte sie bis auf einmal jeden Abend mit Sage verbracht. Er hatte sie gebeten, in der Stadt zu bleiben, während die Crew das Set abbaute und auf die andere Seite des Bundesstaates zog, und sie hatte gern zugestimmt. Sie hatten die ersten drei *Star-Wars*-Filme gesehen und waren nun bei den neueren angelangt. Sie musste ihm zustimmen, dass die älteren Filme etwas hatten, das den neueren fehlte. Aber sie mochte die Geschichten trotzdem und war nun ein absoluter Fan.

Das hätte allerdings auch an dem Menschen liegen können, mit dem sie die Filme gesehen hatte. Sage nahm sich die Zeit, ihr Dinge zu erklären, die sie nicht verstand, und er machte sich nicht über sie lustig, wenn sie bei traurigen oder ergreifenden Szenen Tränen in den Augen hatte.

Das Beste an der letzten Woche war jedoch gewesen, Sage besser kennenzulernen. Sie genoss es, Zeit mit ihm zu verbringen, und je mehr Zeit sie mit ihm verbrachte, desto mehr mochte sie ihn. Ihr war fast immer schwindelig, wenn sie zusammen waren ... und heiß, als sei ihr Blut heißer, als es sein sollte, wenn sie zusammen in seinem großen alten Sessel saßen. Seine Hand auf ihrem Bein fühlte sich wie ein Brandzeichen an, und sie konnte sich nur mit Mühe davon abhalten, ihr Hemd auszuziehen und ihn anzuflehen, sie zu nehmen.

Aber sie genoss auch das Tempo, in dem sie vorgingen. Sie fühlte keinen Druck, mit ihm zu schlafen. Dringlichkeit und Verlangen, ja. Druck, nein.

Sie hatte nicht wieder bei ihm übernachtet, obwohl sie es irgendwie vermisste, mitten in der Nacht in seinen Armen aufzuwachen. Noch nie hatte sie so ein starkes Verlangen verspürt, mit jemandem zu schlafen. Sie bevorzugte ihren Freiraum. Sie mochte es, sich im Bett ausbreiten zu können. Sich keine Gedanken um jemand anderen machen zu müssen, wenn sie sich mitten in der Nacht umdrehte. Aber ihr wurde langsam klar, dass sie das nur bevorzugt hatte, weil sie noch nie mit jemandem wie Sage zusammen gewesen war. Jemandem, der ihr allein durch seine Anwesenheit ein Gefühl der Sicherheit gab.

Jetzt fuhren sie ans andere Ende des Bundesstaates. In eine Stadt namens Fallport. Dort würden sie während der nächsten Dreharbeiten leben. Alles, was sie im Internet über die Stadt gelesen hatte, ließ sie wie eine tolle kleine Gemeinde erscheinen. Vor einigen Jahren war sie berühmt geworden, weil dort eine paranormale Sendung über Bigfoot gedreht und jemand aus der Besetzung ermordet worden war. Jetzt gab es dort eine jährliche Bigfoot-Ausstellung, und neben dem Pavillon in der Mitte der Stadt stand permanent eine Kettensägen-Schnitzerei von Bigfoot, die stolz präsentiert wurde.

Die Stadt war auch für etwas namens Pickleport-Festival bekannt, ein Sommerfest mit einer Parade, Ständen und allem, was zu einem Kleinstadtfest dazugehört. Es klang wie eine Hallmark-Filmkulisse, die zum Leben erwacht war, und Zita konnte es kaum erwarten, all das mit eigenen Augen zu sehen und zu erleben.

Fast die gesamte Filmcrew war im *Mangree Motel und Wohnmobilpark* untergebracht. Das klang kitschig und billig, aber die Bilder im Internet ließen es charmant und urig erscheinen. Es gab sogar ein Schwimmbecken, das allerdings noch nicht geöffnet war. Die Produktionsfirma hatte das gesamte Motel für die Crew gemietet, aber Logan Striker und Harry Grubbner würden in einer Frühstückspension namens *Chestnut Street Manor* übernachten. Es war wirklich die einzige »hochwertige« Unterkunft in Fallport.

Zita fühlte sich davon jedoch nicht gekränkt. Die einzigen anderen Optionen für die Crew waren ein paar Hotelketten an der Schnellstraße, weiter weg von der malerischen Kleinstadt. Und sie zog es vor, in einem lokalen Betrieb zu übernachten, der Geld in die Taschen kleiner Geschäftsinhaber fließen ließ anstatt in die einer großen Firma.

Fallport hatte auch eines dieser großen Einkaufszentren in der Nähe der Schnellstraße, die in die Stadt führte, sowie einige Restaurantketten, aber sie freute sich am meisten auf den Marktplatz und all die lokalen Geschäfte. Die Bäckerei, die Kneipe, den Gebrauchtbuchladen. Und vor allem das Café. Der Imbiss sah auch fantastisch aus; das Buntglasfenster an der Vorderseite war ein Kunstwerk, und sie wettete, dass es in Wirklichkeit noch schöner aussah.

Insgesamt freute sie sich auf diesen Dreh mehr als auf jeden anderen zuvor. Und das lag nicht nur an der Location – die viel besser war als manche Lagerhalle, in der Sets aufgebaut worden waren –, sondern auch an dem Mann, mit dem sie noch mehr Zeit verbringen würde.

Als er sie gebeten hatte, in der Stadt zu bleiben, hatte Sage ihr auch angeboten, sie nach Fallport zu fahren, anstatt den Bus nehmen zu müssen, den die Filmgesellschaft gemietet hatte. Die Ausrüstung war bereits vor Tagen verschickt worden, ebenso wie der Großteil der Crew. Jetzt mussten nur noch die wenigen Mitarbeiter transportiert werden, die in Norfolk geblieben waren, um die Vorbereitungen für die bevorstehenden Dreharbeiten vor Ort online zu erledigen.

Sie nahm sein Angebot, ohne zu zögern, an. Sie war in der letzten Woche schon mehrmals mit Sage gefahren, aber sie dachte, dass sie in ein paar Stunden auf der Straße noch mehr über seine Persönlichkeit erfahren würde. Fuhr er zu schnell? Ärgerte er sich über andere Autofahrer? Schrieb er SMS während der Fahrt? All das wären Dinge, die sie abschrecken und sie daran zweifeln lassen würden, sich auf ihn einzulassen.

Wem machte sie etwas vor? Sie hatte sich bereits eingelassen.

Er war der erste Mensch, an den sie dachte, wenn sie aufwachte, und wegen seiner Gewohnheit, ihr eine Gute-Nacht-SMS zu schicken, auch der letzte, an den sie dachte, bevor sie einschlief. Und sie glaubte nicht, dass sie sich Sorgen machen musste, wenn er am Steuer seines Jeeps saß. Der Mann war ein verdammter Night-Stalker-Hubschrauberpilot. Natürlich waren die beiden nicht genau gleich, aber sie bezweifelte, dass er in seinem Job so gut war und sich dann im Straßenverkehr wie ein Arsch benahm.

Ihre Koffer waren gepackt und sie wartete auf ihn, als er vor dem Motel vorfuhr. Sie hatte ein albernes Grinsen im Gesicht, aber sie konnte nichts dagegen tun. Sie freute sich so darauf, diese Woche viel mehr Zeit mit ihm zu verbringen, da er den ganzen Tag am Set sein würde und nicht auf dem Marinestützpunkt.

Auch er grinste, als er aus seinem Jeep stieg und auf sie zukam. Er nahm ihre große und kleine Reisetasche, wobei er sie viel leichter erscheinen ließ, und sie nahm ihren Rucksack mitsamt ihrer Handtasche auf ihre Schulter, während sie ihm zur Rückseite des Fahrzeugs folgte. Seine Reisetasche lag bereits dort. Dann ging er zur Beifahrerseite und hielt ihr die

Tür auf. Das hatte er jedes Mal getan, wenn er sie abgeholt hatte, und es versetzte sie jedes Mal in eine warme, wohlig-kribbelige Stimmung.

Die Fahrt nach Fallport dauerte fünf Stunden, und alle, die an dem Film beteiligt waren, hatten am Nachmittag eine Einführungs- und Logistikbesprechung. Insgesamt brauchten sie sechseinhalb Stunden, um die kleine Stadt am Fuße der Appalachen zu erreichen, da sie eine Mittagspause einlegten und der Verkehr aus Norfolk heraus furchtbar war. Aber ausnahmsweise machte das Zita nichts aus.

Sie und Sage unterhielten sich ununterbrochen. Als sie auf den Parkplatz des *Mangree Motels* einbogen, hatte sie das Gefühl, ihn noch besser zu kennen. Genauso hoffte sie, dass er *sie* auch besser kannte. Sie hatten über alles gesprochen, ange-fangen bei ihrer Kindheit über ihre Eltern, wie sie sich für den Beruf der Rettungssanitäterin interessiert hatte und zur Filmin-dustrie gekommen war, bis hin zu den schwierigen Ausbil-dungen und Prüfungen, die man absolvieren musste, um ein Night Stalker zu werden.

Sie hatte auch mehr über Laryn und Mandy erfahren und über die schrecklichen Dinge, die sie durchgemacht hatten. Sie war noch beeindruckter von den beiden Frauen als zuvor, und das wollte etwas heißen. Was sie erlebt hatten, war schrecklich, und Zita war so froh, dass sie Männer wie ihre Freunde hatten, die während und nach ihren Torturen für sie da waren.

Zita traf Sage vor dem Jeep und sie gingen zusammen in das kleine Büro im *Mangree*. Hinter dem Schreibtisch saß eine ältere Frau, die sie mit einem strahlenden Lächeln begrüßte.

»Hallo, ich bin Edna. Mein Mann und ich heißen Sie im *Mangree* willkommen. Wir freuen uns sehr, dass Sie hier sind.«

»Danke! Ich bin Zita Darlington und das ist Obadiah Engle«, sagte sie.

»Hmmm, ich habe Zita auf der Liste, aber es tut mir leid ...

ich sehe *Sie* nicht«, antwortete Edna stirnrunzelnd und sah Sage an.

»Wahrscheinlich ist es unter Obi-Wan eingetragen«, sagte er.

»Oh! Sie haben recht. Mein Mann und ich haben ein wenig gelacht, als wir die Namensliste bekommen haben. Obi-Wan, wie Elvis oder Prince. Nur ein Name, was?«

Zita kicherte.

»So etwas in der Art. Nur dass ich kein berühmter Musiker bin.«

»Und Sie sind nicht tot«, erwiderte Edna trocken und musterte ihn anerkennend von Kopf bis Fuß.

Zita konnte sich ein weiteres Kichern nicht verkneifen. Edna musste schon über siebzig sein, und die Art, wie sie Sage musterte, war urkomisch.

Es musste ihm zugutegehalten werden, dass er sich nicht im Geringsten unwohl zu fühlen schien.

»Ich gebe Ihnen Zimmer zwölf, es liegt direkt neben dem Büro«, sagte die Frau zu Zita. »Es ist schön und sicher. Wenn Sie etwas brauchen, können Sie hierherkommen. Wir haben einen vertrauenswürdigen jungen Mann für die Nachtschicht eingestellt. Er ist ein Gamer«, fügte sie flüsternd hinzu. »Er spielt fast die ganze Nacht über *Dungeons and Dragons* und sagt, er ist begeistert, dass er für das bezahlt wird, was er liebt.«

»Cool«, sagte Zita mit einem Lächeln.

»Und Sie, junger Mann, sind in Zimmer zweiundzwanzig.«

»Das ist in Ordnung«, erwiderte Sage.

»Schade, dass es noch zu früh für die Bigfoot-Ausstellung und das Pickleport-Festival ist. Beide finden im Sommer statt, und dann ist dieser Ort voller Touristen. Aber andererseits ist es wahrscheinlich besser so, denn sonst wäre das Motel komplett ausgebucht. Wir freuen uns über die Einnahmen, die Ihr Film der Region beschert.

In Ihren Zimmern gibt es kleine Kühlschränke und Mikrowellen. Toaster und Kochplatten sind nicht erlaubt, da es vor einigen Jahren einen kleinen Zwischenfall gab, bei dem das gesamte Motel fast abgebrannt wäre, weil ein Gast den Herd angelassen und ein paar Plastiktüten zu nahe dran gelegt hatte.

Wir haben hier im *Mangree* kein Restaurant, aber mit dem *Sunny Side Up* in der Stadt können Sie nichts falsch machen. Oder mit dem *Sweet Tooth*, unserer örtlichen Bäckerei. Und ich wäre nachlässig, wenn ich Ihnen nicht sagen würde, dass das *Grinders* den besten Kaffee und die besten Kaffeespezialitäten auf dieser Seite des Bundesstaates hat. Wenn Sie noch Fragen haben, wenden Sie sich gern an uns. Hier sind Ihre Schlüssel.«

Sie übergab zwei echte Metallschlüssel, keine Plastikkarten, wie sie so viele Motels und Hotels mittlerweile hatten. Zita nahm sie und lächelte die Frau an. Das *Mangree Motel* sah von außen vielleicht wie eine typische Billigunterkunft aus, aber die Freundlichkeit der Besitzerin sorgte dafür, dass man sich hier wohl und geborgen fühlte. Sie hoffte nur, dass die Zimmer genauso nett waren wie Edna.

»Und wir dulden hier keine Dummheiten«, sagte Edna streng. »Die Nachtruhe ist von zweiundzwanzig bis sechs Uhr, und Sicherheit hat für uns oberste Priorität. Wenn Sie etwas Verdächtiges sehen, informieren Sie bitte jemanden, und wir werden Simon, unseren Polizeichef, benachrichtigen.«

»Ja, Ma'am«, antwortete Sage.

»Klingt perfekt«, sagte Zita zu ihr.

Edna lächelte. »Ich wünsche Ihnen beiden einen schönen Tag. Ich habe gehört, dass Sie heute Nachmittag ein Treffen in der Turnhalle der Highschool haben. Viel Spaß beim Erkunden der Gegend, aber kommen Sie nicht zu spät zu Ihrem Treffen.«

Edna war so großmütterlich, wie Zita es sich nur vorstellen konnte, und sie war nicht wirklich überrascht, dass sie ihren Zeitplan kannte. Kleine Städte waren sehr ähnlich wie die Sets, an denen sie arbeitete ... Klatsch und Tratsch blühten an Orten wie diesem.

»Das werden wir nicht. Danke für die Tipps«, sagte Sage.

»Gern geschehen. Wenn Sie noch Fragen haben, kommen Sie einfach zu mir.«

»Danke.«

Sie verließen das Büro, und Zita musste lächeln, als sie zu Sage hinaufblickte. Auch er hatte ein kleines Grinsen auf den Lippen.

»Ich mag sie«, platzte Zita heraus.

»Ich auch. Was möchtest du vor unserem Treffen machen?«

»Auf den Marktplatz gehen. Ich möchte all die Orte sehen, über die ich online gelesen habe.«

»Klar. Wie wäre es, wenn wir uns unsere Zimmer ansehen, unsere Sachen wegpacken und uns dann in etwa fünfzehn Minuten hier wieder treffen? Reicht das?«

»Perfekt«, sagte Zita. Und das war es auch. Sie wollte ihre Zeit lieber mit Erkundungen verbringen, als bis zu dem Treffen in ihrem Motelzimmer herumzusitzen.

Nachdem Sage ihre Taschen aus seinem Jeep geholt hatte, begleitete er sie zu ihrer Tür, was sehr nett von ihm war. Es war nicht so, dass er sie nicht würde sehen können, wenn sie ihr Zimmer betrat oder verließ, da seine Tür am anderen Ende des Motelgangs lag.

Zita schloss ihre Tür auf und betrat ihr Zimmer. Es war ein typisches Motelzimmer mit zwei Betten, einer Kommode, einem Fernseher, einem winzigen Tisch neben dem Fenster und dem Badezimmer im hinteren Bereich. Aber es war auch etwas anders, denn auf den Betten lagen selbst genähte Steppdecken und die Wände waren hell und nicht beige und langweilig. Der Boden war auch nicht mit industriellem Teppichboden bedeckt, sondern sah aus wie eine Art leicht zu reinigende Kunststofffliesen. Außerdem roch es ... gut. Wirklich gut. Nach Vanille, was Zitas Magen zum Knurren brachte.

»Wow, das habe ich ganz anders erwartet«, sagte sie.

Sage stand respektvoll in der Tür. Er hatte ihre Taschen hineingestellt, war ihr aber nicht ins Zimmer gefolgt. »Es ist schön. Wirklich schön«, stimmte er zu. »Hoffentlich wird mein Zimmer genauso cool. Allerdings würde ich es Edna durchaus zutrauen, dieses Zimmer für alleinstehende Frauen zu reservieren, da es so nahe am Büro liegt und so schön eingerichtet ist. Und ich habe draußen Überwachungskameras gesehen, die auf die Zimmertüren gerichtet sind. Cool, dass sie so auf Sicherheit bedacht ist.«

»Ich hoffe, dein Zimmer ist genauso wie dieses hier.«

Sage zuckte nur mit den Schultern. »Das ist mir egal, ich habe schon an einigen ziemlich schrecklichen Orten geschlafen. Egal wie das Zimmer aussieht oder riecht, es wird immer noch besser sein als einige ... *Unterkünfte*, die ich schon erlebt habe.«

Zita runzelte die Stirn. Der Gedanke, dass er unter schlechten Bedingungen schlafen musste, gefiel ihr gar nicht.

»Schau nicht so besorgt. Ich bin sicher, es wird schon gut gehen. Edna und ihr Mann werden nicht ein Zimmer schön herrichten und den Rest ignorieren.«

Sie machte sich keine Sorgen um sein Zimmer. Aber sie nickte trotzdem.

»Es wird dich beschäftigen, oder? Wie wäre es, wenn wir uns in fünfzehn Minuten in *meinem* Zimmer treffen? Dann kannst du selbst sehen, dass ich nicht in einer Bruchbude wohne, während du hier in Zimmer zwölf in Luxus schwelgst.«

Zita nickte schnell. Sie war sowieso neugierig, wie die anderen Zimmer aussahen, also wollte sie sich die Gelegenheit nicht entgehen lassen, ihre Neugier zu stillen.

Sie sah, wie Sage sich umdrehte und den Gang entlangging. Sie trat in ihr Zimmer, nachdem er in seinem eigenen verschwunden war ... aber nicht bevor er ihren Blick bemerkte, ihr ein breites Lächeln schenkte und ihr zuwinkte, bevor er die Tür schloss.

Sie schloss ihre eigene Tür und blieb einen Moment stehen, bevor sie den größeren ihrer Koffer nahm und ihn auf das Bett stellte. Sie hatte Zeit, schnell auszupacken und sich frisch zu machen, bevor sie sich mit Sage traf und sie Fallport erkundeten. Sie war sich nicht sicher, worauf sie sich mehr freute – auf die Tour oder darauf, mehr Zeit mit dem Mann zu verbringen, in den sie sich verliebte.

KAPITEL DREIZEHN

Obi-Wan grinste Zita an. Sie war bezaubernd. Alles begeisterte sie. Alles schien neu und spannend zu sein. Ihre Begeisterung war ansteckend, und er merkte, dass er sich sehr wohlfühlte, während sie über den Marktplatz von Fallport schlenderten.

Als sie sein Motelzimmer gesehen hatte – fast eine exakte Kopie ihres eigenen, abgesehen von den selbst genähten Steppdecken auf den Betten –, entging ihm nicht ihre Zufriedenheit darüber, dass er nicht in einer schlechteren Unterkunft schlafen würde. Es war lange her, dass jemand sich so für ihn interessiert hatte wie sie. Es fühlte sich gut an.

Sie hatten etwa eine Stunde Zeit, um sich in der kleinen Stadt umzusehen, was Obi-Wans Meinung nach für Zita bei Weitem nicht genug Zeit sein würde.

Sie begannen in der nordöstlichen Ecke in einer Kneipe namens *On the Rocks*. Da es noch früh war, war nicht viel los, aber es war fast so sauber wie die Motelzimmer. Es gab eine Kellnerin, die sie sofort begrüßte, als sie hereinkamen, und einen Barkeeper hinter der Theke. Die Wände waren mit Zeitungs- und Zeitschriftenartikeln über Bigfoot und die in der Stadt gedrehte paranormale Sendung tapeziert. Die Kneipe hatte eine gemütliche Atmosphäre, und Obi-Wan freute sich darauf, nach den Dreharbeiten ein oder zwei Bier hier zu trinken.

Die nächste Station ihrer Tour war *The Sweet Tooth*. Als sie eintraten, knurrte ihm der Magen. Es roch nach Gebäck und frischem Brot. Er war verrückt nach frisch gebackenem Brot. Wenn jemand ein Raumspray mit dem Duft von frisch gebackenem Brot herstellen würde, würde er damit ein Vermögen verdienen. Zita kaufte eine Zimtschnecke, die so groß war wie ihr Kopf, und zwei Blaubeermuffins. Außerdem überredete sie Obi-Wan, ein großes Stück Jalapeño-Cheddar-Sauerteigbrot mitzunehmen.

Sie holten sich jeweils einen Becher Kaffee beim *Grinders* und nippten daran, während sie in *Fall for Books* stöberten, einem Gebrauchtbuchladen an der Ecke des Platzes. Und Zita konnte nicht widerstehen, sich bei ihrem nächsten Halt, *Grogan's General Store*, ein T-Shirt mit der Aufschrift »Fallport: Home of Bigfoot« zu kaufen.

Ihre Tour ging weiter, indem sie zwei ältere Herren begrüßten, die vor dem Postamt saßen und Schach spielten, einen Blick in einen Ort namens *The Cellar* warfen und an der Bibliothek und der Arztpraxis vorbeikamen.

Als sie am *Sunny Side Up* vorbeigingen, lief ihnen trotz der Backwaren, die sie sich im *Sweet Tooth* gegönnt hatten, erneut das Wasser im Mund zusammen.

Die letzte Station ihrer Tour um den Platz war *Knock 'Em Down*, eine Bowlingbahn.

Da sie noch zehn Minuten Zeit hatten, bevor sie zur Highschool mussten, schlug Zita vor, sich in den Pavillon in der Mitte des grasbewachsenen Platzes zu setzen, womit Obi-Wan einverstanden war.

Fallport war eine hübsche, gepflegte Stadt. Obi-Wan sah keinen Müll, und die Gehwege waren in gutem Zustand, ohne Risse oder Brüche. Er konnte verstehen, warum die Stadt bei

Touristen so beliebt war. Die Faszination von Bigfoot hatte die Menschen vielleicht ursprünglich hierhergelockt, aber sie kamen wahrscheinlich wegen der Freundlichkeit der Einwohner und des Charmes des Ortes immer wieder zurück.

»Ich dachte mir schon, dieser Ort sei niedlich, aber er hat meine Erwartungen übertroffen«, sagte Zita fröhlich.

Obi-Wan konnte den Blick nicht von der Frau neben ihm abwenden. Er hätte den ganzen Tag mit ihr verbringen können und immer noch mehr erfahren wollen ... und genau das passierte.

»Ich frage mich, ob wir jemanden aus der ursprünglichen Gruppe des Such- und Bergungsteams vom Eagle Point treffen werden. Die sind ziemlich berühmt, weißt du«, sagte Zita. »Ich habe online gelesen, dass die meisten von ihnen in irgendeiner Form beim Militär waren. Du hättest wahrscheinlich viel mit ihnen gemeinsam, auch wenn sie alle älter sind als du.

Oh, und ich habe auch eine Geschichte über einen Mann gelesen, der hier lange Zeit obdachlos war. Die Bürger haben ihm hinter einem der Geschäfte auf dem Marktplatz ein kleines Haus gebaut. Dann ging er nach Washington, D. C. und bekam schließlich einen Job als Bäcker in der Küche des Weißen Hauses! Er ist jetzt verheiratet, hat zwei Kinder und kommt jeden Sommer zum Pickleport-Festival nach Fallport zurück. Außerdem stiftet er jedes Jahr ein Stipendium für einen Highschool-Absolventen und spendet Geld für die Tafel. Die Tafel wird übrigens von der Frau des Polizeichefs geleitet. Das ist alles einfach so ... *cool!*«

Was cool war, war das Interesse, das Zita der Stadt und ihren Einwohnern entgegenbrachte. »Recherchierst du immer so gründlich über einen Ort, an dem du arbeiten wirst?«, fragte Obi-Wan.

»Nun, nein. Aber oft genug. Ich meine, du weißt ja, dass ich mich über den Arbeitsmarkt an verschiedenen Drehorten informiere. Fallport ist allerdings etwas Besonderes. In meinem

Motel in Norfolk lag sogar eine Broschüre über das Bigfoot-Museum, das hier eröffnet wurde. Und ich wollte mich auch über die medizinischen Einrichtungen informieren, nur für den Fall. Manchmal, wenn ich am Set bin, besonders in oder in der Nähe von Kleinstädten, muss ich mit Ärzten und Krankenschwestern kommunizieren und möchte wissen, welche Erfahrungen sie haben und wie groß die Notaufnahmen und Krankenhäuser sind – falls es überhaupt welche gibt. Außerdem, machst du das nicht auch? Recherchierst du nicht auch die Gegenden, in die du fliegst?«

Natürlich tat er das. Er war ein bisschen gemein, weil er annahm, dass sie für ihren Job keine Recherchen anstellte, während er und seine Kameraden bei den Night Stalkers Stunden, Tage oder Wochen damit verbrachten, genau das Gleiche zu tun. »Du hast recht. Es war dumm von mir anzunehmen, dass du keine Recherchen angestellt hast.«

Sie lehnte sich zur Seite und stieß ihn neckisch an Arm und Schulter. »Ich recherchiere, aber ich gebe zu, dass ich es mit Fallport etwas übertrieben habe. Ich hatte eine Woche frei, bevor wir hierherkamen. Was hätte ich sonst tun sollen?«

»Stimmt.«

»Wir können doch wiederkommen, oder? Ich meine, wenn wir Zeit haben? Ich möchte im Imbiss essen und im *On the Rocks* etwas trinken. Und natürlich morgens Kaffee im *Grinders* holen.«

»Natürlich. Außerdem hat Edna gesagt, dass es im Motel kein Frühstück gibt. Ich glaube also, dass alle, die dort übernachten, morgens vor dem Dreh im Imbiss landen werden.«

»Wir müssen früh dort sein, um dem Ansturm zu entgehen«, sagte Zita.

Für Obi-Wan war das kein Problem, da er ein Morgenmensch war. Das musste er in seinem Beruf auch sein.

Zita schaute auf die Uhr und seufzte. »Wir sollten uns wohl auf die Suche nach der Highschool machen.«

Obi-Wan nickte, stand auf und streckte ihr seine Hand entgegen. Zita ergriff sie, doch statt sie loszulassen, sobald sie aufgestanden war, umfasste er ihre Hand fester, während sie zum Parkplatz gingen, wo er seinen Jeep geparkt hatte.

Zu seiner Freude zog sie ihre Hand nicht aus seinem Griff. Und als Obi-Wan zu ihr hinüberblickte, sah er, dass Zita lächelte.

Der Zeitplan, den sie per E-Mail erhalten hatten, sah vor, dass nach dem Treffen in der Sporthalle ein Buffet für die Darsteller und die Crew serviert werden sollte. Obi-Wan hätte Zita lieber für sich allein gehabt, aber heute Abend war der offizielle Start ihrer neuen Aufgaben. Sie würde immer »im Dienst« sein, wenn das Filmteam zusammen war. Das würde einige lange Tage und möglicherweise auch Nächte bedeuten, wenn sie Szenen drehten, die nach Einbruch der Dunkelheit spielten.

Obi-Wan nahm sich vor, darauf zu achten, dass sie genügend trank und aß, und drückte ihre Hand fester.

Die nächste Woche würde intensiv werden, aber er freute sich darauf, sein militärisches Wissen weiterzugeben, um den Film authentischer zu machen, und so viel Zeit wie möglich mit dieser Frau zu verbringen, die seine Gedanken beherrschte.

Das Treffen mit der Crew, die im Wald arbeiten würde, war informativ und Obi-Wan freute sich noch mehr darauf, zum Set zu kommen und Logan Striker wieder in Aktion zu sehen. Der Mann war ein sehr talentierter Schauspieler, und Obi-Wan hatte keinen Zweifel, dass er die Rolle des abgestürzten Piloten auf eine Weise zum Leben erwecken konnte, wie es nicht viele andere Schauspieler konnten.

Als sie zum Motel zurückkamen, war es schon spät, und so sehr Obi-Wan Zita in sein Zimmer einladen wollte, vor allem weil er noch nicht bereit war, sich von ihr zu verabschieden, hielt er sich zurück. Sie brauchte ihren Schlaf, denn morgen würde ein langer Drehtag werden.

Grubbner hatte den Zeitplan vorgestellt, und die nächsten drei Tage würden jeweils etwa zwölf Stunden Dreharbeiten umfassen, je nachdem, wie die Szenen verliefen. Am vierten Tag würden die Hubschrauber eingesetzt werden, und das war Obi-Wans großer Tag. Er hatte die Hubschrauber und die Uniformen bereits genehmigt, aber er wollte sich davon überzeugen, dass die ausgewählten Piloten keine Amateure waren, sondern wirklich wussten, was sie taten.

Das Einzige, was an dem Treffen heute Abend nicht so toll war, war Silas Graves. Er stand hinten im Raum und starrte alle ziemlich finster an. Er war Logans Ersatz-Leibwächter für den Rest der Dreharbeiten, aber er benahm sich nicht wirklich wie ein Leibwächter. Anstatt wachsam zu sein und den Raum und die Eingänge nach Personen abzusuchen, die eine Gefahr für den berühmten Schauspieler darstellen könnten, galt seine Aufmerksamkeit hauptsächlich Zita, dessen war Obi-Wan sich sicher. Es war sehr seltsam und beunruhigend.

Aber Zita war Zita, sie schüttelte es ab und sagte, der Mann habe keinen Grund, sich auf sie zu konzentrieren, zumal Carmen nicht da war. Jeder wusste, dass Silas sich in die Schauspielerin verliebt hatte, und Gerüchte besagten, dass die beiden bis zu dem Tag, an dem sie die Stadt verlassen hatte, miteinander geschlafen hatten. Aber seit sie zurück in Kalifornien war, war Zita überzeugt, dass Silas' Interesse an ihr nachlassen würde. Sie war fast nie in Logans Nähe, also hatte sein Leibwächter keinen Grund, sich um *sie* mehr zu sorgen als um alle anderen.

Obi-Wan war sich nicht so sicher. Er hatte diese intensive Konzentration schon oft gesehen. Bei denen, die entschlossen waren, US-Soldaten im Ausland Schaden zuzufügen. Sie studierten die Bewegungen und Routinen der Soldaten, um zu bestimmen, wann und wo sie zuschlagen sollten, entweder mit Straßenbomben oder einem koordinierten Angriff.

Nicht dass er glaubte, Silas würde eine Sprengfalle in Zitas Weg legen ... aber da er nicht sicher war, *was* der Mann vorhatte, schwor Obi-Wan sich, stets wachsam zu sein. Um Zita vor allem zu schützen, was der Mann ihr antun könnte. Nur weil Carmen nicht da war, hieß das nicht, dass Silas der Frau nicht mehr treu war.

Er hätte vielleicht beeindruckt sein können, wie ernst der Mann seine Arbeit nahm, aber diese Loyalität schien ihm fehl am Platz. Er und Carmen kannten sich erst seit kurzer Zeit, und Silas schien seine Arbeit zu ernst zu nehmen.

Andererseits kannte er Zita auch erst seit etwa derselben Zeit. Obi-Wan fühlte sich *extrem* beschützend gegenüber der Sanitäterin ... und dabei schlief er nicht einmal mit ihr. Nicht weil er es nicht wollte – das wollte er sehr –, sondern weil er an mehr als einer kurzen Affäre interessiert war. Er hatte keine Ahnung, wie eine langfristige Beziehung zwischen ihnen funktionieren könnte, angesichts ihrer Jobs und der nicht ganz unerheblichen Tatsache, dass sie Tausende von Kilometern voneinander entfernt lebten, aber seine Beschützerinstinkte waren definitiv voll ausgeprägt.

Deshalb saß er in dieser Besprechung und beobachtete Silas mit Adleraugen. Und deshalb sah er, als jemand den Mann mit dem Ellbogen anstupste, um ihm zu signalisieren, dass die Besprechung vorbei war und Logan im Begriff war, die Turnhalle zu verlassen. Silas musste sich beeilen, um seinen Schützling einzuholen. Zum Glück wohnte er zusammen mit Logan im *Chestnut Street Manor*, sodass Obi-Wan und Zita ihm nicht im *Mangree* aus dem Weg gehen mussten.

Jetzt, zurück in seinem Zimmer, lag er wach in seinem Bett, die Hände hinter dem Kopf verschränkt, und starrte an die Decke. Es war still. Fast *zu* still. Er war an den Lärm gewöhnt, der in seiner Wohnung ständig herrschte. Türen öffneten und schlossen sich, Fahrzeuge fuhren vorbei, gelegentlich ertönte eine Sirene. Aber hier in Fallport und im *Mangree* herrschte absolute Stille. Er konnte keine Fahrzeuge auf der Straße hören, die nicht allzu weit von den Zimmern entfernt war, und seine Nachbarn auf beiden Seiten schliefen wahrscheinlich schon, da sie alle früh am Morgen zum Drehort mussten.

Die Stille gab ihm zu viel Zeit zum Nachdenken. Und das Hauptthema, das ihm durch den Kopf ging, war Zita Darlington. Ihre Begeisterung für die malerische Stadt Fallport war bezaubernd. Und die Art, wie sie sich nach dem Verzehr der Zimtschnecke aus der Bäckerei die Finger abgeleckt hatte, war verdammt sexy. Ebenso wie der Schaumfleck auf ihrer Lippe, nachdem sie an ihrem ausgefallenen Kaffeegetränk genippt hatte.

Ohne nachzudenken, fuhr er mit der Hand zwischen seine Beine. Er hatte nur seinen steifen Schwanz zurechtrücken wollen, aber in dem Moment, in dem er sich durch seine Boxershorts berührte, konnte Obi-Wan nicht mehr aufhören. Er schloss die Augen und stellte sich vor, Zita sei da. Wie sie sich an ihn kuschelte, ihren Kopf auf seine Schulter legte und ihn mit ihrer Hand streichelte.

Obi-Wan stöhnte. Er war schon mehr als einmal mit Gedanken an Zita gekommen, aber nachdem er den ganzen Tag mit ihr verbracht hatte, mit ihr gelacht und beobachtet hatte, wie sie Edna und alle anderen, die sie traf, bezauberte, wollte er fast verzweifelt *alles* erleben, was diese Frau zu bieten hatte. Würde sie im Bett schüchtern sein und ihm die Führung überlassen? Oder war sie eher aggressiv? Der Typ, der forderte, was sie wollte?

Ehrlich gesagt fand Obi-Wan beides erregend. Er mochte es, im Schlafzimmer die Kontrolle zu übernehmen, aber er konnte sich auch gut vorstellen, sich zurückzulehnen und Zita mit ihm machen zu lassen, was sie wollte. Er stellte sich vor, wie sie mit einem lüsternen Ausdruck in den Augen und einem sexy Lächeln auf den Lippen auf ihm saß, seinen Schwanz umschloss und ihn zwischen ihre Beine nahm.

Ein Stöhnen kam über Obi-Wans Lippen, als er seine Hüften hob und seine Unterhose bis zu den Oberschenkeln schob. Der Stoff schränkte seine Bewegungen ein, aber er wollte sich nicht die Zeit nehmen, sie ganz auszuziehen. Er war zu nahe dran.

Mit einer Hand umfasste er seine Hoden und streichelte sich mit der anderen, während er die Augen geschlossen hielt und sich vorstellte, seine Hände wären die von Zita. Dass *sie* ihn liebkoste und ihn an den Rand der Ekstase trieb. Es war keine Überraschung, dass es nicht lange dauerte, bis das vertraute Gefühl eines bevorstehenden Orgasmus einsetzte.

Innerhalb weniger Minuten packte ihn ein überwältigendes Gefühl der Lust. Sperma schoss aus seinem Schwanz und landete auf seinem nackten Bauch, und er stellte sich Zitas zufriedenes Gesicht vor, als er explodierte.

»Verdammt«, murmelte er und fühlte sich, als sei er von innen nach außen gewendet worden. Wenn er schon bei dem bloßen Gedanken an sie so viel Lust empfand, würde die Realität ihn wohl umbringen. So sehr er Zita auch ins Bett ziehen wollte, um ihre Muschi an seinem Schwanz zu spüren, war er nicht so eingebildet, dass er davon überzeugt war, dass das jemals passieren würde. Und er würde sie niemals zu etwas drängen, zu dem sie noch nicht bereit war.

Aber Mann, wie sehr er das wollte. *Sie.* Er konnte sich noch genau daran erinnern, wie sie sich in seinen Armen angefühlt hatte, als er in seinem Sessel aufgewacht war und gemerkt hatte, dass sie tief und fest auf ihm schlief. Es hatte sich so richtig angefühlt. Ihr Körpergewicht auf ihm, ihre Beine über seinen Oberschenkeln, ihr Vertrauen, dass er die Situation nicht ausnutzen würde.

Und er wollte das wieder. Ihr Vertrauen, wie sie zu ihm aufblickte, wenn er zum ersten Mal langsam in sie eindrang, die Lust in ihren Augen, ihre Glieder, die ihn näher zu sich zogen, und ihr zurückgeworfener Kopf. Ihr kastanienbraunes Haar, das auf seinem Kissen ausgebreitet war, war ein Bild, das sich für immer in sein Gedächtnis einbrennen würde.

Scheiße. Sein Schwanz zuckte erneut. Er fühlte sich, als sei er wieder Anfang zwanzig. Bei der kleinsten Provokation bekam er eine Erektion. Aber diesmal war es anders. Der einzige Mensch, der ihm dieses Gefühl vermittelte, war Zita. Er hatte schon viele gut aussehende Frauen am Filmset gesehen, aber nur Zita brachte seinen Schwanz dazu, sich zu erheben und auf sich aufmerksam zu machen.

Obi-Wan hatte keine Ahnung, ob diese extreme Anziehungskraft, dieses Verlangen und dieses Bedürfnis verschwinden würden, wenn sie *tatsächlich* miteinander ins Bett gingen. Er hatte fast Angst, es herauszufinden. Was, wenn es *nicht* verschwinden würde? Was, wenn er sie nur noch mehr begehrte? War das gut oder schlecht? Ehrlich gesagt jagte ihm das eine Heidenangst ein.

War er bereit, so völlig verliebt zu sein wie Casper und Buck? Er beneidete seine Freunde um ihre engen Beziehungen zu ihren Frauen, aber es war auch beängstigend, einem anderen Menschen so viel Macht über sich zu geben. Laryn oder Mandy zu verlieren würde seine Pilotenfreunde zerstören. Es würde ihre Fähigkeit zum Fliegen beeinträchtigen, etwas, wofür sie ihr ganzes Leben lang trainiert hatten. Wollte er in ihrer Haut stecken?

Ja.

Verdammt ja.

Aber nur mit Zita.

»Scheiße«, fluchte er laut. Er spürte, wie das Sperma auf seinem Bauch trocknete. Der Geruch von Sex umgab ihn. Er würde niemals einschlafen können, wenn er sich nicht wusch und versuchte, nicht mehr an die Frau zu denken, die so nahe und doch gleichzeitig so weit weg war.

Nichts hielt ihn davon ab, sein Zimmer zu verlassen, zu Zimmer zwölf zu gehen und an die Tür zu klopfen. Nichts außer der Tatsache, dass er sie nicht erschrecken wollte. Er wollte sie nicht mitten in der Nacht überrumpeln, indem er sie anflehte, ihn sie kosten zu lassen. Sie zum Orgasmus zu bringen. Sich so tief in ihrem Körper zu vergraben, dass keiner von beiden mehr klar denken konnte.

Er war ein schrecklicher Mensch, weil ihn der Gedanke daran noch mehr erregte. Sie waren noch dabei, sich kennenzulernen. Wenn er irgendetwas von dem tat, was er sich ausmalte, würde er das Vertrauen und die Kameradschaft zerstören, die sie aufgebaut hatten. Verdammt, vielleicht wollte sie ihn gar nicht so.

Doch sobald ihm dieser Gedanke kam, verwarf Obi-Wan ihn wieder. Eine Frau würde einen Mann nicht so küssen, wie Zita ihn geküsst hatte, wenn sie nicht sexuell an ihm interessiert wäre. Sie war keine kokette Frau, ihre Gefühle standen ihr ins Gesicht geschrieben, wenn sie ihn ansah.

Nein. Er würde nichts überstürzen.

Mit diesem Gedanken schwang Obi-Wan seine Beine von dem überraschend bequemen Bett und streifte seine Unterhose ab, bevor er sie vom Boden aufhob und splitterfasernackt ins Badezimmer ging. Schnell wusch er sich sein Sperma vom Körper, zog seine Unterwäsche wieder an und stapfte praktisch zurück zum Bett.

Als er sich diesmal hinlegte, rollte er sich auf die Seite und versuchte, an die bevorstehenden Dreharbeiten zu denken. An die Dinge, die er noch einmal durchgehen musste, an die Uniform, die Logan tragen würde, und daran, dass er noch einmal überprüfen musste, ob sie so originalgetreu war, wie Hollywood es hinbekommen konnte. An das Gespräch, das er an diesem Abend nach dem Treffen mit Henry geführt hatte, der ihm versichert hatte, dass die Hubschrauberpiloten hochqualifiziert und einige der besten seien, die man bekommen konnte.

Als seine Lider endlich schwer wurden, war es eine Erleichterung.

Aber selbst im Schlaf wanderten seine Gedanken zu Zita. Er träumte die ganze Nacht von ihr. Von ihrem Lächeln. Von ihrem Haar, das im Wind wehte, während sie in nichts als einem jadegrünen Nachthemd, das einen tiefen Ausschnitt hatte und nur bis zu ihren Oberschenkeln reichte, über ein Feld voller Wildblumen auf ihn zuging.

Als am nächsten Morgen sein Wecker klingelte, war Obi-Wan nicht ausgeruht. Und sein Schwanz war wieder steinhart. Seufzend stand er auf und ging ins Badezimmer. Wenn er heute etwas erledigen wollte – verdammt, wenn er überhaupt normal laufen wollte –, musste er sich um seine Bedürfnisse kümmern. Seine sexuellen Bedürfnisse.

Kontrolle. Er musste sie verdammt noch mal finden. Er war ein Night Stalker. Bekannt für seine legendäre Selbstbeherrschung. Seine Fähigkeit, inmitten des absoluten Chaos ruhig zu bleiben. Er war konzentriert, zuverlässig und beständig.

Aber im Moment fühlte er nichts davon. Zita hatte ihn völlig aus der Bahn geworfen. Und Obi-Wan stellte fest, dass es ihm nicht leidtat. Nicht im Geringsten. Sein Blut schien vor Vorfreude zu singen. Vor der Aufregung der Jagd. Er hatte sich noch nie so gefühlt, nicht einmal kurz vor besonders kniffligen Missionen, die für ihn immer eine Art Hochgefühl waren.

Zita Darlington war ihm unter die Haut gegangen, und sie gefiel ihm dort.

Die große Frage war: Empfand sie auch nur ein Zehntel davon? Wenn nicht, stünden ihm schreckliche Qualen bevor. Eine riesige Enttäuschung. Und genau das hielt ihn davon ab, ihr seine Gefühle zu offenbaren. Es würde ihn umbringen, wenn sie mit ihm schlief und dann doch nur eine Art Sexfreundschaft wollte.

Denn das war nicht das, was Obi-Wan wollte. Er hatte keine Ahnung, wie sie es hinbekommen sollten, aber zu diesem Zeitpunkt war er bereit, alles zu tun, um eine Beziehung mit dieser Frau zu haben.

Casper würde nicht glücklich sein, wenn er einen seiner Piloten verlor. Buck wäre stinksauer, seinen Co-Piloten zu verlieren. Aber Obi-Wan konnte seine Gefühle genauso wenig ignorieren wie einen verwundeten SEAL, Delta oder einen Night-Stalker-Kollegen, der hinter den feindlichen Linien gerettet werden musste.

Mit einem tiefen Atemzug trat er unter den heißen Strahl der Dusche. Je schneller er sich einen runterholte und sich anzog, desto schneller konnte er Zita sehen.

KAPITEL VIERZEHN

Zita fühlte sich ... seltsam. Normalerweise war sie voll und ganz auf ihre Arbeit konzentriert. Sie musste dafür sorgen, dass alle am Set sicher waren, und auf Anzeichen oder Symptome von Krankheiten achten oder darauf, ob ein Schauspieler oder eine Schauspielerin versuchte, eine Verletzung zu verbergen. Das kam häufig vor, denn niemand wollte vom Set genommen oder, Gott bewahre, ersetzt werden.

Aber heute konnte sie sich nur auf Sage konzentrieren.

Der Mann sah fantastisch aus und roch auch so. Sie hatte keine Ahnung, welches Duschgel er benutzte, aber es war nicht das kostenlose Seifenstück aus dem Motel. Es war irgendwie moschusartig, und mit jedem tiefen Atemzug, während er sie zum Set fuhr, wurden ihre Brustwarzen härter. Sie musste sich mit aller Kraft zurückhalten, um sich nicht auf ihrem Sitz zu winden, obwohl sie sich verzweifelt nach etwas Reibung zwischen ihren Beinen sehnte. Sie war klatschnass, was ihr bei der Arbeit noch nie passiert war.

Tatsächlich waren ihr heute Morgen unter der Dusche Gedanken an Sage durch den Kopf gegangen, wie so oft in letzter Zeit, und sie hatte ihre Hand zwischen ihre Beine geführt und ihre Klitoris gestreichelt, während sie an ihn dachte. In ihrer Vorstellung war es *sein* Finger, der ihre Knospe berührte. Sie stellte sich vor, wie er vor ihr in der Dusche kniete, sie mit einer Hand an der Hüfte festhielt, mit seinem intensiven Blick auf ihre Muschi starrte und sie gnadenlos reizte, indem er ihre Klitoris streichelte, sie aber nicht kommen ließ.

Sie war explodiert, nachdem sie sich vorgestellt hatte, wie sie ihn anflehte. In ihrer Fantasie hatte er sie mit einem Grinsen im Gesicht angesehen, bevor er den Kopf senkte und sie zu einem monströsen Orgasmus leckte.

Nach ihrem Orgasmus waren ihre Knie weich geworden, und sie hatte all ihre Energie aufbringen müssen, um zu duschen und sich danach abzutrocknen. Dieser Mann war tödlich, und bisher hatte er nicht mehr getan, als sie einfach zu küssen.

Obwohl sie seine Küsse nicht als einfach bezeichnen würde ... nicht einmal annähernd.

Da sie durch ihre extreme Anziehung zu Sage verunsichert war, ließ sie ihn irgendwie zurück, sobald sie am Set ankamen. Die einstündige Fahrt dorthin war fast unerträglich gewesen, da Zita nichts anderes wollte, als ihn zu berühren. Über die Konsole zu rutschen, sich auf ihn zu setzen, ihr Hemd auszuziehen und ihn anzuflehen, sie zu berühren. All das wäre nicht nur extrem gefährlich gewesen, da er auf holprigen Nebenstraßen durch den Wald fuhr, sondern auch potenziell peinlich, wenn er sie schockiert angesehen und weggestoßen hätte.

Um etwas Abstand zwischen sich zu bringen und ihre tobenden Hormone unter Kontrolle zu bekommen, war sie daher sofort losgelaufen, als sie auf dem kleinen Parkplatz in der Nähe des Drehorts eintrafen. Sie hatte ihren Rucksack vom Rücksitz geholt und war schnurstracks zum Regieassistenten gegangen, um ihn nach dem besten Aussichtspunkt für die Dreharbeiten an diesem Morgen zu fragen.

Zum Glück – oder zu ihrem Pech – lief alles reibungslos. Niemand war krank, niemand hatte sich bisher verletzt, sodass Zita nichts weiter zu tun hatte, als herumzustehen und zu viel Zeit zum Nachdenken zu haben.

Sie war feige, und das wusste sie. Der gestrige Tag war fantastisch gewesen. Sage war ein toller Typ. Er machte sich nicht über ihr Interesse an Kleinigkeiten lustig oder über ihre Begeisterung für die Kleinstadt, über die sie so viel gelesen hatte. Er hatte sie nicht einmal damit aufgezogen, dass sie dieses Bigfoot-T-Shirt gekauft hatte, an dem sie einfach nicht vorbeigehen konnte.

Nicht nur das, sie fühlte sich bei ihm sicher. Sicher vor jedem, der ihr Böses wollte, das war klar – obwohl das nicht gerade etwas war, worüber sie sich regelmäßig Gedanken machte –, aber vor allem sicher, sie selbst zu sein. Sagen zu können, was sie dachte. Über Dinge zu lachen, über die andere nur die Augen verdrehten. Vor ihm zu essen, was sie wollte, ihm von ihren Hoffnungen und Träumen zu erzählen.

Und genau das machte ihr Angst. Das war es, was sie heute Morgen, seit sie ihn gesehen hatte, so sehr beunruhigte. Sie hatten im *Sunny Side Up* gefrühstückt, wo sich noch ein paar andere Crewmitglieder zu ihnen gesellt hatten. Eine willkommene Abwechslung für Zita, denn die Fantasie, die sie unter der Dusche gehabt hatte, war ihr noch zu präsent, als dass sie sich hätte wohlfühlen können.

Auf dem Weg aus der Stadt hatte er beim *Grinders* angehalten und darauf bestanden, ihren Kaffee zu bezahlen. Es war eine nette Geste ... und seltsamerweise eine, die Zita irritierte, obwohl er ihr inzwischen schon ein Dutzend Kaffees spendiert hatte. Der Mann war einfach zu gut, um wahr zu sein. Er beschwerte sich nicht darüber, sie herumzufahren, über die Kosten für den täglichen Spezialkaffee ... über *nichts* wirklich.

Sie sollte nicht vor ihm davonlaufen, sondern alles in ihrer Macht Stehende tun, um ihn näher an sich heranzulassen. Und doch stand sie hier und mied ihn.

Plötzlich fühlte sie sich schrecklich deswegen. Er hatte ihre Abweisungen nicht verdient. Er hatte nichts falsch gemacht. Das war alles ihre Schuld. Sie war in Panik geraten, weil ihre Gefühle für diesen Mann immer stärker wurden.

Sie warf einen Blick zu Sage – sie mied ihn zwar, aber sie hatte ein angeborenes Gespür dafür, wo er sich gerade am Set befand – und sah, wie er mit einem der Kostümdirektoren sprach, seine ganze Aufmerksamkeit auf das gerichtet, was der Mann sagte.

Und das war noch etwas, das Zita an Sage mochte. Dass sie sich immer fühlte, als sei sie der Mittelpunkt seiner Welt, wenn sie mit ihm zusammen war. Er sah ihr in die Augen, wenn sie sprach, und schaute nicht ständig auf sein Handy oder alles andere um ihn herum. Oh, sie bemerkte, dass er seine Umgebung wahrnahm, besonders wenn sie in einem Restaurant oder Ähnlichem waren, aber sie nahm an, dass ihm das aufgrund seines Berufes in Fleisch und Blut übergegangen war und nicht, weil er ihr nicht zuhören wollte.

Zita beschloss, zu Sage zu gehen und sich bei ihm zu entschuldigen, sobald er sein Gespräch beendet hatte.

Aber gleich nachdem sie diese Entscheidung getroffen hatte, schrie natürlich einer der Kameraleute vor Schmerz auf, weil er sich die Finger in einem Teil der Beleuchtungsanlage eingeklemmt hatte.

Danach musste einer der Statisten wegen eines Insektenstichs versorgt werden. Dann wurde jemandem schwindelig und er wäre fast ohnmächtig geworden. Und so ging es weiter. Ihr ruhiger Morgen verwandelte sich in einen sehr arbeitsreichen Tag. Niemand hatte lebensbedrohliche Verletzungen, aber in den nächsten Stunden mussten verschiedene Darsteller und Crewmitglieder versorgt und beruhigt werden.

Am Ende des Drehtages, der erst nach zwanzig Uhr endete – weil Henry weiterdrehen wollte, da Logan eine Szene nach der anderen erfolgreich abdrehte und er dachte, er könnte genauso gut versuchen, einige Nachtaufnahmen zu machen, solange es noch ging –, war Zita erschöpft. Sie hatte hier und da etwas zu essen aus dem Catering-Wagen ergattert, aber ihr Magen knurrte immer noch, sie war schmutzig und verschwitzt und hatte immer noch keine Gelegenheit gehabt, mit Sage zu sprechen.

Er war auch den größten Teil des Tages beschäftigt gewesen, hatte die Beratungsarbeit erledigt, für die er eigentlich bezahlt wurde, und dem Filmteam geholfen, wenn es nötig war ... eigentlich hatte er jedem geholfen, der Hilfe brauchte. Durch den Aufenthalt im Wald war der normale Tagesablauf aller durcheinandergeraten, und da nicht annähernd so viel Personal zur Verfügung stand wie an einem geschlossenen Set, war seine Hilfe sehr willkommen.

Morgen würde wieder ein langer Tag werden, aber Zita war beeindruckt, wie schnell die Dreharbeiten voranschritten. Logan leistete hervorragende Arbeit. Er war in jeder Szene zu sehen, aber er sah nicht im Geringsten müde aus. Er grinste alle an und dankte ihnen für ihre harte Arbeit. Er nahm sich sogar die Zeit, mit den Statisten zu sprechen, die die Soldaten spielten, die ihn jagten. Er war einer der Guten in der Branche, und Zita war froh, dass es bei diesen Dreharbeiten wenigstens einen berühmten Schauspieler gab, der kein eingebildeter Arsch war.

Es dauerte eine Weile, bis die Ausrüstung in den Anhängern verstaut war, die extra für die nächtliche Aufbewahrung der Kameras, Scheinwerfer und anderen Requisiten zum Drehort gebracht worden waren. Und natürlich gab es noch eine Person, die ihre Aufmerksamkeit benötigte, weil derjenige falsch auf einen Stein getreten war und sich den Knöchel verstaucht hatte. Als sie mit dem Mann fertig war und ihn mit der Anweisung, seinen schmerzenden Knöchel über Nacht zu kühlen, sowie dem Versprechen, am nächsten Morgen nach der Schwellung zu sehen, auf den Weg schickte, waren die meisten Crewmitglieder bereits gegangen.

Logan, Silas und Henry waren als Erste gegangen, zusammen mit dem Fahrer, der sie zu den Dreharbeiten und zurück gebracht hatte.

Als Zita sich umsah, entdeckte sie Sage, der an seinem Jeep lehnte.

Mit einem schlechten Gewissen, dass er auf sie warten musste, ging sie auf ihn zu, während sie sich überlegte, was sie sagen wollte.

Doch als sie ihn erreichte, waren ihre sorgfältig formulierten Worte wie weggeblasen. Stattdessen platzte sie heraus: »Es tut mir leid, dass ich heute Morgen so eine Zicke war.«

Sie zuckte zusammen. So hatte sie sich ihre Entschuldigung nicht vorgestellt.

Sage runzelte die Stirn. »Wovon redest du? Du warst keine Zicke. Nicht im Geringsten.«

»Du hast mir Frühstück gekauft, dann meinen Kaffee, und ich bin aus deinem Jeep gesprungen, als stünde er in Flammen. Ich habe mich nicht einmal bedankt.«

»Hast du doch. Als ich die Rechnung im *Sunny Side Up* bezahlt habe und als ich dir deinen Kaffee gegeben habe.«

»Sage, ich versuche, mich zu entschuldigen«, sagte sie verzweifelt.

»Und ich sage dir, dass du dich nicht entschuldigen musst«, erwiderte er.

Dann schockierte er sie zutiefst, indem er in ihren persönlichen Raum trat und ihr den Behandlungskoffer aus der Hand nahm. Er ließ ihn vor ihren Füßen auf den Boden fallen und zog sie in seine Arme.

Seine Umarmung fühlte sich unglaublich an, und obwohl

sie sich nicht sicher war, ob sie das verdient hatte, schloss sie die Augen, lehnte sich an ihn und genoss die Zuneigung, die er ihr so frei schenkte.

»Du hattest einen schweren Tag«, sagte er leise in ihr Haar.

»Nicht schwerer als sonst«, antwortete sie, ohne ihn loszulassen.

Sein starker, frischer Duft vom Morgen war verschwunden, aber sie konnte noch einen schwachen Hauch seiner Seife riechen. Jetzt roch er auch, als hätte er trainiert. Nach Schweiß. Aber das war nicht unangenehm. Eigentlich, Gott steh ihr bei, gefiel es Zita. Sehr sogar.

Sie holte tief Luft und zog sich zurück, aber er ließ sie nicht los. Seine Arme blieben um ihre Taille gelegt. Zita legte ihre Hände auf seine Brust und leckte sich die Lippen. »Hattest du einen guten Tag?«

»Überraschenderweise ja. Ich habe noch ein paar Details in Bezug auf die Kostüme besprochen, aber bis die Hubschrauber kommen, ist meine Arbeit so gut wie erledigt. Es hat Spaß gemacht, Logan heute zuzusehen, wie er sich so in seine Rolle hineinversetzt hat. Und es ist faszinierend zu sehen, wie ein Film entsteht. Das ist viel mehr Arbeit, als ich gedacht hätte.«

Zita nickte. Bei ihren ersten beiden Jobs auf einem Film-Set hatte sie genauso empfunden.

»Ich mag es allerdings nicht, wie Silas dich ansieht.«

Sie blinzelte. Das war ein plötzlicher Themenwechsel. »Inwiefern?«

»Berechnend. Mit einer unangemessenen Intensität. Als würde er viel zu viel über etwas nachdenken.«

Seine Worte machten Zita unruhig, aber sie schüttelte den Kopf, zu müde, um heute Abend noch über den Leibwächter nachzudenken. »Zum Glück werden wir uns nicht oft sehen. Solange er sich nicht verletzt, habe ich ehrlich gesagt keinen Grund, mit ihm zu reden oder mich mit ihm zu beschäftigen.

Wenn er wegen Carmen einen Groll gegen mich hegt, ist das sein Problem, nicht meines. Wir haben eine Woche hier, dann sehe ich ihn nicht mehr.«

»Ich werde trotzdem ein Auge auf ihn haben.«

Da. Genau das. Sage war wieder einmal großartig und vermittelte ihr ein Gefühl der Sicherheit. »Können wir gehen?«, fragte sie, als sie sich umsah und feststellte, dass sie die Letzten am Set waren und es bereits stockfinster war.

»Natürlich. Entschuldige«, sagte Sage, ließ sie los und beugte sich vor, um ihre Tasche aufzuheben.

»Das kann ich machen.«

»Ich weiß. Ich habe sie.«

Er legte sie in den Kofferraum seines Jeeps, während sie sich auf den Beifahrersitz setzte. Innerhalb weniger Minuten waren sie auf dem Weg zurück nach Fallport. Die Fahrt zurück in die Stadt dauerte in der Dunkelheit länger, und als sie wieder am Motel ankamen, war Zita hungrig, aber zu müde, um noch nach etwas zu essen zu suchen.

Sage hielt vor ihrem Zimmer und sagte: »Geh schon rein, ich bin in etwa zehn Minuten zurück.«

Zita runzelte die Stirn. »Zurück?«

»Ich hole uns etwas zu essen. Es wird wahrscheinlich nur Fast Food sein, aber wir müssen beide etwas essen.«

»Sage, ich bin müde. Ich gehe einfach ins Bett.«

»Du musst etwas essen, Zita. Du hattest heute nicht annähernd genug. Nur ein paar Snacks. Ich bin schnell zurück. Es dauert nicht länger als zehn Minuten, dann noch zehn Minuten zum Essen, und dann kannst du schlafen. Dein Körper braucht Kalorien, Energie. Du wirst dieses Tempo keine Woche lang durchhalten, wenn du dich nicht um dich selbst kümmerst.«

Tränen stiegen ihr in die Augen. Er war so ... freundlich. Und es fühlte sich wunderbar an, umsorgt zu werden. Es war so lange her, dass jemand so auf sie aufgepasst hatte wie Sage.

»Okay. Aber keine Pommes. Eiweiß. Vielleicht ein Hühnchen-sandwich.«

Sage nickte. »Ich kümmere mich darum. Geh rein, mach es dir bequem, ich bin gleich zurück.«

Zita war dankbarer, als sie in diesem Moment in Worte fassen konnte. Sie stieg aus dem Jeep, schnappte sich ihren Koffer, um ihn neu zu ordnen und mit den zusätzlichen medizinischen Hilfsmitteln aus ihrem Motelzimmer aufzufüllen, und sah durch das große Fenster ihres Zimmers, wie Sage davonfuhr.

Sie zog eine Jogginghose und ein übergroßes T-Shirt an und packte ihren Notfallkoffer für den nächsten Tag. Überraschenderweise war Sage schon zurück, als sie fertig war. Sie hörte, wie sein Jeep auf den Parkplatz vor ihrem Zimmer fuhr, und öffnete die Tür, bevor er klopfen musste.

Er hatte zwei große Tüten mit Gerichten von *Sonic* dabei. In diesem Moment knurrte ihr der Magen, was beide zum Lächeln brachte.

»Ich muss zugeben, ich habe zwischen dem Restaurant und hier eine Portion Pickle-Pommes gegessen«, sagte Sage mit einem verschämten Grinsen.

»Pickle-Pommes? Was ist das? Hast du mir auch welche mitgebracht?«, fragte Zita, als er die Tüten auf den kleinen Tisch neben dem Fenster stellte.

»Ich dachte, du wolltest keine Pommes«, sagte er mit einem Grinsen.

»Ja, nun ja ... *vorhin* wollte ich keine, aber sobald du Pommes gesagt hast, scheint das das Einzige zu sein, was mein Magen will. Und wenn eine Frau sagt, sie will etwas nicht, kann man ziemlich sicher davon ausgehen, dass sie lügt.«

Sage lachte leise. »Verstanden. Ich hoffe, du bist nicht enttäuscht, aber Pickle-Pommes sind eigentlich keine Pommes aus Kartoffeln. Das sind in Pommesform geschnittene Gurken mit Ranch-Dressing zum Dippen.«

»Lecker!«

»Ich habe sogar mehrere verschiedene Sachen mitgebracht, damit du die Wahl hast. Ich weiß, du wolltest ein Hühnchensandwich, aber es sah so vieles gut aus. Ich habe einen Southwest Crunch Queso Wrap, knusprige Hähnchenstreifen, Brezelknoten, einen Cheeseburger, ein gegrilltes Käsesandwich – und natürlich das Hühnchensandwich, das du dir gewünscht hast.«

»Das alles?«

»Was du nicht willst, esse ich, vertrau mir. Die Hähnchenstreifen sind nicht gegrillt, aber das Sandwich schon«, sagte er, während er die Tüten Stück für Stück auspackte.

»Das klingt fantastisch. Was ist, wenn ich alles will?«, neckte sie ihn.

»Dann kannst du alles haben. Ich fahre noch einmal zurück und hole etwas für mich.«

»Das war nur ein Scherz«, sagte Zita, ohne sich über seine Antwort wirklich zu wundern. »Aber können wir uns vielleicht alles *teilen*? Ich möchte gern alles probieren. Der Queso-Wrap klingt fantastisch. Und eine Brezel wäre genau das Richtige. Aber ich liebe auch die Cheeseburger.«

»Natürlich können wir teilen. Hier, probier du zuerst den Wrap. Ich fange mit dem Cheeseburger an.«

Zita lächelte während der gesamten Mahlzeit. Es fühlte sich intim an, mit Sage zu essen. Zu ihrer Überraschung war die unglaubliche Menge an Gerichten schnell verschwunden, und sie fühlte sich nicht einmal vollgestopft. Sie war offensichtlich viel hungriger gewesen, als sie gedacht hatte. »Danke, dass du darauf bestanden hast, uns etwas zum Abendessen zu holen.«

»Gern geschehen. Morgen sollte es nicht ganz so lang werden wie heute, zumindest hoffe ich das. Ich habe mit dem Regieassistenten gesprochen, und er sagte, Grubbner sei zufrieden mit den zusätzlichen Aufnahmen, die sie heute Abend gemacht haben, und da für übermorgen Regen angesagt ist, werden sie morgen wahrscheinlich früh Schluss machen und einen weiteren langen Tag einlegen, wenn es regnet. Die Regenszenen sollen fertig werden, solange es geht.«

»Das ist der einzige Job, bei dem sich die Leute tatsächlich über Regen freuen«, sagte Zita mit einem Augenrollen. »Ich hasse es, im Regen zu arbeiten. Es ist rutschig und oft kalt, und die Leute verletzen sich häufiger.«

»Der Regen wird auch die Hubschrauber-Szenen um einen Tag verschieben.«

»Und auf die freust du dich am meisten.«

»Natürlich. Ich räume das hier auf, dann kannst du dich schlafen legen«, sagte Sage und begann, die Tüten mit den Verpackungen der Mahlzeiten einzupacken.

Plötzlich wollte Zita nicht, dass er ging. Sie hatte immer noch ein schlechtes Gewissen wegen heute Morgen. Sie hatte ihm nicht wirklich erklärt, warum sie so abweisend gewesen war und den ganzen Tag nicht mit ihm gesprochen hatte. Sie hatte ihn sogar aktiv gemieden.

»Können wir noch reden, bevor du gehst? Nur ganz kurz?«

Er blieb stehen und sah sie einen langen Moment an. »Natürlich. Was immer du willst.« Grinsend fügte er hinzu: »Das verheißt nichts Gutes für meine Zukunft, aber ich kann dir nichts abschlagen.« Sage stopfte den Rest der Verpackungen in die Tüte und ging quer durch den Raum zum Mülleimer.

Zita saß einen Moment lang da und ging seine Worte in ihrem Kopf durch. Es klang, als würde er davon ausgehen, dass sie in Zukunft *zusammen* sein würden. Nach dieser Woche. Das war alles, wovon sie geträumt hatte, sich aber nicht zu glauben traute. Darum war es an diesem Morgen schließlich gegangen. Sie war ausgeflippt, weil er so ... perfekt war. Und sie wusste nicht, wie das zwischen ihnen funktionieren könnte.

Sie stand auf, ging zum Bett und kroch unter die Decke.

Impulsiv klopfte sie auf die Matratze neben sich. »Setz dich zu mir.«

Er tat, wie ihm befohlen, setzte sich an das Kopfteil und streckte seine langen Beine neben ihr auf dem Bett aus.

Zita schob sich die Kissen unter den Kopf, drehte sich zu Sage auf die Seite und verschränkte die Arme vor der Brust. »Es tut mir wirklich leid, dass ich heute Morgen so abrupt gegangen bin. Und dass ich dich den ganzen Tag über gemieden habe.«

»Warum hast du das getan?«, fragte er.

Wenigstens behauptete er nicht, es nicht bemerkt zu haben. Es war erbärmlich, aber Zita fühlte sich dadurch besser.

»Was machen wir eigentlich?«, flüsterte sie. »Ich lebe in Kalifornien und du in Virginia. Wir könnten nicht weiter voneinander entfernt sein.«

»Hey, du könntest in Hawaii leben«, scherzte er.

Aber Zita schenkte ihm nicht einmal den Hauch eines Lächelns.

»Tut mir leid. Du hast recht. Es ist beschissen. Denn wenn man jemanden findet, mit dem man sich versteht, mit dem man gern Zeit verbringt und mit dem man *mehr* Zeit verbringen möchte, ist es schrecklich, daran zu denken, dass das vielleicht nicht möglich ist. Und ich habe keine Antwort für dich, Zita. Ich weiß nur, dass ich noch nie so gefühlt habe wie jetzt. Ich habe noch nie eine Frau angeschaut und in ihren Augen meine Zukunft gesehen.

Und wie das funktionieren soll? Ich habe keine Ahnung, aber ich werde alles tun, um wenigstens herauszufinden, ob das, was wir haben, Bestand hat. Fernbeziehungen sind scheiße, aber ich bin bereit, es zu versuchen, wenn du es auch bist.«

Zita blieb fast das Herz stehen. Sie vergaß zu atmen, während sie Sage anstarrte. Er berührte sie nicht, saß einfach nur neben ihr und sah ihr in die Augen, aber sie spürte ihre Verbindung so deutlich wie nie zuvor.

»Wir wissen nicht, was die Zukunft bringt. Ich könnte verletzt und aus der Armee entlassen werden. Dann wäre ich frei und könnte umziehen, wohin ich will. Oder du hast Hollywood irgendwann satt und wagst den Sprung an die Ostküste.«

»Ich habe Hollywood jetzt schon satt«, flüsterte sie.

Er sah sie einen Moment lang an, nahm ihre Worte in sich auf und nickte dann. »Ich sage nur, dass alles in mir danach schreit, dich nicht gehen zu lassen. Dass ich alles tun werde, um herauszufinden, wohin es zwischen uns führen kann.«

Zita schluckte schwer. Dieser Mann war viel mutiger als sie. Er legte seine Gedanken und Gefühle so offen dar. Aber andererseits war er bereits ein echter Held. Sie sollte sich über seinen Mut nicht wundern.

»Das ist einer der Gründe, warum ich heute Morgen etwas Abstand brauchte. Du bist zu nett. Zu perfekt. Zu ... einfach alles.«

»Was dich betrifft, gibt es kein ›zu nett‹. Ich möchte dir die Welt zu Füßen legen, Zita. Und wenn das in Form eines einfachen Omeletts und eines zuckrigen Kaffees ist, werde ich mich verbiegen, um es dir auf einem goldenen Tablett zu präsentieren.«

»Und was bekommst du dafür?«, fragte sie, da sie einfach musste.

»Machst du Witze?«

»Ähm ... nein?« Sie verstand nicht, warum er so ungläubig klang.

»Ich bekomme dein Kichern, dein Lächeln, deine Freundlichkeit, deinen Wunsch, anderen zu helfen, deine Ehrlichkeit, deine Sexyness, deine Küsse ... Ich bekomme *dich*, Zita.«

Plötzlich konnte sie den Gedanken nicht ertragen, diesen Mann aus ihrem Zimmer gehen zu sehen. Sie war viel zu müde, um Sex oder irgendetwas Intimes anzufangen, aber sie wollte ihn in ihrer Nähe haben. Sie *brauchte* ihn in ihrer Nähe.

»Bleibst du heute Nacht hier? Nicht wegen Sex, sondern einfach nur ... um zu schlafen?«

»Ich habe eine Frage, bevor ich darauf antworte«, sagte Sage.

Zita nickte und sah fragend zu ihm, was um alles in der Welt er wissen wollte, bevor er zustimmte, die Nacht bei ihr zu bleiben.

»Willst *du* herausfinden, wie es nach den Dreharbeiten weitergeht? Kannst du dir eine Zukunft mit mir vorstellen?«

»Das waren zwei Fragen«, flüsterte sie, wobei ihr Herz kräftig in ihrer Brust schlug.

Sage hob eine Augenbraue.

Zita fühlte sich, als würde sie von der Zehn-Meter-Platt-form des Schwimmbads der Universität springen, in dem sie zu Hause manchmal schwimmen ging, und sagte: »Ja.«

»Dann würde ich gern bleiben. Kann ich schnell in mein Zimmer gehen, mich umziehen, mir die Zähne putzen und dann wiederkommen?«

»Natürlich.«

»Du kannst es dir noch anders überlegen, während ich weg bin«, sagte er, womit er einmal mehr bewies, was für ein guter Mensch er war.

»Das werde ich nicht. Nimm meinen Schlüssel, damit du wieder reinkommst, wenn du fertig bist.«

Er sah sie lange an, dann beugte er sich zu ihr hinunter.

Zita erwartete seinen Kuss, aber er berührte mit seinen Lippen nur ihre Stirn. »Ich bin gleich zurück. Schlaf ruhig, wenn du möchtest. Ich werde dich nicht stören, wenn ich zurückkomme.«

»Okay.« Als hätte er die Zauberworte gesagt, konnte Zita plötzlich die Augen nicht mehr offen halten. Sie war erschöpft, ihr Bauch war voll, und der Mann, in den sie sich bis über beide Ohren verliebt hatte, würde neben ihr schlafen. Ihr Geist und ihr Körper waren so zufrieden, wie sie nur sein konnten ... für den Moment.

Sie hörte, wie Sage die Tür hinter sich schloss, und es schienen nur zwei Sekunden zu vergehen, bevor sie spürte, wie sich die Matratze senkte und sein Arm sich von hinten um ihre Taille legte. Mit einem zufriedenen Seufzer kuschelte sie sich an ihn, bevor sie wieder in den Schlaf sank.

KAPITEL FÜNFZEHN

Obi-Wan hatte sich noch nie so ... beschwingt gefühlt wie jetzt. Tatsächlich war er sich ziemlich sicher, dass er sich *noch nie* in seinem Leben beschwingt gefühlt hatte. Er hatte letzte Nacht mit Zita in seinen Armen wie ein Stein geschlafen. Und heute Morgen, nach ein paar Minuten der Unbeholfenheit, hatte sich alles geglättet und er fühlte sich ihr näher als je zuvor.

Sie hatten ihre Besuche im *Sunny Side Up* und im *Grinders* wiederholt und waren dann noch einmal zum Set gefahren. Es war ein viel angenehmerer Tag, denn nicht nur waren sie schon lange vor Sonnenuntergang fertig geworden, sondern Obi-Wan hatte auch etwas Zeit mit Zita verbringen können. Sie ging ihm heute nicht aus dem Weg, und sogar ihr schüchternes Lächeln, das sie ihm schenkte, war ermutigend.

Sein Schwanz war den ganzen Nachmittag halbsteif, und er musste sich sehr konzentrieren, um ihn unter Kontrolle zu halten.

Das einzige Problem war Silas Graves. Er starrte Zita immer noch viel zu oft und mit viel zu großem Interesse an. Er versuchte zwar nicht, mit ihr zu sprechen, aber das beruhigte Obi-Wan nicht. An einem Punkt an diesem Nachmittag wollte er den Mann zur Rede stellen und ihn fragen, was sein Problem war, aber er wurde von einer Frage zur Choreografie mit den Hubschraubern unterbrochen.

Mit dem Leibwächter stimmte etwas nicht, und da sich Obi-Wan die Haare im Nacken aufstellten, wollte er noch vor Ende der Woche herausfinden, was mit dem Kerl los war.

Aber jetzt wollten er und Zita erst einmal zurück nach Fallport. Anstelle von Fast Food hatte sie gefragt, ob sie im *The Cellar* essen könnten. Soweit Obi-Wan wusste, hatte die Billardhalle in den letzten Jahren eine Verwandlung durchgemacht. Früher war es ein ziemlich heruntergekommener Ort gewesen, an dem nur die rauesten Einheimischen herumhingen. Auch wenn es immer noch demselben Besitzer gehörte, hatte sich einiges geändert, und jetzt machte es einen respektableren Eindruck. Es gab Billardturniere, Dartbegeisterte trafen sich dort regelmäßig zum Spielen und Paare gingen sogar zum Axtwerfen dorthin.

Edna, die Besitzerin des Motels, hatte ihnen erzählt, dass es jetzt ein guter Ort sei, um nach einem langen Tag etwas zu essen und ein Bier zu trinken, wenn sie Lust dazu hätten. Deshalb hatte Zita gefragt, ob sie dort zu Abend essen könnten, bevor sie zum Motel zurückkehrten.

Wie Obi-Wan ihr am Tag zuvor gestanden hatte, war es ihm fast unmöglich, ihr etwas abzuschlagen. Aber sie zu früh ins Motel zurückzubringen war auch keine gute Idee, denn es wurde immer schwieriger, seine Hände von ihr zu lassen.

Sie parkten auf dem Parkplatz hinter den Gebäuden entlang des Platzes, und er sah, dass *The Cellar* tatsächlich ein beliebter Ort war nach der Anzahl der Fahrzeuge auf dem Parkplatz zu urteilen. Als sie zur Hintertür schlenderten, sah Obi-Wan eine Reihe von Kisten entlang der Wand des Gebäudes. Beim Näherkommen stellte er fest, dass jede eine kleine Tür hatte.

»Oh mein Gott! Weißt du, was das ist?«, rief Zita.

»Keine Ahnung.«

»Das sind Katzenkästen! Die können streunende Katzen benutzen, um sich im Winter warm zu halten. Das ist so cool!«

Es war tatsächlich cool. Es gab sechs dieser kleinen Kisten, und jetzt bemerkte Obi-Wan, dass jede mit Stroh ausgelegt war. Wer auch immer sie dort hingestellt hatte, war offensichtlich ein Katzenliebhaber, was irgendwie fantastisch war.

Er hielt Zita die Tür auf, woraufhin sie von Musik, Gelächter und vielen Gesprächen begrüßt wurden. Obi-Wan sah sich um und war beeindruckt. In der Kneipe war es schummrig, aber nicht dunkel. Er konnte die vier Billardtische auf einer erhöhten Plattform am anderen Ende des Raumes gut sehen. An der gegenüberliegenden Wand waren drei Dartboards angebracht, und zwar so, dass niemand von einem verirrten Pfeil getroffen werden konnte.

Dann gab es zwei »Käfige«, in denen Leute Äxte auf große Zielscheiben warfen. Auch hier lobte er die Sicherheitsvorkehrungen, die der Besitzer getroffen hatte, um Zuschauer und Gäste zu schützen. Insgesamt gefiel Obi-Wan der Ort. Er hatte im Laufe der Jahre schon viele Spelunken in verschiedenen Ländern besucht, und *The Cellar* gehörte definitiv zu den besseren, die er gesehen hatte.

»Oh, wie süß!«, rief Zita aus.

Obi-Wan war sich nicht sicher, ob er es als »süß« bezeichnen würde, aber er widersprach ihr nicht.

Sie sahen mehrere bekannte Gesichter aus dem Filmteam, beschlossen aber, an einem hohen Tisch für zwei Personen Platz zu nehmen, anstatt sich zu den anderen Männern und Frauen zu gesellen. Eine Kellnerin kam sofort herbei, um ihre Getränkebestellung aufzunehmen und ihnen zwei Speisekarten zu bringen. Anstelle der üblichen knappen Outfits, die man in so vielen Spelunken sah – tief ausgeschnittene Blusen und kurze Röcke oder abgeschnittene Shorts, die kaum die Intimzonen der Frauen bedeckten –, trug ihre Kellnerin Skinny

Jeans und ein eng anliegendes T-Shirt mit V-Ausschnitt, auf dem das Logo vom *The Cellar* zu sehen war. Sexy, ohne dabei praktisch nackt zu sein.

Obi-Wan bestellte eine Flasche Bier und Zita einen Lemon Drop Martini, den sie probieren wollte, nachdem sie gesehen hatte, wie sehr Mandy ihren im *Anchor Point* genossen hatte. Sie schauten sich die Speisekarte an und Obi-Wan war beeindruckt von der Auswahl. Es gab alles angefangen bei Burgern und Pommes bis hin zu gesünderen Gerichten wie Salaten und gegrilltem Hähnchen und Fisch. Er sah auf der Speisekarte, dass die Küche um halb elf Feierabend machte, aber die Bar bis ein Uhr morgens geöffnet war.

Die Kellnerin kam mit den Getränken zurück und sie bestellten ihr Abendessen. Zita entschied sich für ein gegrilltes Hähnchensandwich mit frischem Obst als Beilage und Obi-Wan für einen doppelten Bacon-Cheeseburger.

Nachdem die Kellnerin gegangen war, wandte Obi-Wan die Aufmerksamkeit seiner Begleiterin zu.

Zita sah müde, aber glücklich aus. Ein wenig zerzaust, aber wie das Mädchen von nebenan. Sie lächelte ihn an, und er konnte nicht anders, als nach ihrer Hand zu greifen. Sie schlang ihre Finger gern um seine.

»Freust du dich schon auf übermorgen? Auf die Szenen mit den Hubschraubern?«

»Auf jeden Fall. Ich habe die Piloten noch nicht kennengelernt, aber die Maschinen sehen gut aus. Und die Kostüme für die Piloten sind fast genau das, was meine Freunde und ich tragen.«

»Der Film wird ein Hit, das spüre ich«, sagte Zita und nahm einen Schluck von ihrem Drink.

»Stimmt. Ich habe auch gehört, dass Grubbner, obwohl er enttäuscht war, dass er nicht mit dem echten Piloten sprechen konnte, den Logan spielt, versprochen hat, einen Teil der

Einspielergebnisse für die psychologische Betreuung von Veteranen der Luftwaffe zu spenden.«

»Das ist großzügig von ihm.«

»Er ist sehr pingelig und ein strenger Projektleiter, aber ich kann nicht leugnen, dass er seine Arbeit gut macht«, sagte Obi-Wan. »Und ja, er scheint großzügig zu sein und weiß genau, wie hart die Leute arbeiten, die seine Filme zum Leben erwecken. Angefangen bei den Top-Schauspielern und -Schauspielerinnen über die Statisten bis hin zu den Caterern, die alle während der Dreharbeiten mit Nahrung versorgen.«

Zita nickte. »Da stimme ich zu. Ich habe schon mit vielen Regisseuren zusammengearbeitet, und er ist definitiv einer der besten. Ich habe gehört, dass es seine Idee war, das Basislager hier in Fallport einzurichten, und dass er darauf bestanden hat, das örtliche Motel zu nehmen anstelle des Hotels der großen Kette an der Schnellstraße.«

»Wir wissen das sehr zu schätzen«, sagte ein ruppig aussehender Mann, als er sich ihrem Tisch näherte. In der einen Hand hielt er einen Lappen, in der anderen einen Stapel leerer Gläser. Er hatte etwas zu langes schwarzes Haar, Bartstoppeln an den Wangen und am Kinn und einen harten Blick. Außerdem hatte er eine Narbe, die unter dem Kragen seines schlichten schwarzen T-Shirts verschwand.

Obi-Wan streckte ihm die Hand entgegen und stellte sich vor.

Der Mann stellte den Stapel Gläser auf ihren Tisch, wischte sich die Handfläche an seiner Jeans ab und schüttelte Obi-Wan die Hand. »Whip Johansen. Mir gehört *The Cellar*.«

»Wirklich? Wir lieben es!«, sagte Zita mit einem breiten Grinsen.

Whip warf ihr einen Blick zu und nickte respektvoll. »Danke. Ehrlich gesagt war es hier nicht immer so.«

»Tatsächlich? Aber es scheint sehr beliebt zu sein«, sagte Zita.

»Ja, das liegt an meiner Frau.« Whip blickte zurück zur Bar, und Obi-Wan folgte seinem Blick und sah eine zierliche Frau hinter der Theke stehen. Sie sah aus wie eine echte Fee – nicht dass er wüsste, wie Feen aussahen, aber ihr Haar war so blond, dass es fast weiß schien. Sie war schlank und zierlich und trug ein langärmeliges rosa Hemd mit U-Ausschnitt, das ihre Schlüsselbeine zur Geltung brachte. Sie wirkte fast zerbrechlich, und es überraschte ihn nicht, dass ein Mann wie Whip sie hinter der Bar hielt. Das war wahrscheinlich der sicherste Ort für sie.

»Das ist Ihre Frau hinter der Bar? Sie ist wunderschön«, sagte Zita, die aufrichtig klang, als sie ihm dieses Kompliment machte.

Vielleicht blieb Whip deshalb an ihrem Tisch stehen und unterhielt sich mit ihnen. Denn Zita hatte eine Art, Menschen für sich zu gewinnen. Sie ermutigte sie, ihr all ihre Geheimnisse anzuvertrauen.

»Das ist sie. Und ich habe keine Ahnung, warum sie mit mir zusammen ist, aber ich bringe jeden um, der es wagt, sie anzurühren oder auch nur schief anzusehen. Ich kann mit vielem umgehen, aber zwei Dinge werde ich nicht tolerieren: Misshandlung von Tieren oder Frauen.«

»Oh, dann haben Sie wohl die Katzenboxen draußen aufgestellt«, sagte Zita mit einem breiten Lächeln.

»Ja, das habe ich. Wir haben ein kleines Problem mit streunenden Katzen, aber die Tierärzte in der Gegend tun ihr Bestes, um zu helfen. Sie kastrieren sie kostenlos.«

»Cool.«

»Ich habe Angelica hier im *The Cellar* kennengelernt. Damals war es noch ein Treffpunkt für die weniger guten Bürger von Fallport. Ich gebe zu, dieser Ort war eine Drecksbude, aber damals war mir das ehrlich gesagt egal. Ich war wütend auf die Welt und fand es sogar gut, wenn Schlägereien ausbrachen, weil ich meine Aggressionen an den Arschlöchern auslassen konnte, die es für völlig in Ordnung hielten, hier mitten in der Kneipe Messer zu ziehen und zu kämpfen. Ehrlich gesagt interessierte Fallport mich auch nicht, genauso wenig wie die Leute, die hier leben. Ich wollte nur ihr Geld.«

»Was ist passiert? Wie konnte sich *The Cellar* so verändern?«, fragte Zita, die sich nach vorn beugte und völlig in Whips Geschichte vertieft war.

»Diese Geschichte zu erzählen würde zu lange dauern, bevor Ihr Essen kommt, aber es reicht zu sagen, dass Angel mein Leben verändert und mir eine neue Sichtweise gegeben hat. Ohne sie wäre ich immer noch derselbe Arsch, der ich früher war.«

Zita war offensichtlich äußerst neugierig, wie ein Mann wie Whip zu seiner Frau gekommen war. Obi-Wan musste zugeben, dass es ihm nicht anders ging. Es musste etwas Großes passiert sein, damit er sich so drastisch verändert hatte.

»Er mag aber immer noch keine Menschen«, sagte die Frau, von der Whip gerade gesprochen hatte, während sie sich an ihn kuschelte und einen Arm um seine Taille legte. Sie wirkte winzig neben dem riesigen Kneipenbesitzer, und die Liebe in seinen Augen, als er auf sie herabblickte, war deutlich zu sehen.

»Ich versuche immer wieder, ihn dazu zu bringen, das Pickleport-Festival zu sponsern und geselliger zu sein, aber er bleibt lieber hier und schenkt Bier aus, als sich unter die Fallportianer zu mischen ... so nennen wir die Leute, die hier in der Gegend leben.«

»Ich ziehe Katzen vor. Sie sind zwar Arschlöcher, aber sie sagen ehrlich, was sie wollen. Sonnenlicht, Futter und in Ruhe gelassen werden.«

Angel kicherte. »So ziemlich. Deshalb haben wir etwa zwölf Kratzbäume in unserem Haus, dazu mindestens hundertzwei leere Kartons, in denen sie sich einrichten können, und etwa halb so viele kleine Katzenbetten.«

Obi-Wan lachte zusammen mit Zita.

»Wie viele Katzen haben Sie?«

»Offiziell drei. Aber wir kümmern uns um so viele Streuner, wie wir können.«

»Jetzt, da wir Tierärzte in der Stadt haben, die sich tatsächlich um sie scheren, ist es einfacher, ihnen zu helfen, wenn es nötig ist«, begann Whip.

»Das ist eine Geschichte für ein anderes Mal«, sagte Angel zu ihm. »Ich habe keinen Schwarzgebrannten von Clyde mehr. Geh bitte in den Lagerraum und hol mir noch etwas.«

»Ich lasse sie nicht allein da rein«, murmelte Whip. »Es ist dunkel und abgelegen, und geile Arschlöcher finden, dass es ein toller Ort ist, um sich einen blasen zu lassen.«

Überrascht brachen Obi-Wan und Zita in Gelächter aus, während Angel mit den Augen rollte. »Das letzte Mal, dass ich so etwas gesehen habe, ist ewig her.«

»Ist mir egal. Kommst du klar? Soll ich Bart rufen, damit er dir hinter der Bar hilft?«

»Nein, alles gut. Ich brauche nur den Schwarzgebrannten.«

Whip küsste Angel auf den Kopf. »Bin schon dran.« Er nickte Obi-Wan und Zita zu, bevor er Angel zurück zur Bar begleitete und dann in den Flur ging, der zu den Toiletten und vermutlich auch zu dem berüchtigten Lagerraum führte.

»Wow, ich kann mir total vorstellen, wie er eine zwielichtige Kneipe betreibt«, sagte Zita mit einem Grinsen.

Obi-Wan konnte es sich auch vorstellen. Es war offensichtlich, dass Angel das Einzige war, was ihn davon abhielt, wie ein Wildtier zu sein. Der Mann strahlte eine unterschwellige Feindseligkeit aus. Aber das zeigte nur, wie sehr der perfekte Partner die Ecken und Kanten eines Menschen glätten konnte.

Und das brachte Obi-Wan dazu, über sich und Zita nachzudenken. Sie gab ihm ein Gefühl der Entspannung, wie er es schon lange nicht mehr empfunden hatte. Früher war er mit Leib und Seele Night Stalker gewesen. Er hatte die Zeit in den

Staaten gehasst, in der er auf eine Mission wartete. Er hätte lieber rund um die Uhr auf einem Marineschiff gelebt, damit er jeden Tag fliegen konnte.

Und jetzt? Er stellte fest, dass er die Ruhepause genoss. Ja, er liebte das Fliegen, aber er spürte bereits eine Veränderung. Mit Zita, die seine Tage ausfüllte, lebte er nicht mehr nur für das Fliegen. Das war ein großer Unterschied.

Ihre Wangen waren schon von ihrem einzigen Drink gerötet, und sie schaute sich mit großen Augen in der Kneipe um, als würde sie sie nach Whips Geschichte in einem neuen Licht sehen ... was wahrscheinlich auch der Fall war, denn Obi-Wan tat es ihr gleich.

Die Kellnerin kam mit zwei Tellern in den Händen zurück. »Möchten Sie noch etwas?«

»Zwei Wasser, bitte«, sagte Obi-Wan, um sicherzugehen, dass Zita am nächsten Morgen keine Kopfschmerzen haben würde.

Das Essen war genauso gut wie die Atmosphäre und die Gesellschaft. Es dauerte nicht lange, bis er und Zita fertig waren und ihre Stühle näher zusammenrückten. Sie unterhielten sich und sahen den Leuten beim Dartspielen zu, bevor sie vorschlug, es selbst zu versuchen.

Obi-Wan willigte ein und begleitete sie zu einer freien Dartscheibe.

Sie war furchtbar. Die meisten ihrer Pfeile prallten vom Ziel ab und landeten auf dem Boden. Und jedes Mal, wenn das passierte, lachte sie einfach. Sie war überhaupt nicht ehrgeizig, während Obi-Wan jedes Mal versuchte, ins Schwarze zu treffen.

In dieser Hinsicht waren sie völlig gegensätzlich, und er stellte fest, dass ihm das gefiel. Sehr sogar.

Wem wollte er etwas vormachen? Er liebte es verdammt noch mal. Zita war fröhlich und freundlich und fand überall

Freunde. Tatsächlich hatte sie bereits ein Gespräch mit dem Paar begonnen, das neben ihnen Dart spielte.

Zu seiner Überraschung war der Mann der Besitzer des *On the Rocks*, der anderen Kneipe am Marktplatz von Fallport. Und seine Begleiterin, seine Ehefrau Elsie, hatte früher einmal als Kellnerin in seiner Kneipe gearbeitet.

Ehe er sichs versah, waren Obi-Wan und Zita wieder an ihrem Tisch, und Elsie und Zeke gesellten sich zu ihnen. Zita nippte an einem weiteren Lemon Drop und erzählte ihren neuen Freunden, wie sehr sie ihre kleine Stadt liebte. Als sie ihnen mitteilte, dass sie im *Mangree* wohnten, wurde Elsie hellhörig.

»Ist es dort nicht toll? Ich habe dort eine Zeit lang mit meinem Sohn gelebt. Das ist schon ewig her, aber manchmal kommt es mir vor, als sei es erst gestern gewesen.«

»Edna ist toll«, sagte Zita, sichtlich entspannt von ihren Drinks.

»Nicht wahr? Sie hatte Tony und mich in dem Zimmer direkt neben ihrem Büro untergebracht, damit sie uns im Auge behalten konnte.«

»Da wohne ich auch! Zimmer zwölf.«

Elsie lachte. »Manche Dinge ändern sich nie.«

Die beiden Frauen redeten wie ein Wasserfall, und Obi-Wan saß zufrieden neben Zita, eine Hand auf ihrem Knie, während er einfach nur zuhörte.

»Du bist der Night Stalker, richtig? Der Hubschrauberpilot?«

Er drehte sich zu Zeke um und nickte. »Woher weißt du das?«

»Fallport ist winzig und hat ein sehr gutes Gerüchtekarussell.« Er grinste. »Wenn du in Rente gehst, würde Fallport dich sofort für das Such- und Bergungsteam vom Eagle Point einstellen. Ich bin eines der Gründungsmitglieder und ich kann dir sagen, ein Hubschrauber und ein Pilot im Team wären ein riesiger Vorteil.«

»Das glaube ich dir gern«, sagte Obi-Wan, »aber ich habe nicht vor, in nächster Zeit in Rente zu gehen.«

Zeke nickte. »Ich kann dich verstehen. Ich habe meine Zeit bei der Armee geliebt, aber wenn ich nicht hierhergekommen wäre, hätte ich Elsie und Tony nie kennengelernt und hätte nicht die Familie, die ich heute habe.«

»Habt ihr Kinder?«

»Drei, Tony mitgerechnet.«

Obi-Wans Augen wurden groß.

»Ja, das ist eine Menge. Aber Elsie und ich würden es nicht anders wollen. Wir sind heute Abend hier, weil wir eine unserer seltenen Verabredungen haben. Wir gehen nicht gern ins *On the Rocks*, da wir dort ohnehin schon viel zu viel Zeit verbringen. Und da Whip nicht mehr so ein Arsch ist wie früher, ist dieser Ort jetzt eine nette Abwechslung.«

»Er hat uns erzählt, dass er sich sehr verändert hat, genau wie diese Kneipe«, sagte Obi-Wan.

»Wirklich? Wow. Er ist normalerweise nicht sehr gesprächig.«

»Das liegt an Zita.«

Zeke nickte. »Ja, Elsie hat dieselbe Wirkung auf Menschen. Sie scheinen sich ihr einfach öffnen zu wollen.«

Elsie wandte sich an Obi-Wan. »Zita sagt, du bist ein fantastischer Hubschrauberpilot. Das ist so cool!«

Die Unterhaltung wurde allgemeiner, wobei nun alle vier miteinander sprachen. Bevor sie sichs versahen, gab Angel hinter der Bar den letzten Aufruf.

Überrascht, dass es schon so spät war, wandte Obi-Wan sich zu Zita um und sah, dass sie einen abwesenden Blick hatte und ein wenig auf ihrem Barhocker schwankte. Sie sah erschöpft aus. Sie war stundenlang auf den Beinen gewesen, und die Neuheit des *The Cellar*, die neuen Freunde und ein bisschen Alkohol hatten sie schließlich mürbe gemacht. Er musste sie ins Bett bringen.

Und zwar nicht in sexueller Hinsicht, obwohl ihm das gedanklich nie fernlag. Sie brauchte Schlaf, damit sie morgen am Set fit war. Sie hatte selbst gesagt, dass Regentage für sie immer mehr Arbeit bedeuteten, und es wäre unverantwortlich gewesen, noch länger unterwegs zu sein und sie dann nicht in Bestform zur Arbeit erscheinen zu lassen.

»Ich glaube, wir machen uns auf den Weg«, sagte Obi-Wan.

Er wusste, dass er recht hatte, dass Zita am Ende ihrer Kräfte war, da sie sich nicht beschwerte. Sie verabschiedeten sich von Elsie und Zeke und versprachen, vor ihrer Abreise noch im *On the Rocks* vorbeizuschauen.

Obi-Wan führte Zita zur Tür, als sie stehen blieb und sagte: »Warte, ich muss noch etwas erledigen.«

Er sah ihr nach, wie sie zur Bar ging, wo Whip und Angel Getränke für die vielen Leute zubereiteten, die auf den Barhockern saßen. Wenn überhaupt, war die Bar jetzt noch voller als bei ihrer Ankunft, was nur zeigte, wie beliebt dieser Ort war.

Sie beugte sich über die Theke, und Obi-Wan konnte den Blick kaum von ihrem Hintern abwenden. Aber er schaffte es gerade noch rechtzeitig, um zu sehen, wie sie Angel etwas Geld hinhielt.

Zuerst schüttelte sie den Kopf, aber Zita schien darauf zu bestehen, und schließlich nahm die andere Frau das Geld. Sie lächelte, und Obi-Wan konnte von ihren Lippen lesen, als sie sich bei Zita bedankte.

Als sie zu ihm zurückkam, sagte Obi-Wan: »Ich habe ihr und unserer Kellnerin schon Trinkgeld gegeben«, wohl wissend, dass er mürrisch klang, aber er konnte nicht anders.

»Oh, ich weiß, ich habe es gesehen. Und du warst mehr als großzügig. Ich wollte ihnen nur eine Spende für die Kätzchen geben. Die Streuner. Es kann nicht billig sein, sie zu füttern und die Kisten mit sauberem Stroh zu füllen.«

Verdammt. Diese Frau. Sie war fantastisch.

Er konnte sich nicht zurückhalten, beugte sich zu ihr hinüber und küsste sie. Es war nur ein kurzer Kuss, aber er spürte ihn bis in die Zehenspitzen. Er fand keine Worte, um seine Gefühle angemessen auszudrücken. Also nahm er einfach ihren Arm in seinen und ging mit ihr wieder zur Tür.

Seine Gedanken kreisten, als er die kurze Strecke zurück zum *Mangree* fuhr. Er parkte wieder vor Zitas Tür, damit sie nicht zu ihrem Zimmer gehen musste. Er nahm ihren Notfallkoffer in dem Wissen, dass sie sicherstellen wollte, dass er für morgen wieder aufgefüllt war.

Sie schloss die Tür auf und drehte sich zu ihm um. Obi-Wan hielt den Atem an. Er wollte nichts voraussetzen, obwohl er sich nichts sehnlicher wünschte, als wieder hereingebeten zu werden.

»Willst du bleiben?«

»Ja.« Er war nicht edelmütig genug, um abzulehnen. »Ich werde duschen und mich umziehen und komme dann zurück. Ist das okay?«

»Du kannst hier duschen«, sagte sie schüchtern.

»Ich komme wieder«, beharrte er, denn er wusste, dass es seinem Schwanz nicht guttun würde, wenn er sich in ihrem Badezimmer ausziehen würde. Er hatte vor, sich einen runterzuholen, bevor er zu ihr zurückkam.

»Hier ist mein Schlüssel«, sagte sie und hielt ihn ihm hin.

Als er ihn nahm, war Obi-Wan einmal mehr dankbar für das Vertrauen, das diese Frau ihm entgegenbrachte.

Es wäre ihm peinlich gewesen, wie schnell er nach dem Duschen, Masturbieren, Umziehen und Packen seiner Sachen für den nächsten Morgen wieder in ihrem Zimmer war, aber das war es nicht. Er hatte sich irgendwie damit abgefunden, in

Zitas Nähe ständig ein Bedürfnis zu verspüren – einschließlich des Bedürfnisses, einfach nur in ihrer Nähe zu sein.

Nach einem leisen Klopfen an der Tür schloss er mit ihrem Schlüssel auf. Zita lag bereits im Bett, auf der Seite, und atmete schwer. Ihr Haar war feucht, und sie musste eingeschlafen sein, sobald ihr Kopf das Kissen berührt hatte.

Mit der Erkenntnis, dass er grinste, schaltete Obi-Wan das Licht aus, das sie wohl angelassen hatte, damit er im Dunkeln nicht stolperte, und kroch hinter Zita unter die Decke.

In dem Moment, in dem er einen Arm um ihre Taille legte, drehte sie sich um und kuschelte sich an ihn, als hätte sie das schon ihr ganzes Leben lang getan. Er drehte sich auf den Rücken, damit Zita bequemer liegen konnte. Ihr Kopf landete auf seiner Schulter, und ein Bein war über seinen Oberschenkel gelegt, als würde sie ihn für sich beanspruchen.

Obi-Wan hatte überhaupt kein Problem damit, beansprucht zu werden. Solange es *diese* Frau war, die das tat.

Er war auch müde, aber der Schlaf kam nicht sofort. Er genoss das Gefühl, sie zu halten. Dass sie ihm vertraute, in ihrem Bett zu schlafen und nichts zu tun, dem sie nicht ausdrücklich zugestimmt hatte. Ihr Shampoo zu riechen. Einfach nur so nahe bei einem anderen Menschen zu sein. Es war viel zu lange her, dass er so etwas erlebt hatte. Und er mochte es. Er sehnte sich danach.

Aber nur mit Zita. Mit niemand anderem. Er war sich sicher, dass keine andere Frau ihm das Gefühl geben konnte, das er gerade empfand.

Eine halbe Stunde später schlief er schließlich ein, mit einem Lächeln auf den Lippen und Zufriedenheit in seiner Seele. Das war es, wonach er gesucht hatte, ohne es zu wissen. Wenn er jetzt schon so empfinden konnte, bevor sie sich körperlich so nahe waren, wie zwei Menschen nur sein konnten, hatte er fast Angst davor, wie wichtig diese Frau für ihn werden würde, falls – hoffentlich *wenn* – sie ihre Beziehung auf die nächste Stufe heben würden.

Angst, aber hundertprozentig bereit und dabei. Zita Darlington könnte sein bisheriges Leben zerstören, und er freute sich darauf herauszufinden, wie das sein würde.

KAPITEL SECHZEHN

Zita war erschöpft. Wie erwartet war es ein verrückter Tag gewesen. Der Regen machte alle gereizt und ungeduldig. Die Leute rutschten ständig aus und fielen hin, mussten aufgrund von Schürfwunden versorgt und verbunden werden. Die Insekten waren unerbittlich. Eine der Kamerafrauen hatte sich bei einem Sturz ziemlich schwer verletzt, als sich ein gezackter Ast durch ihre Handfläche bohrte.

Dieser Vorfall nahm einen Großteil ihrer Zeit in Anspruch, da sie mit der Frau nach Fallport zurückkehrte, um den Stock in der Arztpraxis entfernen zu lassen und dafür zu sorgen, dass die Wunde gründlich gereinigt wurde. Zum Glück war die Wunde nach der Versorgung alles in allem relativ geringfügig, und die Frau konnte am nächsten Tag wieder an die Arbeit gehen.

Als sie zum Set zurückkehrte, warteten bereits drei Personen auf sie, um die sie sich kümmern musste, allerdings war es nichts Lebensbedrohliches.

Das einzig Gute an dem Regen war, dass er perfekt für die Szenen war, die Logan an diesem Tag drehte. Sie zeigten die miserablen Bedingungen, unter denen er leiden musste, während er sich weiter auf den Weg zur Grenze und in Sicherheit machte. Der Regen und die Wolken sorgten für eine fast unheimliche Atmosphäre am Set, die perfekt für die Aufnahmen der Statisten war, die den Amerikaner jagten, von dem sie wussten, dass er irgendwo da draußen war.

Als Grubbner den Dreh für diesen Tag beendete, waren alle mehr als froh, aus dem nassen Wald herauszukommen und zurück nach Fallport und ins Motel zu fahren.

Sage schien das jedoch nicht zu stören, was Zita vielleicht irritiert hätte, wenn sie nicht daran gedacht hätte, wie sehr die Bedingungen denen ähnelten, die er wahrscheinlich regelmäßig erlebte. Natürlich stand er vermutlich nicht im kalten Regen, sondern flog hindurch. Was ihrer Meinung nach sogar noch schlimmer sein könnte.

Jedes Mal wenn sie sich im Laufe des Tages umdrehte, war Sage da. Mit einem Handtuch oder den Regenschirm über ihr haltend, während sie sich um jemanden kümmerte. Er hatte sie und die Kamerafrau sogar, ohne zu murren, in die Stadt gefahren.

Als sie protestieren wollte und sagte, er habe sicher etwas zu tun, schüttelte er nur den Kopf und bestand darauf, dass sein arbeitsreicher Tag morgen sei, wenn es um die Hubschrauber ging. Also gab sie nach und nahm seine Hilfe sowie seinen Trost an.

Es war wunderbar, jemanden im Rücken zu haben. Sie war das gewohnt, wenn sie im Krankenwagen arbeitete, aber nicht auf dieselbe Weise. Sage war nicht da, weil es seine Aufgabe war, sondern weil er es wollte. Weil sie ihm wichtig war. Sie liebte dieses Gefühl.

Zita liebte es auch, in seinen Armen aufzuwachen ... obwohl sie es nun schon zweimal verpasst hatte, auf diese Weise einzuschlafen, weil sie schon tief und fest schlief, als er in ihr Zimmer zurückkehrte.

Aber nach zwei Nächten wollte sie mehr als nur das Bett

teilen. Es wurde immer schwieriger, ihre Hände nicht an intimere Stellen zu bewegen, wenn sie mit ihm zusammen war. Ihm nicht zu sagen, wie sehr sie ihn begehrte. Die Intensität ihrer Anziehung zu verbergen.

Sie hatte das Gefühl, dass er das Werben genoss. Dass er in Sachen Beziehung altmodisch war. Und das war für sie in Ordnung, es war eine erfrischende Abwechslung zu den Männern, die sie bisher kennengelernt hatte und die nach einer einzigen Verabredung erwarteten, dass sie mit ihnen ins Bett sprang.

Aber es war frustrierend, dass er nicht einmal daran interessiert zu sein schien, mit ihr ins Bett zu gehen … es gab nicht einmal eine einzige unangebrachte Berührung.

Und jetzt war sie hier, auf dem Weg zurück zum Motel, ihre Kleidung feucht, ihr Haar kraus. Sie war müde, hungrig, frustriert und, ja, mürrisch, weil der Mann, den sie wollte, sich eher wie ein Freund verhielt als wie der Liebhaber, den sie sich so sehr wünschte.

Als er sie ansah und fragte, was sie zum Abendessen wolle, seufzte sie. »Ich habe keinen Hunger. Bring mich einfach zum Motel.«

»Du musst etwas essen, Zita«, sagte er ruhig. »Ich bringe dich zum Motel, damit du duschen und dich aufwärmen kannst, und ich fahre los und hole etwas zu essen.«

Jetzt war sie auch noch wütend auf sich selbst, weil sie nicht den Mut hatte, ihm zu sagen, dass sie nichts essen wollte. Sie wollte, dass er aufhörte, um ihre Anziehung herumzutanzen. Entweder sollte er einen Schritt machen oder ihr sagen, dass er seine Meinung geändert hatte und sie nur Freunde sein sollten.

Aber sie konnte ihm seine Zurückhaltung kaum vorwerfen, da sie selbst nicht den Mut hatte, sich zu äußern. Sie war erwachsen und sollte in der Lage sein, sich zu nehmen, was sie wollte.

Und er benahm sich wie ein Gentleman, nicht wie ein

geiler Bock. Was sie zu schätzen wüsste, wenn sie nicht so frustriert wäre.

Zu ihrem Entsetzen traten ihr Tränen in die Augen, und alles, was sie hätte sagen können, blieb ihr im Hals stecken. Sie wandte den Kopf zur Seite und schaute aus dem Fenster, während sie verzweifelt versuchte, ihre Gefühle unter Kontrolle zu bringen. Sie wollte nur allein sein, um ihre Gedanken zu ordnen. Um den Mut zu finden, Sage zu sagen, was sie wollte.

Sage sagte nichts, sondern fuhr sie einfach zum Motel. Nachdem er vor Zimmer zwölf geparkt hatte, stieg er aus dem Jeep und eilte zu ihr. Zita hatte gerade die Tür geöffnet, als er sie erreichte. Er nahm ihren Kopf in seine Hände und hob ihr Gesicht an. Als er die Tränenspuren auf ihren Wangen sah, runzelte er leicht die Stirn.

»Du bist erschöpft«, sagte er leise.

»Ja, aber das ist nicht das, was mich bedrückt«, flüsterte sie zurück.

»Sprich mit mir, Zita. Lass mich das in Ordnung bringen.«

Er wollte das in Ordnung bringen? Natürlich wollte er das.

Sie holte tief Luft, sah ihm in die Augen und sagte: »Ich bin es leid, mit dir zusammen zu sein, aber nicht mit dir *zusammen* zu sein. Ich fühle mich, als würde ich in Millionen Stücke zerbrechen, aber ich kann nichts dagegen tun. Ich will dich, Sage. Ich *brauche* dich. Ich will keine weitere Nacht neben dir liegen und nur schlafen. Ich will alles – jeden Teil von dir. Aber ich hatte Angst, meine Bedürfnisse zu äußern, weil ich dich nicht verlieren will, wenn du noch nicht so weit bist.«

Sie hielt den Atem an und starrte ihn an, ohne zu wissen, wie er zu all dem stand, was sie ihm gerade gestanden hatte.

Emotionen blitzten in seinen Augen auf, etwas, das sie nicht deuten konnte.

Dann bewegte er sich. Er senkte den Kopf und küsste sie heftig und verzweifelt auf die Lippen.

Sofort öffnete sie den Mund für ihn und packte seine Schultern.

Er war nicht zärtlich. Er knabberte nicht an ihr, sondern drang mit seiner Zunge in ihren Mund ein und übernahm die Kontrolle.

Zita wurde schwindelig vor Erleichterung und sie erwiderte seine Gier mit ihrer eigenen. Die aufgestaute Lust, die sie empfunden hatte, wenn sie mit ihm zusammen war, aber nicht *mit* ihm.

Sage hob sie aus dem Jeep und stellte sie auf ihre Füße, und sie hörte kaum, wie er die Tür zuschlug. Er hob seinen Kopf nicht von ihrem, sondern neigte ihn nur, um den Kuss zu vertiefen.

Sie war in ihm verloren. In den Empfindungen. Als er schließlich den Kopf hob und knurrte: »Der Schlüssel«, brauchte sie einen Moment, um zu verstehen, was er wollte und warum. Sie tastete in ihrer Handtasche nach dem Metallschlüssel, den Edna ihr gegeben hatte, und atmete erleichtert auf, als ihre Finger ihn umschlossen. Sie reichte ihn Sage, und er nahm ihn wortlos entgegen.

Innerhalb weniger Sekunden hatte er die Tür geöffnet, und dann waren sie drinnen. Er trat die Tür mit dem Fuß zu, verriegelte sie und griff erneut nach ihr.

Diesmal gab es kein Zögern. Der Kuss war sinnlich, heißer als alles, was Zita jemals zuvor erlebt hatte. Sie hielt sich nicht zurück und versuchte, Sage ohne Worte zu zeigen, wie viel er ihr bedeutete. Wie sehr sie das wollte. Ihn.

Sie streifte ihre Schuhe ab, während er an dem Knopf ihrer Cargohose herumnestelte. Ihre Hände waren damit beschäftigt, sein Hemd über seinen Kopf zu ziehen, ohne den Kuss zu unterbrechen.

Schließlich zog er sich zurück, schwer atmend, seine Augen irgendwie wild, und sagte: »Kleider. Aus.«

Sie gehorchte bereitwillig.

Beide zogen schnell und hektisch ihre Kleidung aus, die plötzlich zu eng schien. In dem Moment, in dem sie beide nackt waren, griff Sage erneut nach ihr. Überraschenderweise war Zita nicht im Geringsten verunsichert. Sie war mehr als bereit dafür. Für Sage.

Ihre Körper trafen mit einem hörbaren Klatschen aufeinander, und es fühlte sich an, als seien Sages Hände überall gleichzeitig. Sie war auch keine passive Teilnehmerin. Mit ihren eigenen Händen versuchte sie, Sages Körper zu erkunden, während sie den Mund des jeweils anderen verschlangen.

Sie fuhr mit ihren Händen über seinen steinharten Hintern und bewunderte die Straffheit seiner runden Pobacken. Als sie an seinen Seiten hinaufglitt, spürte sie, wie sich die Muskeln in seinem Oberkörper anspannten, wenn er sich bewegte. Ihre Brustwarzen pressten sich hart gegen seine Brust, und die Haare dort stimulierten sie noch mehr. Jedes Mal wenn sie sich bewegte, rieben ihre Brüste an seinem Körper und steigerten ihr Verlangen.

Er erkundete sie auf seine Weise. Mit einer Hand umfasste er ihren Nacken und zog sie an sich, während er sie küsste, die andere Hand ließ er fast verzweifelt über ihren Körper wandern. Seine Finger krallten sich in ihre Pobacke, dann umfasste er ihren Oberschenkel und zog ihn um sein Bein. Er hob eine Hand zu ihrer Brust, um eine ihrer Brüste zu umfassen. Seine Finger spielten mit der steifen Brustwarze, dann drückte er die empfindliche Rundung, bevor er zwischen ihre Beine glitt.

Zita zuckte zusammen, als seine Finger zum ersten Mal ihre klatschnassen Schamlippen berührten. Sie löste sich von seinem Kuss und schnappte nach Luft, als sei sie gerade einen Marathon gelaufen.

»Sage«, stöhnte sie, hob ihr Bein höher und versuchte, ihm mehr Platz zu geben, um sie zu berühren. Aber die Position war etwas unbequem, und ihr anderes Bein begann vor Anstrengung, sich aufrecht zu halten, zu zittern.

Zum Glück bemerkte Sage, dass direkt hinter ihnen ein perfektes Bett stand. Er legte beide Hände an ihre Taille, drehte sie herum und warf sie praktisch auf die Matratze.

Zita musste kichern. Sie liebte es, von diesem Mann grob behandelt zu werden, denn sie hatte keinen Zweifel daran, dass er seine Kraft nicht gegen sie einsetzen würde. Sie hatte keine Zeit zum Nachdenken, bevor er auf ihr lag und seine Lippen erneut ihre bedeckten. Mit einer Hand wanderte er direkt zu ihrer Muschi und neckte die feuchten Schamlippen, bevor er sich auf ihre Klitoris konzentrierte.

Es war zu viel. Es war nicht genug. Zita drehte sich der Kopf, als hätte sie drei dieser köstlichen Lemon Drop Martinis hintereinander getrunken. Sage hob den Kopf und Zita holte die dringend benötigte Luft. Dies war intensiv, aber ach so gut. Hatte sie jemals zuvor so sehr nach jemandem verlangt? Als würde sie selbst verbrennen, wenn sie ihn nicht innerhalb der nächsten drei Sekunden in sich spürte?

Nein, definitiv nicht. Sie liebte und hasste dieses Gefühl zugleich.

»Sage, mehr«, flüsterte sie, ohne selbst zu wissen, worum sie bat.

Aber anscheinend wusste er es. Ohne seine Hand zwischen ihren Beinen wegzunehmen, rutschte er nach unten und nahm eine ihrer Brustwarzen in den Mund. Zita bog sich seiner Berührung entgegen, als ein elektrischer Schauer von ihrer Brust bis zu ihrer Klitoris schoss.

Er ging dabei nicht gerade zimperlich vor. Sage saugte fest und stimulierte sie mit seinen Zähnen noch mehr. Er hob seine freie Hand und knetete ihr williges Fleisch, damit er mehr von ihrer Brust in den Mund nehmen konnte.

Zu ihrer Überraschung stellte Zita fest, dass sie kurz vor einem Orgasmus stand, was ihr noch nie zuvor passiert war.

Wenn sie masturbierte, musste sie sich immer auf ihre Klitoris konzentrieren, bevor sie auch nur annähernd zum Höhepunkt kam.

Aber mit Sages meisterhaften Händen und Lippen war sie so nahe am Höhepunkt wie sonst, nachdem sie ein paar Minuten lang einen Vibrator an ihrer Klitoris benutzt hatte. Es war überwältigend, fast beängstigend – und Zita wollte mehr.

Ihre Muschi verkrampfte sich. Sie wollte gefüllt werden. Sie wollte diese Erfahrung mit dem unglaublichen Mann teilen, der über ihr schwebte und ihr die ultimative Lust verschaffte.

»Ich will nicht ohne dich kommen«, brachte sie hervor.

»Nein. Du kommst zuerst. Immer. Bei allem. Auch hierbei. Wir werden zusammen fliegen, ganz sicher, aber ich brauche das. Ich muss sehen, wie du dich krümmst, spüren, wie du an meinen Fingern kommst.« Er murmelte diese Worte an ihrer Brust, denn er hatte kaum den Kopf angehoben. Dann drehte er sich so, dass er neben ihr lag, seine Körperwärme brannte fast auf ihr, als er sich an ihre Seite drückte.

Er hörte nicht auf, sie mit seiner Hand zwischen ihren Beinen zu streicheln. Zita wand sich, öffnete ihre Beine weiter und wollte mehr.

»Genau so. Spreiz dich für mich. Zeig mir, wo du mich brauchst.«

Seine Worte waren ein wenig derb, aber sie steigerten Zitas Leidenschaft. Mit einem Knie drückte er ihr das Bein, das ihm am nächsten war, gegen die Matratze und hielt sie offen.

»Du bist so verdammt schön«, flüsterte er. »Sieh dich nur an. Ich habe davon geträumt, dein Haar auf meinem Kissen zu sehen. Dich so unter mir zu spüren. Ich habe dich schon in dem Moment gewollt, in dem ich dich zum ersten Mal gesehen habe. Das Warten war es wert. *Du* bist es wert, Zita. Komm für mich. Ich will dich fliegen sehen.«

Sie wollte ihm sagen, dass sie das auch schon immer gewollt hatte. Aber die Worte blieben ihr im Hals stecken. Ihr

Blick verengte sich zu einem kleinen Punkt, als ihr Orgasmus in ihr wuchs.

»Sage!«, rief sie, als alle Empfindungen plötzlich zu viel wurden.

»Ich habe dich, lass los, Zita. Ich bin hier.«

Ja. Er war da. Er war ganz sicher da. Wie lange war es her, seit sie durch die Tür des Motels gegangen waren? Drei Minuten? Zita hatte keine Ahnung. Es hätten genauso gut zwanzig Minuten sein können oder dreißig Sekunden. Ihre ganze Aufmerksamkeit galt Sage und den unglaublichen Gefühlen, die er aus ihrem allzu willigen Körper hervorlockte.

Im einen Moment hatte sie noch eine kleine Panikattacke, und im nächsten kam sie. Sie zitterte am ganzen Körper und rief Sages Namen, als sie explodierte.

Als sie schließlich wieder hören und atmen konnte, wurde ihr klar, dass Sage während ihres Orgasmus die ganze Zeit mit ihr gesprochen hatte.

»... so schön. Ich kann sehen, wie es zwischen deinen Schamlippen herausläuft. Du bist *so* feucht. Du wirst dich verdammt gut fühlen, das weiß ich einfach.« Seine Finger waren immer noch zwischen ihren Beinen, aber er hielt ihre Schamlippen offen und hatte sich ein wenig aufgerichtet, seine ganze Aufmerksamkeit auf die Feuchtigkeit gerichtet, die sie unter sich auf dem Laken spürte.

Dann bewegte er sich und rollte sie herum, bis sie rittlings auf ihm saß.

Zita blinzelte – sie war noch immer in einem Rausch nach dem Orgasmus. »Sage?«

»Ich will dir nicht wehtun. Du bist klein, und ich bin es nicht. So kannst du mich in deinem eigenen Tempo nehmen.«

Zita stützte sich mit den Handflächen auf seiner Brust ab und sah zwischen ihre Beine – und erkannte genau, warum Sage ihr die Kontrolle überlassen hatte. Der Mann war *groß*. Größer als alle, mit denen sie bisher zusammen gewesen war ...

was nicht viel hieß, da sie vor ihm nur drei Liebhaber gehabt hatte. Mit nur eins fünfundsiebzig war er vielleicht nicht besonders groß, aber er war mit einem beeindruckenden Schwanz gesegnet. Er war lang und schlank, und Zita wusste, dass er tiefer eindringen würde, als es vielleicht angenehm wäre. Aber sie war entschlossen, ihn zu nehmen. Um es für ihn genauso gut zu machen, wie er es ihr gerade gemacht hatte.

Zita griff nach unten, nahm ihn in ihre Handfläche und liebte das Stöhnen, das ihm über die Lippen kam. Sex war immer angenehm gewesen, aber nicht besonders aufregend. Immer in der Missionarsstellung und ziemlich schnell vorbei. Sie hatte diesen unglaublichen, sexy Mann unter sich und sie hatte vor, das Beste aus dieser Erfahrung zu machen.

Lächelnd sah sie ihm in die Augen, während sie ihn streichelte. »Wie lange glaubst du, hältst du durch?«, fragte sie provokativ.

Obi-Wan leckte sich die Lippen und versuchte, an alles andere zu denken, nur nicht daran, sofort zu kommen. Zita anzustarren war, als würde er eine Göttin in ihrem Element betrachten. Er hatte ihr das Haargummi aus dem Haar gezogen, als sie angefangen hatten, sich zu küssen, und jetzt lagen ihr die rotbraunen Strähnen wild um den Kopf. Sie hatte eine Sexfrisur, und er war dafür verantwortlich.

Er hatte keine Ahnung, wie sie hier angelangt waren. Er hatte herauszufinden versucht, warum Zita so schlechte Laune hatte, warum sie um Himmels willen *geweint* hatte, und dann küssten sie sich, als hätten sie nur noch zwei Minuten zu leben und versuchten, das letzte Quäntchen Vergnügen herauszuholen, das sie jemals bekommen würden.

Und er hatte das Privileg gehabt, zuzusehen und zu spüren, wie sie in seinen Armen kam.

Diese Erfahrung war anders als alles, was er je erlebt hatte. Es war intimer, verzweifelter und seltsamerweise liebevoller als alles, was er je zuvor gefühlt hatte. Zu sehen, wie sie sich ihm hingab, war sinnlich, erotisch, und er hatte sich noch nie einer Frau so nahe gefühlt.

Zu sehen, wie ihre Erregung zwischen ihren Schamlippen herausfloss, hatte seine Lust noch mehr gesteigert. Der Geruch von Sex lag schwer in der Luft, und sein Schwanz war so hart, dass es wehtat. Aber es war ein guter Schmerz. Er war zwei Sekunden davon entfernt gewesen, sich auf sie zu legen und in ihren warmen, feuchten Körper zu stoßen, aber im letzten Moment wurde ihm klar, dass ihr das wehtun könnte. Also rollte er sich auf den Rücken und überließ ihr die Kontrolle.

Erst als sie auf ihm saß, wurde ihm klar, wie schwer es sein würde, nicht vorzeitig zu kommen. Der Anblick ihrer wippenden Brüste, deren Brustwarzen noch immer hart waren und nach seinem Mund verlangten, das Gefühl der Feuchtigkeit zwischen ihren Beinen an seinen Oberschenkeln und sein Schwanz, der so nahe an ihrer Muschi war, ließen seine Beherrschung fast zusammenbrechen.

Aber er biss die Zähne zusammen, entschlossen, ihr die Führung zu überlassen, auch wenn es eine Qual sein würde.

Dann nahm sie seinen Schwanz in die Hand und streichelte ihn, und wenn er vorher schon gedacht hatte, dass er litt, war das *nichts* im Vergleich zu dem, was er jetzt fühlte. Obi-Wan spürte, wie sich das Sperma in seinen Hoden verzweifelt einen Weg bahnte. Er musste sich mit aller Kraft zusammenreißen, um nicht über ihre Hand und ihren Bauch zu spritzen.

»Wie lange glaubst du, hältst du durch?«

Er hörte ihre Frage wie durch einen langen Tunnel. Sie hatte keine Ahnung, wie nahe er schon am Abgrund war.

»Nicht sehr lange. Bitte, Zita. Bitte«, flehte er, da er unbedingt in sie eindringen wollte. Ein Lusttropfen perlte aus seiner

Eichel und erleichterte ihr das Streicheln. Jede Bewegung ihrer Hand war himmlisch.

Zu seiner großen Erleichterung ging sie auf die Knie und führte seinen Schwanz zu ihrer Öffnung. Sie biss sich auf die Lippe, während sie sich auf das Gefühl konzentrierte, wie die Eichel seines Schwanzes in ihrem Körper verschwand.

Beide stöhnten vor Lust.

Obi-Wan schloss die Augen in dem Wissen, dass er nie wieder etwas so Erstaunliches fühlen würde. Es war ein dramatischer Gedanke, denn manche Leute würden behaupten, dass eine Muschi wie die andere sei. Aber sie hatten unrecht.

Er konnte nicht erklären, wie oder warum, aber Zita fühlte sich an, als sei sie für ihn gemacht.

Dann fiel ihm etwas ein und er riss die Augen auf. »Verdammt – Zita, warte!«

Sie erstarrte, noch nicht einmal die Hälfte seines Schwanzes steckte in ihr, und sie sah ihn mit besorgtem Blick an. »Tue ich dir weh?«

»Nein, verdammt! Es ist nur ... Verhütungsmittel. Ich trage kein Kondom.«

»Ich habe ein Verhütungsstäbchen. Hast du ... gibt es einen Grund, warum du eins brauchst, außer um mich vor einer Schwangerschaft zu schützen? Denn ich bin gesund. Ich hatte schon sehr lange keinen Sex mehr.«

Es dauerte ein paar kostbare Sekunden, bis ihre Worte zu ihm durchdrangen. Und als sie es taten, verlor Obi-Wan die Kontrolle, an der er sich mit aller Kraft festgehalten hatte. Er vergaß, was er gesagt hatte, dass sie das Sagen habe. Dass er ihr nicht wehtun wolle. Alles, außer sich so tief wie nur möglich in dieser Frau zu vergraben. Eins mit ihr zu sein.

Er griff nach ihren Hüften und zog sie hart und schnell auf sich herunter, während er gleichzeitig nach oben stieß.

Sie stieß einen kleinen Schrei aus, als er so tief in sie eindrang, dass ihre Schamhaare sich miteinander verflochten.

Ein ersticktes Stöhnen kam über seine Lippen, als er die Perfektion dieses Augenblicks realisierte.

»Heilige Scheiße«, flüsterte Zita.

»Alles in Ordnung? Habe ich dir wehgetan?«, fragte Obi-Wan, dessen Stimme vor Angst zitterte.

»Nein, ich war nur überrascht, das ist alles. Du fühlst dich unglaublich an. Du bist so tief in mir!«

»Und nur damit das klar ist: Ich hatte seit über einem Jahr niemanden mehr. Und ich werde ständig vom Militär getestet. Wenn du geschützt bist, ist alles gut.«

»Es ist bestens«, sagte sie.

»Beweg dich, Zita. Bitte.« Er konnte nur noch an das Gefühl ihrer Muschi um seinen Schwanz denken. Wie heiß sie war. Wie eng.

Sie schenkte ihm ein kleines sexy Lächeln, hob sich dann vorsichtig von seinem Schwanz und sank wieder zurück.

»Ja, mehr.«

Sie tat es wieder. Und noch einmal. Ihr Tempo war zunächst langsam, aber wenige Minuten später rammte sie sich immer wieder auf ihn, beide schrien und ihr Atem ging stoßweise, während sie ihn schnell und wild ritt.

Plötzlich spürte Obi-Wan, wie er explodierte. Er konnte es nicht aufhalten. Er konnte nichts tun, nur zusehen, wie Zitas Brüste wippten, als sein Schwanz einmal, zweimal, dreimal zuckte, während sie sich auf ihr eigenes Vergnügen konzentrierte.

Er war noch nie in einer Frau gekommen – und es war herrlich. Sein Sperma machte sie noch glitschiger, klatschnass, und die Geräusche, die dabei entstanden, waren unglaublich sexy. Er hielt ihre Hüften fest, ließ ihr aber die Geschwindigkeit und Tiefe, die sie brauchte, um zum Höhepunkt zu kommen. Aber nach nur wenigen Minuten merkte er, dass sie müde wurde und frustriert war.

Obi-Wan übernahm. Jetzt, da seine eigene Lust nachgelassen hatte – obwohl er immer noch halb erigiert war –, konnte er sich ganz auf sie konzentrieren. Er zog sie auf seinen Schwanz und hielt sie fest, während er seine Finger zu ihrer Klitoris wandern ließ. Ihre Beine waren weit über seinem Schoß gespreizt, sodass er leichten Zugang zu der kleinen Knospe hatte.

»Ich hab dich«, flüsterte er, während er sie genau dort kräftig streichelte, wo sie es am meisten brauchte.

»Sage!«, rief sie aus.

Obi-Wan spürte, wie ihre inneren Muskeln sich um seinen Schwanz zusammenzogen, während sie regungslos auf ihm saß. Er hielt den Druck aufrecht und schon bald spürte er, wie ihr Körper zu zittern begann.

»Genau so. Lass los, Süße. Komm auf meinem Schwanz. Lass mich es spüren.«

Und einfach so kam sie. Das Gefühl, wie ihr Körper sich der Lust hingab, wie sie seinen Schwanz fest umklammerte, machte Obi-Wan ein wenig schwindelig.

Er wollte das. Immer und immer wieder. Jede Nacht. So oft diese Frau es zulassen würde. Er war bereits besessen und würde alles tun, um sie zu behalten. Um die Dinge zwischen ihnen zum Laufen zu bringen. Er hatte noch keine Ahnung, wie ihre Zukunft aussehen würde angesichts ihrer Jobs, aber er war entschlossener denn je, sie sich nicht durch seine Finger gleiten zu lassen.

Als sie aufhörte zu zittern, sank Zita langsam auf seine Brust wie ein aufblasbares Spielzeug, das durchstochen worden war. Sie war glühend heiß, aber Obi-Wan hatte sich noch nie in seinem Leben so wohlgefühlt. Was ihn betraf, konnte sie für immer genau dort schlafen, wo sie war. Sein Schwanz steckte immer noch tief in ihrem Körper, eingehüllt in ihre Wärme.

»Ich bin tot. Du hast mich umgebracht«, murmelte sie an

seinem Hals, wobei ihr Atem seine Haut kitzelte und ihn erschaudern ließ.

»Tut mir leid, dass ich so schnell gekommen bin. Nächstes Mal bin ich besser«, sagte Obi-Wan ein wenig beschämt darüber, wie schnell er gekommen war.

»Wenn du noch besser gewesen wärst, wäre ich tatsächlich tot«, murmelte sie.

Obi-Wan lächelte wie ein Idiot, aber das war ihm egal. Er streichelte sanft ihren Rücken, während er die Intimität zwischen ihnen genoss. Sein Herz schlug immer noch schnell, und er konnte auch ihres an seiner Brust spüren. Zu wissen, dass er ihr Vergnügen bereitet hatte, erregte ihn genauso sehr wie der Akt selbst.

Als sie auf ihm lag, hörte er ein seltsames Geräusch. Und als er erkannte, was es war, musste Obi-Wan grinsen. »Ich habe dir nichts zu essen besorgt«, sagte er.

»Ich habe keinen Hunger.«

»Doch, hast du«, widersprach er.

»Na gut, habe ich. Aber ich liege lieber hier, als mich zu bewegen.«

Um ehrlich zu sein, würde er das auch lieber tun, aber er würde seine Frau auf keinen Fall hungern lassen, nur weil er zu erregt war, um aufzustehen. Er hatte alle Zeit der Welt, um noch mehr Momente wie diesen zu genießen. Natürlich war dieser Moment etwas ganz Besonderes, da es ihr erster war, aber er versprach sich, dass es nicht der letzte sein würde.

»Ich rufe beim *On the Rocks* an, ich glaube, die servieren noch Essen. Ich hole uns etwas.«

Zita hob den Kopf, und das ließ seinen Schwanz in ihr zucken. Obi-Wan biss sich auf die Zunge, um nicht in sie zu stoßen. Sie musste wund sein, und er würde auf keinen Fall etwas tun, was diesen Moment weniger als perfekt machen würde.

»Bist du sicher?«

»Natürlich. Was willst du?«

Es war fast schmerzhaft, als sie sich von seinem Schwanz hob und an seine Seite kuschelte. Das Bettlaken war nass, und Obi-Wan konnte ihre vermischte Erregung an seinem Unterleib und seinen Oberschenkeln spüren. Es war eine Erfahrung, die er noch nie gemacht hatte, aber er konnte nicht behaupten, es zu hassen. Sex war ohne Kondom zwar schmutziger, aber die Vorteile überwogen bei Weitem die Nachteile.

»Cheeseburger mit Pommes. Und einen kleinen Salat mit Ranch-Dressing dazu. Bitte.«

Ihre entschiedene Antwort brachte Obi-Wan zum Grinsen. Normalerweise versuchte sie, sich gesund zu ernähren, aber heute Abend hatte sie sich das Fast Food mehr als verdient.

»Ich muss aufstehen und mein Handy suchen. Ich glaube, es ist in einer meiner Hosentaschen.«

Sie kicherte. »Wir hatten es ziemlich eilig, uns auszuziehen, als wir hierherkamen, oder?«

Obi-Wan stützte sich auf einen Ellbogen, und Zita drehte sich auf den Rücken, um zu ihm aufzublicken. »Danke, dass du deine Gefühle nicht versteckt hast. Dass du mir gesagt hast, dass du mich willst.«

»Ich dachte, du würdest dich aufregen. Ich hatte den Eindruck, dass du gern das Tempo in unserer Beziehung bestimmst.«

»Das tue ich auch, aber manchmal brauche ich einen kleinen Anstoß.«

»Betrachte dich als angestoßen.«

Er grinste und beugte sich zu ihr hinunter, um sie sanft und langsam zu küssen, ganz anders als zuvor, als sie noch hungrig nacheinander gewesen waren. Dann stand er auf, solange er noch konnte, um sein Handy zu holen. Er rief in der Kneipe auf dem Marktplatz an und zu seiner Überraschung ging Zeke ran. Nachdem er erklärt hatte, warum er so spät anrief – ohne explizite Details, nur dass sie den ganzen Tag am Set gewesen und erst vor Kurzem ins *Mangree* zurückgekommen waren –, bot Zeke an, ihnen die Gerichte zum Motel zu bringen, da er selbst gerade auf dem Weg nach Hause war.

Obi-Wan willigte, ohne zu zögern, ein. Er wollte nicht in die feuchte Nacht zurückkehren und Zitas Seite verlassen. Er legte sich wieder auf das Bett und nahm sie in seine Arme. »Zeke bringt uns unser Essen.«

»Wirklich?«

»Ja.«

»Super.« Sie beugte sich vor, küsste seine Brust, dann seinen Hals und wanderte mit dem Mund zu einer seiner Brustwarzen.

»Ich glaube, er hat meine Ausrede, gerade erst zurückgekommen zu sein, durchschaut, denn die anderen Crewmitglieder sind wahrscheinlich schon in der Kneipe und essen. Aber ich bin mir immer noch nicht sicher, ob es cool wäre, ihn mit frei schwingendem Schwanz an der Tür zu begrüßen. Ich muss mir eine Hose anziehen.«

Zita hob den Kopf und schmollte.

Obi-Wan lachte leise. »Nach dem Essen kannst du mit mir machen, was du willst, okay?«

»Ich nehme dich beim Wort.«

»Von mir wirst du keinen Protest hören, denn ich habe vor, *dich* als Dessert zu genießen. Ich habe dich noch nicht kosten können. Es ging alles zu schnell, um alles zu tun, was ich mir vorgestellt hatte.«

»Beschwerst du dich?«, fragte sie, den Kopf auf entzückende Weise schief gelegt.

»Verdammt, nein. Ich beschwere mich nicht. Du bist unglaublich, Zita. Und ich bin ein verdammter Glückspilz.«

»Verdammt richtig«, sagte sie mit einem Grinsen.

Diese Frau. Sie haute ihn um. Und Obi-Wan hatte kein Problem damit, völlig vernarrt zu sein. Überhaupt nicht.

Er stand auf und zog seine Hose wieder an, wobei er

zusammenzuckte, weil sie vom ganzen Tag im Regen feucht war. Dann sammelte er alle anderen Kleidungsstücke ein, die auf dem Boden verstreut lagen, und hing sie im Badezimmer auf, damit sie über Nacht trocknen konnten. Es dauerte nicht lange, bis es an der Tür klopfte – und nach Zekes breitem Grinsen zu urteilen wusste dieser genau, was sie anstelle von Abendessen getan hatten.

Aber Obi-Wan war es egal, ob die ganze Welt wusste, dass er und Zita miteinander schliefen. Er hatte nicht vor, ihre Beziehung zu verheimlichen.

Die Mahlzeit verschwand schnell, da beide hungrig waren, und nachdem Obi-Wan den Abfall weggeworfen und seine Hose wieder ausgezogen hatte, kroch er zurück unter die Decke. Er arbeitete sich an Zitas Körper hinunter, bis ihre Beine um seine Schultern lagen. Ihre Muschi war ein wenig geschwollen, und der Geruch ihres Geschlechts ließ ihm das Wasser im Mund zusammenlaufen.

»Hey, ich dachte, ich sei bei dir dran«, beschwerte sie sich mit einem Grinsen, während sie sich auf ihre Ellbogen stützte und an ihrem Körper hinunter zu ihm blickte.

»Später. Wenn du anfängst, habe ich nicht mehr die Kontrolle, um das hier zu tun ...« Obi-Wan senkte den Kopf und leckte an ihrer Öffnung entlang, bis er an ihrer Klitoris angelangt war. Sie zuckte in seiner Umklammerung und sank zurück auf die Matratze.

»Oh, na gut. Wenn du musst«, scherzte sie.

Obi-Wan lächelte immer noch und machte sich daran, seine Frau zu verwöhnen.

Eine Stunde später waren sie beide verschwitzt und völlig erschöpft. Er hatte sie zu einem weiteren Orgasmus geleckt, dann hatte sie ihm den besten Blowjob seines Lebens gegeben. Er hatte sie gerade noch rechtzeitig aufgehalten, um sich auf sie zu legen und sie so zu nehmen, wie er es sich erträumt hatte –

hart und schnell, während sie ihre Fingernägel in seine Oberarme grub und ihn anflehte, noch härter zuzustoßen.

Zita war wie für ihn geschaffen, und er für sie. Er gehörte ihr. Vollkommen und gänzlich. Er würde alles für diese Frau tun.

Dieser Gedanke hätte ihm Angst machen sollen, aber stattdessen lächelte Obi-Wan zufrieden. Sie lag wieder größtenteils auf seiner Brust und schnarchte leise. Sein Arm lag um ihre Schultern und er hielt sie fest, als er einschlief.

Sie hatten nur noch wenige Drehtage vor sich, dann war alles vorbei. Beide standen vor schwierigen Entscheidungen, und Obi-Wan war sich nur einer Sache sicher – dass er das hier nicht aufgeben würde. Er und Zita hatten eine Verbindung, die nicht viele Menschen in ihrem Leben hatten. Egal was passierte, er würde um das Recht kämpfen, ihr Freund zu sein. Ihr Mann.

Denn das war er. Er gehörte ihr.

KAPITEL SIEBZEHN

Zita freute sich auf den heutigen Tag. Nicht für sich selbst, denn für sie war es nur ein weiterer Tag am Set, sondern für Sage. Heute war der Tag, auf den er seit Beginn der Dreharbeiten gewartet hatte. Es war Hubschrauber-Tag.

Er war wie ein kleines Kind, das sich auf einen Ausflug in den Zoo freute. Oder in einen Vergnügungspark. Seine Vorfreude war greifbar. Und sie war bezaubernd.

Es war ihr sogar egal, dass er heute Morgen so abgelenkt war oder dass er eine halbe Stunde vor dem Wecker aus dem Bett gesprungen war. Sie hätte am Morgen nach ihrer ersten intimen Begegnung gern etwas länger gekuschelt. Aber obwohl Sage kein Problem damit hatte, sie die ganze Nacht zu umarmen und zu halten, war er nicht gerade ein »Kuschler«.

Zita hatte keine Ahnung, dass Sex so intim sein konnte. Offensichtlich hatte sie in der Vergangenheit mit den falschen Männern geschlafen. Sage war nicht nur ein außergewöhnlicher Liebhaber, er war auch aufmerksam, selbstlos und hatte sich die ganze Nacht über ganz auf sie konzentriert. Es war eine ganz neue Erfahrung. Und sie hatte wirklich das Gefühl, dass er sie mochte. Er war nicht in ihrem Bett, um sein Verlangen zu stillen.

Er war dominant und selbstbewusst und hatte kein Problem damit, ihr zu sagen, was er brauchte und wollte. Aber da es genau das war, was *sie* wollte, ließ Zita ihn gern die Führung übernehmen. Selbst als sie ihm einen blies, gab es keinen Zweifel daran, dass er immer noch das Sagen hatte. Was sie tatsächlich sehr erregte.

Mit Obadiah Engle zu schlafen hatte ihr Leben bereits verändert ... aber Zita war sich nicht sicher, was sie nun tun sollte. Falls er sie fragte, würde sie sofort nach Virginia ziehen. Hollywood war ihr langweilig geworden, und sie war schon seit einiger Zeit bereit für eine Veränderung. Aber war es richtig, für einen Mann quer durch das Land zu ziehen? Was, wenn das alles nur eine vorübergehende Laune war? Etwas Neues und Aufregendes, das verblassen würde, sobald sie sich regelmäßig sahen? Sie glaubte nicht, dass das der Fall sein würde, zumindest nicht ihrerseits, aber würde Sage seine Meinung ändern?

Würde sie mit seinen Missionen zurechtkommen? Vor allem mit dem Wissen, wie gefährlich sie waren? Würden sie ihre Arbeitszeiten unter einen Hut bringen können? Würde er ihr übel nehmen, wenn sie einen Monat oder länger weg war, um an einem Filmset zu arbeiten? Würde er ihr vertrauen, dass sie ihm nicht untreu wurde? War er eifersüchtig?

Sie hatte noch so viele Fragen ... aber sie glaubte fest daran, dass sie alle Schwierigkeiten, die eine Beziehung mit sich bringen könnte, gemeinsam bewältigen würden. Mit jemandem zusammen zu sein war nicht einfach. Es erforderte viel Arbeit. Aber Sage war es wert.

Würde er genauso für sie empfinden?

Sie hasste das Unbekannte, die Ungewissheit. Sie wollte im Moment leben, aber es war, als würde eine riesige Uhr in ihrem Kopf ticken. Was würde passieren, sobald dieser Job vorbei war? Sie nahm an, dass sie versuchen könnten, eine Fernbeziehung aufrechtzuerhalten, aber die Chancen dafür standen schlecht. Es trieb ihr Tränen in die Augen.

Sie mochte Sage. Sie war halb in ihn verliebt. Der Gedanke, ihn zu verlassen und nie wiederzusehen, kam ihr wie eine Qual vor. Noch nie hatte sie sich so sehr zu einem Mann hingezogen gefühlt, und auf keinen Fall wollte sie das aufgeben.

Zita holte tief Luft und versuchte, all ihre Sorgen beiseitezuschieben. Heute war ein neuer Tag, sie hatte einen angenehmen Muskelkater und alles schien ein wenig heller zu sein. Natürlich war es auch buchstäblich heller, denn der Regen hatte aufgehört und die Sonne schien, als sie zu seinem Jeep gingen, um zum Frühstück zum Marktplatz zu fahren, bevor sie zum Set aufbrachen.

Sage war in sein Zimmer gegangen, um zu duschen und sich fertig zu machen. Er hatte gesagt, wenn er in ihrem Zimmer duschte, würden sie es vielleicht gar nicht zum Frühstück schaffen, da er viel zu sehr in Versuchung geraten würde, sie mit in das winzige Badezimmer zu ziehen.

Der Mann war zwar auf seine Arbeit konzentriert und begeistert von seinen geliebten Hubschraubern, aber er hatte sie nicht vernachlässigt. Er hatte ihr nicht das Gefühl gegeben, dass die Nacht zuvor nichts bedeutet hatte. Nachdem sie aufgestanden waren, zur Toilette gegangen waren, sich die Zähne geputzt und die Pläne für den Morgen geschmiedet hatten, hatte er sie rückwärts auf das Bett gedrückt, ihre Beine auseinandergeschoben und sie zu einem weiteren Orgasmus geleckt.

Es war spontan und überraschend und herrlich sexy. Als er schließlich seinen Kopf von der Stelle zwischen ihren Beinen hob, leckte er sich die Lippen, die noch von ihrer Erregung glänzten, und zwinkerte ihr zu.

»Es gibt nichts Besseres als ein wenig Muschi, um den Tag zu beginnen.«

Zita hatte mit einem Grinsen die Augen verdreht. Es war eine kitschige Bemerkung, aber sie konnte ihm nicht widersprechen. Ihr Körper fühlte sich gleichzeitig träge und aufgeladen an, bereit für mehr. Sie hatte nach ihm gegriffen, aber er hatte ihre Hand genommen, ihre Handfläche geküsst und gesagt, wenn sie ihn berührte, würden sie das Zimmer nie verlassen. Dann fügte er hinzu, dass er sich unter der Dusche um seinen monströsen Ständer kümmern würde.

Sie hätte sich vielleicht darüber aufregen können, dass er ihr Angebot abgelehnt hatte, aber da war dieser Ausdruck der Begierde in seinen Augen. Den konnte er nicht vortäuschen. Zumindest glaubte sie das nicht.

Zita begnügte sich damit, sich aufzusetzen und ihn leidenschaftlich zu küssen. Sie konnte sich selbst auf seinen Lippen und seiner Zunge schmecken, und das war extrem sexy.

Er stöhnte, stand plötzlich auf, seine Hose vor Erregung gespannt, und sagte, er würde sie in dreißig Minuten sehen.

Zita hatte gekichert und war während ihrer gesamten Morgenroutine noch ganz berauscht von ihrem Orgasmus gewesen. Als Sage genau dreißig Minuten später an ihre Tür klopfte, nahm er sie in seine Arme und küsste sie noch einmal – ein langer, ausgiebiger Kuss, bei dem Zitas Zehen sich krümmten –, bevor er ihre Hand und ihren Medizinkoffer nahm und sie zu seinem Jeep zog.

Sie frühstückten im *Sunny Side Up* – alles, was Zita in dem fantastischen Imbiss probiert hatte, seit sie in der Stadt waren, war köstlich – und machten sich dann auf den Weg zum Set.

Sage stellte den Motor ab und löste seinen Sicherheitsgurt, machte aber keine Anstalten auszusteigen. Stattdessen drehte er sich zu ihr um und sagte: »Dies ist keine Affäre.«

Die vier Worte waren mit einer Leidenschaft und Ernsthaftigkeit gesprochen worden, die Zita mit Wärme erfüllte. »Gut, denn das habe ich auch nicht gedacht.«

»Ich habe keine Ahnung, wie das hier weitergehen wird. Wie wir das hinbekommen werden. Ich weiß nur, dass ich alles tun werde, um das, was wir haben, zu bewahren. Ich habe noch nie jemanden wie dich getroffen, Zita Darlington. Du beeindruckst mich unglaublich. Und letzte Nacht?«

Er hielt inne, räusperte sich und fuhr dann fort.

»Ich hatte keine Ahnung, dass Sex so sein kann. So intim ... so lustvoll ... fast überwältigend. Ich habe eine Verbindung zu dir gespürt, die ich noch nie zuvor empfunden habe. Ich habe keine Ahnung, ob es für dich genauso war, aber mir ist klar geworden, wie selten es ist, jemanden zu finden, mit dem man so harmoniert wie ich mit dir. Aber ich weiß auch, dass eine Beziehung mehr ist als Sex. Leidenschaft vergeht, aber mit jemandem zusammen zu sein, auf den man sich jeden Tag freut und mit dem man Tag und Nacht verbringen möchte, bleibt.

Ich möchte eine Partnerin, bei der ich ich selbst sein kann. Ich bin manchmal mürrisch und schlecht gelaunt. Ich bin nicht immer sehr gesellig. Ich bin lieber zu Hause als unterwegs. Die meisten Menschen nerven mich. Wir müssen noch viel übereinander lernen, aber ich habe das Gefühl, dass mich nichts, was ich über dich herausfinde, auch nur im Geringsten abschrecken wird.

Wenn du glaubst, dass du das nicht kannst ... eine Beziehung mit mir haben ... dann sag es mir bitte jetzt. Denn wenn ich mehr Zeit mit dir verbringe, werde ich mich noch mehr in dich verlieben, als ich es bereits getan habe. Und wenn du das nicht willst, wird es noch mehr wehtun, wenn wir das hinauszögern.«

Er lächelte nicht. Er starrte sie mit einer Intensität an, die fast beängstigend war. Aber Zitas Herz schlug wie wild. Er sagte Dinge, von denen sie nur geträumt hatte, sie jemals von einem Mann zu hören. Sie waren so auf einer Wellenlänge, dass es unheimlich war, denn sie hatte heute Morgen mehr als einmal dieselben Ängste gehabt.

»Würde es dich erschrecken, wenn ich dir sage, dass ich bereit bin, nach Norfolk zu ziehen?«

Er sagte lange Zeit nichts. So lange, dass Zitas Herz stillzustehen schien.

Dann schloss er die Augen und holte tief Luft.

Sie wagte nicht, sich zu bewegen, und fragte sich, was er wohl dachte.

Als er die Augen wieder öffnete, bewegte er sich schnell und zog sie mit einer Hand an ihrem Nacken zu sich heran. Er küsste sie leidenschaftlich und löste sich gerade so weit von ihr, dass er sagen konnte: »Nein. Das würde mich nicht erschrecken. Es würde mich im Moment zu dem glücklichsten Mann der Welt machen.«

»Ich habe Angst«, gab Zita zu, »aber ich kann von fast überall arbeiten. Ich bekomme vielleicht nicht so viele Filmjobs, wenn ich nicht in Hollywood bin, aber ehrlich gesagt ist mir das egal.«

»Ich verdiene dich nicht«, sagte Sage schroff.

»Ich glaube, wir verdienen einander«, erwiderte sie. »Aber ich ziehe nicht bei dir ein«, stellte sie klar. »Ich möchte meine eigene Wohnung. Es ist alles sehr schnell gegangen, und ich möchte mir Zeit nehmen, um sicherzugehen, dass wir beide wirklich das Gleiche wollen.«

»Das ist, was *ich* will«, sagte Sage ohne jegliches Zögern. »Und ich verstehe das vollkommen. Ich hoffe, du hast nichts gegen Übernachtungen«, ergänzte er mit einem kleinen Grinsen.

»Nein.« Dann schüttelte sie den Kopf. »Machen wir das wirklich? Obwohl wir uns erst seit so kurzer Zeit kennen?«

»Ich habe das Gefühl, dich schon ewig zu kennen«, entgegnete er.

Er hatte nicht unrecht. Zita empfand genauso, aber sie hatte auch das Gefühl, ihn immer wieder daran erinnern zu müssen, wie schnell alles ging, denn es war heutzutage nicht gerade akzeptabel, so schnell eine ernsthafte Beziehung einzugehen. Für sie war es definitiv nicht akzeptabel, ihr Leben aufzugeben und quer durchs Land zu ziehen, nur um einem Mann näher zu sein.

Ihre Eltern würden ernsthafte Bedenken haben. Und ihr Bruder würde wahrscheinlich ein »Gespräch« mit Sage führen wollen. Aber Zita hatte keinen Zweifel, dass er sie für sich gewinnen würde, so wie er sie gewonnen hatte, einfach indem er er selbst war.

»Ich gehöre dir, Zita. Mit Haut und Haaren. Es ist mir egal, wenn alle denken, ich sei vernarrt. Denn das bin ich.«

Das gefiel ihr. Sehr sogar. Die Vorstellung, dass er ihr gehörte.

Und sie wollte ihm gehören.

»Bist du bereit für heute?«, fragte er, und sie war froh, dass er die Stimmung ein wenig aufgelockert hatte. Es war sehr intensiv geworden, und obwohl sie glücklicher war, als sie es in Worte fassen konnte, war es auch ein wenig überwältigend. Sie hatte im Grunde gerade beschlossen, ihr Leben komplett auf den Kopf zu stellen, und es war eine Erleichterung, das Gespräch wieder auf das Hier und Jetzt zurückzubringen.

»So bereit, wie ich sein kann. Und du?«

»Oh ja. Ich hoffe, die Piloten, die Grubbner besorgt hat, sind so gut, wie er sagt. Dass sie tatsächlich fliegen können.«

»Ich bin sicher, sie sind die besten ... wenn auch natürlich nicht so gut wie du.«

Er lachte leise. »Ja.« Sage lehnte sich zurück, aber nicht bevor er mit den Fingern sanft ihren Nacken streichelte und sie dann losließ. »Kann ich heute Nacht wieder bei dir bleiben?«

Zita lächelte. »Natürlich.«

»Super. Ich sollte Edna wohl sagen, dass ich mein Zimmer nicht mehr brauche, aber sie scheint mir nicht die Art von Frau zu sein, die es gut findet, wenn ein Junge und ein Mädchen zusammenziehen, ohne verheiratet zu sein.«

Zita kicherte. »Stimmt, den Eindruck hatte ich auch.«

Sage starrte sie einen Moment lang an, und sie fragte sich,

was er wohl dachte. Doch bevor sie ihn fragen konnte, drehte er sich um und griff nach der Tür, und der Zauber zwischen ihnen war gebrochen.

Zita stieg aus, schnappte sich ihre Tasche und gemeinsam gingen sie auf die Gruppe von Menschen zu, die sich versammelten und auf den Start des Tages vorbereiteten.

Sage war in seinem Element. Und es brachte Zita zum Lächeln, ihn mit den Hubschrauberpiloten zu beobachten. Er hatte sich an diesem Morgen lange mit ihnen unterhalten, und soweit sie das von ihrem Standpunkt aus beurteilen konnte, verstanden sie sich gut und alle schienen zufrieden zu sein.

Als die Szenen mit den Hubschraubern gedreht wurden, sah Zita, wie Sage seine Hände bewegte, als säße *er* im Cockpit eines der millionenschweren Geräte. Der Regisseur hatte ihm ein Headset gegeben, und Zita nahm an, dass er direkt mit den Piloten sprach.

Sie war keine Expertin, aber es schien, als würden die Szenen äußerst gut laufen. Als würden die Piloten genau das tun, was Grubbner und Sage von ihnen erwarteten.

Zita beobachtete Sage so aufmerksam, dass sie nichts und niemanden um sich herum wahrnahm ... weshalb sie erschrocken einen Schrei ausstieß und schnell nach links trat, als jemand sie mit der Schulter anrempelte.

Als sie sich umdrehte, sah sie zu ihrer Überraschung, dass Silas Graves neben ihr stand. *Direkt* neben ihr. In ihrem persönlichen Raum. Sie hatte während der letzten Tage nicht viel über ihn nachgedacht, da sie zu beschäftigt gewesen war, und sie hatte keine Ahnung, warum er sie heute aufgesucht hatte.

Sie begriff schnell, dass es nicht um Small Talk ging.

»Du musst dich von dem Night Stalker fernhalten«, sagte er mit leiser Stimme.

»Was?« Zita versuchte immer noch, ihr Herz zu beruhigen, nachdem er sie so erschreckt hatte.

»Obi-Wan. Dass du dich ihm an den Hals wirfst, ist peinlich. Für alle am Set. Du musst dich von ihm fernhalten.«

Zita war völlig verwirrt. Warum interessierte es Silas überhaupt, ob sie und Sage zusammen waren? »Es geht dich zwar nichts an, aber warum interessiert es dich so sehr, was ich in meiner Freizeit mache? Ich mische mich nicht in dein Leben ein, warum mischst du dich dann in meins ein?«

Sie hatte genug davon, nett zu sein. Sage hatte recht, der Mann hatte ihr schon viel zu lange seine gruseligen Blicke zugeworfen. Außerdem hatte er sich wie ein totaler Idiot verhalten, als er Carmen bewacht hatte, aber sie hatte keine Ahnung, was er jetzt vorhatte.

»Ich warne dich nur. Halte dich von dem Kerl fern ... sonst.«

Zita hätte bei dieser übertrieben dramatischen Warnung mit den Augen gerollt, aber jetzt, da sie ihn ansah – *wirklich* ansah –, schien er es todernst zu meinen, und sie wollte ihn auf keinen Fall verärgern. Obwohl sie von Menschen umgeben war, war sie sich nicht sicher, wozu er fähig war.

Und der Mann war bewaffnet. Glaubte sie etwa, er würde sie hier vor allen Leuten am Set erschießen? Nein. Aber er war größer und stärker und konnte ihr sicherlich Schaden zufügen, bevor jemand ihn aufhalten konnte. Das Risiko wollte sie nicht eingehen.

Sie öffnete den Mund, um zu versuchen zu verstehen, woher das kam, um noch einmal zu fragen, warum es ihn interessierte, mit wem sie zusammen war oder mit wem sie sich verabredete, aber er drehte sich abrupt um und ging weg.

Zita war ziemlich erschrocken über diese unerwartete Drohung. Sie hatte Silas nichts getan. Sie hatte kaum ein Wort mit ihm gesprochen. Carmen? Ja, sie hatten sich gestritten, aber sie war schon seit Tagen wieder in L. A., Tausende von Kilometern entfernt.

Trotzdem ... konnte sie etwas mit Silas' plötzlichem Interesse an ihrem Liebesleben zu tun haben?

Möglicherweise.

Es war unmöglich, sich vorzustellen, dass eine schöne, erfolgreiche Schauspielerin wie Carmen St. James sich für jemanden wie sie interessieren könnte. Eine unbedeutende freiberufliche Dienstleisterin, die zufällig am selben Set arbeitete.

Aber andererseits hatte sie ein Auge auf Sage geworfen, und er hatte sie abgelehnt – wegen Zita.

Könnte das sein? Hatte ihr ehemaliger Leibwächter ihr eine Nachricht von Carmen zukommen lassen? Gerüchte besagten, dass die beiden miteinander geschlafen hätten, als sie in der Stadt war, aber wenn das der Fall wäre, wenn Silas auf Carmen stand, warum sollte er dann Zita und Sage auseinanderbringen wollen? Wenn er mit jemand anderem zusammen wäre, hätte Carmen keine Chance, ihn zu gewinnen. Das würde Silas den Weg frei machen.

Warum sollte er sie also in Bezug auf ein Zusammensein mit Sage warnen?

Es sei denn, er wollte Carmen unbedingt seine Loyalität beweisen. Beweisen, dass er buchstäblich alles tun würde, was sie von ihm verlangte. Vielleicht wollte er nach Los Angeles ziehen und dachte, wenn er Carmens Wünschen Folge leistete, würde sie ihm einen Job besorgen.

Verdammt, vielleicht war er einfach nur ein Arschloch, das sie schikanieren wollte.

Zitas Kopf schmerzte. Nichts ergab einen Sinn. Plötzlich fühlte sie sich wie in einer dieser Liebesdreiecksgeschichten aus einer Krimiserie. Eine, die für einen oder mehrere der Beteiligten schlecht endete.

Oder sie wurde verarscht. War eine Kamera auf sie gerichtet? Würde Henry gleich lächelnd vorbeikommen und ihr sagen, dass sie für die Outtakes verarscht worden war?

Nein. Er war viel zu sehr in die Szene vertieft, die er filmte. Die Hubschrauber. Verdammt, *alle* hatten den Kopf nach hinten geneigt und schauten zu, was am Himmel vor sich ging. Es war der perfekte Zeitpunkt für Silas, ihr zu drohen – wenn er das wirklich vorhatte; sie war sich immer noch nicht ganz sicher –, denn niemand achtete auf sie.

Ein Schauer lief Zita über den Rücken. Sie hatte den Mann noch nie gemocht und hatte keine Ahnung, was er tun würde, wenn sie sich nicht von Sage fernhielt. Silas hatte nichts gesagt. Er hatte nur »sonst« gesagt, wie ein Bösewicht aus einem Film ... was buchstäblich alles bedeuten konnte.

Mit einem tiefen Atemzug presste Zita die Lippen aufeinander. Sie und Sage hatten gerade etwas Wunderbares begonnen. Sie hatte gerade beschlossen, nach Virginia zu ziehen. Sie würde sich nicht von einem Arschloch einschüchtern lassen, das sie gerade erst kennengelernt hatte.

Was auch immer Silas' Gründe waren, er konnte sie sich sonst wohin stecken. Die Dreharbeiten in Virginia wären in ein paar Tagen vorbei, und alle würden nach Kalifornien zurückkehren, um dort den Film fertigzustellen, nachdem Logan etwas Zeit damit verbracht hatte, zu trainieren und sein verlorenes Gewicht wieder zuzulegen. Zita würde Silas und Carmen nie wiedersehen. Das hoffte sie zumindest.

Wenn sie herausfände, dass die Schauspielerin an einem Set sein würde, an dem Zita in Zukunft arbeiten sollte, würde sie den Job ablehnen.

Zita fühlte sich besser mit dem Wissen, dass es nicht mehr lange dauern würde, bis sie Silas zum letzten Mal sehen würde, und versuchte ihr Bestes, die Stimme in ihrem Kopf zum Schweigen zu bringen, die ihr sagte, dass sie seine Drohung nicht so schnell abtun sollte. Sie ärgerte sich darüber, dass jemand ihr das euphorische Gefühl nach ihrer Nacht mit Sage nehmen wollte. Sie hatten einen perfekten Abend verbracht, das Gespräch heute Morgen war genau das gewesen, was sie hören wollte ... und jetzt versuchte schon jemand, sie auseinanderzubringen.

Scheiß drauf. Scheiß auf *Silas*.

————

Obi-Wan fühlte sich großartig. Der Tag war fantastisch, sein bisher bester am Set, was keine Überraschung war, da er mit den Hubschraubern zu tun hatte, die er so sehr liebte. Die Piloten waren gut – natürlich nicht so gut wie die Night Stalkers, aber ein Laie, der den Film sah, würde keinen Unterschied bemerken.

Er vermisste das Fliegen, und das, obwohl es noch nicht einmal so lange her war. Hier zu sein und anderen beim Fliegen zuzusehen erinnerte ihn daran, wie sehr er seinen Job liebte. Er genoss die Zusammenarbeit mit seinen Teamkameraden und war stolz darauf, die Männer und Frauen, die ihr Leben für ihr Land riskierten, abzusetzen und wieder abzuholen.

Was er tat, wurde nicht immer geschätzt, meistens nicht einmal *wahrgenommen*, aber er brauchte keine öffentliche Anerkennung, er wollte einfach nur fliegen.

Er hatte ein schlechtes Gewissen, weil er den größten Teil des Tages in Gedanken versunken war, aber jedes Mal, wenn er sich nach Zita umsah – zugegebenermaßen nicht so oft, wie er es gern getan hätte –, war sie damit beschäftigt, mit jemandem zu reden, Blutdruck zu messen oder sich um andere kleinere Verletzungen zu kümmern, die am Set immer wieder auftraten.

Als er sich ihr am Ende des Tages näherte – staubig, verschwitzt und müde –, war er überrascht, dass sie so ... ängstlich aussah. Er hatte sie schon erschöpft, gereizt, glücklich, besorgt und sogar stolz gesehen. Aber nicht nervös, so wie sie gerade wirkte.

»Was ist los?«, fragte er, sobald er in Hörweite war.

Ihre Miene wurde sofort ausdruckslos und sie schenkte ihm ein unaufrichtiges Lächeln. »Nichts. Sieht aus, als hättest du einen tollen Tag gehabt.«

Obi-Wan würde es jedoch nicht auf sich beruhen lassen, obwohl sie offensichtlich wollte, dass er es tat. Er musste wissen, was sie bedrückte. Er mochte es nicht, im Dunkeln zu tappen, wenn ihr augenscheinlich etwas auf dem Herzen lag. Natürlich hatte sie das Recht, ihre Gefühle für sich zu behalten, aber nach der letzten Nacht und dem heutigen Morgen, in denen ihm bewusst geworden war, wie viel sie ihm bedeutete, fühlte er sich dennoch ein wenig verletzt.

Bei seiner Bemerkung, dass die Besitzerin des Motels es möglicherweise nicht gut fand, dass sie als Unverheiratete ein Zimmer teilten, hatte er einen Moment lang nur daran denken können, wie Zita in einem weißen Kleid vor ihm stand, während sie sich versprachen, einander für den Rest ihres Lebens zu lieben und zu ehren.

Er hatte noch nie zuvor über seine eigene Hochzeit nachgedacht. Es war etwas, von dem er immer angenommen hatte, dass es entweder passieren würde oder nicht, und doch konnte er heute Morgen das Bild der beiden, wie sie sich für ihre Hochzeit schick machten, nicht aus dem Kopf bekommen.

Zum Glück hatte sie ihn nicht gefragt, was er dachte, denn er war sich nicht sicher, ob er seine Gedanken für sich hätte behalten können. Und es war definitiv zu früh, um überhaupt an Heirat zu denken.

»Sprich mit mir. Bitte«, sagte er leise und strich ihr sanft über den Oberarm.

Sie seufzte. »Es ist nichts Schlimmes. Zumindest glaube ich das. Ich habe mich darum gekümmert.«

»Worum hast du dich ›gekümmert‹?«, fragte er, spürte, wie er sich verkrampfte, und bemühte sich, seine Stimme ruhig zu halten.

»Silas.«

Obi-Wan wartete darauf, dass sie es näher ausführte, und als sie es nicht tat, runzelte er die Stirn. »Was ist mit ihm? Was hat er getan?«

»Es war seltsam, Sage. Er hat mir gesagt, ich solle mich von dir fernhalten, aber er wollte mir nicht sagen warum.«

»Was zum *Teufel*?«, fragte Obi-Wan stirnrunzelnd.

»Nicht wahr? Aber es ist okay. Denn ich werde mich *nicht* von dir fernhalten. Also, was soll's.«

Obi-Wan war nicht annähernd so bereit, die Sache auf sich beruhen zu lassen, wie sie. Er drehte sich auf der Suche nach Silas um, aber Logan und sein Leibwächter waren längst vom Set verschwunden.

Er schmiedete bereits Pläne, bei der Frühstückspension vorbeizuschauen und mit dem Mann zu sprechen, der es gewagt hatte, sich in seine Beziehung zu Zita einzumischen, als er eine Hand auf seinem Arm spürte.

»Sage, es ist in Ordnung. Ich weiß nicht, warum es ihn interessiert, ob wir zusammen sind oder nicht, aber ich werde mich keine Sekunde länger mit ihm beschäftigen. Ich möchte mich lieber auf uns konzentrieren.«

Sie hatte recht ... und doch konnte Obi-Wan das plötzliche ungute Gefühl in seinem Bauch nicht abschütteln. Er hatte gesehen, wie der Mann Zita die meiste Zeit der Woche angestarrt hatte. Nicht wie jemand, der an ihr interessiert war, sondern auf eine eher berechnende Art und Weise. Es war seltsam, wie Zita gesagt hatte. Und seltsam war nicht gut, besonders wenn es um die Frau ging, die ihm alles bedeutete.

»Komm, lass uns nach Hause fahren. Na ja, zurück zum Motel«, drängte Zita.

Er ließ sich von ihr zu seinem Jeep ziehen, nahm sich aber vor, Silas nicht zu unterschätzen. Er würde ihn im Auge behalten, und sobald ihm etwas verdächtig vorkam, würde er dem Mann klarmachen, dass Zita tabu war.

Obi-Wan hatte keine Angst vor den angeblichen Leibwächter-Fähigkeiten des Mannes. Oder vor der Waffe, die er trug. Das Night-Stalker-Training war intensiv, und er war zuversichtlich, dass er sich gegen jeden behaupten konnte, egal wie gut dieser war.

Aber Zita konnte das nicht. Und genau das machte ihm Sorgen. Er konnte nicht immer da sein, um auf sie aufzupassen. Nicht dass sie das wollte, aber er wollte sie trotzdem so gut wie möglich beschützen.

Als sie wieder in Fallport eintrafen, waren sie beide nach einem langen Tag müde, also parkte Obi-Wan auf dem Marktplatz und ging in den Imbiss, um etwas zum Mitnehmen zu bestellen.

Im Jeep roch es auf der kurzen Fahrt zum Motel fantastisch, und sobald sie in ihrem Zimmer waren, stürzten sie sich beide gierig auf die Mahlzeit.

Was folgte, war eine weitere Nacht mit dem besten Sex, den Obi-Wan je gehabt hatte. Es war nichts Wildes oder Verrücktes, aber das brauchten sie auch nicht. Sich in der Missionarsstellung zu lieben und dabei in Zitas Augen zu schauen reichte Obi-Wan völlig aus, um sich wie der glücklichste Mann der Welt zu fühlen. Als er spürte, wie sie um ihn herum kam, wie ihre Muschi ihn umklammerte, als sie über den Abgrund flog, raste er hinter ihr her.

Diese Frau hatte sein Leben verändert, und er fühlte sich wie ein neuer Mensch. Sie hatten einige Herausforderungen vor sich: Sie musste nach Kalifornien zurückkehren und sich um ihr Leben dort kümmern, dann packen, nach Virginia ziehen, eine Wohnung und einen Job finden ... es war eine Menge. Obi-Wan war sich der Opfer bewusst, die sie brachte, um mit ihm zusammen zu sein, und er schwor sich, sie niemals als selbstverständlich anzusehen. Oder all das abzutun, was sie veränderte und aufgab, um nach Virginia zu ziehen.

Bevor er in dieser Nacht einschlief, Zita wieder fest in seinen Armen haltend, wanderten seine Gedanken erneut zu

Silas Graves. Was zum Teufel hatte dieser Mann gemeint, als er Zita sagte, sie solle sich von ihm fernhalten? Was war sein Motiv? Er hatte keine Ahnung, aber er wollte kein Risiko eingehen. Sobald er zurück in Norfolk war, würde er mit Casper und den anderen sprechen. Er würde herausfinden, ob sie es für angebracht hielten, Tex deshalb anzurufen. Obi-Wan wollte den Mann nicht mit etwas Belanglosem belästigen, wenn er es vermeiden konnte. Denn er hatte mit Sicherheit mit lebenswichtigen Dingen zu tun.

Aber wenn auch nur die geringste Chance bestand, dass Zita in Gefahr war, würde er jeden anrufen, den er musste, um ihre Sicherheit zu gewährleisten.

KAPITEL ACHTZEHN

Die Dreharbeiten waren abgeschlossen.

Der Film war fertig. Zumindest die Teile, die in Virginia gedreht werden konnten.

Der Rest der Woche verging wie im Flug, und die After-Party fand auf dem Marktplatz statt. Die ganze Stadt Fallport war eingeladen.

Zita war so glücklich wie schon lange nicht mehr, aber sie war dennoch etwas nervös. Silas hatte sie nicht wieder angesprochen, aber sie spürte seinen Blick auf sich, während sie am Set war. Jedes Mal wenn sie ihn ansah, wandte er den Kopf ab und tat so, als hätte er sie nicht angestarrt. Das war beunruhigend ... und bereitete ihr so langsam Sorgen.

So sehr sie Fallport auch liebte, war sie doch froh, wieder unterwegs zu sein. Sie hatte noch zwei Nächte in Norfolk, bevor ihr Flugzeug nach L. A. startete. Es war ein seltsames Gefühl, sich darauf zu freuen, nach Hause zu kommen, nur um der seltsamen Stimmung zu entkommen, die Silas verbreitete, und gleichzeitig Angst vor dem Rückflug nach Los Angeles zu haben, weil das bedeutete, dass sie Sage verlassen würde.

Die letzten beiden Nächte waren alles gewesen, wovon sie

jemals geträumt hatte. Mit Sage konnte man gut zusammenleben ... wenn man das Schlafen in einem Motel als »Zusammenleben« bezeichnen konnte. Ihre Nächte waren wie aus einem Liebesroman. Sexy, leidenschaftlich und voller Gespräche und Nähe danach.

Je mehr Zeit sie mit Sage verbrachte, desto sicherer wurde sie sich, dass ihre Entscheidung, nach Virginia zu ziehen, richtig war. Er konnte offensichtlich nicht weggehen, also lag es an ihr, Hollywood ein für alle Mal hinter sich zu lassen, wenn sie wirklich wollte, dass diese Beziehung funktionierte. Und es war an der Zeit. Sie war fünfunddreißig Jahre alt und wollte ein Leben, etwas außerhalb der Welt des Films und der Medizin. Sie liebte beides, aber sie tat selten etwas anderes als zu arbeiten. Sie brauchte mehr Ausgeglichenheit.

Und sie hatte große Hoffnungen, dass eine Beziehung mit Sage ihr genau das bieten würde. Das Gleichgewicht, nach dem sie sich sehnte. Eine Familie.

Es würde nicht einfach werden. Mit jemandem zusammen zu sein, der beim Militär war, war kein Zuckerschlecken. Vor allem nicht mit jemandem, der einen Job wie Sage hatte. Er konnte jederzeit auf eine Mission geschickt werden und durfte ihr nichts darüber sagen, wohin er ging, was er tat oder wann er zurückkommen würde.

Aber sie freute sich darauf, es zu versuchen. Und auch darauf, Laryn und Mandy besser kennenzulernen. Sie mochte die beiden Frauen bereits und hatte angeboten, alles in ihrer Macht Stehende zu tun, um für Laryn und ihr Baby da zu sein, wenn es geboren war.

Zita lächelte, weil ihr der Gedanke gefiel, in Virginia zu sein und sich einzuleben, bevor die andere Frau ihr Baby bekam, und warf einen Blick auf Sage. Sie hatten sich gemächlich auf den Weg zurück nach Norfolk gemacht, und mit jedem Kilometer, den sie zurücklegten, hatte sie das Gefühl, Silas und seine seltsamen Blicke und Drohungen hinter sich zu lassen. Sie hatte keinen Grund, ihn wiederzusehen, und es fühlte sich an, als sei eine große Last von ihren Schultern genommen worden.

»Du kommst heute Abend zu mir, oder?«, fragte Sage.

»Wenn das okay ist.«

»Das ist mehr als okay. Allerdings muss ich morgen arbeiten. Ich muss früh los und werde wahrscheinlich bis zum späten Nachmittag unterwegs sein. Es tut mir leid, aber da ich weg war, habe ich ...«

»Du musst dich nicht entschuldigen«, sagte Zita schnell. »Ich verstehe das. Ich muss sowieso noch etwas Papierkram erledigen und ein paar Anrufe tätigen. Das Studio war so freundlich, mir noch zwei Nächte im Motel zu reservieren, und wenn du mich morgen früh dort absetzen kannst, kann ich schon mal anfangen, mein Leben in Kalifornien aufzulösen.«

»Du könntest bei mir bleiben und das erledigen«, bot Sage an.

»Ich weiß, und ich weiß das zu schätzen. Aber ich habe am Vormittag noch ein Treffen mit dem Produzenten und einigen Assistenten. Wir müssen noch Berichte fertigstellen und logistische Dinge klären, und ich muss ihnen meinen Bericht über Verletzungen für die Arbeitsschutzbehörde geben. Dafür haben sie einen kleinen Konferenzraum im Motel gebucht, also müsste ich sowieso dorthin fahren. Du kannst mir morgen Nachmittag eine SMS schicken, wenn du fertig bist, und mich auf dem Heimweg mitnehmen ... wenn das okay ist.«

»Das ist perfekt. Silas wird nicht da sein, oder?«, fragte Sage.

»Nicht dass ich wüsste. Sein Vertrag ist abgelaufen, seit Logan abgereist ist, also hat er keinen Grund, morgen an der Besprechung teilzunehmen.«

»Gut. Okay. Möchtest du heute Abend etwas Bestimmtes zu essen?«

Zita grinste ein wenig verschmitzt. »Ich bin noch satt von dem Essen auf der Abschlussparty gestern Abend und dem leckeren Frühstück heute Morgen. Ich dachte mir, wir könnten an unserem letzten freien Tag noch einen *Star-Wars*-Film anschauen und ausprobieren, wie einfach es ist, in deinem großen Sessel Liebe zu machen.«

»Verdammt, Frau«, murmelte Sage und rutschte auf seinem Sitz hin und her.

Zita lachte, weil sie die Erektion in seiner Hose sehen konnte. »Tut mir leid«, sagte sie ohne einen Hauch von Reue. »Ich hatte mehr als einen unanständigen Gedanken, als wir vor unserer Abreise nach Fallport zusammen ferngesehen haben.«

»Du auch?«, fragte Sage mit einem Lächeln.

Das. Das war es, was sie immer gewollt hatte. Einen Partner, mit dem sie lachen konnte. Den sie necken konnte. Jemanden, mit dem sie eine unglaubliche Chemie hatte. Und Sage war alles, wovon sie jemals geträumt hatte, und noch viel mehr. Oh, sie hatte keinen Zweifel daran, dass sie sich mit der Zeit streiten würden. Aber im Moment genoss sie es, wie einfach es war, mit ihm zusammen zu sein.

»Danke, dass du uns eine Chance gibst«, sagte er nach einem Moment mit ernster Stimme. »Dass du bereit bist, so viel zu opfern, um nach Virginia zu ziehen. Du wirst nie wissen, wie viel mir das bedeutet. Ich werde dich niemals als selbstverständlich ansehen. Ich werde niemals das als selbstverständlich ansehen, was du aufgibst.«

»Ich gebe nichts auf, was ich hier nicht auch haben kann«, erwiderte sie ehrlich. »Und was ich möglicherweise gewinne, ist es wert, ans andere Ende der *Welt* zu ziehen, nicht nur ans andere Ende des Landes.«

»Nicht *möglicherweise*«, antwortete er fast heftig. »Ich werde das nicht versauen. Ich werde dich diese Entscheidung nicht bereuen lassen. Ich werde jeden Tag dafür sorgen, dass du verstehst, wie viel du mir bedeutest und wie sehr ich dich respektiere und bewundere.«

»Sage«, sagte Zita leise, überwältigt von ihren Gefühlen für diesen Mann.

Er streckte ihr seine Hand entgegen, und sie ergriff sie sofort und drückte seine Finger. Sie fuhren den Rest des Weges nach Hause, ihre Hand in seiner, und Zita hatte das Gefühl, endlich den Ort gefunden zu haben, an den sie immer gehört hatte. An die Seite dieses Mannes.

»Härter, Sage! *Mehr.* Gib mir mehr!«

Zita befand sich auf allen vieren auf seinem Bett, und Sage war hinter ihr und stieß so verzweifelt in sie hinein, wie sie sich gegen ihn drückte. Sie hatten auf seinem Sessel angefangen, aber als ihre Begierde immer stärker wurde, geriet alles schnell außer Kontrolle.

Er hatte Zita auf seinen Schoß gesetzt, sodass sie ihn ritt, aber wegen des ultraweichen Kissens unter ihren Knien konnte sie nicht genügend Kraft aufbringen, um ihn so hart zu nehmen, wie beide es wollten.

Schließlich knurrte er etwas vor sich hin, hob sie von seinem Schwanz, warf sie sich über die Schulter und trug sie zu seinem Bett, wo er sie hinwarf, sie so drehte, dass sie auf Händen und Knien war, und wieder in sie eindrang.

Und genau dort befanden sie sich jetzt. Zita sah Sterne und stand kurz vor einem Orgasmus von solcher Intensität, dass es fast beängstigend war, während Sage am Ende des Bettes stand, ihre Hüften festhielt und sie nahm.

»Komm für mich, Zita. Ich muss es an meinem Schwanz spüren.«

Seine Worte erregten sie noch mehr. Aber erst als er eine Hand bewegte, sodass er mit dem Finger grob ihre Klitoris massierte, kam sie zum Höhepunkt.

Sie stieß einen halb weinerlichen, halb schreienden Laut aus, während ihr Körper zitterte. Der Orgasmus hielt an, bis Zita glaubte, sich nicht mehr aufrecht halten zu können. Sage stieß noch einmal in sie hinein und erstarrte, während er laut stöhnte. Das Geräusch war unglaublich sexy und ließ Zitas Muskeln zucken.

Als es vorbei war, atmeten beide schwer. Sie lagen regungslos da, als wollten sie diesen Moment in ihrem Gedächtnis festhalten. Zumindest Zita tat das.

Wahrscheinlich spürte er, wie zittrig sie war, denn Sage zog sich fast sofort zurück, was schade war, aber es war eine Erleichterung, als er sie sanft auf die Matratze legte und sie dabei auf den Rücken drehte. Dann kletterte er auf das Bett, legte ein Bein über ihre Oberschenkel, seinen Arm über ihre Brust und vergrub seine Nase in ihrer Halsbeuge.

Zita lächelte. Sie liebte es, als Kissen benutzt zu werden, so wie er es gerade tat. Sie fühlte sich von ihm umgeben. Warm und erfüllt. Sicher.

»Ich werde nie wieder auf diesem Sessel sitzen können, ohne sofort einen Ständer zu bekommen«, murmelte er an ihrer Haut.

Sie kicherte. »Ich kann ja immer noch auf dem anderen Sessel sitzen. Du hast schließlich zwei.«

»Auf keinen Fall. Es ist die schönste Qual, dich auf meinem Schoß zu haben.«

Ihr Lächeln wollte nicht verschwinden. Zita fuhr mit ihrer Hand träge über den Arm auf ihrer Brust. Sie mochte das. Nein, sie *liebte* es sogar. Hier mit Sage zu liegen. Ihr Körper kribbelnd vom Orgasmus, ein wenig wund zwischen den Beinen und ohne den geringsten Zweifel, dass der Mann neben ihr für sie bestimmt war.

»Ich bin mir nicht sicher, ob ich es mag, dass du mich und Qual in einem Satz erwähnst«, neckte sie ihn.

Sage hob den Kopf und sah sie lange an. Dann sagte er: »Ich habe es nicht verstanden. Ich habe die Verbindung zwischen Casper und Laryn oder Buck und Mandy nicht wirklich verstanden. Aber jetzt verstehe ich es. Ich fühle mich wie ein anderer Mann als vor unserer Begegnung. Mitfühlender, entschlossener, der beste Pilot zu sein, der ich sein kann, damit ich zu dir nach Hause kommen kann. Damit die Männer und Frauen, die ich transportiere, zu ihren Lieben nach Hause kommen können. Damit meine alleinstehenden Teamkameraden am Leben bleiben und ihre Seelenverwandten finden können. Ich dachte, jemanden zu lieben sei beängstigend. Dass es meine Leidenschaft für das Fliegen verändern würde. Für den Dienst an meinem Land. Stattdessen hat es sie noch verstärkt.«

»Sage«, flüsterte Zita, ohne zu wissen, ob er überhaupt eine Ahnung hatte, was er gerade gesagt hatte.

»Es ist, als sei plötzlich eine Lücke in mir gefüllt worden. Das klingt total kitschig, aber so fühle ich mich. Ich mag es zu wissen, dass du bei mir bist, wenn ich auf einer Mission bin. Dass du in meinen Gedanken bist, wenn die Kacke am Dampfen ist, weil ich das Gefühl habe, dass es mir hilft, mich zu konzentrieren. Zu tun, was getan werden muss, damit ich zu dir nach Hause kommen kann. Das macht mir überhaupt keine Angst. Es gibt mir Kraft. Es macht mich noch entschlossener, der beste Pilot zu sein, der ich sein kann. Der beste Partner.

Ich liebe dich, Zita. Ich ... du ... *Verdammt*. Es ist unmöglich in Worte zu fassen, *wie sehr* ich dich liebe.«

»Ich glaube, du hast es gerade getan«, sagte Zita leise. Sie war von seinem Geständnis überwältigt. Sie empfand fast genauso wie er. Dass er sie zu einem besseren Menschen machte, weil sie wollte, dass er stolz auf sie war. Dass sie das Leben anderer Menschen retten wollte, damit sie weiterhin mit ihren Lieben zusammen sein konnten. War das Liebe? Sie hatte keine Ahnung, denn sie hatte noch nie für jemanden so empfunden wie für diesen Mann. Als würde sie ohne ihn zu einer winzigen Rosine schrumpfen und verkümmern.

Wie dramatisch ... sie machte sich lächerlich. Oder etwa nicht?

Sage bewegte sich und küsste sie ehrfürchtig auf die Wange, bevor er den Kopf wieder senkte und sich dichter an sie schmiegte.

War er traurig, dass sie seine Worte nicht erwidert hatte? Er schien es nicht zu sein, aber Zita hatte keine Erfahrung damit. Die Worte blieben ihr im Hals stecken. Sie wollte sie aussprechen, aber etwas hielt sie zurück. Vielleicht ihr Selbsterhaltungstrieb?

Sie war sich sehr wohl bewusst, dass sie alle Opfer in dieser Beziehung brachte, indem sie ihren Job kündigte und quer durchs Land zog, aber das war für sie in Ordnung. Sie *wollte* umziehen. Sie war bereit für eine Veränderung. Aber wenn Sage doch entscheiden würde, dass sie nicht die Richtige für ihn war, dass er sich in seiner Liebe zu ihr getäuscht hatte, würde das sie so sehr zerstören, dass sie nicht sicher war, ob sie sich davon jemals erholen würde.

»Schlaf, Zita. Hör auf, so viel nachzudenken. Das hier wird funktionieren. Ich verspreche es dir. Du wirst sehen.«

Zita entschied, dass es ihr nichts bringen würde, sich über die Zukunft Gedanken zu machen, atmete tief durch und schloss die Augen. Es gab keinen Grund, all ihre Gefühle in diesem Moment offen zu zeigen. Der Sex war gut – nein, er war verdammt fantastisch –, aber das war kein Grund, ihm zu sagen, dass sie ihn liebte. Sie hatte Zeit. Sie beide hatten Zeit. Ihr gemeinsames Leben hatte gerade erst begonnen. Es gab keinen Grund, etwas zu überstürzen.

Nachdem Zita sich besser fühlte, schlief sie innerhalb weniger Minuten ein, glücklicher als seit langer Zeit.

KAPITEL NEUNZEHN

Obi-Wan fühlte sich fantastisch. Die letzte Nacht war …

Ihm fiel kein Adjektiv ein, um angemessen zu beschreiben, was sie gewesen war. Er hatte voreilig gehandelt, als er Zita sagte, dass er sie liebte, das war ihm klar, aber es machte ihm nichts aus, dass sie es nicht erwidert hatte. Die Frau mochte ihn, das stand außer Frage. Aber er hatte sie zweifellos überrascht, und er wollte auf keinen Fall, dass sie ihm aus Pflichtgefühl oder weil sie es für angebracht hielt sagte, dass sie ihn liebte.

Der heutige Tag würde für beide lang werden. Obi-Wan musste sich über die Arbeit des Teams und die Besprechungen informieren, die während seiner Abwesenheit stattgefunden hatten. Außerdem freute er sich darauf, wieder in die Luft zu kommen. Es war nur eine Woche gewesen, aber er konnte es kaum erwarten, wieder neben Buck auf dem Co-Pilotensitz zu sitzen. Zita hatte die Abschlussbesprechung, bei der sie ihren Bericht über die Verletzungen vorlegen würde, die sie am Set behandelt hatte. Dann musste sie noch viel über Jobs und Wohnungen in Virginia recherchieren. Er würde sie am Abend wiedersehen, wenn er sie abholte, um sie zu sich nach Hause zu bringen.

Sie hatten noch eine Nacht zusammen, bevor sie nach Kalifornien zurückkehren würde, um ihr Leben dort aufzugeben.

Er würde sie während ihrer Abwesenheit wahnsinnig vermissen, aber er würde sein Bestes tun, um geduldig zu sein, denn am Ende würde sie nur wenige Minuten statt Tausende von Kilometern entfernt wohnen.

Nachdem er Haferflocken und Pfannkuchen sowie große Tassen Kaffee für sie beide zubereitet hatte, seufzte er. »Bist du fertig?«

»Ja. Es fühlt sich seltsam an, dass wir den Tag nicht zusammen verbringen werden. Ich habe mich zu sehr daran gewöhnt, den ganzen Tag aufzublicken und dich zu sehen.«

Sie hatte recht. »Mir geht es genauso. Aber ich schreibe dir, sobald ich kann, ich möchte wissen, wie dein Treffen heute Vormittag läuft.«

»Okay. Ich glaube, meine Präsentation ist nach dem Mittagessen, aber ich sage dir noch genau Bescheid.«

»In Ordnung.« Obi-Wan streckte die Arme nach Zita aus, um sie noch einmal zu umarmen, bevor sie ihren Tag begannen. Sie hielt sich an ihm fest, während sie in der Diele seiner Wohnung standen. Ab heute würde alles anders sein, und er war sich nicht sicher, ob er dafür bereit war. Genau wie sie hatte er es genossen, mit ihr reden zu können, wann immer er wollte. Sie am Set zu sehen. Ihr bei der Arbeit zuzusehen. Aber obwohl es ihm schwerfiel, in den Alltag zurückzukehren, freute Obi-Wan sich auch darauf. Zurück zu einer Routine – diesmal einer, zu der auch Zita gehörte.

Sie löste sich von ihm und lächelte ihn an. Er strich ihr sanft eine Haarsträhne hinter das Ohr. Sie hatte ihr Haar offen gelassen und beschlossen, erst in ihrem Motelzimmer zu duschen.

»Ich werde dich heute vermissen«, sagte sie leise.

»Ich dich auch. Aber wir sehen uns bald wieder.«

»Ich weiß. Wir müssen los, damit du nicht zu spät kommst. Casper wird dich fertigmachen, wenn du an deinem ersten Tag zu spät bist.«

»Er wird mich sowieso fertigmachen«, sagte Obi-Wan lachend. »Nur weil er es kann. Und um mich dafür zu bestrafen, dass ich letzte Woche nicht trainiert habe.«

»Ich weiß nicht, mir scheint, du hattest gestern Abend ein tolles Training.«

Er lachte leise. »Stimmt.« Dann beugte er sich zu ihr hinunter, küsste sie auf die Stirn, drehte sich um und hob ihren Notfallkoffer an. Er hatte sich schon daran gewöhnt, das Ding herumzuschleppen. Er war nicht leicht, und er war erneut beeindruckt, wie mühelos Zita damit am Set umging. Er hatte ihr angeboten, ihn bei ihm zu lassen, aber sie bestand darauf, dass sie ihre medizinischen Utensilien in der Nähe haben wollte, auch wenn sie nicht vorhatte, sie zu brauchen ... nur für den Fall.

Während der Fahrt zum Motel hielt er ihre Hand. Es war noch dunkel, und er würde definitiv zu spät zu seinem Training mit dem Team kommen, aber das war ihm egal. Es war viel wichtiger, dass Zita sicher in ihrem Zimmer ankam.

Er parkte vor dem Zimmer, das ihr zugewiesen worden war, und sprang vom Fahrersitz. Er begleitete Zita zur Tür und blieb stehen, während sie aufschloss, die Hand ins Zimmer streckte und das Licht einschaltete. Das Zimmer war nichts Besonderes. Es sah genauso aus wie das letzte, das sie gehabt hatte. Obi-Wan stellte ihren Notfallkoffer direkt hinter der Tür ab, während sie ihre Koffer ins Zimmer zog. Dann nahm er sie in die Arme, da er sich nicht zurückhalten konnte, und küsste sie leidenschaftlich. Er wollte ihr ohne Worte zeigen, dass er es gestern Abend ernst gemeint hatte, als er ihr gesagt hatte, dass er sie liebte. Er war nicht nur von großartigem Sex oder den

Nachwirkungen eines unglaublichen Orgasmus überwältigt gewesen.

Sie atmeten beide schwer, als er sich schließlich dazu zwang, sie loszulassen.

»Verdammt«, hauchte Zita.

Obi-Wan grinste. »Wir sehen uns heute Abend. Ich schreibe dir, um zu hören, wie es läuft.«

»Okay. Ich dir auch. Ich will wissen, wie sehr Casper und die anderen dich wegen der fehlenden Woche Arbeit und des Trainings fertigmachen.«

Obi-Wan verdrehte die Augen. »Ich komme schon klar mit ihnen. Bis später, Schatz.«

»Tschüss«, sagte sie leise.

Obi-Wan ging zurück zu seinem Jeep und sah, wie Zita aus dem Fenster spähte. Sie winkte, und er nickte ihr zu. Dann zwang er sich, aus der Parklücke zu rollen und loszufahren.

Zita leckte sich die Lippen und lächelte, als sie dort Sage schmeckte. Der Mann war wirklich heiß. Die Umarmung, die er ihr heute Morgen gegeben hatte? Es war eine der besten Umarmungen gewesen, die sie je bekommen hatte. Spontan und »einfach so«. In Sages Armen zu liegen fühlte sich an, wie nach Hause zu kommen. Denn wo immer er war, war ihr Zuhause. Das war ihr klar geworden, als sie in seiner Umarmung gestanden und einfach den Moment genossen hatte.

Sie nahm an, dass sie deshalb keine großen Bedenken hatte, ihr Leben in Kalifornien auf den Kopf zu stellen. Sie wollte dort sein, wo Sage war. Es war ihr egal, ob sie in seiner Wohnung, in ihrer, in Virginia oder in Timbuktu lebten. Hauptsache sie waren zusammen.

Mit einem leisen Lachen hob sie ihren kleineren Koffer auf.

Sie legte ihn auf das Bett, öffnete ihn und holte ihre Kulturtasche heraus. Sie legte sie beiseite und durchsuchte weiter ihre Sachen, auf der Suche nach dem einen Satz schönerer Kleidung, den sie für die heutigen Besprechungen eingepackt hatte.

Ein Klopfen an der Tür ließ sie aufblicken. Lächelnd und kopfschüttelnd fragte sie sich, was Sage wohl vergessen hatte, und ging zur Tür.

»Was hast du ...«

Die Worte blieben ihr im Hals stecken, als sie sah, dass nicht Sage vor der Tür stand.

Es war Silas Graves.

Sie hatte keine Gelegenheit zu fragen, was er hier tat oder was er wollte.

Er holte mit der Faust aus und traf sie mit voller Wucht ins Gesicht.

Zita ging zu Boden wie ein Stein, eine Hand instinktiv an die Wange gepresst. Der Schmerz war überwältigend. Er schoss ihr wie eine Welle durch das Gesicht und den ganzen Körper hinunter.

Silas gab ihr keine Sekunde Zeit, sich zu erholen. Er griff nach ihrem T-Shirt, packte es mit seiner fleischigen Faust und hielt sie fest, während er seinen Arm erneut zurückzog.

Zita versuchte, sich vor dem Schlag zu schützen, aber sie war zu langsam. Zu benommen, um ihr Gesicht zu bedecken.

Diesmal waren die Schmerzen so stark, dass ihr Körper sie nicht mehr aushalten konnte. Alles wurde schwarz, als sie sich der qualvollen Folter ergab.

Als sie wieder zu sich kam, blinzelte Zita – und merkte sofort, dass diese kleine Bewegung ihren Kopf so stark zum Pochen brachte, dass ihr übel wurde. Sie hatte keine Ahnung, wo sie war, außer dass es dunkel war. Sie musste sich mit aller Kraft zusammenreißen, um sich nicht zu übergeben.

Die Schmerzen in ihrem Kopf und Gesicht hatten nicht nachgelassen, aber schließlich wurde ihr klar, dass sie in einem Fahrzeug war. Genauer gesagt im Kofferraum eines Fahrzeugs. Das Brummen des Motors, die Art, wie ihr Körper hin und her schwankte, wenn das Fahrzeug die Spur wechselte oder abbog, und die Dunkelheit sagten ihr, dass sie hier in einer verdammt üblen Lage steckte.

Zita gab sich alle Mühe, nicht in Panik zu geraten, und tastete langsam nach der Stelle, an der sie die Bremslichter vermutete. Sie hatte mehr als ein Video gesehen, in dem gezeigt wurde, wie man aus einem Kofferraum entkam, wenn man darin eingesperrt war. Wie man die Lichter ausschaltete, damit der Fahrer vielleicht angehalten wurde. Oder wie man sie komplett herausschlug und eine Hand herausstreckte, damit die Insassen anderer Fahrzeuge sehen konnten, dass man um Hilfe winkte.

Aber es war stockdunkel im Kofferraum, und sie konnte nichts sehen. Sie hatte auch kein Werkzeug, um die Schrauben zu lösen, mit denen die Abdeckungen für die elektrischen Leitungen der Lichter befestigt waren.

Frustriert beschloss Zita, dass es vielleicht das Beste sei zu schreien. Vielleicht würde jemand an einer Ampel sie hören und die Polizei rufen.

Sie wartete, bis das Fahrzeug anhielt, dann schrie sie aus voller Kehle.

»Hilfe! Ich bin im Kofferraum! Ich wurde entführt! Rufen Sie die Polizei! Bitte! Feuer! Feuer! Wählen Sie den Notruf!«

Sie hatte einmal gehört, dass Hilferufe normalerweise niemanden zum Handeln veranlassen, aber wenn man von einem Feuer sprach, würde wahrscheinlich eher jemand etwas unternehmen.

Ihr Schreien löste tatsächlich eine Reaktion aus. Aber

soweit sie das beurteilen konnte, kam sie nicht von jemandem, der ihr helfen würde. Silas – sie nahm an, dass es dieser Arsch am Steuer war, da er sie geschlagen hatte – schaltete das Radio ein. *Laut.*

Das Geschrei ließ ihren Kopf noch stärker pochen als zuvor. In Kombination mit der plötzlich dröhnenden Musik konnte sie das Erbrochene, das ihr schon seit einiger Zeit in der Kehle lag, nicht mehr zurückhalten.

Das fantastische Frühstück, das sie vor nicht allzu langer Zeit gegessen hatte, kam mit voller Wucht wieder hoch.

Zita gab ihr Bestes, um sich neben sich zu übergeben, aber als ihr Magen leer war, verschlimmerte der Geruch im Kofferraum ihr Elend nur noch mehr.

Tränen traten ihr in die Augen. Sie wollte stark sein. Sie wollte jemand sein, der sich selbst retten konnte. Sie hatte auch Videos gesehen, in denen Frauen sich aus Kabelbindern befreiten, ihren Angreifern entkamen und im Grunde genommen richtig cool waren. Und jetzt lag sie hier, praktisch in ihrer eigenen Kotze, unfähig, irgendetwas zu tun, um sich zu retten.

Sie hatte immer noch keine Ahnung, warum Silas sie entführt hatte. Er hatte nichts gesagt, bevor er sie geschlagen hatte, und sie war bewusstlos gewesen, als er sie in den Kofferraum geworfen hatte. Sie hatte keine Ahnung, wohin sie fuhren.

Die Tränen liefen ihr über die Wangen und verursachten ihr noch mehr Schmerzen, als die salzige Flüssigkeit in die offene Wunde in ihrem Gesicht sickerte, die Silas ihr mit den Knöcheln zugefügt hatte.

Wie lange sie schon fuhren, wusste Zita nicht. Es kam ihr vor, als sei sie stundenlang in der Dunkelheit gewesen, bevor der Wagen wieder langsamer wurde. Es fühlte sich an, als würden sie über Kies oder vielleicht auf einer unbefestigten Straße fahren. Das machte ihr erneut Angst. Hatte er sie aufs Land gebracht? Würde er sie erschießen und dort liegen lassen? Oder schlimmer noch, ihre Leiche vergraben, damit niemand sie jemals finden würde?

Zitas Gedanken wanderten sofort zu Sage. Er würde sich fragen, wo sie hingegangen war. Er würde bestimmt nach ihr suchen, aber wie sollte er sie finden, wenn sie unter der Erde lag? Ihre Eltern würden nie erfahren, was passiert war, ihr Bruder würde wahrscheinlich verrückt werden, während er nach ihr suchte.

Die verdammten Tränen, die sie kurz zurückhalten konnte, begannen wieder zu fließen. Sie war überwältigt und verängstigt.

Sie glaubte, Silas mit jemandem sprechen zu hören, aber die Musik war zu laut, als dass sie etwas verstehen konnte, und als sie den Mund öffnete, um erneut zu schreien, setzten sie sich wieder in Bewegung. Allerdings viel langsamer als zuvor.

Sie leckte sich die Lippen – eher darüber verärgert, dass sie Sage nicht mehr schmecken konnte, als darüber, dass ihr Gesicht von Silas' Schlägen angeschwollen war – und versuchte, sich einen Plan zu überlegen, was sie tun würde, wenn der Kofferraum aufging.

Sie wusste nur zu gut, dass es keine gute Idee war, sich von einem Entführer irgendwohin bringen zu lassen. Sie war bewusstlos gewesen und hatte sich nicht gegen Silas wehren können, als er sie in den Kofferraum geworfen hatte, aber jetzt war sie wach. Und sie würde nicht sterben, ohne sich heftig zu wehren. Sie würde seine DNA unter ihre Fingernägel bekommen – *ihre* DNA befand sich bereits in Form von Erbrochenem in seinem Kofferraum. Sie würde ihm Kratzer zufügen, die niemand übersehen konnte.

Alles, was die Polizei und Sage direkt zu Silas Graves führen würde.

Es war ja nicht so, als wüssten sie nicht, wo sie anfangen sollten. Er war der einzige Mensch, mit dem sie in letzter Zeit Probleme gehabt hatte. Erst vor wenigen Tagen hatte er seine

»Sonst ...«-Drohung ausgesprochen. Gott sei Dank hatte sie Sage von der Begegnung erzählt. Silas wäre der Erste, den er in Bezug auf ihr Verschwinden verdächtigen würde.

Sie war so in Gedanken versunken, dass sie fast nicht bemerkte, dass das Fahrzeug angehalten hatte. Die Musik verstummte plötzlich, und Zita konnte ihr eigenes Atmen in der Stille um sich herum hören. Sie musste sich beruhigen. Langsamer atmen. Sie konnte das schaffen. Sie hatte keine Wahl. Sie wollte die Zukunft, die sie sich mit Sage erhofft hatte. Sie wollte ein neues Leben in Virginia beginnen. Sie wollte nicht sterben.

Die Kofferraumklappe sprang auf und Zita verkrampfte sich – dann stieß sie die Klappe schnell und kräftig nach oben in der Hoffnung, Silas' Kopf damit zu treffen.

Zu ihrer Überraschung stand niemand hinter dem Fahrzeug und wartete auf sie.

Zita setzte sich auf und sah sich um, um zu verstehen, wo sie war und was sie sah.

Überall gab es Unkraut und hohes Gras, dazu verrostete Fahrzeuge, Lastwagen und ... war das ein *Flugzeug*?

Auffälliger als die offensichtlich verlassenen Fahrzeuge war jedoch die Tatsache, dass der Ort, wo auch immer sie sich befanden, öde und verlassen war. Es war niemand zu sehen. Sie konnte den Wind wehen hören und den Geruch des Ozeans wahrnehmen. Es war unheimlich und beängstigend. Sie hatte darauf vertraut, um Hilfe rufen zu können, um die Aufmerksamkeit von jemandem in der Nähe auf sich zu lenken, der ihr helfen könnte. Sie hätte es besser wissen müssen.

Es war offensichtlich noch früh am Morgen. Sie war nicht so lange im Kofferraum gewesen, wie sie ursprünglich gedacht hatte, was bedeutete, dass sie wahrscheinlich auch nicht so lange bewusstlos gewesen war. Je näher sie Norfolk und Sage war, desto besser.

All diese Beobachtungen machte sie innerhalb von Sekunden – dann tauchte Silas an der Seite des Wagens auf.

Sie hatte keine Zeit, irgendetwas anderes zu katalogisieren oder sich zu überlegen, wie sie fliehen könnte. Als Silas nach ihr griff, reagierte sie einfach, stieß einen wütenden und verängstigten Schrei aus und versuchte, ihm ins Gesicht zu schlagen. Aber er war so viel größer und schneller. Er überwältigte Zita mühelos, indem er sie mit beiden Händen am Hals packte und sie zurück in den Kofferraum drückte.

»Entspann dich, Schlampe«, knurrte er.

Zita hatte keine Chance, tief Luft zu holen, bevor seine Finger sich um sie zusammenzogen. Ihre Hände flogen zu seinen, und sie krallte ihre Fingernägel verzweifelt in seine Haut, um ihn dazu zu bringen, sie loszulassen.

Das tat er nicht. Aber er würgte sie auch nicht wirklich. Er hielt sie nur fest, überwältigte sie – was sie noch wütender machte, weil sie wusste, dass sie so leicht zu kontrollieren war. Dass ihr Angriff so leicht abgewehrt werden konnte.

Also änderte Zita ihre Taktik und zielte auf sein Gesicht. Sie hielt sich nicht zurück und tat ihr Bestes, um ihm so viel Haut wie möglich zu zerkratzen und zu zerfetzen.

Silas knurrte und streckte seine Ellbogen, um sich aus ihrer Reichweite zu bringen.

In einem letzten verzweifelten Versuch zielte Zita auf sein Auge – und rammte ihren Daumen so fest sie konnte in die fast schwarze Kugel, die auf sie herabblickte.

Es funktionierte. Gott sei Dank.

Er ließ mit einem Schrei los und schlug sich mit der Handfläche vor das Gesicht.

Aber sie verlor ihren Vorteil, ihre Chance zu fliehen. Sie war zu sehr damit beschäftigt, Luft in ihre Lunge zu saugen und gleichzeitig aus dem Kofferraum zu klettern. Ein knallhartes Miststück zu sein war schwieriger, als es in Krimiserien oder Lehrvideos immer aussah.

Silas packte sie erneut am T-Shirt. Zita hörte, wie es riss, als er sie aus dem Kofferraum zog und brutal auf den Boden warf. Er trat ihr zweimal in die Seite, bevor er sie mit einem extrem festen und schmerzhaften Griff um ihren Oberarm aufrichtete.

»Geh, Schlampe, oder ich bringe dich hier und jetzt um.«

Da sie keine andere Wahl hatte, als zu gehen oder geschleift zu werden, stolperte Zita neben Silas her. Sie sah sich um, hatte aber immer noch keine Ahnung, wo sie waren, nur dass sie von riesigen rostigen Metallhaufen umgeben waren. Abgesehen von vereinzelten Fahrzeugen oder Lastwagen sahen die meisten wie Boote oder Schiffe aus. Nicht weit entfernt sah sie Wasser.

Silas wurde nicht langsamer. Er schlängelte sich zwischen den großen Konstruktionen hindurch, als wüsste er genau, wo er hinwollte, was Zita kein gutes Gefühl gab.

»Warum tust du das?«, krächzte sie, wobei ihre Stimme klang, als hätte sie gerade drei Packungen Zigaretten hintereinander geraucht.

»Ich habe dich gewarnt. Ich habe dir gesagt, du sollst dich von ihm fernhalten. Aber du hast es nicht getan. Stattdessen hast du eure Beziehung zur Schau gestellt. Du bist zu ihm zurückgegangen und hast die ganze Nacht bei ihm verbracht. Du hast ihn vor deinem Motelzimmer geküsst wie eine Hure. Du hättest ihn einfach in Ruhe lassen müssen, dann wärst du jetzt nicht hier. Aber das hast du nicht getan – also bist du es.«

»Aber *warum*?«, fragte Zita erneut. Wenn er sie wegen ihrer Liebe zu Sage umbringen würde, wollte sie zumindest den Grund dafür wissen.

Und einfach so, mitten in dieser beschissenen Situation, traf es Zita wie ein Schlag. *Natürlich* liebte sie Sage. Sonst wäre sie nicht von allem weggegangen, was sie kannte.

Es war ein verdammt schlechter Zeitpunkt, um zu dieser Erkenntnis zu gelangen ... wenn sie vielleicht nie die Chance haben würde, es dem Mann selbst zu sagen.

»Warum wohl? Wegen des Geldes«, sagte Silas lässig.

»Ich bezahle dir das Doppelte, wenn du mich gehen lässt.«

Silas lachte. Und es war ein gemeines Lachen, kein humorvolles. »Du kannst mir unmöglich doppelt so viel bezahlen wie Carmen.«

Carmen.

Zita hatte bereits vermutet, dass seine Drohung zu dieser Schlampe zurückführen würde. Sie war nicht glücklich darüber, dass sie nicht bekommen hatte, was sie wollte … nämlich Sage.

»Ganz zu schweigen davon, dass sie dafür sorgen wird, dass ich die besten Jobs bekomme, wenn ich nach Hollywood ziehe. Sie hat Beziehungen. Ich werde in den angesagtesten Motels übernachten, die schönsten Wagen fahren und mich mit den berühmtesten Schauspielern und Regisseuren der Branche anfreunden. Und ich werde alle Frauen haben, die ich will.«

Dieser Mann. Er war wahnhaft. Er hatte keine Ahnung, wie Hollywood funktionierte. Wie launisch seine Bewohner waren. Wenn man nicht zu »ihnen« gehörte, war man ein Niemand. Und auch wenn er vielleicht das Glück haben würde, für ein paar berühmte Leute zu arbeiten, würde er niemals so dazugehören, wie er es sich offensichtlich erhoffte.

»Hör mir zu, Silas. Carmen wird dir *nichts* davon verschaffen. Sie benutzt dich, wie sie alle benutzt. Sie …«

»Halt die Klappe«, knurrte Silas und schüttelte Zita so heftig, dass ihr Kopf erneut pochte. Plötzlich überkam sie Übelkeit, und sie konnte nicht verhindern, dass sich erneut Erbrochenes aus den Tiefen ihres Magens in ihrem Mund sammelte.

»Verdammt eklig!«, schrie Silas, als sie ihn nur knapp verfehlte.

Das Erbrechen verursachte ihr noch mehr Schmerzen im Hals. Und im Kopf. Und im Gesicht. Tränen liefen ihr über die Wangen und Rotz tropfte aus ihrer Nase. Es war, als würde ihr

Körper versuchen, alles auszuscheiden, was er in letzter Zeit aufgenommen hatte.

»Du hast Glück, dass ich gut gelaunt bin«, sagte Silas fast beiläufig, während er sie zu einem riesigen Schiff schleppte. Es ragte wie eine Kreatur aus einem Horrorfilm über ihnen auf. Es stieg aus dem Wasser empor und schien bereit, jeden zu verschlingen, der sich ihm näherte. Und Silas zerrte sie direkt auf eine wackelige Holzplanke, die vom Dock – wenn man die morschen Bretter, die nur noch notdürftig zusammenhielten, überhaupt als Dock bezeichnen konnte – zu einer offenen Metallluke an der Seite des Schiffes führte. »Carmen wollte, dass ich dich für immer loswerde, weißt du. Sie sagte, das sei deine gerechte Strafe. Du hast ihr den Mann gestohlen, den sie wollte.«

»Ich habe ihn nicht gestohlen!«, rief Zita unwillkürlich. Ihr Blick war auf das Schiff geheftet. Was hatte Silas vor? Sie wollte es in diesem Moment nicht einmal erraten.

»Das ist egal. Sie will, dass du verschwindest, also wirst du verschwinden. Ich bin kein Mörder, aber ich werde dich an einen Ort bringen, von dem du nicht entkommen kannst und an dem dich niemand finden wird.«

Als sei es nicht dasselbe, sie sterben zu lassen, wie sie selbst zu töten. Er war der Abschaum der Menschheit. Ein Parasit.

»Was wird es bringen, mich loszuwerden? Sage wird sie trotzdem nicht wollen«, gab Zita zu bedenken.

»Sobald sich herumgesprochen hat, dass du verschwunden bist, wird sie nach Norfolk zurückeilen. Sie wird Geld in die Ermittlungen stecken. Suchleute anheuern. Für Obi-Wan da sein. Ihm Halt geben. Er wird sich in seiner Trauer an sie wenden, und sie wird ihre Chance bekommen, ihn zu ficken.«

»Das ist alles, was sie will?«, fragte Zita, gleichzeitig wütend und ungläubig.

Ihr Entführer zuckte mit den Schultern. »Carmen

bekommt, was Carmen will. Und wenn sie den heißen Night Stalker will, dann bekommt sie ihn. So oder so.«

Zita lebte in einer anderen Dimension. Das war unglaublich. Menschen wie Silas und Carmen sollten nur in Geschichten und Albträumen existieren. Und doch war sie hier, mitten in dieser wahnsinnigen Verschwörung.

»Mach es dir leicht und geh selbst rüber. Du willst doch nicht, dass ich dich wieder bewusstlos schlage.«

Nein, das wollte sie nicht. Das wollte sie wirklich nicht. Zita zitterte am ganzen Körper, aber irgendwie schaffte sie es, über das Brett und durch die Luke an der Seite des riesigen Schiffes zu gehen, ohne auszurutschen und ins Wasser zu fallen. Sie war keine Expertin, aber sie vermutete, dass sie sich in einer großen Trockendockanlage befanden. Das Schiff war offensichtlich außer Dienst gestellt und würde wahrscheinlich verschrottet werden. Aber angesichts des Rosts stand es vermutlich schon seit wer weiß wie langer Zeit dort und wartete auf sein Schicksal ... genau wie sie.

Silas war vielleicht nicht bereit, sie zu töten, aber sie würde nicht unvorsichtig werden, denn er konnte seine Meinung jederzeit ändern. Das Gefühl seiner Hände um ihren Hals, als er sie im Kofferraum festhielt, schoss ihr durch den Kopf. Es wäre ein Leichtes für ihn, sie zu erwürgen, wenn er wollte.

Mit seiner freien Hand schaltete Silas eine Taschenlampe ein, die er wohl in einer der Taschen seiner schwarzen Cargohose aufbewahrt hatte. Im Inneren des Schiffes war es stockdunkel und es war unheimlich. Knarren und Ächzen hallten um sie herum, während sie gingen. Zita verlor sich bald völlig in den langen Gängen und Durchgängen. Aber wieder einmal schien Silas genau zu wissen, wohin er ging.

»Warst du schon einmal hier?«

»Ja. Ich war hier früher Wachmann. Meine Kumpel und ich haben in den leeren Booten und Schiffen Verstecken gespielt. Ich habe immer gewonnen.«

Mein Gott, der Mann prahlte damit, ein Kinderspiel gewonnen zu haben. Zita drehte sich der Kopf.

»Es gibt hier viele gute Orte, an die man Frauen mitnehmen kann, um mit ihnen zu machen, was man will. Niemand kann sie schreien hören.«

Er lachte düster über seine eigenen Worte, und Zita wurde erneut von Entsetzen erfasst. Würde er sie auch sexuell missbrauchen?

Sie hatte geglaubt, ihre Lage könnte nicht schlimmer werden, aber sie hatte sich getäuscht.

»Dies ist das größte Schiff hier. Es ist ein alter Flugzeugträger. Er hat Tausende von Räumen, Hunderte von Ecken und Winkeln. Der perfekte Ort, um dich zu verstecken. Und nächste Woche soll er aufs offene Meer geschleppt werden. Um versenkt und zu einem künstlichen Riff oder so einem Schwachsinn zu werden.«

Zita schloss die Augen, als er sie eine weitere schmale Metalltreppe hinunterzerrte. Silas war ein Monster. Er mochte sich einreden, dass er kein Mörder war, aber alles, was er getan hatte, angefangen beim Stalking über die Schläge, die Entführung, das Würgen bis hin zur Zusammenarbeit mit Carmen und jetzt dem hier ... war ein klarer Beweis dafür, dass er ein Psychopath war.

Der Plan, sie in diesem verlassenen Schiff zurückzulassen, damit sie ertrank, wenn es auf See sank, war nur das i-Tüpfelchen dieser Scheiße.

Nach etwa zwanzig Minuten, wie sie schätzte, blieb Silas vor einer Tür stehen. Einer von vielen, die in dem langen Flur alle gleich aussahen. Er stieß sie auf und schubste Zita abrupt hinein. Sie fiel auf den harten Metallboden, zwang sich jedoch, sofort wieder aufzustehen und ihrem Entführer gegenüberzutreten.

Nur dass er ihr nicht in den Raum folgte. Er schlug die Tür mit einem lauten Knall zu.

Zita lief zur Tür und griff nach der Klinke. Sie bewegte sich nicht.

Sie zog mit aller Kraft daran, dann drückte sie dagegen. Nichts.

»Silas! Tu das nicht! Lass mich raus!«

Sie hörte nichts außer dem Knarren des Schiffes um sie herum. Sie konnte auch nichts sehen. Es war stockdunkel. Er hatte ihr kein Licht gelassen. Zita konnte nicht einmal die Hand vor Augen sehen.

Ihr Atem ging schneller. Sie stand kurz vor einer Panikattacke. Sie hatte überall Schmerzen und war hier zum Sterben zurückgelassen worden. Sie wusste, dass das Silas' Plan war. Und auch Carmens.

Wut überkam sie, als sie an die Schauspielerin dachte. Die Schlampe glaubte tatsächlich, sie könne einfach in die Stadt fliegen und mit Sage schlafen, wenn er verwundbar war? Das würde nicht passieren. Der Mann, den sie kannte, hatte viel mehr Ehre, als Carmen glaubte. Er war auch nicht dumm. Er würde sofort merken, dass etwas nicht stimmte. Er würde jeden Stein in der Stadt umdrehen, um sie zu finden.

Aber wird die Zeit reichen?

Zita versuchte ihr Bestes, diese kleine Stimme zu ignorieren.

Mit den Armen vor sich, damit sie sich nicht den Kopf stieß, und trotz all ihrer anderen Verletzungen versuchte Zita, den Raum zu erkunden.

Soweit sie es beurteilen konnte, war er völlig leer, bis auf zwei Metallkojen, die in die Wand eingebaut waren. Kein Waschbecken. Keine Toilette. Keine Matratze. Nichts als Metall um sie herum. Wer auch immer für die Demontage des Schiffes und die Vorbereitung zum Versenken verantwortlich war, hatte hervorragende Arbeit geleistet und alles entfernt, was das Meer verschmutzen könnte.

Zita bewegte sich langsam, da ihre Muskeln schmerzten

und sie vor Adrenalin zitterte, und setzte sich auf die untere Koje. Das kalte Metall drang sofort durch ihre Hose. Sie zitterte. Aber nicht nur vor Kälte.

Sie hatte Angst. *Große* Angst.

Aber sie war nicht tot.

Wenn es jemanden gab, der sie finden konnte, dann war es Sage.

Die Erinnerung an die Umarmung, die er ihr an diesem Morgen gegeben hatte, kam ihr in den Sinn und gab ihr Wärme, auch wenn es nur in ihrer Vorstellung war. Sage würde sie nicht aufgeben. Er würde sie finden.

Er musste es.

Er hatte eine Woche Zeit.

Sieben Tage, bevor sie für immer unter den Wellen verschwinden und niemand jemals erfahren würde, was mit ihr geschehen war.

Zita legte sich hin und weigerte sich zu weinen. Stattdessen würde sie warten. Und hoffen.

KAPITEL ZWANZIG

Obi-Wan hatte einen guten Tag.

Er genoss es, wieder bei der Arbeit zu sein. Er freute sich, seine Freunde wiederzusehen. Und sogar die Besprechungen, die ihn vor einer Woche wahrscheinlich auf die Palme gebracht hätten, empfand er nun als angenehm.

Er hatte zwar sehr viel Spaß am Set gehabt und es geschätzt, um Rat gefragt zu werden, aber es war schön, wieder in seiner gewohnten Umgebung zu sein. Er würde für diese Gelegenheit immer dankbar sein, vor allem weil sie ihn zu Zita geführt hatte, aber er war bereit, in seinen Hubschrauber zu steigen.

Er war etwas überrascht, dass er heute Morgen nichts von ihr gehört hatte. Sie hatte gesagt, sie würde ihm eine SMS schicken, um zu fragen, wie das Training gelaufen war. Während Casper und der Rest seines Teams ihn fertiggemacht hatten und behaupteten, eine Woche Pause hätte ihn weich gemacht, hatte Obi-Wan sich gut geschlagen. Und das Training mit seinen Freunden hatte ihm gutgetan. Es war, als würde man ein altes, abgetragenes Lieblingshemd anziehen.

Er nahm an, dass Zita wahrscheinlich beschäftigt war. Vielleicht war ihre Besprechung vorverlegt worden. Er hatte ihr gegen halb zehn eine SMS geschickt, um ihr zu sagen, dass er sie vermisste, und zu fragen, wie ihr Morgen verlief, aber sie hatte nicht geantwortet. Laut der App war die Nachricht sogar noch ungelesen. Obi-Wan war ein wenig überrascht darüber ... aber wieder nahm er an, dass sie wahrscheinlich in ihre Besprechungen vertieft war und es uncool gewesen wäre, auf ihrem Handy herumzutippen.

Aber als die Mittagspause vorbei war und er immer noch nichts von ihr gehört hatte und eine zweite SMS ungelesen geblieben war, begann Obi-Wan, sich Sorgen zu machen. Zwar kannte er Zita noch nicht lange, aber sie schien nicht der Typ zu sein, der auf Nachrichten nicht antwortete, vor allem nicht nach ihren fantastischen letzten gemeinsamen Nächten. Vielleicht interpretierte er zu viel hinein oder war zu empfindlich, weil sie seine Versuche, elektronisch Kontakt aufzunehmen, nicht sofort las oder beantwortete ... aber das glaubte er nicht.

»Was ist los?«, fragte Buck, der seinen Co-Piloten wie ein offenes Buch lesen konnte.

»Zita antwortet nicht auf meine SMS«, sagte er und bereitete sich darauf vor, dass sein Freund ihn damit aufziehen würde, dass eine Frau ihn um den kleinen Finger gewickelt hatte, oder ihm sagen würde, er solle sich beruhigen.

Buck tat nichts dergleichen. »Und das ist ungewöhnlich?«

»Ja.«

»Dann sieh nach ihr.«

»Ich kann jetzt nicht einfach weg«, protestierte er. »Ich war schon eine Woche weg. In einer halben Stunde haben wir das Treffen mit Oberst Burgess.«

»Wie ernst ist es dir mit Zita?«, fragte Buck mit derselben ernsten Stimme, die er immer hatte, wenn sie auf einer Mission waren und es gleich krachen würde.

»So ernst, wie es nur geht.«

»Dann geh. Ich komme sogar mit.«

Etwas in Obi-Wan entspannte sich ein wenig. Nicht dass er glaubte, in irgendeine gefährliche Situation zu geraten, aber seine Spinnensinne schrien, und es wäre eine Erleichterung, seinen Freund im Rücken zu haben.

»Ich sage Casper, dass wir eine Stunde brauchen. Wir fahren zum Motel, du sprichst mit Zita und findest heraus, was los ist ... vielleicht ist ihr Handy kaputt oder sie hat es im Zimmer vergessen, bevor sie zu ihrem Treffen gegangen ist. Dann kommen wir zurück und beenden den Tag. Alles klar?«

Obi-Wan nickte. »Ja. Super. Danke.«

»Du musst mir nie dafür danken, dass ich für dich da bin. Ich werde nie vergessen, wie du und die anderen Jungs mir Halt gegeben habt, als Mandy nach dem Überfall im Krankenhaus lag. Wir treffen uns bei deinem Jeep.«

Es war ein wenig feige, Buck mit Casper sprechen zu lassen und ihm mitzuteilen, dass sie wegfuhren, aber Obi-Wan war völlig durcheinander. Er konnte nicht aufhören, sich zu fragen, warum Zita nicht ans Telefon ging. Er hoffte, dass er einfach überreagierte. Dass sie ihm tatsächlich die Leviten lesen würde, wenn er auftauchte, um herauszufinden, warum sie nicht zurückgeschrieben hatte.

So gesehen schien das, was er vorhatte, eine äußerst dumme Idee zu sein. Zita würde es nicht schätzen, sich alle paar Stunden bei ihm melden zu müssen, damit er nicht ausflippte. Sie könnte sogar denken, dass er sie kontrollieren wollte oder eifersüchtig war.

Aber darum ging es hier nicht. Ja, er machte sich Sorgen um sie und warum sie sich nicht meldete, aber nicht, weil er sich Gedanken darüber machte, mit wem sie zusammen war oder was sie tat. Es schien einfach nicht zu ihr zu passen.

Und zwischen ihnen lief es gut. Verdammt gut sogar. Er spürte einen Adrenalinstoß, wenn er mit ihr sprach – verdammt, wenn er nur an sie *dachte*. Er war zu neunzig Prozent sicher, dass sie genauso empfand. Sie könnte ihn an der Nase herumführen, ihn auf irgendeine Weise betrügen, aber das glaubte er nicht. Ihre Reaktionen auf ihn konnten nicht vorgetäuscht sein. Ihre Orgasmen waren echt, die Art, wie ihr Herz schlug, wenn sie mit ihm zusammen war, ihr schüchternes Lächeln und sogar die Liebe, die er in ihren Augen sah ... all das war echt.

Und er sah die Zuneigung in ihrem Blick. Aus irgendeinem Grund war sie noch nicht bereit, die Worte auszusprechen, und das war in Ordnung. Die Dinge hatten sich zwischen ihnen schnell entwickelt, aber Obi-Wan war geduldig. Er konnte warten, bis sie ihm ihre Gefühle gestand. Es reichte ihm, dass sie genauso begierig darauf war, mit ihm zusammen zu sein wie er mit ihr.

Das war auch ein wichtiger Grund, warum er sich gerade so große Sorgen machte. Er hoffte, dass er sich wie ein Idiot fühlen würde, wenn er zu ihrem Motel kam und sie in ein Gespräch mit dem Produzenten und den Assistenten vertieft vorfand. Er würde sich entschuldigen und sein paranoides Verhalten später wiedergutmachen ... nachdem er sie gebeten hatte, seine SMS bitte nie wieder stundenlang zu ignorieren, wenn sie es vermeiden konnte, damit er sich keine Sorgen um sie machen musste.

Buck joggte über den Parkplatz auf ihn zu, und Obi-Wan holte tief Luft. »Alles in Ordnung?«, fragte er, als sein Freund näher kam.

»Ja. Casper sagte, er würde die Sache mit dem Oberst klären. Und wir sollten ihn und die anderen anrufen, wenn wir sie brauchen.«

Dankbar, dass seine Teamkameraden ihm den Rücken freihielten, wenn er sie brauchte, und betend, dass dies nicht der Fall sein würde, stieg Obi-Wan in seinen Jeep und fuhr los, sobald Buck sich neben ihm angeschnallt hatte. Die Fahrt zum Motel schien doppelt so lange zu dauern wie sonst.

Obi-Wan parkte vor Zitas Zimmer und sprang aus dem

Wagen. Er war sich nicht sicher, ob sie in ihrem Zimmer oder im Tagungsraum des Motels sein würde, aber er beschloss, hier anzufangen. Vielleicht war ihr nach seiner Abreise schlecht geworden und sie schlief. Er wollte nicht daran denken, dass sie allein war und sich elend fühlte, aber angesichts der anderen Möglichkeiten hoffte er, dass es nur das war.

Niemand antwortete auf sein Klopfen an der Tür.

Nachdem er noch mehrmals laut geklopft hatte und immer noch keine Antwort erhielt, wandte Obi-Wan sich zum Eingangsbereich. Er hatte keine Ahnung, ob es üblich war, dass die Nachbesprechungen – er wusste nicht, wie solche Treffen in der Filmindustrie genannt wurden, aber für ihn klang es wie die Nachbesprechungen, die er und sein Team nach einem Auftrag abhielten – in einem billigen Motel stattfanden, aber im Moment war es ihm egal, ob sich die Gruppe hier, in einer Seitengasse oder im teuersten Hotel der Stadt traf. Es zählte nur, Zita zu finden und sich davon zu überzeugen, dass es ihr gut ging.

Ihm standen die Haare im Nacken zu Berge, und er hatte das ungute Gefühl, dass etwas nicht stimmte. Dieses Gefühl hatte er in seinem Leben nur wenige Male gehabt, und jedes Mal war es während einer Mission gewesen. Einsätze, die so schiefgelaufen waren, wie es nur möglich war.

Und dies war keine Mission. Es ging um Zita. Die Frau, die er liebte.

Er ging direkt zur Rezeption und wartete ungeduldig, bis die junge Frau ihr Telefonat beendet hatte.

»Wie kann ich Ihnen helfen?«, fragte sie.

»Wo ist das Treffen mit den Leuten vom Film?«, fragte er, ohne sich um Höflichkeit zu bemühen.

»Ähm, gehören Sie zu der Gruppe?«

»Ja, ich bin der Militärberater und ich bin spät dran«, sagte er. Das war nur die halbe Wahrheit, aber das war ihm egal.

Da er seinen Overall mit dem Abzeichen seiner Einheit

trug, glaubte die Angestellte ihm ohne Weiteres. »Es ist dort drüben, rechts, am Ende des Flurs. Vorbei am Schwimmbecken und dem Fitnessraum.«

Sie hatte nur die Hälfte des Satzes ausgesprochen, als Obi-Wan schon losging. Er schritt den Flur entlang, Buck hinter ihm, und zögerte nicht, die Tür zum Besprechungsraum, ohne anzuklopfen, zu öffnen.

Im Raum befanden sich etwa zehn Personen, und als Obi-Wan sich schnell umsah, zog sich ihm der Magen zusammen, als er feststellte, dass Zita nicht darunter war.

»Engle! Schön, dich zu sehen. Wir haben gerade über dich gesprochen und darüber, was für eine großartige Arbeit du geleistet hast. Wir glauben, dass dieser Film dank dir wahrscheinlich der authentischste ist, den wir je gedreht haben. Wir würden gern deine Meinung zu ein paar Dingen hören.«

Obi-Wan fragte sich nicht, warum der Produzent nicht einmal überrascht schien, ihn zu sehen. Oder irritiert, dass er in eine Besprechung platzte, zu der er nicht eingeladen war. »Hast du Zita heute schon gesehen?«, fragte er ungeduldig.

»Miss Darlington? Nein. Weißt du, wo sie ist? Sie sollte heute Morgen hier sein. Wir haben den Termin für ihre Präsentation übersprungen in der Hoffnung, dass sie früher oder später auftauchen würde, um sie zu halten.«

»Verdammt«, sagte Obi-Wan und drehte sich um, ohne den Männern und Frauen im Raum ein weiteres Wort zu schenken. Zita war nicht da. Sie war überhaupt nicht aufgetaucht. Jetzt trieb ihn eine Dringlichkeit an. Eine, die er noch nie zuvor empfunden hatte. Ja, er hatte schon bei Missionen Angst verspürt. Das Bedürfnis, die Spezialeinheiten, die er regelmäßig transportierte, abzusetzen oder abzuholen, aber das hier war anders. Zita war keine Soldatin. Sie war eine Zivilistin ... und er konnte nicht anders, als zu glauben, dass sie in ernsthafter Gefahr schwebte.

Er ging zurück in die Eingangshalle und zu der Frau an der Rezeption.

»Ich brauche einen Schlüssel für Zimmer 114.«

»Entschuldigung, stehen Sie auf der Gästeliste?«, fragte die Frau.

Obi-Wan hatte keine Zeit für so etwas. Er öffnete den Mund, um der Frau zu sagen, sie solle ihm verdammt noch mal den Schlüssel geben, als Buck ihm eine Hand auf den Arm legte und ihn zur Seite schob.

»Unsere Freundin ist in diesem Zimmer und hat heute Morgen ein wichtiges Treffen den Flur runter verpasst. Wir befürchten, dass sie krank ist oder etwas passiert ist, und möchten nach ihr sehen. Wir haben schon geklopft, aber sie antwortet nicht. Wir wollen nur kurz reinschauen, um zu sehen, ob sie da ist, schläft, krank ist oder so. Könnten Sie vielleicht ein Zimmermädchen bitten, uns reinzulassen, anstatt uns einen Schlüssel zu geben? Wir wollen nur nach ihr sehen. Das Zimmermädchen könnte die ganze Zeit dabeibleiben, um sich davon zu überzeugen, dass wir nichts mitnehmen oder etwas tun, was wir nicht tun sollten.«

Er lächelte die Frau unschuldig an.

»Nun ja ... ich denke schon. Es könnte ein paar Minuten dauern, bis jemand Zeit hat, Ihnen zu helfen.«

»Das ist in Ordnung. Wir warten einfach vor dem Zimmer, danke«, sagte Buck, während er Obi-Wan fest am Arm packte und ihn zum Ausgang zog.

Sobald sie draußen waren, sagte Obi-Wan: »Da stimmt etwas nicht. Sie hätte in dieser Besprechung sein sollen. Ich habe sie heute Morgen hiergelassen. Sie war in ihrem Zimmer, die Tür war geschlossen. Sie könnte gestürzt sein und sich den Kopf gestoßen haben oder so. Sie braucht vielleicht einen Krankenwagen.«

»Tief durchatmen, Obi-Wan, wir gehen rein und sehen

nach, was los ist. Wenn wir Hilfe brauchen, rufen wir jemanden an.«

Zur Sicherheit klopfte Obi-Wan noch einmal an die Tür des Zimmers, als sie dort ankamen, und wie zuvor antwortete niemand. Es war kein Laut zu hören. Während sie darauf warteten, dass jemand die Tür aufschloss, ging er auf und ab. Er versuchte zu verstehen, was los war.

»Ich will das eigentlich nicht ansprechen, aber was ist, wenn sie nicht da ist? Was machen wir dann?«, fragte Buck.

Obi-Wan wollte nicht einmal darüber nachdenken. Er wollte nicht, dass Zita verletzt oder krank war, aber wenn sie nicht in diesem Zimmer war, gab es unzählige Möglichkeiten, wo sie sein könnte.

»Könnte sie kalte Füße bekommen haben und früh nach Kalifornien zurückgekehrt sein?«, fragte Buck sanft.

»Nein«, antwortete Obi-Wan schnell und knapp.

»Obi-Wan«, begann Buck mitfühlend.

»Ich sagte *Nein*, Buck. Sie ist nicht abgereist, ohne mir etwas zu sagen. Wir haben die Dame nicht gefragt, ob sie ausgecheckt hat, aber ich bin mir absolut sicher, dass sie nicht einfach so gegangen ist. Sie hat keine kalten Füße bekommen. Wir hatten Pläne für heute Abend.«

»Na gut, wenn sie nicht abgereist ist, welche Möglichkeiten gibt es dann noch? Du kennst sie besser als wir alle. Hat sie irgendwelche rachsüchtigen Ex-Freunde? Hat sie hier in Virginia jemanden kennengelernt, der ihr etwas antun könnte? Ich habe nichts von Serienmördern oder Vergewaltigern in dieser Gegend gehört – nein, schau mich nicht so an. Ich versuche nur, das Unerklärliche erklärbar zu machen.«

Obi-Wan atmete tief durch die Nase ein, um seine Wut auf seinen Freund zu besänftigen. Der Gedanke, dass Zita von einem verdammten Serienmörder oder Vergewaltiger verfolgt werden könnte, brachte ihn auf die Palme. Er blieb stehen und senkte den Kopf. Er ballte die Hände zu Fäusten und zwang sich, ruhig zu bleiben. Er musste nachdenken. Normalerweise hatte er keine Probleme, seine Gefühle zu kontrollieren. Das war auch wichtig, um ein guter Pilot zu sein.

Er hatte keine Ahnung, ob Zita einen gewalttätigen Ex-Freund hatte, da sie nicht wirklich über frühere Beziehungen gesprochen hatten. Nicht dass er wissen wollte, mit wem sie vor ihm zusammen gewesen war. In dieser Hinsicht war er wohl ein typischer Mann. Es machte ihm nichts aus, dass sie eine Vergangenheit hatte, aber er wollte nichts darüber wissen.

Dann traf es ihn wie ein Blitz. »Silas Graves«, sagte er mit zusammengebissenen Zähnen, hob den Kopf und sah Buck in die Augen.

»Wer?«

»Silas Graves. Er war der Leibwächter von Carmen St. James, und nach ihrer Abreise wurde er Logan Striker zugewiesen, während wir auf der anderen Seite des Staates gedreht haben. Sie hat mir ein paar Tage bevor wir Fallport verlassen haben erzählt, dass er sie am Set angesprochen und ihr gesagt hat, sie solle sich von mir fernhalten, sonst ...«

»*Sonst?* Was zum Teufel soll das heißen?«

Obi-Wan hatte keine Gelegenheit zu antworten, da eine Frau mit einem Reinigungswagen auf sie zukam.

»Wurde auch verdammt noch mal Zeit«, murmelte er, wohl wissend, dass er sich wie ein Arsch benahm, aber das war ihm egal.

Buck ging voran, bedankte sich bei der Frau für ihr Entgegenkommen und versicherte ihr erneut, dass sie nur in das Zimmer schauen wollten, um zu sehen, ob ihre Freundin dort war.

Das Zimmermädchen wirkte nervös, nickte aber und hielt eine Plastikschlüsselkarte an das elektronische Schloss an der Tür. Sie trat zurück, um ihnen den Weg freizumachen, blieb aber in der Nähe stehen.

Obi-Wan betrat den Raum – und alle seine Hoffnungen,

dass Zita krank war oder schlief, wurden sofort zunichtegemacht. Die Betten waren noch perfekt gemacht. Nichts sah unordentlich aus. Ihr Notfallkoffer stand genau an der Stelle neben der Tür, wo er ihn am Morgen abgestellt hatte. Ein Koffer lag offen auf dem Bett, daneben lag ihre kleine Kosmetiktasche. Er konnte sich genau vorstellen, wie sie sie dort hingestellt hatte, als sie nach etwas zum Anziehen gesucht hatte, bevor sie duschen wollte.

Um ganz sicher zu sein, dass sie nicht im Zimmer war, obwohl er tief in seinem Inneren wusste, dass sie nicht da war, schaute Obi-Wan im Badezimmer nach. Die Handtücher hingen ordentlich auf den Haltern und nichts war durcheinander.

Was auch immer passiert war, es war direkt nach seinem Weggehen am Morgen geschehen. Das ärgerte Obi-Wan umso mehr. Sie war sicherlich nicht zurück nach Kalifornien gefahren – all ihre Sachen im Zimmer widerlegten diese Möglichkeit. Sie hatte nicht geduscht, sich umgezogen oder sich hingelegt, um ein Nickerchen zu machen, bevor sie sich für ihr Treffen fertig gemacht hatte. Es war, als hätte sie sich wenige Minuten nachdem er sie abgesetzt hatte in Luft aufgelöst.

Nur dass das nicht der Fall war.

Er wandte sich an das Zimmermädchen und fragte: »Gibt es Überwachungskameras auf dem Grundstück?«

Sie sah ihn überrascht an. »Ja. In der Eingangshalle.«

»Nirgendwo sonst?«, blaffte Obi-Wan, der seine Stimme nicht beherrschen konnte.

»Nicht dass ich wüsste.«

Verdammt.

Die drei standen einen Moment lang regungslos da, das Zimmermädchen beobachtete Buck und Obi-Wan misstrauisch, Buck beobachtete Obi-Wan und Obi-Wan suchte mit seinem Blick den Raum nach Antworten ab. Antworten, die es nicht gab.

Außer ...

»Halt! Keine Bewegung! Nichts anfassen!«, rief er.

Buck und das Zimmermädchen erstarrten.

»Was? Was siehst du?«, fragte Buck.

»Blut«, sagte Obi-Wan grimmig, als er näher an die Tür trat und sich vorbeugte, um zu untersuchen, was seine Aufmerksamkeit erregt hatte. Ein dunkler Fleck auf dem Teppich. Er war klein, nicht größer als das Abzeichen seiner Einheit auf seiner Brust. Ein paar Zentimeter breit und lang.

Er hätte ihn nicht einmal bemerkt, wenn der Teppich nicht einen Hauch heller gewesen wäre als die Stelle auf dem Boden. Es hätte alles Mögliche sein können. Etwas, das jemand verschüttet hatte, oder etwas Ekelhafteres, aber Obi-Wan kniete sich trotzdem hin. Er beugte sich vor, atmete tief ein, setzte sich dann auf seine Fersen und sah zu seinem Freund auf.

»Das ist definitiv Blut.«

»Das wissen wir nicht«, sagte Buck leise.

»Das ist es. Wir beide wissen, wie verdammtes Blut riecht. Wir haben in der Vergangenheit genug davon gesehen. Es ist *Zitas* Blut. Jemand hat ihr wehgetan.« Die letzten vier Worte waren fast geflüstert, als könnten sie durch lautes Aussprechen nur noch wahrer werden.

Die Frau sah nun völlig verstört aus, wahrscheinlich auch wegen Obi-Wans Bemerkung, in der Vergangenheit viel Blut gesehen zu haben. Aber das war ihm egal. Seine ganze Aufmerksamkeit galt Buck.

»Was sollen wir tun?«, fragte er mit derselben leisen Stimme wie zuvor. Er fühlte sich verloren. In Panik. Und Obi-Wan geriet *niemals* in Panik. Er war stolz darauf, auch in den chaotischsten Situationen ruhig zu bleiben.

»Blut?«, fragte das Zimmermädchen. »Wir haben etwas, womit wir das ohne große Probleme entfernen können.«

»Nein!«, riefen Buck und Obi-Wan gleichzeitig.

Obi-Wan stand auf. »Lassen Sie *niemanden* in dieses Zimmer. Es wird nicht gereinigt, niemand fasst irgendetwas an. Wir rufen die Polizei. Alles hier drin ist Beweismaterial.«

»Beweismaterial wofür?«, fragte das Zimmermädchen mit großen Augen.

»Entführung. Körperverletzung. Jemand hat meine Frau entführt, und ich werde sie zurückholen«, knurrte Obi-Wan.

Seine Gedanken kreisten um all die Dinge, die er tun musste, und er war nicht länger unentschlossen. Es war, als würde sein Gehirn auf Hochtouren laufen. Er musste die Polizei kontaktieren, Casper, mit den Männern und Frauen bei dem Treffen sprechen, dem Zita beiwohnen sollte, beim Motel nach Überwachungskameras fragen.

Und Tex anrufen.

Verdammt, das hätte er schon vor Tagen tun sollen, sobald Silas Zita bedroht hatte. Aber er hatte es nicht getan. Er war davon ausgegangen, dass der Mann keine echte Bedrohung darstellte.

Eine Entscheidung, die er bis an sein Lebensende bereuen würde. Denn tief in seinem Inneren wusste Obi-Wan, dass der Leibwächter für das verantwortlich war, was Zita zugestoßen war. Es gab einfach niemanden sonst. Die Leute mochten Zita. Sie war freundlich und offen, und alle, denen sie geholfen hatte, waren mit ihren Fähigkeiten zufrieden gewesen.

Silas hatte sie entführt. Warum und wohin wusste er nicht, aber er würde es herausfinden. Tex konnte den Mann finden. Seine Telefonverbindungen überprüfen, um herauszufinden, welche Mobilfunkmasten sein Handy an diesem Morgen angepingt hatte. Die Verkehrskameras überprüfen, seine SMS. Alles.

Buck war bereits am Telefon, als Obi-Wan aus Zitas

Zimmer trat. Er warf einen letzten Blick auf ihre Habseligkeiten und fragte sich schmerzlich, was sie durchgemacht hatte. Er glaubte nicht, dass Silas ein Mörder war, aber er konnte sich irren. Wenn der Mann bereit war, Zita wehzutun – und das hatte er offensichtlich, nach dem Blut auf dem Boden zu urteilen –, war nicht abzusehen, wozu er noch fähig war.

Er würde dafür bezahlen, schwor Obi-Wan. Er würde ihm sagen, wo zum Teufel Zita war ... *sonst* ... Der Mann drohte gern Frauen? Na gut. Er würde sehen, was »sonst« wirklich bedeutete, sobald Obi-Wan ihn in die Finger bekam.

KAPITEL EINUNDZWANZIG

Wie spät war es? Scheiße, welcher *Tag* war es?

Die Dunkelheit war verdammt verwirrend.

Benutzten faschistische Regime Dunkelheit nicht als Foltermethode?

Zita lag zitternd auf der Metallkoje und wagte es nicht, sich zu bewegen. Sie war vorhin aufgestanden, weil sie pinkeln musste – was schrecklich war; sie musste in die Ecke des Raumes pinkeln, da es weder eine Toilette noch einen Eimer oder sonst etwas gab –, und hatte sich den Kopf an der Koje gestoßen, als sie zurückfinden wollte.

Sie wollte gar nicht daran denken, wenn sie *mehr* als nur pinkeln musste. Hier zu sein war demoralisierend, was vermutlich Teil des Plans war.

Zita blinzelte und hoffte entgegen aller Hoffnung, etwas sehen zu können, irgendetwas, doch als es im Raum genauso dunkel blieb wie zuvor, seufzte sie.

Das Seltsame an diesem Ort war, dass es nicht still war. Nicht ganz. Das Schiff knarrte und ächzte, und sie hätte schwören können, dass sie ab und zu Stimmen hörte. Was unmöglich war. Es sei denn, Silas und seine Kumpel, die auf diesem Schrottplatz arbeiteten, hatten andere Frauen entführt und sie tief in den Eingeweiden dieses Flugzeugträgers versteckt. Was nicht unwahrscheinlich war, da Silas praktisch zugegeben hatte, schon einmal Frauen hergebracht zu haben.

»Ist da jemand?«, flüsterte sie und fühlte sich durch den Klang ihrer eigenen Stimme getröstet. »Ich habe diese paranormalen Sendungen gesehen, in denen die Leute mit Geistern sprechen. Ich habe zwar keine ausgefallene Box, mit deren Hilfe ihr mit mir sprechen könnt, aber ich bin hier nicht die Böse. Es tut mir leid, dass ihr gestorben seid, ich hoffe, es war nicht gewaltsam. Ihr sollt wissen, dass dieses Schiff aufs offene Meer geschleppt und versenkt wird. Jetzt habt ihr die Chance zu gehen, wenn ihr könnt. Sucht euch ein schönes Haus oder einen Friedhof oder etwas anderes, wo ihr spuken könnt.«

Sie lachte, was um sie herum widerhallte und sie ein wenig verstört klingen ließ. Und irgendwie fühlte sie sich auch so. Sie sprach mit Geistern, als seien sie real. Aber sie musste *etwas* tun. Sie konnte nicht einfach in ihrem Elend verweilen, bis sie ertrank. Wahrscheinlich würde sie sogar verdursten, bevor dieses Schiff überhaupt bewegt wurde.

Ihr Kopf tat weh. Ihre Kehle tat weh. Ihr Gesicht tat weh, wo Silas sie bewusstlos geschlagen hatte. Verdammt, sogar ihr Arm tat weh, wo er sie so fest gepackt hatte, um sie herumzuschleifen. Aber sie lebte. Das Arschloch hatte sie nicht getötet, und sie hoffte, dass das sein Untergang sein würde. Sie war am Leben, um der Polizei zu erzählen, was er getan hatte. Um gegen ihn auszusagen.

Um der Welt zu erzählen, dass Carmen St. James ihre Entführung und Ermordung angeordnet hatte, nur damit sie einen Mann aufreißen konnte.

So formuliert klang es völlig lächerlich. Die Frau war wahnhaft, wenn sie glaubte, sie könne zu Sage eilen und er wäre ihr so dankbar für ihre Hilfe, dass er mit ihr schlafen würde, obwohl er wegen seiner vermissten Freundin völlig verzweifelt war.

Erstens, wer *machte* so etwas? Welcher Elternteil, Partner, Geschwisterteil, Freund *dachte* überhaupt an Sex, wenn ein geliebter Mensch vermisst wurde? Niemand.

Außer vielleicht in Hollywood.

Zweitens wusste sie ohne den geringsten Zweifel, dass Sage sie niemals mit Carmen betrügen würde, selbst wenn Zita *nicht* verschwunden wäre. Er hatte zu viel Integrität. Und er liebte sie. Das hatte er ihr gesagt. Und Zita nahm sich seine Worte zu Herzen.

Er würde sie nicht aufgeben. Er würde nicht auf Carmens Spielchen hereinfallen. Auf ihre Täuschung. Er würde sie durchschauen.

Verdammt, Zita hoffte, dass Carmen nach Norfolk kam. Dass sie sofort zu Sage eilte. Sie hatte keinen Zweifel, dass er den Zusammenhang zwischen ihrem Verschwinden und Silas' Drohung erkennen würde. Und wenn Carmen plötzlich auftauchte, würde es noch offensichtlicher werden, dass Silas hinter Zitas Verschwinden steckte.

Carmen war noch nie die Hellste gewesen, und sie war noch dümmer, wenn sie glaubte, Sage ins Bett zu bekommen, indem sie seine Frau entführen ließ.

Aber ... wie lange würde es dauern, bis jemand sie fand? Sie war nicht an einem öffentlichen Ort versteckt. Nein, sie befand sich in einem verdammten ausgemusterten Flugzeugträger, der in naher Zukunft versenkt werden sollte.

Seufzend wurde Zita klar, dass es fast unmöglich sein würde, dass jemand sie zufällig fand. Silas würde zugeben müssen, was er getan hatte. Und sie hatte das Gefühl, dass er so lange wie möglich durchhalten würde ... zumindest bis dieses Schiff längst verschwunden war und auf dem Grund des Ozeans lag.

Sie musste ihren Frieden mit dem Sterben finden, so schlimm das auch war.

»Gibt es hier irgendwelche Geister, die bereit wären, mein Mentor zu werden, wenn ich zu euch komme? Aber bitte keine Mörder. Oder Vergewaltiger. Oder frauenfeindliche Arschlöcher.«

Es war offiziell, sie hatte den Verstand verloren.

Eine Träne lief ihr aus dem Augenwinkel, und Zita wischte sie ungeduldig weg. Sie konnte es sich nicht leisten, durch Weinen Feuchtigkeit zu verlieren. Und Weinerlichkeit würde ihr auch nicht helfen, hier rauszukommen.

Sie erinnerte sich an eine Dokumentation, die sie einmal über den Bau von Kreuzfahrtschiffen gesehen hatte, und dachte an den Raum, in dem sie sich befand. Alles war aus Metall. Die Räume waren wahrscheinlich alle kleine Metallkästen. Wenn sie etwas finden könnte, mit dem sie gegen die Wände schlagen konnte, würde vielleicht, nur vielleicht, jemand sie hören. Ein vorbeifahrendes U-Boot, oder jemandes Hund könnte das Geräusch irritierend finden und Alarm schlagen.

Beide Szenarien waren lächerlich und unwahrscheinlich, aber Zita hatte nichts zu verlieren, wenn sie sich aufraffte und etwas tat, um sich zu beschäftigen.

Sie holte tief Luft, setzte sich langsam auf und stützte sich mit einer Hand ab, um nicht von der Schwindelattacke, die die kleine Bewegung ausgelöst hatte, umzufallen. Scheiße. Das war nicht gut. Aber sie war noch am Leben, und sie würde alles tun, um das zu bleiben.

»Ich bin hier, Sage«, sagte sie laut. »Hol mich hier raus. Ich warte.«

Es fühlte sich besser an, mit Sage zu sprechen als mit den Geistern, die vielleicht in dem Metallklotz, der ihr Gefängnis war, lauerten.

Langsam stand Zita auf, ging zum Ende der Koje und

tastete mit den Händen umher. Es musste etwas geben, mit dem sie auf sich aufmerksam machen konnte. Selbst wenn niemand sie hörte, würde sie sich besser fühlen.

———

Die Zeit verging viel zu schnell. Obi-Wan kannte die Statistiken, die besagten, dass eine vermisste Person, die nicht innerhalb von achtundvierzig Stunden gefunden wurde, wahrscheinlich tot war, wenn – und falls – sie gefunden wurde.

Die Hälfte dieser Zeit war bereits vergangen, und niemand war näher dran, Zita zu finden, als vor vierundzwanzig Stunden. Er war frustriert, gereizt und hatte schreckliche Angst.

Gestern, während Buck Casper anrief, hatte Obi-Wan Tex angerufen. Das hätte er schon viel früher tun sollen. Er wünschte sich verzweifelt, er könnte die Zeit zurückdrehen und alles anders machen. Aber das konnte er nicht. Und nun waren sie hier.

Tex hatte ihm versichert, dass er »dran« sei, aber Obi-Wan hatte seit gestern Nachmittag nichts mehr von ihm gehört. Das machte ihn wütend und stresste ihn ungemein.

Wenn Tex Zita nicht finden konnte, wie groß waren dann *seine* Chancen? Er brauchte die Ermittlungsfähigkeiten des Mannes, um wenigstens einen Ansatzpunkt zu haben. Er hatte ihm Silas' Namen gegeben und ihm das wenige erzählt, was er über den Mann wusste, aber würde das dem ehemaligen SEAL reichen, um herauszufinden, wohin er Zita gebracht hatte?

Die Polizei ermittelte ebenfalls – und hatte Silas festgenommen –, aber jeder wusste, dass Tex viel schneller agieren konnte als die Strafverfolgungsbehörden. Und Zeit war von entscheidender Bedeutung. Die Spurensicherung war vor Ort gewesen und hatte Blutproben vom Boden genommen, die bestätigten, dass es sich um menschliches Blut handelte. Aber natürlich hatten die Ermittler Obi-Wan darauf aufmerksam gemacht, dass dies nicht bedeutete, dass es Zitas Blut war.

Aber er wusste, dass es so war.

Er wusste es aus tiefstem Herzen.

Es gab absolut keinen Grund, warum Zita verschwunden sein sollte. Er hätte seine Karriere als Night Stalker darauf verwettet, dass Silas in ihr Zimmer gekommen war und ihr in dem Moment, in dem sie die Tür geöffnet hatte, etwas angetan hatte.

Casper hatte – mit Erlaubnis des Besitzers – beschlossen, das *Anchor Point* zum Ausgangspunkt für die Suche nach Zita zu machen. Er hätte auch den Militärstützpunkt wählen können, aber Zivilisten hatten dort keinen Zutritt, und sie brauchten jede Hilfe, die sie bekommen konnten. Als sich herumgesprochen hatte, dass Zita vermisst wurde und möglicherweise entführt worden war, kamen die Einheimischen in Scharen, um bei der Suche zu helfen.

Das hätte Obi-Wan fast zum Lächeln gebracht. Fast.

Aber die Anwesenheit so vieler Menschen, die ihm Fragen stellten, auf die er keine Antworten hatte, machte ihn extrem nervös und gereizt. Er war dankbar für jede Hilfe, aber er hatte das Gefühl, dass alles umsonst war. Was auch immer Silas mit Zita gemacht hatte, er hatte sie gut versteckt. Aber war sie noch am Leben oder schon tot? Das war die Frage.

Obi-Wan wollte den Grund wissen, aber im Moment war es wichtiger, sie zu finden. Es spielte keine Rolle, warum er es auf die unscheinbare Sanitäterin abgesehen hatte, die für jeden ein Lächeln übrig hatte und alles tat, um den Verletzten bei ihren Dreharbeiten zu helfen – und darüber hinaus. Die Frau hatte medizinische Ausrüstung in ihrer *Handtasche*, um Himmels willen. Sie hatte kein bisschen Boshaftigkeit in sich.

Und Silas hatte ihr etwas angetan. Ihr wehgetan. Sie versteckt.

Obi-Wan und seine Freunde hatten sich in einer Ecke des

Anchor Point zusammengekauert. Alle Lichter in der Kneipe waren an, was den vertrauten Raum völlig fremd erscheinen ließ. Nur eine weitere Sache, die ihm Unbehagen bereitete.

Casper und Edge sprachen mit den Polizisten und Detectives, die ihnen bei der Organisation der Suchteams halfen. Chaos und Pyro verteilten Flyer mit Zitas Foto an die freiwilligen Helfer, die darauf warteten zu erfahren, wo sie suchen sollten.

Und Buck blieb in der Nähe von Obi-Wan, was dieser mehr schätzte, als er in Worte fassen konnte. Buck stand hinter ihm. In der Luft und am Boden. Sie waren Co-Piloten, Partner und beste Freunde. Er wusste, ohne dass Obi-Wan ein Wort sagen musste, wie angespannt er war. Er war da, eine stille Stütze, genau wie Obi-Wan für ihn gewesen war, als Mandy im Krankenhaus lag. Er hatte viele Stunden in einem Stuhl an Mandys Seite verbracht, immer wenn Buck von ihren anderen Freunden gezwungen wurde, nach Hause zu gehen, um zu duschen und etwas zu essen.

Buck sagte keine dummen Dinge wie »Wir werden sie finden« oder »Ihr geht es gut«, weil er wusste, dass beides nicht selbstverständlich war.

Obi-Wan war Realist. Silas Graves war ein großer Mann. Er hätte Zita töten und ihre Leiche auf verschiedene Arten beseitigen können, sodass sie unauffindbar gewesen wäre. Er wollte nicht glauben, dass das passiert war, dass die schöne Frau, die er liebte, nicht mehr lebte, aber er musste sich dieser Möglichkeit stellen. Und das war beschissen.

Die Tür zum *Anchor Point* öffnete sich, und reflexartig schaute Obi-Wan hinüber, um zu sehen, wer hereinkam.

Zu seiner Überraschung war es Carmen St. James.

Hinter ihr standen zwei große Männer, die er für Leibwächter hielt. Sie sah sich um, entdeckte Obi-Wan und steuerte direkt auf ihn zu.

Der letzte Mensch, den er sehen oder sprechen wollte, war

diese Frau – und er konnte den plötzlichen Gedanken nicht abschütteln, dass sie etwas damit zu tun hatte.

Silas war ihr Leibwächter gewesen, sie hatten jede freie Minute zusammen verbracht, wenn sie am Set war, und Gerüchten zufolge schlief sie mit dem Mann, der für ihre Sicherheit zuständig war. Derselbe Mann, den Obi-Wan verdächtigte, Zita entführt zu haben.

»Was macht *sie* hier?«, knurrte Buck leise.

Obi-Wan hatte keine Gelegenheit zu antworten, bevor Carmen sie erreichte und ihm die Arme um den Hals warf.

»Es tut mir so leid! Ich bin sofort in das erste Flugzeug aus L. A. gestiegen, als ich davon erfahren habe.«

Obi-Wan reagierte instinktiv. Er stieß sie von sich weg und machte einen großen Schritt zurück. »Nicht«, zischte er.

Carmen sah schockiert aus. Aber sie fasste sich schnell wieder. »Ich weiß, dass diese Situation stressig ist. Wie kann ich helfen?«

»Sag mir, wo Zita ist«, schnauzte Obi-Wan.

»Ich wünschte, ich könnte das«, antwortete Carmen mit mitfühlendem Gesichtsausdruck. »Was ich aber tun kann, ist Geld für die Suche spenden. Was braucht ihr? Pferde? Hunde? Mehr Personal? Geländewagen? Was auch immer, ich werde es organisieren.«

Ihre Worte klangen aufrichtig, aber ihr Blick hatte etwas Berechnendes, bei dem Obi-Wan die Augen zusammenkniff.

»Das wäre großartig«, sagte Buck, nahm Carmen am Arm und versuchte, sie von Obi-Wan wegzuziehen.

Einer ihrer Leibwächter trat zwischen sie. »Fass sie nicht an«, sagte er mit leiser Stimme.

»Ist schon gut, Joe«, sagte Carmen und tätschelte dem Mann liebevoll die Brust.

Abwesend fragte sich Obi-Wan, ob sie auch mit diesen neuen Männern schlief, die ihr zugeteilt worden waren. Wahrscheinlich.

»Obadiah ist ein alter Freund. Es ist alles in Ordnung.«

Der Leibwächter nickte und trat zurück, behielt Buck aber im Blick. Der starrte ihn ebenfalls wütend an. Obi-Wan hatte das Gefühl, dass sein Freund sich mit aller Kraft zurückhalten musste, um den Mann nicht zu erledigen. Und er hatte keinen Zweifel, dass Buck dazu in der Lage war. Sie alle waren im Nahkampf ausgebildet und konnten sich gegen die größten und stärksten Navy SEALs und Delta-Force-Soldaten behaupten. Dieser Typ war ihnen nicht gewachsen.

»Wie wäre es, wenn wir uns an einen ruhigen Ort begeben, um zu besprechen, was zu tun ist? Die arme Zita ist irgendwo da draußen. Ich weiß es einfach. Sie wartet darauf, gefunden zu werden, und gemeinsam können wir das schaffen. Du und ich.«

Diese wertlosen Plattitüden waren so verdammt irritierend. Genauso wie ihre Annahme, dass er auch nur einen Fuß aus dem *Anchor Point* setzen würde. Hatte er nicht gerade darüber nachgedacht, wie dankbar er Buck dafür war, dass er nicht gesagt hatte, sie würden Zita lebend und wohlauf finden? Dass er keine Versprechen gemacht hatte, die niemand halten konnte?

Sie trat näher und versuchte erneut, ihre Arme um ihn zu legen.

Wieder wich Obi-Wan einen Schritt zurück, seine Haut kribbelte schon bei dem Gedanken, dass diese Frau ihn berühren könnte. Vor allem weil er wusste, dass sie mit Silas zusammen gewesen war. Dem Mann, von dem Obi-Wan überzeugt war, dass er diesen Albtraum ausgelöst hatte.

Unbeeindruckt beugte sie sich vor und sagte leise: »Ich habe dich vermisst.«

Was zum Teufel?

Obi-Wan hatte genug.

Er drehte Carmen abrupt den Rücken zu und ging zur Bar.

Er hörte hinter sich einen Tumult, Carmen rief seinen Namen und einer ihrer Leibwächter sagte zu Buck, er solle

»Miss St. James verdammt noch mal loslassen«, aber Obi-Wan war das egal.

Ein paar Polizisten kamen an ihm vorbei, um sich um das zu kümmern, was mit Carmen los war. Als er die Bar erreichte, stützte er sich mit den Ellbogen auf die glatte Oberfläche und senkte den Kopf in die Hände.

Er wollte allein sein. Nein, das stimmte nicht. Er wollte mit Zita zusammen sein. Er wollte in seinem übergroßen Sessel sitzen, *Star Wars* schauen, über die Filme und die Handlung diskutieren und darüber, wie die neuen Filme und Serien mit den Klassikern zusammenhingen. Stattdessen hatte er es mit einer Frau zu tun, die das Wort *nein* überhaupt nicht verstand, die vielleicht in das verwickelt war, was Zita zugestoßen war – und die ihn anbaggerte, während sie vermisst wurde!

Er richtete sich auf, sah sich um und winkte den nächsten Polizisten herbei.

Er erklärte kurz seinen Verdacht und sagte dann: »Sie hatte etwas mit Silas Graves. Sie hat mit ihm geschlafen, während sie hier in der Stadt gedreht hat. Jemand muss sie fragen, warum zum Teufel sie einfach so aus heiterem Himmel aufgetaucht ist. Warum ist sie zurückgekehrt? Ich habe sie nicht darum gebeten. Wie hat sie überhaupt von Zitas Verschwinden erfahren? Hier läuft etwas total Schlimmes, und sie steckt bis zum Hals mit drin. Ich *weiß*, dass es so ist.«

»Ich werde mit den Detectives sprechen«, versicherte ihm der Beamte.

Obi-Wan konnte nicht viel mehr tun. Er musste hier raus. Frische Luft schnappen. Er war nicht mutig genug, sich einer der Suchmannschaften anzuschließen, denn wenn er Zitas Leiche finden würde ...

Er gebot sich selbst Einhalt. Nein. Sie war nicht tot. Das durfte sie nicht sein.

Er seufzte, denn jetzt tat *er* es sogar ... er gaukelte sich selbst Plattitüden vor.

Was er wirklich wollte, war eine halbe Stunde mit Silas Graves. Er und seine Teamkameraden könnten ihm die Details entlocken, was er getan und wohin er Zita gebracht hatte, dessen war er sich sicher.

Aber die Polizei würde ihn nicht in die Nähe des Mannes lassen. Die Beamten hielten ihn derzeit wegen irgendeiner erfundenen Anklage fest ... Obi-Wan wusste nicht, was es war, und es interessierte ihn auch nicht. Im Moment interessierte ihn nur, Zita zu finden.

Es war Zeit, Tex zurückzurufen. Er hatte ihm genügend Zeit gegeben, *etwas* herauszufinden. Obi-Wan hatte genug vom Warten.

Als hätte der Gedanke allein ihn herbeigerufen, klingelte Obi-Wans Telefon. Ein Blick auf das Display bestätigte, dass es Tex war.

Da er ungestört mit ihm sprechen wollte, ging er den Flur entlang, der zu den Toiletten führte, und weiter hinaus in den strahlenden Sonnenschein. Er hatte den flüchtigen Gedanken, dass es seltsam war, wie schön es draußen war, während es in seinem Kopf dunkel und gefährlich war. Es hätte regnen müssen, es hätte düster sein müssen, ein verdammt beschissener Tag. Stattdessen zwitscherten und sangen die Vögel ... und es fühlte sich wie eine Beleidigung an.

Ganz zu schweigen davon, dass die Erinnerung an das letzte Mal, als er mit Zita hier gewesen war, wie ein Dolchstoß ins Herz war. Er konnte fast spüren, wie sie ihn mit ihren Armen umfasste, als sie genau an dieser Stelle standen und sich unterhielten. Als sie ihn beruhigt hatte, nachdem Carmen unerwartet in der Kneipe aufgetaucht war.

»Hast du sie gefunden?«, fragte Obi-Wan, sobald er die Verbindung auf seinem Handy hergestellt hatte.

»Nein, aber ich habe einige interessante Dinge herausgefunden. Wusstest du, dass Silas und Carmen noch miteinander kommunizieren?«

Obi-Wan wusste das nicht, aber es überraschte ihn nicht.

Tex ließ ihm keine Zeit zu antworten, sondern redete einfach weiter.

»Seit sie weg ist, schreiben sie sich ununterbrochen SMS. Ich habe noch keine Abschrift ihrer Unterhaltungen, aber ich arbeite daran. Außerdem telefonieren sie mindestens einmal am Tag miteinander. Außer in den letzten vierundzwanzig Stunden, da scheint jegliche Kommunikation eingestellt worden zu sein. Als glaubten diese Idioten, dass sie sich unschuldig geben können, wenn sie einen Tag lang nicht miteinander sprechen. Außerdem war Silas' Handy gestern etwa acht Stunden lang ausgeschaltet. Von vier Uhr morgens bis fast mittags.«

»Zita wurde gegen viertel nach fünf entführt.«

»Ja. Ich kann ihn also nicht über Mobilfunkmasten orten, aber Carmen St. James ist nicht der einzige Mensch, mit dem Silas in letzter Zeit gesprochen hat. Er hat eine ziemlich lange Liste von Freunden mit fragwürdiger Moral. Ich habe die Nummern zurückverfolgt, an die er in den letzten zwei Wochen SMS geschickt hat, darunter sind drei Männer, die wegen bewaffneten Raubüberfalls verhaftet wurden, einer wegen Verschwörung zum Mord, zwei wegen sexueller Belästigung minderjähriger Mädchen und ein weiterer, der derzeit im Gefängnis sitzt. Er wurde erst gestern Abend wegen Betrugs festgenommen.«

Obi-Wan brummte. Auch das überraschte ihn nicht.

»Silas wurde vom Studio eingestellt, weil er keine Vorstrafen hat. Als seine Vergangenheit überprüft wurde, war seine Weste sauber. Er hatte auch schon eine ganze Reihe von Jobs, hauptsächlich als Wachmann. In Kaufhäusern, auf einem Schrottplatz und zuletzt, bevor er als Carmens Leibwächter eingestellt wurde, als Türsteher in einem Nachtklub in der Innenstadt.«

Obi-Wan fiel es schwer, ruhig zu bleiben. Warum erzählte

Tex ihm all diesen Mist? Das Einzige, was ihn interessierte, waren Informationen über Zita.

»Ich will damit sagen, dass dieser Typ verdammt zwielichtig ist. Er hätte jeden seiner kriminellen Freunde um Hilfe bitten können. Ich schicke dir ein Foto. Schau in deine Nachrichten.«

Obi-Wan war zwei Sekunden davon entfernt aufzulegen. Er brauchte Antworten, und Tex gab ihm keine. Trotzdem nahm er sein Handy vom Ohr und klickte auf seine Textnachrichten.

Das Bild, das seinen Bildschirm füllte, ließ ihn vor Schreck nach Luft schnappen.

Es war Silas Graves. Ein Polizeifoto. Von gestern. Und der Mann hatte offensichtlich eine heftige Schlägerei hinter sich. Sein Gesicht war voller Kratzspuren. Als hätte jemand mit den Fingernägeln über seine Wangen gekratzt. Nicht nur das, sein Auge war geschwollen und blutunterlaufen. Er sah furchtbar aus.

Zita hatte das getan. Er wusste es bis ins Mark. Zita hatte wie eine Wilde gekämpft. Er war stolzer auf sie, als er in Worte fassen konnte, aber das Bild minderte seine Sorge nicht im Geringsten. Seine Frau war winzig im Vergleich zu Silas. Wenn sie *ihm* solche Verletzungen zugefügt hatte ... was hatte er ihr dann angetan?

Er hörte über den Lautsprecher, wie Tex seinen Namen sagte, und Obi-Wan hielt das Telefon langsam wieder an sein Ohr. »Ich bin hier.«

»Das ist sein Festnahmefoto. Die Polizei wird ihn so schnell nicht freilassen, nicht mit den eindeutigen Spuren in seinem Gesicht, die zeigen, dass er in eine heftige Schlägerei verwickelt war. Ich habe keinen Zweifel daran, dass er Zita entführt hat. Ich arbeite so schnell ich kann daran, die Abschriften seiner SMS zu bekommen und die Arschlöcher aufzuspüren, mit denen er gesprochen hat, bevor sein Handy ausgeschaltet wurde. Oh, und noch etwas ... Carmen St. James ist auf dem Weg nach Norfolk. Sie ist vor Kurzem gelandet.«

»Sie ist hier. Oder war hier. Ich weiß nicht, ob sie noch hier ist.«

»Was wollte sie?«

»Mich«, sagte Obi-Wan ohne jede Überheblichkeit. »Sie sagte, sie sei sofort aufgebrochen, als sie hörte, dass Zita verschwunden ist. Sie hat angeboten zu helfen, wo sie kann. Im Grunde genommen hat sie gesagt, sie würde Geld in die Sache stecken.«

»Hmmm. Woher wusste sie, dass sie vermisst wird?«

»Das habe ich mich auch gefragt. Gerüchte verbreiten sich schnell am Filmset, aber die Dreharbeiten in Virginia sind abgeschlossen und sie ist seit zwei Wochen wieder in L. A. Und es ist nicht so, dass der Produzent, der noch in der Stadt ist, sie anrufen würde, um ihr mitzuteilen, dass die Set-Sanitäterin verschwunden ist.«

»Es sei denn, Silas hat sie angerufen, um ihr zu bestätigen, dass der Auftrag erledigt ist.«

Obi-Wan biss die Zähne zusammen. Ihm gefiel die Endgültigkeit dieser Worte nicht.

»Stimmt, tut mir leid«, fügte Tex angesichts Obi-Wans Schweigen hinzu. »Und es tut mir auch leid, dass meine Warnung in Bezug auf ihre Ankunft zu spät kam. Aber ich bin übrigens auch hinter ihr her. Wenn sie etwas damit zu tun hat, wird sie zur Strecke gebracht. Es ist mir egal, wie reich oder berühmt sie ist.

Ich melde mich in ein paar Stunden wieder. Bis dahin, hab Vertrauen, Obi-Wan. Wer einen Leibwächter so fertigmachen kann, ist verdammt hart im Nehmen. Sie wusste, was sie tat. Sie wusste, dass er sein Gesicht nicht verstecken und die Kratzer nicht wegzaubern kann. Wenn die Polizei ihn nicht zum Reden bringt, werde ich seine Geheimnisse auf andere Weise herausfinden ... indem ich seine sogenannten Freunde belästige. Ich garantiere dir, dass sie nicht mehr so loyal sein werden, wenn ich mit ihnen fertig bin. Ich rufe bald wieder an.«

Der vorletzte Satz war das Einzige, was Obi-Wan davon abhielt, völlig durchzudrehen. Tex hatte recht. Silas würde vielleicht den Mund halten, und er bezweifelte, dass Carmen zugeben würde, etwas über Zitas Verschwinden zu wissen. Aber die Arschlöcher, mit denen Silas rumhing? Die würden wahrscheinlich ihre eigenen Mütter opfern, wenn sie sich damit aus einer kniffligen Lage befreien könnten.

»Halte durch, Zita. Wir kommen dich holen. Atme einfach nur weiter«, flüsterte er in der inständigen Hoffnung, dass sie noch am Leben war und darauf wartete, dass er sie fand.

KAPITEL ZWEIUNDZWANZIG

Einatmen, fünf Sekunden lang die Luft anhalten, dann fünf Sekunden lang ausatmen.

Zita hatte jeden Zentimeter ihrer Gefängniszelle abgesucht. Es gab keine losen Metallteile, keine einzige lose Schraube, *nichts*. Sie befand sich buchstäblich in einer Metallbox mit zwei harten Platten, die aus der Wand ragten. Sie hatte nichts zu essen, nichts zu trinken ... aber viel wichtiger war, dass sie nichts hatte, um zu signalisieren, dass sie hier war.

Sie versuchte mit aller Kraft, sich nicht von der Panik überwältigen zu lassen.

Silas hatte sie einige Stockwerke tief in das riesige Schiff geführt und dann durch mehrere Gänge. Selbst wenn jemand wusste, wo er in diesem Metallkoloss nach ihr suchen musste, würde es wahrscheinlich eine Woche dauern, bis derjenige jeden Raum überprüft hätte. Und sie hatte keine Woche Zeit. Nicht ohne etwas zu trinken. Sie konnte eine Weile ohne Nahrung überleben, aber nicht ohne Flüssigkeit.

Sie konnte nichts tun, als auf einer der Pritschen zu liegen und zu atmen. Sie döste immer wieder ein, aber wenn sie wach war, versuchte sie, ihren knurrenden Magen zu ignorieren, indem sie ihre Atemzüge zählte. Sie war nicht bereit aufzugeben, aber sie hatte ehrlich gesagt keine Ahnung, wie jemand ... wie Sage ... sie finden könnte.

Außerdem hörte sie umso mehr Geräusche, je länger sie in der Dunkelheit war. Und desto mehr war sie davon überzeugt, dass es in diesem Schiff Geister gab. Sie war zuvor durch das Geräusch einer zuschlagenden Tür geweckt worden. Da sie dachte, jemand sei hier und würde nach ihr suchen, sprang sie auf und schrie so laut sie konnte. Sie hämmerte gegen die Tür – nicht dass ihre Fäuste an dem dicken Metall viel Lärm gemacht hätten –, aber sie konnte nicht einfach daliegen und *nichts* tun.

Doch nach einer Weile wurde ihr klar, dass niemand da war. Es war genauso still wie in dem Moment, in dem sie eingesperrt worden war.

Zwei Minuten, nachdem sie sich verzweifelt auf das Metallbett gesetzt hatte, hörte sie etwas, das wie Gelächter klang. Es war hoch und unheimlich und dauerte nur den Bruchteil einer Sekunde.

»Das war nicht lustig!«, rief sie, wütend darüber, dass die Geister mit ihr spielten.

Natürlich bekam sie keine Antwort.

Stunden später – zumindest nahm sie an, dass es Stunden waren – hätte Zita schwören können, dass sie einen kalten Luftzug auf ihrem Gesicht spürte. Aber das war unmöglich, da sie sich tief im Inneren des Schiffes befand.

Unter anderen Umständen wäre Zita bei dem Gedanken, von Geistern umgeben zu sein, vielleicht in Panik geraten. Aber abgesehen davon, dass sie sie mit dem Zuschlagen der Metalltür neckten, schienen sie nicht bösartig zu sein.

Sie hielt es immer noch für wahrscheinlicher, dass sie den Verstand verlor. Das passierte, wenn Menschen in Einzelhaft kamen, hatte sie gelesen. Aber der Gedanke, dass Geister um sie herum waren, vermittelte ihr das Gefühl, nicht ganz so allein zu sein.

»Sage wird kommen«, sagte sie laut, weil sie etwas anderes hören musste als das unheimliche Knarren des Schiffes und ihren eigenen Herzschlag. »Wartet, bis ihr ihn seht. Er ist umwerfend. Muskulös, sexy. Er gibt mir das Gefühl, schön zu sein, was mir noch nie zuvor passiert ist. Er ist witzig und klug und der beste Pilot der Welt. Und er liebt mich.«

Die letzten Worte flüsterte sie.

»Ich kann es immer noch kaum glauben. Ich meine, ich bin doch nur ich. Ich bin niemand Besonderes. Und doch *fühle* ich mich in seiner Gegenwart besonders. Als sei ich der wichtigste Mensch auf der Welt. Das ist ein berauschendes Gefühl. Er arbeitet sehr hart und ist außerdem ein Held. Er war wahrscheinlich schon auf vielen Schiffen wie diesem. Er fliegt beruflich Hubschrauber. Und er ist verdammt gut darin. Er sucht mich. Wahrscheinlich macht er sich verrückt, weil er nicht weiß, wo ich bin. Aber er wird es herausfinden. Er und seine Freunde. Sie werden Silas finden, sehen, was ich ihm angetan habe, und wissen, dass er mich entführt hat. Meine DNA ist in seinem Kofferraum, und sie werden seine früheren Arbeitsstellen überprüfen und dieses blöde Werftgelände durchsuchen. Er hat behauptet, er sei der Beste im Versteckspielen – aber scheiß auf ihn! Sie werden mich finden.«

Zita hielt inne.

»Ich wünschte nur, sie würden sich beeilen.«

Sie schluckte schwer, holte noch einmal tief Luft, hielt den Atem fünf Sekunden lang an und atmete dann langsam aus, während sie erneut bis fünf zählte.

Geduld. Sie musste einfach Geduld haben.

Aber in ihrem Kopf tickte eine riesige Uhr, die die Zeit zählte ... und die lief ab. Als Sanitäterin wusste sie genau, was der Mangel an Wasser mit ihr machen würde. Sie wusste genau, wie Dehydrierung sie langsam umbringen würde. Es spielte keine Rolle, wie stark sie war. Wie klug, wie sehr sie Sage liebte.

Die Zeit war nicht auf ihrer Seite. Sie wusste das, und er wahrscheinlich auch.

Tief einatmen.

Halten.

Ausatmen.

Sie konnte sich nur auf das Atmen konzentrieren. Ein Atemzug nach dem anderen.

Buck versuchte gerade, Obi-Wan zum Essen zu zwingen, aber der hatte keine Lust. Er würde sich wahrscheinlich übergeben, wenn er etwas aß. Jedes Mal wenn er aufblickte, sah er die Uhr über der Bar im *Anchor Point*. Es war eine dieser altmodischen Uhren. Mit einem riesigen Zifferblatt und einem Sekundenzeiger, der langsam, aber stetig tickte. Er schien Obi-Wan zu verspotten, und er hätte schwören können, dass er das Ticken dieses verdammten Sekundenzeigers über die Stimmen und anderen Geräusche im Raum hinweg hören konnte.

Er war sich sehr bewusst, wie viel Zeit verging. Wenn Zita verletzt war, konnte jede Sekunde über Leben und Tod entscheiden. Es war fast körperlich schmerzhaft, dort zu stehen und darauf zu warten, dass etwas passierte.

Dass einer der Suchenden Zitas Leiche finden würde.

Dass die Polizei anrief und sagte, Silas sei endlich zusammengebrochen und habe ihnen gesagt, was er getan hatte.

Dass Carmen St. James endlich ein Gewissen bekam und die Verschwörung aufdeckte.

Aber nichts davon war geschehen, und Obi-Wan war kurz davor, den Verstand zu verlieren.

Er fuhr sich mit der Hand durchs Haar und beschloss, dass es genug war. Er musste hier raus. Er hatte keine Ahnung, wohin er gehen sollte, aber er konnte keine Sekunde länger in diesem verdammten Raum bleiben.

Dann passierten zwei Dinge gleichzeitig.

Die Eingangstür öffnete sich und Obi-Wans Telefon klingelte.

Eine Frau betrat die Kneipe mit einem großen schwarzen Labrador Retriever an der Leine. Der Hund trug ein schwarzorangefarbenes Geschirr, auf dem in fetten schwarzen Buchstaben *SUCHHUND* stand. Die Frau trug eine dunkelblaue Cargohose mit ausgebeulten Taschen und ein dunkelblaues Polohemd mit einem kleinen weißen Logo auf der linken Brust. Ihr braunes Haar war kurz, und wenn er hätte raten müssen, hätte er gesagt, dass sie etwa eins fünfundsechzig groß war. Sie lächelte nicht, sondern sah sich im Raum um, als würde sie jemanden suchen.

Ihr Blick traf den von Obi-Wan, und sie steuerte auf ihn zu.

Als er den Suchhund sah, wurde ihm noch schlechter als zuvor. Er musste unweigerlich an Leichenspürhunde denken. Er hatte zwar keinen Beweis dafür, dass es sich bei dem schwarzen Labrador um einen solchen Hund handelte, aber er wollte sich dieser Möglichkeit nicht einmal stellen.

Obi-Wan drehte der Frau, die auf ihn zukam, den Rücken zu und nahm seinen Anruf entgegen.

»Ich habe die Verbindung gefunden«, sagte Tex ohne Umschweife. »Kurz bevor Graves festgenommen wurde, hat er einen der Sicherheitsleute angerufen, mit denen er früher auf der Schiffsabwrackwerft gearbeitet hat. Soweit ich weiß, hatte er seit Monaten nicht mehr mit dem Mann gesprochen. Warum sollte er ihn dann aus heiterem Himmel anrufen, kurz bevor er jemanden entführt? Ich habe den zuständigen Detective angerufen, der den Mann aufgesucht und mit ihm gesprochen hat. Er sagte, Graves sei gestern früh auf dem Gelände gewesen und habe ihm befohlen, niemandem etwas zu sagen. Das kommt mir sehr verdächtig vor. Dann sagte er, Graves sei etwa anderthalb Stunden lang irgendwo auf dem Areal gewesen. Er behauptet, nichts Ungewöhnliches gesehen oder gehört zu haben. Ich bin mir nicht sicher, ob ich ihm glaube, aber er schwört, dass er die Wahrheit sagt.

Ein Deputy vom Sheriff-Büro kommt ins *Anchor Point*, um dich zur Werft zu begleiten. Sie bringt ihren Spürhund mit. Sie brauchen etwas von Zita, damit der Hund die Fährte aufnehmen kann. Sie ist dort, Obi-Wan – darauf würde ich meinen Ruf verwetten.«

»Ist es ... es ist kein Leichenspürhund, oder?«, flüsterte er, ohne sich darum zu kümmern, dass seine Stimme bei dieser Frage brach.

»Nein. Es ist ein Fährtensuchhund.« Tex' Stimme klang mitfühlend und beruhigend.

Obi-Wan war erleichtert, aber ihm war immer noch schwindelig. Konnte dieser Albtraum endlich zu einem Ende kommen? Es war der Morgen des zweiten Tages, es waren noch nicht ganz achtundvierzig Stunden vergangen ... aber es kam ihm wie eine Ewigkeit vor. Es gab immer noch keine Garantie, dass Zita noch lebte, dass Silas sie nicht zur Werft gebracht und getötet hatte, bevor er ihre Leiche ins Meer geworfen oder in einem der verrosteten Metallwracks auf dem Grundstück versteckt hatte.

Aber vielleicht, nur vielleicht ...

Er ließ den Gedanken verschwinden, als er sich dem Deputy zuwandte.

Edge hatte sie daran gehindert, näher zu kommen, und sprach mit finsterer Miene mit der Frau. Es sah so aus, als hätten sie ein intensives Gespräch. Aber Obi-Wan war mehr als bereit, mit dem verdammten Gerede aufzuhören und von dort zu verschwinden. Die Uhr hinter der Bar tickte immer noch viel zu laut.

»Ich arbeite an den Satellitendaten, und wenn ich etwas finde, gebe ich dir Bescheid. Ich melde mich«, sagte Tex, bevor er die Verbindung unterbrach.

Obi-Wan steckte sein Handy wieder in die Tasche und ging schnell zu Edge und dem Deputy hinüber.

Die Frau drehte sich zu ihm um und streckte ihm die Hand entgegen. »Jennifer Williams. Das ist Fred.« Sie deutete auf den schwarzen Labrador, der neben ihr saß. Selbst der Hund sah ernst aus.

»Ist er gut?«, fragte Obi-Wan.

Sie nickte. »Einhundertzweiundvierzig Suchen. Einhundertvierunddreißig erfolgreiche Funde. Und bevor Sie fragen: Die acht, die er nicht gefunden hat, waren Fehlalarme, keine vermissten Personen, daher zähle ich die nicht als Fehlschläge.«

Obi-Wan nickte. »Zita hat neulich bei mir übernachtet. Ich kann den Bezug von ihrem Kissen holen.«

»Perfekt, dann los.«

Erfreut, dass die Frau genauso eifrig war wie er, machte Obi-Wan sich auf den Weg zur Tür.

»Ich komme mit«, sagte Edge.

Obi-Wan war ganz darauf konzentriert, zu diesem Schrottplatz zu gelangen. Es war ihm egal, ob die gesamte Bevölkerung von Norfolk mitkam, um zuzuschauen und zu helfen. Es zählte allein, seine Frau zu finden.

Es dauerte nicht lange, bis er bei seiner Wohnung anhielt. Jennifer kam mit ihm nach oben, ließ Fred in ihrem Wagen sitzen und steckte, nachdem sie Handschuhe angezogen hatte, den Kissenbezug vorsichtig in eine Plastiktüte. Sie sagte nicht viel, wofür Obi-Wan dankbar war. Er hatte das Gefühl, nicht sprechen zu können – alle Worte, die ihm eingefallen wären, blieben ihm im Hals stecken.

Edge folgte Jennifers Streifenwagen, als sie wie eine Furie aus der Stadt in Richtung Schrottplatz raste. Der lag am

Wasser, nicht weit vom Marinestützpunkt entfernt. Das Gelände war von einem Zaun umgeben, und am Tor stand eine einfache Wachhütte. Ein bewaffneter Polizist bewachte das Tor und ließ sie, ohne zu zögern, durch.

Obi-Wan überkam ein Schauer, als sie über die unbefestigten Wege auf dem Gelände fuhren. Er war ein praktischer Mann. Er glaubte nicht unbedingt an übernatürliche Dinge. Er war kein Fan von Okkultem oder Paranormalem. Aber hier zu sein war ... unheimlich. Die Luft schien anders zu sein. Schwerer.

Überall, wohin er blickte, standen die Skelette riesiger, leerer Schiffe. Einige waren klein, andere riesig. Es gab auch Flugzeuge, ein oder zwei Hubschrauber und andere Militärfahrzeuge. Panzer, Jeeps und Limousinen. Es war ein Schrottplatz auf Crack.

Aber was ihm *wirklich* ins Auge fiel, war der riesige Flugzeugträger. Er war mit Abstand das größte Relikt auf dem Schrottplatz. Jetzt, da er hier stand und ihn sah, erinnerte er sich an einen Online-Artikel, in dem stand, dass das Schiff endlich vollständig gereinigt und ausgeschlachtet worden war, alle gefährlichen Materialien entfernt worden waren und es bald ins Meer geschleppt, versenkt und so zu einem künstlichen Riff werden sollte.

Es ragte über alles andere hinaus. Selbst die anderen großen Schiffe im Trockendock sahen neben dem riesigen Flugzeugträger winzig aus.

»Das wäre der perfekte Ort, um etwas zu verstecken, das nicht gefunden werden soll«, sagte Edge fast flüsternd.

Er hatte recht. Und das ließ Obi-Wan die Haare zu Berge stehen.

»Sie ist dort. Sie muss dort sein«, sagte er nach einem Moment.

»Das wissen wir nicht.«

»Sieh dich um, Edge. Wenn du Silas wärst und sie hierher-gebracht hättest, wo würdest du sie verstecken?«

Sein Freund runzelte die Stirn. »Auf diesem Flug-zeugträger.«

»Genau. Vor allem weil er aufs offene Meer geschleppt werden soll. Niemand würde sie finden, tot oder lebendig, wenn sie darin wäre.« Die Worte verstärkten Obi-Wans Übel-keit noch, aber sie mussten ausgesprochen werden. Er war Realist. Er hatte dem Tod öfter ins Auge gesehen, als er zählen konnte. Aber nicht dem Tod von jemandem, der ihm etwas bedeutete. Den er liebte.

Plötzlich ungeduldig, wollte er *sofort* auf den Flugzeug-träger gelangen. Er würde den ganzen Ort auf den Kopf stellen, um Zita zu finden. Sie war dort. Das wusste er so sicher, wie er seinen eigenen Namen kannte.

Edge parkte und sie stiegen blitzschnell aus dem Wagen. Jennifer öffnete gerade die Hintertür ihres Fahrzeugs, um den Labrador herauszulassen, als der Rest ihres Night-Stalker-Teams eintraf. Edge hatte Casper angerufen, während Obi-Wan mit dem Deputy in seiner Wohnung war, was ihm mehr als recht war. Je mehr Augen, desto besser. Und niemandem vertraute er mehr als seinen Teamkameraden.

Sie waren nicht in der Luft, wurden nicht beschossen und mussten nicht Berggipfeln ausweichen, aber diese Situation fühlte sich nicht weniger bedrohlich an. Diese verdammte Uhr tickte immer noch in seinem Kopf.

Es waren auch mehrere Polizei- und Sheriff-Fahrzeuge vor Ort. Es mussten mindestens zwei Dutzend Männer sein, was Obi-Wan etwas optimistischer stimmte. Mit so viel Hilfe sollte es nicht allzu lange dauern, Zita zu finden ... hoffte er.

»Geben Sie Fred fünf Minuten«, sagte Jennifer, während sie die Plastiktüte öffnete, in der sich der Kissenbezug befand, den Zita zwei Nächte zuvor benutzt hatte. »Er wird ihre Witterung aufnehmen und uns zeigen, wohin sie gebracht wurde. Das garantiere ich Ihnen.«

Obi-Wan schluckte schwer und nickte. Er war sich fast sicher, dass Zita auf diesem Flugzeugträger war, aber ... was, wenn nicht? Sie würden Stunden mit Suchen verschwenden, wenn sie es innerhalb von Minuten wissen könnten, indem sie dem Suchhund die Möglichkeit gaben, das zu tun, was er am besten konnte.

Es dauerte keine fünf Minuten. Sobald Fred Zitas Fährte aufgenommen hatte, schoss er los wie eine Rakete. Mit der Nase am Boden und in der Luft folgte er aufgeregt Zitas Spur im Zickzack.

Wie Obi-Wan vermutet hatte, lief der Hund direkt auf den riesigen Flugzeugträger zu.

Es dauerte nicht lange, bis sie an einem wackeligen Dock ankamen, das aus willkürlich zusammengesetzten Holzstücken gebaut war. Fred zog an seinem Geschirr und seiner Leine, da er offensichtlich aufs Schiff wollte, um die Suche fortzusetzen.

»Ich gehe mit dem Hund«, sagte Obi-Wan.

Niemand widersprach ihm.

»Wir gehen alle mit Fred«, erklärte Casper entschlossen.

»Ich koordiniere die Suche hier draußen«, sagte einer der Detectives. »Wir müssen methodisch vorgehen und nicht wie kopflose Hühner auf dem Schiff herumlaufen. Sechs von Ihnen«, sagte er und zeigte auf ein halbes Dutzend Polizisten, »gehen mit ihnen. Der Rest verteilt sich. Selbst wenn sie das Opfer finden, müssen wir das Grundstück durchsuchen, um einen Fall gegen den Angreifer aufzubauen.«

»Zita. Ihr Name ist Zita«, stieß Obi-Wan hervor.

»Was?«

»Nicht *das Opfer*. Ihr Name ist Zita Darlington.«

»Richtig. Entschuldigung. Wenn Sie etwas finden, irgendwelche Beweise, fassen Sie sie nicht an, rühren Sie nichts an. Melden Sie es. Reifenspuren, Körperflüssigkeiten, Kleidung,

Zigarettenkippen ... wenn etwas verdächtig aussieht, rufen Sie mich. Die Spurensicherung ist unterwegs. Die Kollegen werden alles fotografieren und einsammeln, was wir finden. Los geht's!«

Obi-Wan wandte sich von den Männern ab, die anfingen, sich auf dem Grundstück zu verteilen. Einen Moment lang wollte er sie zurückrufen und ihnen sagen, sie sollten sich zu den anderen auf dem Flugzeugträger begeben, da sie unmöglich alles selbst durchsuchen konnten. Aber sie brauchten alle Beweise, die sie finden konnten, um Silas zu überführen.

»Der offensichtlichste Weg hinein führt dort entlang«, sagte einer der Polizisten und zeigte auf eine kleine Luke an der Seite des riesigen Rumpfes.

»Aber wie hat er sie da reinbekommen?«, fragte jemand anderes.

In diesem Moment bellte Fred ein großes Brett an, das auf dem provisorischen Dock lag. Es fügte sich nahtlos in die instabile Konstruktion ein und sah aus wie ein weiteres zufällig dort liegendes Stück Holz, aber es war offensichtlich, wofür es verwendet worden war. Niemand brauchte Freds Warnung, um zu erkennen, dass Zita auf diesem Brett gewesen war.

Edge und Chaos halfen, es über die Lücke zu legen und abzustützen, sodass es eine Art Laufsteg bildete. Ein unsicherer und wackeliger Laufsteg, aber immerhin ein Weg hinein.

Ihm wurde klar, dass es fast unmöglich gewesen wäre, ohne dieses Brett von dem verdammten Schiff zu kommen, selbst wenn Zita dort war und es geschafft hätte, einen Weg nach draußen zu finden.

Obi-Wans Hass auf Silas Graves wuchs mit jedem Herzschlag. Mit jeder Sekunde, die er an diesem Ort verbrachte. Der Gedanke, dass Zita um ihr Leben gekämpft und Silas diese Spuren im Gesicht zugefügt hatte, bevor sie auf dieses Schiff gezerrt wurde, tat ihm körperlich weh. Und er hatte keinen Zweifel daran, dass der Kampf hier stattgefunden hatte, denn niemand im Motel hatte etwas gehört. Wahrscheinlich war sie bewusstlos geschlagen worden, als sie die Tür geöffnet hatte, sodass Silas sie ohne großes Aufsehen entführen konnte.

Aber als sie an der Werft angekommen waren, hatte sie offensichtlich wie eine Löwin gekämpft. Obi-Wan hoffte nur, dass ihr Widerstand nicht mit ihrem Tod geendet hatte. Dass sie auf diesem verdammten Flugzeugträger versteckt worden war, anstatt einfach ermordet zu werden.

Obi-Wan konnte sich die Szene vor seinem inneren Auge vorstellen. Seine Zita, die sich weigerte, Silas' Befehl zu befolgen, und dieser Arsch, der sichtlich Freude daran hatte, ihr ihr bevorstehendes Schicksal zu erklären. Wie das Schiff bald versenkt werden würde – mit ihr darin. Das schien etwas zu sein, das diesem Mann Spaß machen würde.

»Ist es für Sie okay, wenn Sie da raufgehen?«, fragte Edge Jennifer mit zweifelnder Stimme.

»Natürlich. Warum sollte es das nicht sein?«, antwortete sie, während sie einigen Beamten folgten, die als Erste den Steg hinaufgingen, um sich davon zu überzeugen, dass im Inneren alles in Ordnung und der Eingang passierbar war.

»Weil Sie den Hund dabeihaben. Und es ist nicht stabil«, sagte Edge.

Jennifer lachte. »Das ist doch ein Scherz, oder? Und er heißt Fred, nicht ›der Hund‹. Er ist es gewohnt, auf solchen Dingen zu laufen. Er ist ein Suchhund. Das ist sein Job.«

Edge nickte. »Entschuldigung. Es ist nur ein langer Weg nach unten, falls er fällt.«

»Das wird er nicht«, sagte sie entschlossen.

Sobald die Beamten Entwarnung gaben, stieg Obi-Wan das Brett hinauf, als sei es eine breite Metallplattform und nicht fünfzig Zentimeter breites verrottetes Holz. Fred folgte ihm ebenso mühelos mit Jennifer und Edge dicht auf den Fersen.

Die Luft im Inneren des Flugzeugträgers war feucht und muffig, und es war dunkel. Sobald er sich zu weit von der offenen Luke an der Seite des Schiffes entfernt hatte, konnte Obi-Wan nichts mehr sehen.

Jennifer griff in eine ihrer Taschen und holte eine Taschenlampe heraus. Sie befestigte sie an ihrem Gürtel und steckte eine weitere an Freds Geschirr, um den Weg vor dem Hund zu beleuchten.

»Hier«, sagte ein Beamter und reichte Obi-Wan eine Taschenlampe. Es war eine dieser schweren Industrielampen, die man notfalls als Waffe verwenden konnte. Der Lichtstrahl war stark und hell.

»Wenn Sie mit uns kommen, halten Sie die Lampen von Freds Augen fern«, bat Jennifer. »Er geht vor, aber es würde ihm die Sicht nehmen, wenn er sich umdreht, um nach mir zu sehen, und der Strahl ihm ins Gesicht trifft.«

Obi-Wan nickte.

Es dauerte weitere fünf Minuten, bis der Detective, der sich ihnen bei der Suche auf dem Schiff angeschlossen hatte, alle Anweisungen gegeben hatte. Alle waren sich einig, nicht alles auf eine Karte zu setzen, nur für den Fall – obwohl Obi-Wan insgeheim auf Fred setzte. Dennoch würden die Beamten zusammenbleiben und so schnell wie möglich jeden Raum methodisch absuchen, Ebene für Ebene. Die Night Stalkers würden Jennifer und ihren Suchhund begleiten.

Sie erhielten Funkgeräte und wurden angewiesen, sich alle fünf Minuten zu melden und regelmäßig zu notieren, wo sie sich gerade befanden, damit sie sich nicht in dem riesigen Schiff verirrten.

Schließlich, nachdem sich alle gemerkt hatten, wo sich die Luke befand und wie sie das Schiff im Notfall verlassen konnten, begannen die Beamten mit ihrer Suche.

Obi-Wan und sein Team wandten sich wieder Jennifer und Fred zu.

Sie holte erneut die Plastiktüte mit dem Kissenbezug aus einer der Taschen ihrer Cargohose und öffnete sie. Fred steckte seine Schnauze für einen kurzen Moment in die Tüte, um noch einmal zu riechen, wen er suchte, hob dann den Kopf und schnüffelte in der Luft, bevor er einen dunklen Gang zu ihrer Linken hinunterlief.

Die Night Stalkers folgten Jennifer dicht auf den Fersen. Obi-Wan biss die Zähne so fest zusammen, dass er Migräne bekam, aber er ignorierte es. Es zählte einzig und allein, Zita zu finden.

Alle hofften, sie schnell zu finden, aber sie waren bereit, das gesamte Schiff zu durchsuchen, falls es mit dem Hund nicht klappen sollte. Obi-Wan war sehr zuversichtlich, da Fred sofort eine Fährte aufgenommen zu haben schien.

Fred hatte eine lange Leine an seinem Geschirr befestigt, und Jennifer ging schnell hinter ihm her, sagte ihm, er solle »suchen«, und lobte ihn gelegentlich, während er das tat. Alle blieben dicht hinter ihr, richteten ihre Taschenlampen auf den Boden oder die Decke und beleuchteten so den Bereich direkt um sich herum, während sie sich vorwärtsbewegten.

Das Schiff war riesig. Fred kehrte ab und zu um, als hätte er die Fährte verloren, nahm sie dann aber wieder auf.

»Das ist normal«, erklärte Jennifer ruhig.

Es war ein seltsames Gefühl, ihre Stimme durch die leeren Metallgänge hallen zu hören, zumal Obi-Wan mehr als genug Zeit auf Flugzeugträgern verbracht hatte, die voller Leben waren.

Sie stiegen einige Ebenen hinab, und mit jedem Schritt wuchs Obi-Wans Hass auf Carmen und Silas. Er konnte sich nicht vorstellen, was Zita gedacht hatte, als sie so weit ins Innere des Schiffes gezwungen worden war. Sie musste Todesangst gehabt haben ... wenn sie nicht schon tot war.

Obi-Wan verdrängte diesen Gedanken sofort aus seinem Kopf.

Von den anderen Suchteams kam die Meldung, dass sie noch nichts gefunden hatten.

Nichts.

Gar nichts.

Null.

Zita musste hier sein. Sie musste es einfach sein. Alles andere war inakzeptabel. Denn wenn sie nicht hier war, hatten sie nichts mehr, woran sie sich festhalten konnten. Sie müssten wieder von vorn anfangen und versuchen, Silas selbst dazu zu bringen, ihnen Informationen zu geben.

Und wenn sie nicht hier war, bedeutete das, dass Tex sich geirrt hatte.

Tex Keegan irrte sich nie.

Sie war hier. Obi-Wan spürte es in seinen Knochen. Er musste sie einfach finden.

Jennifer hielt Fred kurz an und gab ihm Wasser aus einer speziellen Flasche, die sie aus einer anderen Tasche genommen hatte. An der Öffnung war ein kleines Tablett befestigt, damit der Hund leicht trinken konnte. Der Labrador war während der letzten fünf Minuten zurückgegangen und hatte bereits belaufene Strecken erneut abgesucht, als sei der Geruch in der Luft verwirrend oder verdünnt oder so etwas. Obi-Wan war sich nicht sicher, wie das funktionierte, aber es war möglich, dass Zita irgendwo in der Nähe war und der Hund aufgrund all des Metalls und der Türen Schwierigkeiten hatte, genau zu lokalisieren, hinter welcher sie sich befand.

»Ich würde gern etwas versuchen«, platzte es aus ihm heraus.

Alle sahen ihn an. Selbst der Hund hörte auf, Wasser zu schlürfen, und legte den Kopf schief, als könnte er jedes Wort verstehen, das er sagte.

»Dieses Schiff ist komplett leer. Es ist nichts als Metall. Unsere Schritte hallen wider, wenn wir gehen. Verdammt, sogar unsere Stimmen hallen zurück. Ich möchte Zitas Namen rufen.« Er schluckte schwer, bevor er das sagte, was ihm als Nächstes durch den Kopf ging. »Wenn sie bei Bewusstsein ist, könnte sie uns hören, sogar durch die Türen. Ich sage nicht, dass Fred sie übersieht, aber ich bin nicht bereit, das Risiko einzugehen. Wenn wir ihren Namen rufen und dann innehalten, um zu sehen, ob wir eine Antwort hören, könnte das die Sache beschleunigen.«

Jennifer sah skeptisch aus, und seine Freunde sahen ... mitfühlend aus. Aber Obi-Wan war es egal, ob sie dachten, er läge falsch. Er würde alles tun, um Zita zu finden, auch wenn alle anderen es für Zeit- und Energieverschwendung hielten.

Schließlich zuckte Jennifer mit den Schultern. »Wir können es genauso gut versuchen.«

»Los geht's«, stimmte Buck zu.

»Okay. Auf drei rufen wir alle so laut wir können ihren Namen. Dann warten wir, ob wir eine Antwort hören«, sagte er.

Nachdem seine Suchpartner genickt hatten, holte er tief Luft. »Eins, zwei, drei ... ZIIIIITAAAAA!«

Der Schrei aller war laut, Zitas Name schien von den Wänden, der Decke und dem Boden widerzuhallen und um sie herum zu hallen, selbst nachdem sie verstummt waren.

Obi-Wans Herz schlug ihm bis zum Hals, als er die Augen schloss und entgegen aller Hoffnung darauf hoffte, Zitas Stimme zu hören.

Aber nachdem ihre Rufe verhallt waren, war es im Schiff genauso still wie zuvor.

Scheiße.

»Wir machen weiter«, sagte Casper entschlossen. »Auf jeder Ebene, auf der Fred viel Zeit verbringt. Das ist eine gute Idee.«

Obi-Wan hatte keine Ahnung, ob sein Freund ihn nur beruhigen wollte oder nicht, aber es war ihm egal.

»Fred ... such«, sagte Jennifer und gab ihrem Hund das Kommando, die Suche fortzusetzen. Wieder rannte der Hund los wie eine Rakete. Seine enthusiastische Reaktion bewahrte Obi-Wan vor dem Gefühl, dass diese Suche völlig hoffnungslos war. Er kannte den Hund nicht, aber er nahm an, dass er nicht so eifrig wäre, wenn er keine Spur von Zita hätte.

Also machten sie weiter. Gelegentlich blieb Fred vor einer Tür stehen, die sie öffneten. Sie fanden immer nur Metallstreben, die aus den Wänden ragten, Plattformen für Matratzen für die Tausende von Männern und Frauen, die auf diesem Flugzeugträger gelebt und gearbeitet hatten. Zu jeder anderen Zeit hätte Obi-Wan die Geschichte dieses Ortes fasziniert. Aber er konnte nur daran denken, dass Zita in einem dieser Räume war. Dass Silas sie hier zum Sterben zurückgelassen hatte ... wenn sie nicht schon tot war.

Nein. Das wollte er nicht glauben. Er weigerte sich zu glauben, dass all die harte Arbeit von Tex, all ihre Bemühungen umsonst gewesen waren.

Während sie einen Gang nach dem anderen entlanggingen und Fred sich gelegentlich umdrehte, als sei er verwirrt, wohin der Geruch führte, versuchte Obi-Wan sein Bestes, das unheimliche Knarren des riesigen Schiffes zu ignorieren. Als würde es sich darüber beschweren, dass sie dort waren und in seinen Raum eindrangen.

Er verspürte den Drang, das Schiff zu beruhigen. Ihm und allen Geistern, die noch darin wohnten, zu versichern, dass sie bald verschwinden würden. Sobald sie hatten, weswegen sie gekommen waren. Bald würden die Geister in Frieden ruhen, sobald dieses Schiff auf dem Grund des Ozeans lag, über den es so oft geglitten war.

Er verspürte ein noch stärkeres Bedürfnis, sie um Hilfe zu bitten. Sie zu bitten, ihm bei der Suche nach Zita zu helfen. Ihm zu helfen, den einzigen Menschen auf der Welt zu finden, ohne den er nicht leben konnte.

Obi-Wan holte tief Luft, um einen klaren Kopf zu bekommen, und beschleunigte seine Schritte, um Fred und Jennifer einzuholen, die nicht im Geringsten langsamer wurden.

Es schien, als gäbe es unzählige Räume zu durchsuchen,

aber Fred lief an den meisten vorbei, ohne einen zweiten Blick darauf zu werfen. Zeit hatte keine Bedeutung mehr. Obi-Wan hatte keine Ahnung, wie lange sie schon auf dem Schiff waren. Und er hatte völlig die Orientierung verloren. Es würde schwierig werden, den Weg hinauszufinden, aber darum würde er sich kümmern, sobald er sicher war, dass Fred jeden Quadratzentimeter des Schiffes abgeschnüffelt hatte.

Schweiß tropfte ihm von den Schläfen. Er ignorierte ihn und wischte sich nur mit der Schulter die salzige Flüssigkeit aus den Augen. Es war schon schwer genug, nur mit den Taschenlampen, die ihnen den Weg beleuchteten, etwas zu sehen.

Von Zeit zu Zeit hielten sie an, um Zitas Namen zu rufen, doch als Antwort hörten sie nur absolute Stille.

Es war zum Verrücktwerden. Deprimierend. Das Schlimmste, was Obi-Wan je erlebt hatte. Er wollte, dass dieser Albtraum endlich zu Ende ging.

Dann machte Fred ein schniefendes Geräusch. Eines, das er bisher noch nicht gemacht hatte.

Er blieb stehen. Als Jennifer ihn einholte, sagte sie: »Fred, such.«

Als Antwort bellte der Hund. Einmal. Dann rannte er den Flur hinunter, als hätte er ein Eichhörnchen oder etwas Ähnliches gesehen und beschlossen, es zu jagen.

Nur gab es hier unten keine Eichhörnchen. Nichts, was ein Hund jagen würde.

Obi-Wan betete, dass die Reaktion des Hundes darauf zurückzuführen war, dass er Zita gefunden hatte, und eilte Jennifer hinterher, sein Team dicht hinter ihm.

Bitte lass es kein Fehlalarm sein, flehte er im Stillen, während er lief.

KAPITEL DREIUNDZWANZIG

Zita klingelten die Ohren. War das überhaupt möglich, wenn es absolut nichts zu hören gab? War es ihre Einbildung? Wahrscheinlich. So dunkel wie die Nacht war, hatte das Knarren des Schiffes vor einer Weile aufgehört. Sie war in völliger Stille zurückgelassen worden. Das war schlimmer, als das Stöhnen des Schiffes um sie herum zu hören.

War sie tot? Zita glaubte nicht, aber sie war sich nicht sicher.

Mit der rechten Hand kniff sie sich fest in den Oberschenkel.

»Aua!«, sagte sie laut und durchbrach damit die Stille. »Das tat weh!«

Erleichterung durchströmte sie. Ja, sie hatte sich selbst sprechen hören, den Schmerz des Kneifens gespürt. Dann war sie nicht tot.

Das war gut ... oder?

Sie seufzte, denn sie wollte etwas tun. Sie wollte sich irgendwie helfen. Aber ehrlich gesagt gab es nichts Konstruktives, was sie tun konnte. Sie hatte versucht, etwas zu finden, mit dem sie gegen die Wände schlagen konnte, hatte versucht, die

Tür aufzubrechen, hatte versucht zu schreien ... alles ohne Erfolg.

Das war zum Kotzen.

Sie konnte nur über ihr Leben nachdenken. Über die Menschen, die traurig sein würden, dass sie nicht mehr da war. Ihre Eltern natürlich. Ihr Bruder. Ein paar ihrer Kollegen in Kalifornien.

Sage.

Es war unvermeidlich, dass ihre Gedanken immer wieder zu dem Mann zurückkehrten, der sie so glücklich gemacht hatte wie schon lange nicht mehr. Mit Sage zusammen zu sein war einfach. Er war rücksichtsvoll und gab sich alle Mühe, ihr eine Freude zu machen. Es machte Spaß, mit ihm zusammen zu sein. Er war höflich zu allen, denen er begegnete. Sexy. Fantastisch im Bett. Nicht im Geringsten egoistisch. Und er war ein großartiger Freund, was man daran erkennen konnte, wie er mit seinen Pilotenfreunden umging.

Er war nicht perfekt, was gut war. Zita wollte niemanden, der nie Fehler machte. Der nie etwas Falsches sagte, sich nie blamierte, der nicht echt wirkte.

Sie wollte nicht darüber nachdenken, was er gerade durchmachte. Sie hasste es, dass er sich vielleicht selbst die Schuld für ihr Verschwinden gab. Es war weder seine Schuld noch ihre. Sie hatten nichts Falsches getan, indem sie ihrer Anziehung nachgaben. Sage hatte nicht unrecht, Carmen abzulehnen. Und sie hatten Silas' Drohung ernst genommen ... sie hatten nur nie erwartet, dass er so etwas Drastisches tun würde.

Die Wahrheit war, dass manchmal guten Menschen schlimme Dinge widerfuhren. Und die Schuld lag bei Silas. Und bei Carmen. Sie wollte unbedingt hier weg, um der Polizei zu erzählen, was Silas ihr über diese Schlampe erzählt hatte. Dass es ihre Idee gewesen war, Zita loszuwerden.

Es war unglaublich. Wenn sie schreiben könnte – was sie nicht konnte – und ein Buch schreiben würde, in dem jemand entführt und dem Tod überlassen wurde, nur weil jemand anderes Sex haben wollte, würde jeder gute Lektor das als Blödsinn abtun und ihr sagen, sie solle das Ding umschreiben, weil das ein lächerlicher Grund für ein großes Drama in einem Buch sei.

Aber es *war* passiert. Es passierte immer noch. Ihr. Allerdings hatte Carmen Sage unterschätzt. Und wie schnell er und Zita sich ineinander verliebt hatten. Selbst wenn Carmen in Norfolk auftauchte und alles daransetzte, Sage zu verführen, wusste Zita ohne Zweifel, dass er ihr nicht geben würde, was sie so verzweifelt wollte.

Sie hatte genug von ihren Gedanken und war es leid, auf dem harten, kalten Metallbett zu liegen, das sie verdammt noch mal zu sehr an die Leichen in der Leichenhalle erinnerte, also setzte sie sich auf ... und ihr wurde sofort schwindelig.

Scheiße. Das Gleiche war passiert, als sie sich das letzte Mal aufgesetzt hatte, und sie wusste, dass das ein schlechtes Zeichen war. Zita versuchte krampfhaft, positiv zu bleiben, aber es fiel ihr immer schwerer. Wie groß war die Chance, dass Sage sie rechtzeitig finden würde?

Ehrlich? Gering.

Sie saß mit gesenktem Kopf auf der Kante der Metallkoje und versuchte, langsam und gleichmäßig zu atmen. Sie durfte ihr Herz nicht zu schnell schlagen lassen. Sie hatte kaum Kontrolle über irgendetwas, außer über ihre Gedanken und das, was sie gerade tat. Eine Minute nach der anderen. Das war alles, was sie durchstehen musste.

Als sie dort mit gesenktem Kopf und geschlossenen Augen saß und sich bemühte, sich nicht zurückzulehnen und ganz aufzugeben, glaubte Zita, etwas zu hören.

Es war keine der Stimmen der Geister, die sie sich auf dem Schiff vorstellte. Es war auch keines des mittlerweile so vertrauten Knarrens oder Ächzens. Es war ...

Ein Bellen?

Das konnte nicht sein. Was um alles in der Welt machte ein Hund hier drin? Dieser Gedanke machte sie nur noch trauriger. Dass ein anderes Lebewesen genauso gefangen sein könnte wie sie.

Doch dann, wie durch ein Wunder, glaubte sie, ihren Namen zu hören.

Und es passierte wieder.

Scheiße! Sie hatte keine Halluzinationen!

Zita sprang auf – und musste sich am oberen Bett festhalten, um nicht auf die Nase zu fallen, als der Raum sich um sie drehte.

»Ich bin hier!«, schrie sie so laut sie konnte. »Hilfe!«

Sie hielt inne, um zu Atem zu kommen, und betete, dass sie nicht träumte. Dass sie wirklich zweimal ihren Namen gehört hatte ... dass jemand nach ihr suchte.

»Zita!«

Hätte sie auch nur einen Tropfen Feuchtigkeit in ihrem Körper gehabt, hätte sie sofort angefangen zu heulen. »Ja! Ich bin es! Ich bin hier! Bitte helft mir!«

Dann hörte sie wieder das Bellen. Da war tatsächlich ein Hund da draußen. Zita war verwirrt, aber es war ihr egal, selbst wenn vor der Tür ein Nilpferd stand. Sie war gefunden worden!

Sekunden später hörte sie, wie jemand gegen die Tür ihres Gefängnisses schlug, und sie konnte nicht aufhören zu lächeln.

»Zita!«

Die Stimme war gedämpft, das Metall der Tür und das Schiff taten ihr Bestes, um den Klang zu dämpfen, aber sie wusste ohne Zweifel, dass es Sage war.

Er war hier! Er hatte sie gefunden!

»Sage!«, schrie sie zurück.

Einen Moment lang hörte sie nichts und dachte erneut, dass sie vielleicht schlief und träumte. Vielleicht wurde sie gar nicht gerettet. Vielleicht hatte sie hier unten in der absoluten Stille und Dunkelheit völlig den Verstand verloren.

Bis sie wieder ihren Namen hörte.

»Wir holen dich hier raus, Zita! Halte durch! Die Tür ist verschlossen und wir haben den verdammten Schlüssel nicht!«

Seine Stimme klang gedämpft, aber es war trotzdem so schön, Sages Stimme zu hören, dass Zitas Beine nachgaben. Sie ließ sich schwer auf die Metallpritsche sinken und spürte kaum noch den Schmerz, der ihr durch den Rücken schoss. Er klang gestresst und stinksauer. Aber nichts in ihrem Leben hatte sie jemals glücklicher gemacht, als seine Stimme zu hören.

Zita entspannte sich. Es war egal, wie lange es dauern würde, bis sie sie herausholten, Sage würde sie nicht verlassen. Er würde dort vor der Tür bleiben, bis sie sich öffnete und er zu ihr gelangen konnte.

»Hörst du mich?«, fragte Sage.

»Ja!«, schrie sie zurück.

Ihre Schultern sackten zusammen, ihr Kopf fiel zurück, und plötzlich fühlte sie sich, als sei sie tausend Jahre alt. Wie viel Zeit war vergangen? Ein Tag? Zwei? Eine Woche? Es spielte keine Rolle. Es zählte allein, dass Sage das Unmögliche geschafft hatte. Er hatte sie gefunden. Viele Menschen – Männer, Frauen, Kinder – hatten nicht so viel Glück gehabt.

Zita war sich sehr wohl bewusst, dass Silas sie hätte töten und ihre Leiche irgendwo verrotten lassen können. Aber das hatte er nicht getan. Er war so arrogant gewesen zu glauben, er würde nicht gefasst werden, was unglaublich dumm war, denn natürlich war er nach seiner dummen Drohung in Fallport der Erste, den Sage ins Visier nahm. Wie um alles in der Welt er glauben konnte, er würde mit ihrer Entführung davonkommen, war ihr ein Rätsel.

Gott sei Dank war Sage so klug.

Sie hörte, wie jemand gegen die Tür schlug, als wollte er sie aufbrechen. Dann Fluchen und weitere Stimmen. Sage war offenbar nicht allein, was keine große Überraschung war. Er würde sich nicht allein auf diesem riesigen Schiff herumtreiben. Vielleicht war sein Team da draußen. Vielleicht war der Hund, den sie gehört hatte, Rain, der Hund von Mandy und Buck, der sie im Regenwald in Südamerika gefunden hatte.

Es beunruhigte sie nicht, dass ziemlich viel Zeit verging. Ja, sie wollte raus aus diesem verdammten Raum, aber sie wusste, dass Sage nirgendwo hingehen würde, bevor er sie in seinen Armen hielt.

Im einen Moment saß sie noch auf der unteren Koje, starrte mit einem halben Lächeln vor sich hin und träumte davon, was sie essen und trinken würde, sobald sie hier rauskäme, und im nächsten Moment wurde sie fast geblendet, nachdem ein extrem lautes Klirren aus Richtung der Tür gekommen war.

Die Tür flog auf, und jemand leuchtete mit einer Taschenlampe durch den Raum. Obwohl der Lichtstrahl nicht direkt auf sie gerichtet war, war das Licht nach dem langen Aufenthalt in der Dunkelheit extrem schmerzhaft.

Zita wimmerte und schlug sich die Hände vor die Augen.

Dann umschlangen zwei Arme sie so fest, dass sie kaum atmen konnte.

Sie wusste sofort, wem diese Arme gehörten. Sage.

Sie erschlaffte in seiner Umarmung und hielt die Augen fest geschlossen, um das Licht nicht zu sehen, das nun überall um sie herum tanzte.

Mehrere Leute redeten durcheinander, aber ihre ganze Aufmerksamkeit galt dem Mann, der vor ihr kniete. Sie spürte, wie Sage an ihrer Schulter schluchzte, während er sie festhielt. Wahrscheinlich hätte sie auch geweint, aber dazu fehlten ihr sowohl die Kraft als auch die Flüssigkeit in ihrem Körper.

»Du lebst«, krächzte Sage mit gequälter Stimme, während er sie weiterhin festhielt.

Zita nickte und schlang ihre Arme fester um ihn. Sie hasste es, dass er so gebrochen klang. Sie wusste nicht, was sie tun konnte, um ihn zu trösten.

»Obi-Wan«, sagte eine sanfte Stimme, »geh ein Stück zurück. Wir müssen sie uns ansehen.«

Für einen Moment umklammerte Sage sie noch fester ... dann ließ er langsam von ihr ab.

Zita hielt die Augen geschlossen in dem Wissen, dass es wehtun würde, wenn sie sie öffnete.

»*Verdammt*, Zita. Dein Hals ... Und dein armes Gesicht!«

Sie konnte sich vorstellen, wie es aussah. Sie bekam leicht blaue Flecke, und diese Schläge waren nicht gerade liebevolle Klapse gewesen. Außerdem erinnerte sie sich noch lebhaft daran, wie Silas' Hände sie festhielten ... wie sie sich um ihre Kehle legten.

»Mir geht es gut«, flüsterte sie. Dann räusperte sie sich und sagte es noch einmal, diesmal etwas nachdrücklicher. »Mir geht es gut.«

»Verdammt richtig«, sagte Sage ehrfürchtig.

Langsam öffnete Zita die Augen einen Spaltbreit. Das reichte schon, um einen stechenden Schmerz in ihrem Kopf zu verursachen. Aber sie schloss sie nicht wieder. Es war ein unglaubliches Gefühl, etwas zu sehen. Und das Erste, was sie sah, war Sages Gesicht. Er runzelte die Stirn und hatte Schmutz im Gesicht, aber er war immer noch das Schönste, was sie je in ihrem Leben gesehen hatte.

»Hallo.«

Das dumme Wort kam ihr, ohne nachzudenken, über die Lippen.

Er ließ den Blick von ihrem Hals zu ihren Augen huschen. Dann lächelte er. Es war ein kleines, etwas gezwungenes Lächeln, aber es war dennoch ein Lächeln. »Hallo«, flüsterte er.

»Ich liebe dich«, war das Nächste, was ihr über die Lippen kam. Als sie in der Dunkelheit gefangen gewesen war, hatte sie sich immer wieder gewünscht, sie hätte es ihm gesagt, bevor sie entführt worden war. Dass sie den Mut gehabt hätte, es ihm zu gestehen, als er diese drei Worte zu ihr gesagt hatte. Es wäre ihr größtes Bedauern gewesen, wenn sie es nicht vom Schiff geschafft hätte, bevor es versenkt wurde. Dass dieser Mann nie erfahren würde, wie viel er ihr bedeutete.

Das Lächeln auf seinem Gesicht wurde breiter. Einige der Stressfalten glätteten sich. »Ich liebe dich auch.«

In diesem Moment stupste eine kalte Nase Zitas Hand, die an Sages Seite ruhte. Als sie hinunterblickte, sah sie eine schwarze Gestalt dort stehen. Das war definitiv nicht Rain.

»Das ist Fred. Mein Suchhund. Er hat Sie gefunden.«

Zita musste erneut die Augen schließen. Sie war überwältigt von Dankbarkeit. Für Fred. Sage. Diese Frau. Sages Teamkameraden. Ein paar Polizisten im Raum. Der kleine Bereich war voll. Sie hatte keine Ahnung, wie viele Menschen dort waren, aber es waren viele. Und sie waren alle da, weil sie nach ihr gesucht hatten. Sie war sich nicht sicher, ob sie all diese Aufmerksamkeit verdiente, aber sie war auf jeden Fall dankbar dafür.

»Wie wäre es, wenn wir von hier verschwinden?«, sagte Sage sanft.

Zita nickte eifrig und öffnete die Augen wieder zu Schlitzen. Es fiel ihr jetzt leichter. Das Licht tat nicht mehr so weh wie zuvor.

»Ich hoffe, jemand weiß, wo der Ausgang ist, denn ich habe keine Ahnung«, verkündete Edge mürrisch.

Zita musste kichern.

Kichern.

Was für ein Unterschied ein paar Minuten machen konnten.

»Fred wird uns den Weg zeigen«, sagte die Frau, die seine Leine hielt, zuversichtlich.

Zita stand auf, und der Raum schwankte um sie herum. Sage reagierte blitzschnell, bückte sich und hob sie hoch. Einen Arm unter ihren Knien, den anderen um ihren Rücken gelegt. Zita schmiegte sich sofort an ihn und legte ihren Kopf auf seine Schulter.

Sie verließen den Raum, Fred voran, seine Begleiterin direkt hinter ihm, Edge auf den Fersen, Zita und Sage ein paar Schritte zurück und eine ganze Schar von anderen hinter ihnen. Menschen, die ihre Zeit geopfert hatten, um nach ihr zu suchen. Zita war überwältigt von Dankbarkeit.

Sie hatte keinen Zweifel daran, dass sie ins Krankenhaus gebracht werden würde, sobald sie endlich den Flugzeugträger verließ, aber das war ihr egal. Solange Sage an ihrer Seite blieb, würde sie alles überstehen.

KAPITEL VIERUNDZWANZIG

Obi-Wan war Zita nicht von der Seite gewichen, seit er sie vor einer Woche auf diesem verdammten rostigen Flugzeugträger gefunden hatte. Es war kaum zu glauben, dass Silas sie in einem Raum eingesperrt hatte, obwohl er wusste, dass das Schiff aufs offene Meer geschleppt und versenkt werden würde.

Was den Staatsanwalt betraf, so war Carmen St. James genauso schuldig wie Silas. Sie war diejenige, die alles ins Rollen gebracht hatte. Und wofür? Sex? Das war lächerlich. Kaum zu glauben.

Aber das schien definitiv ihr Motiv zu sein. Tex hatte eine vollständige Abschrift der SMS gefunden, die sie und Silas wie Idioten hin und her geschickt hatten. Ja, sie hatten beide die Nachrichten gelöscht, aber jeder wusste, dass auf elektronischen Geräten nichts für immer verloren war.

Der gesamte Plan war in ihren Nachrichten dargelegt worden. Wie Carmen Silas Geld, Jobs und Sex mit einigen der schönsten Frauen Hollywoods versprochen hatte. Und im Gegenzug musste er nur Zita aus dem Weg räumen.

Zum Glück für Obi-Wan und Zita – denn teure Anwälte hätten leicht argumentieren können, dass »aus dem Weg räumen« nicht gleichbedeutend mit »ermorden« sei – hatte sie sich präziser ausgedrückt, als Silas um Klarstellung gebeten hatte ... Sie hatte gesagt, dass sie die Frau, die sie als ihre »Konkurrentin« betrachtete, *tot* sehen wolle.

Wenn es etwas gab, das für Silas sprach, dann, dass er Zita nicht getötet hatte, bevor er sie auf dem leeren Schiff versteckte. Er hatte sie auch nicht sexuell missbraucht. Er hatte sie zweimal geschlagen und sie getreten, und es war klar, ohne dass Zita ein Wort sagen musste, dass er auch seine Hände um ihren Hals gelegt hatte ... aber sie lebte noch. Und dank Fred und seiner Hundeführerin war sie relativ schnell gefunden worden.

Hätten Obi-Wan und die anderen Suchenden das Schiff Raum für Raum durchsuchen müssen, wäre das Ergebnis möglicherweise ganz anders ausgefallen.

Silas sang wie ein Kanarienvogel, als er erfuhr, dass Zita gefunden worden war, und warf Carmen den Wölfen zum Fraß vor. Er hatte offenbar beschlossen, dass sie mit ihm untergehen würde. Die Mitverschwörer waren derzeit inhaftiert und warteten auf ihren Gerichtstermin.

Es war ein riesiger Skandal, und Carmen St. James' Schauspielkarriere war höchstwahrscheinlich beendet. Ganz zu schweigen davon, dass das Studio eine Unmenge Geld ausgeben musste, damit Grubbner alle Szenen mit Carmen neu drehen konnte, nachdem er eine Ersatzdarstellerin engagiert hatte. Es war möglich, dass die Öffentlichkeit dafür sorgen würde, dass der Film floppte, egal wie sehr Grubbner sich bemühte, ihn zu retten. Die Zeit würde es zeigen.

Was Carmens Karriere anging, würde kein Regisseur es wagen, sie jetzt zu engagieren, wenn man bedachte, wie sehr sie derzeit verachtet wurde. Aber das war ohnehin keine Option, da sie einige Zeit hinter Gittern verbringen würde. Wahrscheinlich jedoch nicht genügend Zeit, um Obi-Wan Seelenfrieden zu bescheren.

Zita standen stressige Zeiten bevor. Sie würde sicherlich aussagen müssen, aber Obi-Wan war zuversichtlich, dass sie das genauso gut meistern würde wie alles andere, was ihr bisher widerfahren war.

Sie war zwei Tage vermisst worden. Hätte es länger gedauert, hätte es um ihre Gesundheit brenzlig werden können. So wie es aussah, war sie gefährlich dehydriert und hatte in dieser kurzen Zeit fast vier Kilo abgenommen. Auch psychisch hatte sie zu kämpfen. Das war für Obi-Wan und seine Freunde keine Überraschung. Sie wussten, welche Auswirkungen Einsamkeit und Dunkelheit auf den menschlichen Körper haben konnten. Es war eine bekannte Foltermethode, und Obi-Wan wurde übel bei dem Gedanken, dass seine Zita das durchgemacht hatte.

Ihre Familie war so schnell wie möglich eingeflogen. Sie hatten es nicht rechtzeitig zum Schrottplatz geschafft, um sich an der Suche zu beteiligen, aber sie hatten sie im Krankenhaus besucht und jede freie Minute mit ihr verbracht. Sie waren von dem Geschehenen zutiefst erschüttert.

Ohne dass Zita davon wusste, hatte Obi-Wan mit ihren Eltern und ihrem Bruder gesprochen, während sie im Krankenhaus schlief. Anfangs war es etwas seltsam, da sich keiner von ihnen kannte, aber Obi-Wan hatte nichts zurückgehalten. Er hatte ihnen erklärt, dass er Zita mehr liebte, als er in Worte fassen konnte, und dass er alles in seiner Macht Stehende tun würde, um sie von nun an zu beschützen.

Es war nicht die Art und Weise, wie er ihre Familie kennenlernen wollte, aber er versicherte ihnen, dass er langfristig Absichten hatte, ungeachtet der Tatsache, wie kurz er und Zita sich erst kannten. Nachdem die anfängliche Unbeholfenheit abgeklungen war, stellte Obi-Wan fest, dass er gern mit ihren Eltern und ihrem Bruder redete. Sie waren bodenständig und liebten Zita offensichtlich sehr.

Als sie aufwachte, blieb ihre Familie noch eine Weile, bevor

Zita sie schließlich davon überzeugen konnte, dass es ihr gut ging. Nachdem sie ihr versprochen hatte, sie bald in Indiana zu besuchen, machten sich die drei auf den Weg zurück zu ihrem Hotel und flogen am nächsten Tag nach Hause.

Jetzt saßen Obi-Wan und Zita zusammen in seiner Wohnung. Oberst Burgess hatte ihm Erholungsurlaub gewährt, und Obi-Wan hatte kein schlechtes Gewissen, jeden Tag davon zu nutzen.

Nachdem Zita am nächsten Tag aus dem Krankenhaus entlassen worden war, hatte er sie direkt zu sich nach Hause geholt. Jemand – er wusste nicht wer, aber er war dankbar – hatte Zitas Koffer zu ihm gebracht, damit sie Wechselkleidung hatte.

Zu Obi-Wans Überraschung hatte Pyro darauf bestanden, ebenfalls mit in die Wohnung zu kommen und im Gästezimmer zu schlafen. Am Morgen war er immer noch da, hatte Frühstück gemacht und schien nicht die geringste Absicht zu haben zu gehen. Bis er einen Anruf von Casper erhielt, der ihn daran erinnerte, dass *Obi-Wan* Urlaub hatte, nicht er. Das brachte sowohl Zita als auch Obi-Wan zum Schmunzeln.

Aber er kam nach der Arbeit zurück, um wieder bei ihnen zu übernachten. Und nach dem nächsten Arbeitstag. Und am Tag danach.

Jetzt, nur eine Woche nach ihrer Tortur, schien die Sonne und Zita schien es jeden Tag besser zu gehen, was ihre Stärke und Widerstandsfähigkeit bewiesen. Sie hatte zwar immer noch mit dem Erlebten zu kämpfen, was zu erwarten war, aber sie hatte die Nacht ohne Albträume durchgeschlafen, was ihn erleichterte.

Obi-Wan hingegen schlief nicht besonders gut. In der ersten Nacht zu Hause hatte er Zita einfach nur gehalten und ihrem Atem gelauscht. Eine Hand auf ihrer Brust, spürte er ihren Herzschlag an seiner Handfläche. Er glaubte nicht, dass er jemals das mulmige Gefühl vergessen würde, als er nicht wusste, ob sie noch lebte oder schon tot war. Seine Angst würde verblassen, ebenso wie ihre. Mit Zeit und Liebe würden sie beide weiter von dem traumatischen Erlebnis genesen. Aber es vergessen? Niemals.

Nachdem sie an diesem Morgen geduscht hatte – ihre dritte Dusche innerhalb von vierundzwanzig Stunden, aber Obi-Wan wollte dazu keinen Kommentar abgeben. Seit ihrer Rettung hatte sie mindestens zweimal am Tag geduscht ... und er verstand, dass man sich nach so einem intensiven Erlebnis sauber fühlen wollte –, fragte er sie, ob es ihr etwas ausmache, dass Pyro bei ihnen blieb. Sie gab zu, dass es ihr nach zwei Tagen allein auf diesem riesigen Schiff guttat, andere Menschen in der Wohnung zu haben.

Er hatte daran nicht gedacht ... aber Pyro offensichtlich schon. Also beherzigte Obi-Wan ihre Worte und fragte, ob der Rest seines Teams sie besuchen könne. Sie alle machten sich Sorgen um sie und wollten sich selbst davon überzeugen, dass es ihr gut ging. Sie hatte, ohne zu zögern, zugestimmt, und er hatte allen Bescheid gegeben, dass sie sie besuchen konnten, wann immer sie wollten.

Das war dann auch gleich am selben Abend. Kurz nach Feierabend war seine Wohnung brechend voll, und mit jedem, der kam, schien Zita sich noch mehr zu entspannen. Es war ziemlich eng, aber niemand schien sich daran zu stören, dass Obi-Wan nicht genügend Sitzplätze für alle hatte.

Obi-Wan und Zita saßen an ihrem üblichen Platz in einem seiner übergroßen Sessel, wo sie die meiste Zeit der letzten Woche verbracht hatten. Das gesamte Night-Stalker-Team saß gern zusammen mit Mandy und Laryn in seiner Wohnung. Sogar der Oberst hatte kurz vorbeigeschaut.

Überraschenderweise waren auch Jennifer Williams und ihr Hund Fred da, und zwar auf Zitas Drängen hin. Sie sagte, sie wolle sich richtig bedanken. Also waren sie kurz nach der Ankunft des Teams vorbeigekommen und geblieben. Fred lag auf dem Rücken mitten auf dem Boden und schnarchte laut, was alle zum Lachen brachte.

Und Jennifer? Sie saß mit Edge am Tisch in der Nähe der Küche. Obi-Wan konnte weder sehen noch hören, worüber sie sprachen, aber sie verstanden sich offensichtlich sehr gut. Das war interessant. Die beiden waren etwa gleich groß, ungefähr eins achtundsechzig, aber das schien auch schon alles zu sein, was sie gemeinsam hatten. Er schätzte Edge mindestens zehn Jahre älter als Jen. Sie schien generell recht locker zu sein, während man das von Edge nicht gerade behaupten konnte. Das war auch einer der Gründe für seinen Spitznamen. Er schien immer nervös zu sein. Bei der Arbeit, beim Fliegen und generell.

Aber überraschenderweise wirkte sein Freund im Moment ziemlich entspannt. Verdammt, er hatte den Mann sogar ein paarmal lächeln und lachen sehen.

Außerdem hatte Obi-Wan, als er Jennifer zum ersten Mal getroffen hatte, etwas an der Frau bemerkt, das er nicht genau benennen konnte, weil er zu sehr damit beschäftigt gewesen war, sich Sorgen zu machen. Jetzt, da er sie heute sah, da er nicht mehr voll und ganz darauf konzentriert war, Zita zu finden, und die Frau in besserem Licht sehen konnte, wurde ihm klar, was es war.

Sie hatte keine Augenbrauen. Und keine Wimpern.

Es war nicht abstoßend, nur anders. Und es gab viele Gründe, warum ihr das Haar fehlen konnte. Er wollte nicht darüber spekulieren ... er hoffte nur, dass es kein Krebs war. Die Krankheit war schrecklich, und er würde sie niemandem wünschen.

Letztendlich spielte es für Obi-Wan keine Rolle, dass sie kein Haar hatte. Nicht die geringste. Sie hätte sich jedes einzelne Haar ihres Körpers abrasieren können, und es hätte ihm nichts ausgemacht. Für ihn gehörte die Frau jetzt zu seinem Freundeskreis. Wie hätte es auch anders sein können, nachdem sie und ihr Hund die Frau gefunden hatten, die er mehr liebte, als er in Worte fassen konnte?

Und Obi-Wan musste zugeben, dass er es mochte, Edge so entspannt zu sehen. Der Mann war normalerweise zurückhaltend und hatte die Angewohnheit, Menschen, die ihn nicht persönlich kannten, mit finsterem Blick und einer mürrischen Miene zu verscheuchen.

Jennifer schien keine Angst zu haben. Im Moment lächelte sie ihn an, und seit sie Zita begrüßt und ihr gesagt hatte, wie froh sie war, dass es ihr gut ging, hatten sie nicht aufgehört zu reden.

»Danke, dass ihr alle heute Abend gekommen seid. Das bedeutet mir mehr, als ihr ahnt«, sagte Zita zu allen. »Ich weiß nicht, ob Sage es euch schon erzählt hat, aber ich werde nach Norfolk ziehen, sobald ich mein Leben in Kalifornien in Ordnung gebracht habe.«

»Tex kann dir dabei sicher helfen«, scherzte Pyro.

»Könnte er das?«, fragte Zita und neigte den Kopf.

»Warum nicht? Der Mann ist ein bisschen unheimlich mit dem, was er alles kann«, stimmte Chaos zu.

»Was musst du erledigen?«, fragte Mandy. »Vielleicht können *wir* dir helfen? Ein paar Anrufe tätigen?«

»Ich muss mit meinem Chef bei dem Rettungsdienst sprechen, für den ich arbeite, meine Sachen packen, einen Umzugsdienst organisieren, mein Fahrzeug quer durchs Land transportieren lassen, meine Kontaktperson bei der Agentur, für die ich arbeite, informieren, dass ich in Virginia statt in Kalifornien wohnen werde, Rettungsdienste hier in Norfolk recherchieren, meine Versorgungsleistungen abmelden, meine Post abmelden, eine Wohnung hier finden ... Mann, das ist eine Menge, nicht wahr?«, sagte sie mit einem leisen Lachen.

»Ich kann dir hier mit einer Wohnung helfen«, sagte Jennifer von ihrem Platz am Tisch aus. »In meinem Gebäude ist eine Wohnung frei, und die Vermieterin mag mich, also bin ich mir sicher, dass sie dich ernsthaft in Betracht ziehen würde, wenn ich ein gutes Wort für dich einlege. Die Wohnung ist auch absolut sicher. Es gibt Kameras, man muss sich an der Rezeption anmelden, und es gibt auch einen Vollzeit-Sicherheitsdienst in der Eingangshalle.«

»Ich kann mit den Leuten im Krankenhaus auf dem Stützpunkt sprechen«, bot Buck an. »Ich finde heraus, welche Rettungsdienste die besten sind und wen sie dir empfehlen würden.«

»Und Tex kann sich um alles kümmern, was mit dem Umzug zu tun hat«, sagte Casper.

»Ich will euch nicht zur Last fallen«, entgegnete Zita etwas schüchtern.

»Vertrau mir, Tex liebt so was. Er wird alles in deiner Wohnung innerhalb einer Woche gepackt haben und all deine Sachen hierherbringen lassen«, sagte Casper mit einem Grinsen. »Dein Fahrzeug auch.«

»Oh. Wow. Ähm ...«

Obi-Wan küsste sie auf die Schläfe. »Sag Ja, Zita. Lass uns dir helfen.«

»Ich habe das Gefühl, ihr habt mir schon mehr als genug geholfen.«

»Unsinn«, sagte Laryn. »Das ist doch selbstverständlich unter Freunden. Wir haben zwar noch nicht viel Zeit miteinander verbracht, aber du bist wirklich toll.«

»Danke«, sagte Zita.

»Damit ist die Sache beschlossen. Du musst mit deinem Chef und dem Filmmenschen sprechen, aber den Rest überlasse Tex. Ich rufe ihn später an«, sagte Obi-Wan zu ihr.

In diesem Moment klingelte Caspers Handy. Das wäre nichts Ungewöhnliches gewesen, wenn nicht die meisten Leute, die er kannte, bereits im Raum gewesen wären. An jedem anderen Tag hätte es sich durchaus um einen Spammer oder seinen Bruder handeln können ... aber der

Klingelton war einer, den jeder Night Stalker im Raum erkannte.

Denn sie hatten alle ihre Handys mit dem gleichen Klingelton für die gleiche Nummer programmiert.

»Scheiße.«

»Mist.«

»Verdammt.«

Obi-Wan verkrampfte sich. Er war nicht bereit.

Casper holte tief Luft und machte sich nicht die Mühe, den Raum zu verlassen, um den Anruf anzunehmen. Alle Blicke waren auf ihn gerichtet, und niemand verbarg, dass sie seinem Teil des Gesprächs lauschten.

»Davis. Ja, Sir. Mh-hm. Vier Uhr, verstanden. In Ordnung. Ja.«

Es war kurz und bündig. Niemand war überrascht, als einen Moment später Bucks Telefon mit dem gleichen unverkennbaren Klingelton läutete.

»Was ist los?«, fragte Zita verwirrt.

»Wir werden gerufen. Mission«, erklärte Pyro ihr.

»Oh.«

Nacheinander klingelten die Telefone der Männer, und ihre Gespräche mit demjenigen am anderen Ende der Leitung, wahrscheinlich dem Oberst, waren ebenso kurz und prägnant.

Obi-Wan wurde nervös, nachdem alle außer ihm einen Anruf erhalten hatten.

Dann war er an der Reihe. Er wollte das Klingeln am liebsten ignorieren. Er wollte dem Oberst sagen, er solle sich verpissen. Dass er Zita nicht verlassen würde. Nicht, solange er noch so empfindlich war, weil er sie fast verloren hätte.

»Geh ran«, befahl Zita. Sie hatte sich zu ihm umgedreht und starrte ihn an.

Langsam zog er sein Handy heraus, wollte einen Wutanfall bekommen. Aber alle waren da. Sie beobachteten ihn.

Warteten darauf, was er tun würde. Die Spannung im Raum war greifbar.

»Engle.«

»Obi-Wan, es tut mir leid, dass ich das tun muss. Ich weiß, dass Sie Urlaub haben, aber wir brauchen Sie. Es wird hoffentlich nicht lange dauern. In Gabun ist die Kacke am Dampfen. Genauer gesagt in Libreville. Die Regierungswahlen laufen nicht gut, wir müssen die US-Mitarbeiter abziehen, und das ist auf dem Landweg nicht sicher. Wir versammeln so viele Mitarbeiter und ihre Familien wie möglich in der Botschaft in der Hauptstadt. Das sollte eine schnelle Angelegenheit sein.«

Gabun lag in Afrika, an der Westküste. Es war ein Land, das wegen seiner Gewaltbereitschaft auf der Beobachtungsliste der Regierung stand. Aber eine »schnelle Angelegenheit« ... so etwas gab es in Bezug auf die Arbeit der Night Stalkers nicht.

Das Schlimmste erwarten, auf das Beste hoffen. Das war das inoffizielle Motto ihres Teams.

»Ja, Sir«, brachte Obi-Wan hervor.

»Um vier Uhr im Hangar. Sobald wir startklar sind, heben wir ab.«

Obi-Wan nickte, aber seine Kehle war zu zugeschnürt, um etwas zu sagen. Er fühlte sich beschissen, weil er einerseits Angst hatte zu gehen, andererseits aber auch aufgeregt war wegen der Herausforderung, die die bevorstehende Evakuierung mit sich brachte. Es war schon eine Weile her, seit er während einer Mission hinter den Steuerknüppeln seines Vogels gesessen hatte, und er war bereit, wieder loszulegen. Aber das würde bedeuten, Zita zu verlassen. Die Situation war beschissen.

»Bis dann.« Der Oberst legte auf.

»Sage?«

»Ich muss gehen«, sagte er leise. Es fühlte sich an, als seien sie die einzigen beiden Menschen im Raum. Obi-Wan hörte vage, wie Laryns Handy klingelte, aber er war völlig auf die Frau auf seinem Schoß konzentriert.

»Es ist okay. *Ich* bin okay. Du musst gehen und denen helfen, die Hilfe brauchen. Hilfe, die nur du und deine Freunde leisten können.«

»Ich will dich nicht allein lassen.«

»Aber du musst. Das ist deine Aufgabe. Es wird Zeiten geben, in denen ich eine Vierundzwanzig-Stunden-Schicht habe oder die Stadt verlassen muss, um irgendwo zu drehen. Das ist blöd, aber so ist das Leben. Geh. Sei großartig.«

Diese Frau. Sie war unglaublich. Er bewunderte sie. Sie hatte gerade die Hölle durchlebt, wäre fast gestorben, und dennoch ermutigte sie ihn zu gehen.

»Ich weiß, wir kennen uns nicht sehr gut ... aber du kannst bei mir bleiben«, bot Jennifer aus der Nähe an.

Als er die Stimme seiner Besitzerin hörte, rollte Fred sich herum, schüttelte sich, sah zu Jen und dann zu allen anderen im Raum.

Dann lief er schnurstracks zu Zita, legte seinen Kopf auf Obi-Wans Knie vor ihr und winselte ein wenig.

»Er merkt, dass du gestresst bist. Dass ihr beide gestresst seid«, sagte Jen leise.

Zita streichelte den Kopf des Hundes und sah Obi-Wan an.

Er schloss die Augen, denn alles in ihm schrie, Nein zu sagen. Er würde nicht gehen. Aber es lag nicht in seiner Natur, seinem Vorgesetzten nicht zu gehorchen. Außerdem *wollte* er fliegen. Er wollte den Menschen helfen, die wahrscheinlich Todesangst hatten.

Er nickte.

Zita lehnte sich an ihn und flüsterte: »Ich bin so stolz auf dich.«

Sie war stolz auf *ihn*? Er platzte fast vor Stolz darüber, wie gut sie mit allem fertigwurde, was ihr in so kurzer Zeit widerfahren war.

»Du könntest auch bei mir bleiben«, sagte Mandy. »Ich meine, wenn du nicht allein hierbleiben willst. Warte – ich hab's! Wie wäre es mit einer Pyjamaparty? Das klingt vielleicht kindisch, wenn man bedenkt, wie alt wir sind, aber ich könnte mit Rain hierherkommen, wenn das für dich in Ordnung ist, Obi-Wan? Und vielleicht könnten Jen und Fred auch herkommen? Oder wir könnten abwechselnd hierbleiben.«

»Das wäre toll«, sagte Jen. »Und Fred liebt andere Hunde.«

»Rain hat noch nicht viel mit ihnen zu tun gehabt, aber ich bin sicher, dass er sich gut mit ihm verstehen wird«, erwiderte Mandy.

Obi-Wan war überhaupt nicht verärgert, dass die Frauen vorhatten, bei ihm zu übernachten. Er verstand und unterstützte Zitas Wunsch nach einer eigenen Wohnung, wenn sie dauerhaft hierherzog, aber zu wissen, dass sie während seiner Abwesenheit in seiner Wohnung sein würde, würde ihm die Mission viel leichter machen.

»Jetzt, da das geklärt ist, müssen wir alle los. Schlafen wir ein paar Stunden, bevor wir morgen früh zum Stützpunkt fahren. Alles klar?«, fragte Casper und sah sich im Raum um.

Alle nickten zustimmend. Obi-Wan stand langsam auf, einen Arm um Zita gelegt, während sie alle hinausbegleiteten und sich verabschiedeten.

Als sie allein waren, lehnte Zita sich an ihn und fragte: »Bist du sicher, dass es dir nichts ausmacht, wenn ich hierbleibe? Und dass Jen und Mandy vorbeikommen?«

»Absolut. Ich möchte nicht, dass du allein bist.«

»Ganz ehrlich? Ich will auch nicht allein sein«, gab Zita zu, was Obi-Wan daran zweifeln ließ, ob es richtig war, dieser Mission so leichtfertig zugestimmt zu haben.

Als könnte sie seine Gedanken lesen, sagte Zita: »Du hast keine Wahl. Ich bin ein großes Mädchen, Sage. Ich komme schon klar.«

»Ich will, dass du mehr als nur klarkommst«, entgegnete er.

»Weißt du was? Ich bin am Leben. Ich bin hier. Ich habe dich und unsere Freunde. Mir geht es gut. Mir geht es *mehr* als gut. Ich werde dich wahnsinnig vermissen, aber du kommst zurück, und vielleicht habe ich bis dahin mehr Klarheit über meinen Umzug hierher gewonnen.«

»Das erinnert mich daran, dass ich Tex anrufen muss.«

»Es ist okay, wenn du nicht anrufst. Ich werde sehen, was ich selbst erledigen kann.«

»Ich rufe Tex an«, sagte Obi-Wan entschlossen.

Zita grinste. »Okay. Aber wenn er zögert, muss er nichts tun. Ich bin sicher, er ist damit beschäftigt, anderen zu helfen, so wie er mir geholfen hat.«

»Tex ist definitiv ein Helfer. Er wird kein Problem damit haben, das für dich zu tun. Für uns«, versicherte Obi-Wan ihr.

»Es kommt mir unwirklich vor, dass ich vor wenigen Tagen noch in einem Raum auf diesem Schiff war. Aber weißt du was? Ich wusste, dass du alles tun würdest, um mich zu finden.«

»Verdammt richtig. Ich liebe dich, Zita. In dem Moment, in dem du nicht auf meine Nachrichten geantwortet hast, wusste ich, dass etwas nicht stimmte, und ich wusste auch, dass es mit Silas zu tun hatte. Ich bin so verdammt erleichtert, dass er nicht ...« Ihm versagte die Stimme, er war unfähig, seine Angst in Worte zu fassen, dass sie getötet worden sein könnte, bevor er sie erreichen konnte.

»Ich weiß. Ich auch. Als er seine Hände um meinen Hals legte, dachte ich, er würde mich auf der Stelle umbringen. Aber ich habe ihm mit meinem Daumen ins Auge gestochen ... wie du von der Polizei weißt.«

»Und ihm das Gesicht zerkratzt. Das war klug, und ich bin stolzer auf dich, als ich in Worte fassen kann, dass du nicht aufgegeben hast.«

»Wie hätte ich aufgeben können, wenn ich zu *dir* zurückkehren konnte?«, sagte sie leise.

»Sobald ich zurückkomme, werde ich dir zeigen, wie viel du

mir bedeutest. Ich werde uns vierundzwanzig Stunden lang in unserem Schlafzimmer einschließen.«

»Das klingt perfekt«, sagte Zita mit einem Lächeln.

Der Arzt hatte gesagt, dass Sex nicht ausgeschlossen sei, wenn sie sich gut genug fühlte, aber Obi-Wan sah an ihrer steifen Haltung, dass sie noch nicht bereit war. Das war in Ordnung, er konnte warten. Er würde so lange warten, wie es nötig war, um sie so zu lieben, wie sie geliebt werden sollte.

»Pass auf dich auf bei deiner Mission«, sagte sie.

»Natürlich. Ich habe dich, zu der ich nach Hause kommen kann. Ich bin mir nicht sicher, ob das meine Einstellung beim Fliegen ändern wird, aber ich sehe nicht, wie es anders sein könnte. Ich muss mit Casper und Buck darüber reden. Mal sehen, wie sie die Gefahr unseres Berufs mit der Sorge um ihre Familien in Einklang bringen. Jetzt, da Casper Vater wird, ist ihm bestimmt noch bewusster, wie viel auf dem Spiel steht, wenn er sich hinter das Steuer eines Hubschraubers setzt.«

Zita nickte. »Du und deine Freunde seid verdammt gut in dem, was ihr tut. Und ich bezweifle stark, dass ihr jetzt, da ihr Freundinnen habt, irgendetwas anders machen werdet. Mach weiter wie bisher, Sage.« Sie grinste. »Sei alles, was du sein kannst.«

Obi-Wan lachte leise und verdrehte die Augen. »Du weißt, wie kitschig das ist, oder? Einen Armeeslogan in deiner kleinen Aufmunterungsrede zu verwenden?«

»Ja. Aber es hat dich zum Lachen gebracht, und das war mein Ziel. Jetzt musst du packen. Ich helfe dir.«

»Ich rufe zuerst Tex an, aber ja, ich muss packen. Ich liebe dich, Zita. Du bist mein Ein und Alles.«

»Ich dich auch, Sage. Komm, mach dich fertig, um die Welt zu retten.«

»Nicht die Welt, nur einen winzigen Teil davon.«

»Aber für die Menschen, denen du helfen wirst, ist es ihre ganze Welt.«

Sie hatte recht. Denn genau so empfand er für sie. Als er in diesen verdammten Raum auf dem verlassenen Schiff gekommen war und sie lebend gesehen hatte, war es, als hätte er die ganze Welt geschenkt bekommen.

Er hoffte, dass der Oberst recht hatte und diese Mission schnell vorbei sein würde. Denn er war bereit, nach Hause zurückzukehren und ein neues Kapitel in seinem Leben aufzuschlagen ... mit Zita an seiner Seite.

EPILOG

Pyro war aufgeregt. Er war bereit für diese Mission. Er mochte es nicht, zu Hause in Virginia zu sitzen und darauf zu warten, irgendwohin geschickt zu werden. Er lebte für den Adrenalinkick der Missionen, auf die er und seine Kameraden von den Night Stalkers geschickt wurden. Er war zur Armee gegangen, um Abenteuer und Gefahr zu erleben.

Seine Kindheit war hart gewesen. Er war ein Pflegekind, eines von Tausenden ungewollten Kindern in den USA, die Jahr für Jahr durch das System geschleust wurden. Er war sich bewusst gewesen, dass er mit achtzehn aus dem System herausfallen würde, und wusste, dass er einen Plan brauchte. Er musste irgendwohin. Er brauchte einen Job. Und sein Ausweg war die Armee gewesen. Er hatte nicht wirklich vorgehabt, Pilot zu werden, und glaubte auch nicht, dass jemand wie er – ohne Beziehungen, mit mittelmäßigen Noten und reizbar – jemals angenommen werden würde.

Aber seine Ausbilder hatten etwas in ihm gesehen, das Pyro selbst nie gesehen hatte. Die Armee stimmte zu. Die Struktur des Militärs war etwas, das er noch nie erlebt hatte, und er blühte auf. Er stieg schnell in den Reihen der Soldaten auf und lernte während seiner Ausbildung so viel wie möglich über Hubschrauber und andere Militärfahrzeuge.

Dann traf er eines Tages einen Night-Stalker-Piloten, der offenbar so beeindruckt von ihm war, dass er für ihn zu einer Art Freund wurde. Er war es, der ihn ermutigte, seinen Militärzweig zu ändern und den Weg einzuschlagen, um selbst ein Night Stalker zu werden.

Einer der schlimmsten Tage in Pyros' Leben war der Tag, an dem er erfuhr, dass sein Mentor bei einer Mission ums Leben gekommen war. Er schwor sich in diesem Moment, der beste Pilot zu werden, den die Armee je ausgebildet hatte, um den Mann zu ehren, der in dem dürren ehemaligen Pflegekind etwas gesehen hatte, das niemand sonst zu sehen bereit war.

Das hatte er geschafft und noch viel mehr. Pyro dachte jedes Mal an seinen Mentor, wenn er sich mit Casper, seinem Co-Piloten, hinter die Steuerknüppel seines MH-60 setzte. Sie waren verdammt gut in ihrem Job, und diese Mission in Afrika würde keine Ausnahme sein.

Sie befanden sich in Gabun und hatten den Auftrag, US-Personal aus der Botschaft in der Hauptstadt Libreville zu evakuieren. Im Vorfeld der Präsidentschaftswahlen waren die Spannungen im Land hoch. Korruption und schlechte Regierungsführung rissen das Land auseinander, und fast alle Politiker und Regierungsbehörden waren in Korruption, Bestechung, Unterschlagung, Fälschung und Erpressung verwickelt.

Manche mochten sich fragen, warum um alles in der Welt jemand überhaupt in dieses Land gehen würde, aber Pyro bewunderte diese Menschen. Botschaftsangestellte, ehrenamtliche Mitarbeiter des Friedenskorps, Angestellte der Öl- und Gasindustrie, Sicherheitspersonal, Gesundheitspersonal und sogar Techniker – sie alle waren dort, um der Menschheit zu helfen ... und dabei ihren Lebensunterhalt zu verdienen.

Er hatte selbst die Freundlichkeit und Hilfsbereitschaft von

Menschen erfahren, die sich für ein besseres Leben der gabunischen Bürger einsetzten, und hatte eine Schwäche für sie. Es war nicht *ihre* Schuld, dass die Regierung korrupt war oder dass die Einheimischen endlich genug hatten und sich mit Gewalt wehrten, um ihrer Unzufriedenheit Ausdruck zu verleihen.

Die Mission würde eine Herausforderung sein, denn es gab keine Garantie dafür, dass diejenigen, die gegen die Regierung kämpften, ihren Zorn nicht gegen die zu evakuierenden US-Bürger richten würden. Gegen die Hubschrauber, die zur Rettung heranstürmten. Das war in der Vergangenheit schon passiert und würde auch in Zukunft wieder passieren. Der Mob hatte eine instabile und unberechenbare Mentalität. Pyro und alle seine Teamkameraden mussten hineinfliegen, die Evakuierten an Bord nehmen und so schnell wie möglich verschwinden.

Als Pyro über die Hauptstadt flog, sah er Rauch von Dutzenden Stellen in der Stadt aufsteigen. Gebäude brannten, und selbst von seinem Platz im Hubschrauber aus konnte er die Zerstörung auf den Straßen unter ihm sehen.

Er und Casper waren beauftragt worden, eines der Hotels zu evakuieren, in denen amerikanische Staatsbürger untergebracht worden waren, während sie auf ihre Ausreise warteten. Der ursprüngliche Plan, der an diesem Morgen ausgearbeitet worden war, sah vor, dass zwei Dutzend Frauen und Kinder sie auf einem Feld in der Nähe einer Schule treffen sollten, nicht weit vom *Radisson Blu Okoume Palace Hotel* entfernt.

Doch als sie über das Gebiet flogen, wusste Pyro, dass dies keine Option mehr war.

Höchstwahrscheinlich hatte einer der Beamten, mit denen die USA zusammenarbeiteten, um die Amerikaner herauszuholen, den Plan durchsickern lassen. Das Feld war nun von Dutzenden von Fahrzeugen bedeckt, die den Hubschrauber an der Landung hinderten. Nicht nur das, Pyro konnte deutlich mehrere Männer sehen, die auf der Ladefläche von Pick-ups standen und ihre Waffen gen Himmel richteten.

Die Mission wurde von Sekunde zu Sekunde schwieriger.

»Panzerfaust abgefeuert!«, meldete Chaos über Funk. Er und Edge befanden sich auf der anderen Seite der Stadt und versuchten, US-Beamte aus dem Botschaftsgebäude zu evakuieren. Wie erwartet stießen sie in diesem Gebiet auf heftigen Widerstand.

»Scheiße. Das wird brenzlig«, murmelte Casper.

Pyro nickte, sagte aber nichts, denn seine ganze Aufmerksamkeit galt dem Boden und der Überlegung, wie sie weiter vorgehen sollten.

»Schau mal«, sagte er Sekunden später und zeigte auf das Hotel. Es war sieben Stockwerke hoch, und auf dem Dach standen Menschen, die mit weißen Fahnen – nein, Bettlaken – winkten, um auf ihre Notlage aufmerksam zu machen. Das Hotel war von weiteren Fahrzeugen umzingelt, und auf dem Gelände wimmelte es von Menschen mit Waffen.

Pyro hatte keine Ahnung, ob sie das Hotel bereits infiltriert hatten oder nicht – und wenn nicht, wusste er nicht, worauf sie warteten –, aber *er* wollte nicht warten, um das herauszufinden. Jede Sekunde, die sie zögerten, erhöhte die Gefahr von Gewalt gegen die Bürger, die sie abholen sollten.

Sie flogen schon so lange zusammen, dass Casper und Pyro fast die Gedanken des jeweils anderen lesen konnten. Sie waren sich einig, als Casper sagte: »Da. Auf der Nordseite. Dort gibt es keine Antennen, und ich kann die Kufen auf dem Gebäude aufsetzen und schweben, während du so viele Menschen wie möglich an Bord holst.«

»Sie müssen ihre Sachen zurücklassen«, sagte Pyro, als sie näher kamen und er sah, dass fast alle Koffer und Taschen dabeihatten.

»Das wird ihnen nicht gefallen.«

»Pech gehabt«, murmelte Pyro. »Wenn sie hier wegwollen, müssen sie es zurücklassen. Platz für alle an Bord machen.«

Pyro kümmerten materielle Dinge nicht. Er hatte die ersten achtzehn Jahre seines Lebens damit verbracht, immer wieder seine Sachen zurücklassen zu müssen, wenn er von einer Pflegefamilie zur nächsten kam, oft konnte er nur das mitnehmen, was in eine Mülltüte passte. Er hatte gelernt, dass er nicht viel brauchte. Ein Dach über dem Kopf, Nahrung, Wasser ... das war wichtiger als Stofftiere und Kleidung.

Das mussten diese Leute auch lernen. Ein Menschenleben war wichtiger als alles, was sie in ihren Koffern hatten.

Als Casper den Hubschrauber näher an das Dach des Gebäudes manövrierte, sah Pyro nach unten und bemerkte, dass die wütenden Bürger sich mobilisierten. Sie bewegten Pick-ups an die Seite des Gebäudes, über dem sie schweben würden.

»Wir haben wahrscheinlich noch etwa drei Minuten, vielleicht mehr, vielleicht weniger«, warnte er Casper.

»Verstanden. Hol die Leute an Bord, Pyro. Tu, was du tun musst.«

Er nickte. Das musste sein Teamkamerad ihm nicht sagen. Er war sich der Gefahr, in der sie sich befanden, mehr als bewusst. Die Details der Ereignisse in Mogadischu kamen ihnen allen immer wieder in Erinnerung, wenn sie in einem städtischen Gebiet im Einsatz waren. Die Night Stalkers, die dort ihr Leben verloren hatten, waren eine ständige Erinnerung an die Gefahren, die von normalen Bürgern ausgehen konnten, wenn diese aus irgendeinem Grund wütend waren.

Pyro löste seinen Sicherheitsgurt und machte sich bereit, sich in den hinteren Teil des Hubschraubers zu begeben und die Tür zu öffnen, um den Menschen zu helfen.

»Verlasse diesen Hubschrauber *nicht*, Pyro«, erinnerte Casper ihn. »Es ist mir scheißegal, was auf dem Dach passiert.

Ich lasse dich nicht hier, wenn du also rausgehst, sind wir alle verloren.«

Pyro nickte. Er würde nie vergessen, was passiert war, als er und Casper ihren Hubschrauber in den Bergen zwischen Syrien und der Türkei verlassen hatten. Wie Laryn direkt vor ihrer Nase entführt worden war. Und als Buck *seinen* Hubschrauber im Regenwald verlassen hatte, um Mandy zu suchen.

Er würde diesen Fehler nicht wieder machen. Er hielt sich an die Regeln. Er würde nichts tun, was seiner Karriere schaden könnte ... und einem seiner besten Freunde. Denn er wusste ohne Zweifel, dass Casper ein Mann seines Wortes war. Er würde nicht ohne ihn gehen, er würde eher sterben, wenn es sein musste.

Heute würde niemand sterben. Nicht unter Pyros' Aufsicht.

Casper senkte den Hubschrauber, bis er über dem Dachrand schwebte, dann verschob er die riesige Maschine ein paar Zentimeter, bis die rechte Kufe das Dach berührte.

»Los, los, los!«, befahl Casper eindringlich, während er den Hubschrauber mit einer Kufe stabil hielt.

Pyro sprang aus seinem Sitz, eilte nach hinten, packte die Tür und riss sie auf.

Dutzende verängstigte Blicke trafen auf ihn, als die Menschen dort sich umeinander drängten. Frauen, Kinder und sogar ein paar Männer. Pyro bedeutete ihnen, zum Hubschrauber zu laufen.

Zu seinem Ärger bewegte sich niemand. Sie schienen vor Angst wie erstarrt zu sein.

Scheiße. Dafür hatten sie keine Zeit!

Gerade als er die Beherrschung verlieren und sie anschreien wollte, damit sie sich endlich bewegten, löste sich eine Frau aus der Gruppe. Zumindest *glaubte* Pyro, dass es eine Frau war. Sie war zierlich. Klein und dünn. Sie hätte ein Teenager sein können, aber je länger er sie ansah, desto klarer wurde ihm, dass sie kein Kind war.

Sie hatte schwarzes Haar, trug eine Jeans und ein T-Shirt und hatte im Gegensatz zu den meisten anderen Frauen weder einen Koffer noch eine große Tasche dabei. Nur eine kleine Umhängetasche, und Pyro hoffte, dass die Frau klug genug war, darin ihren Ausweis und andere wichtige Dokumente aufzubewahren.

Zu seiner Überraschung beugte sie sich zu einem Kind hinunter, das hinter ihr stand. Das kleine Mädchen, das zwischen fünf und zehn Jahre alt zu sein schien, nickte und ging langsam auf den Hubschrauber zu.

Ihr schwarzes Haar wehte ihr im Wind der Rotorblätter ins Gesicht, und sie runzelte leicht die Stirn, als sie auf ihn zuging. Ihr Kopf war zur Seite geneigt, und ihre Schritte waren klein, aber nicht zögerlich.

Die Frau wandte sich der Gruppe zu und begann, zu reden und zu gestikulieren. Pyro hoffte, dass sie versuchte, die anderen davon zu überzeugen, endlich in den Hubschrauber zu steigen.

Es war eine seltsame Szene. Eine Gruppe von Frauen und Kindern kauerte ängstlich zusammen, während ein kleines Kind fast furchtlos auf die Seite des Gebäudes zuging.

Aber ... da war etwas an den Bewegungen des Mädchens, das Pyro zunächst nicht genau ausmachen konnte. Sie hatte einen ernsten Gesichtsausdruck und ihre Augenbrauen waren jetzt noch stärker zusammengezogen, als würde sie sich extrem konzentrieren. Als sie näher kam, wurde sie noch langsamer – und streckte ihre Hände vor sich aus, als hätte sie Angst, gegen etwas zu stoßen.

Da wurde es Pyro klar. Es war fast unglaublich, aber der Beweis lag direkt vor ihm.

Das Kind war verdammt noch mal blind.

Das Mädchen orientierte sich am Geräusch des Hubschraubers, aber offensichtlich war sie sich nicht sicher, wie weit er noch entfernt war, denn das Geräusch der Rotoren war extrem laut und der Wind peitschte ihr das Haar um den Kopf, als stünde sie mitten in einem Tornado.

Das Einzige, was Pyro aus diesem Hubschrauber herausbekommen konnte, war dieses Kind. Ein blindes kleines Mädchen, das mehr Mut in ihrem kleinen Finger hatte als alle anderen hinter ihr in ihrem ganzen Körper.

»Hier!«, rief Pyro. Er sprang aus dem Hubschrauber und machte zwei Schritte vorwärts, um die Hand des Mädchens zu berühren. Sie wich nicht zurück, sondern lächelte ihm nur erleichtert zu.

»Hallo!«, zwitscherte sie. »Mommy sagt, du bist hier, um uns von den bösen Leuten wegzubringen.«

Pyro hatte in seinem Leben schon einiges durchgemacht. Sowohl als Kind als auch als Night Stalker. Er hatte das Schlimmste der Menschheit gesehen und das, was er für das Beste gehalten hatte. Er hatte jede Emotion erlebt, die es gab ... zumindest dachte er das. Und doch schaffte es dieses Kind, dieser winzige Mensch, ihn zu überraschen.

Er war kein Mann, der an Liebe auf den ersten Blick glaubte, aber in diesem Moment verlor er sein Herz an dieses mutige, fröhliche, wunderschöne Kind.

»Ich werde dich jetzt hochheben und in den Hubschrauber setzen«, erklärte er ihr, wobei er fast schrie, um sicherzugehen, dass sie ihn hörte.

»Okay«, antwortete sie und streckte ihre Arme nach ihm aus. Ihr leerer Blick war auf seine Schulter gerichtet, da sie offensichtlich keine Ahnung hatte, wo genau er stand.

Pyro legte sanft, aber schnell seine Hände auf ihre Taille und hob sie mühelos in den hinteren Teil des Hubschraubers. »Geh etwa sieben Schritte vorwärts, bis du die andere Seite berühren kannst, dann setz dich hin und zieh die Knie an, damit alle anderen Platz haben«, wies er sie an und gab ihr instinktiv Anweisungen, die sie, auch ohne zu sehen, leicht befolgen konnte.

Das kleine Mädchen nickte und tat genau, was er ihr befohlen hatte.

Mit heftig klopfendem Herzen drehte Pyro sich um und sah die Mutter des Mädchens – er nahm an, dass es die Mutter war, da das Mädchen gesagt hatte, ihre Mommy habe ihr gesagt, sie solle zu ihm gehen –, die eine andere Frau und einen Teenager in seine Richtung schubste. Zu sehen, dass das kleine Mädchen sicher in den Hubschrauber gelangte, war offenbar das, was die anderen brauchten, um aus ihrer Starre zu erwachen.

Plötzlich liefen sie alle panisch auf ihn zu.

Pyro machte sich bereit.

Aber die schwarzhaarige Frau war auch da und forderte alle auf, sich zu beruhigen, nicht zu drängen und nicht in Panik zu geraten. Sie riss den Leuten auch Taschen aus den Händen und warf sie zurück auf das Dach, damit sie nicht im Weg waren.

Es herrschte immer noch Chaos, und die Menschen um ihn herum waren nicht gerade ruhig, aber ohne die Hilfe der Frau hätte alles viel länger gedauert und wäre viel gefährlicher geworden. Pyro entging nicht, dass die Frau, obwohl ihre Tochter an Bord war, nicht darauf bestand, dass sie vor den anderen in den Hubschrauber steigen durfte. Sie blieb zurück, um zu helfen, zu beruhigen und zu organisieren.

Es würde eng werden, alle in den Hubschrauber zu bekommen. Er war bereits überbelegt und es mussten noch sechs weitere Personen einsteigen.

»Scheiße, Pyro. Hol sie rein! Eine Panzerfaust wird auf drei Uhr geladen.«

Pyro gefror das Blut in den Adern. Falls diese Panzerfaust den Hubschrauber traf, während er wie leichte Beute an der Seite dieses Gebäudes schwebte, voll beladen mit all diesen Menschen, waren sie alle tot. Er musste rein und Casper helfen, sie da rauszubringen.

Aber er würde nicht gehen. Nicht bevor alle an Bord waren. Nicht bevor die *Mutter* des kleinen Mädchens an Bord war. Das Vertrauen, das das kleine Mädchen ihm entgegengebracht hatte, als sie blind auf ihn zuging, hatte Pyro tief beeindruckt.

Sie brauchte ihre Mutter, und er würde nicht ohne sie gehen. Auf keinen Fall.

Werden Bowie und Penny es schaffen? Wird der Hubschrauber in die Luft gesprengt und unsere Helden und alle Frauen und Kinder mit in den Tod reißen? (Ich glaube, Sie kennen die Antwort auf beide Fragen!)

Das Dach zu verlassen ist nur das erste Problem, das Penny bewältigen muss ... aber sie hat Glück, denn mit Pyro an ihrer Seite wird es für die alleinerziehende Mutter viel einfacher werden. Holen Sie sich den nächsten Band der Reihe, *Hilfe für Penny*, um mehr über die mutige kleine blinde Bowie zu erfahren und herauszufinden, welche Gefahren sie in den Vereinigten Staaten erwarten!

BÜCHER VON SUSAN STOKER

—
Die Rescue Angels
Hilfe für Laryn
Hilfe für Amanda
Hilfe für Zita (10 Feb)
Hilfe für Penny (5 Mai)
Hilfe für Kara
Hilfe für Jennifer

Die Männer von Alpha Cove
Ein Soldat für Britt
Ein Seemann für Marit (3 Mar)
Ein Pilot für Harper
Ein Wächter für Jordan

SEALs of Protection: Alliance
Schutz für Remi
Schutz für Wren
Schutz für Josie

Schutz für Maggie
Schutz für Addison
Schutz für Kelli
Schutz für Bree (6 Jan)

Die Zuflucht in den Bergen
Zuflucht für Alaska
Zuflucht für Henley
Zuflucht für Reese
Zuflucht für Cora
Zuflucht für Lara
Zuflucht für Maisy
Zuflucht für Ryleigh

Ein Spiel des Glücks
Ein Beschützer für Carlise
Ein Prinz für June
Ein Held für Marlowe
Ein Holzfäller für April

Badge of Honor: Die Texas Heroes
Gerechtigkeit für Mackenzie (1 Dez)
Gerechtigkeit für Mickie (1 Dez)
Gerechtigkeit für Corrie (1 Mar)
Gerechtigkeit für Laine (1 Mar)
Sicherheit für Elizabeth (1 Apr)
Gerechtigkeit für Boone (1 Apr)
Sicherheit für Adeline (1 Jun)
Sicherheit für Sophie (1 Jun)
Gerechtigkeit für Erin (1 Aug)
Gerechtigkeit für Milena (1 Aug)
Sicherheit für Blythe (1 Oct)
Gerechtigkeit für Hope (1 Oct)

Sicherheit für Quinn
Sicherheit für Koren
Sicherheit für Penelope

<u>Die Männer von Silverstone</u>
Vertrauen in Skylar
Vertrauen in Taylor
Vertrauen in Molly
Vertrauen in Cassidy

<u>Die Zuflucht in den Bergen</u>
Zuflucht für Alaska
Zuflucht für Henley
Zuflucht für Reese
Zuflucht für Cora
Zuflucht für Lara
Zuflucht für Maisy
Zuflucht für Ryleigh

<u>Das Bergungsteam vom Eagle Point</u>
Ein Retter für Lilly
Ein Retter für Elsie
Ein Retter für Bristol
Ein Retter für Caryn
Ein Retter für Finley
Ein Retter für Heather
Ein Retter für Khloe

<u>SEALs of Protection: Legacy</u>
Ein Beschützer für Caite
Ein Beschützer für Brenae
Ein Beschützer für Sidney
Ein Beschützer für Piper

Ein Beschützer für Zoey
Ein Beschützer für Avery
Ein Beschützer für Kalee
Ein Beschützer für Jane

Die SEALs von Hawaii:
Die Suche nach Elodie
Die Suche nach Lexie
Die Suche nach Kenna
Die Suche nach Monica
Die Suche nach Carly
Die Suche nach Ashlyn
Die Suche nach Jodelle

Delta Team Zwei
Ein Held für Gillian
Ein Held für Kinley
Ein Held für Aspen
Ein Held für Jayme
Ein Held für Riley
Ein Held für Devyn
Ein Held für Ember
Ein Held für Sierra

Mountain Mercenaries:
Die Befreiung von Allye
Die Befreiung von Chloe
Die Befreiung von Morgan
Die Befreiung von Harlow
Die Befreiung von Everly
Die Befreiung von Zara
Die Befreiung von Raven

Ace Security Reihe:

Anspruch auf Grace
Anspruch auf Alexis
Anspruch auf Bailey
Anspruch auf Felicity
Anspruch auf Sarah

Die Delta Force Heroes:

Die Rettung von Rayne
Die Rettung von Emily
Die Rettung von Harley
Die Hochzeit von Emily
Die Rettung von Kassie
Die Rettung von Bryn
Die Rettung von Casey
Die Rettung von Wendy
Die Rettung von Sadie
Die Rettung von Mary
Die Rettung von Macie
Die Rettung von Annie

SEALs of Protection:

Schutz für Caroline
Schutz für Alabama
Schutz für Fiona
Die Hochzeit von Caroline
Schutz für Summer
Schutz für Cheyenne
Schutz für Jessyka
Schutz für Julie
Schutz für Melody
Schutz für die Zukunft
Schutz für Kiera
Schutz für Alabamas Kinder
Schutz für Dakota

HILFE FÜR ZITA

Schutz für Tex

Eine Sammlung von Kurzgeschichten
Ein langer kurzer Augenblick

BIOGRAFIE

Susan Stoker ist die New York Times, USA Today und Wall Street Journal Bestsellerautorin der Buchreihen »Badge of Honor: Texas Heroes«, »SEAL of Protection«, »Die Delta Force Heroes« und einigen mehr. Stoker ist mit einem pensionierten Unteroffizier der US-Armee verheiratet und hat in ihrem Leben schon überall in den Vereinigten Staaten gelebt – von Missouri über Kalifornien bis hin zu Colorado. Zurzeit nennt sie die Region unter dem großen Himmel von Tennessee ihr Zuhause. Sie glaubt ganz und gar an Happy Ends und hat großen Spaß daran, Geschichten zu schreiben, in denen Romantik zu Liebe wird.

Besuchen Sie Susan im Netz!
www.stokeraces.com
facebook.com/authorsusanstoker
twitter.com/Susan_Stoker
bookbub.com/authors/susan-stoker
instagram.com/authorsusanstoker
Email: Susan@StokerAces.com